LITTLE DORRIT

작은
도릿

3

서양편 · 719

작은 도릿 3

찰스 디킨스(Charles Dickens) 지음

장남수 옮김

한국문화사

제2부 부유(富裕)

1권 차례

제1부 가난

2권 차례

4권 차례

· **일러두기** · ━━━━━━━━━━━━━━━━━━

1. 이 책은 번역의 저본으로 2003년에 출판된 펭귄(Penguin) 판을 사용했다.
2. 1권 4장, 1권 8장의 끝머리에 표시된 바와 같이 몇 장마다 나타나는 별표기호 (***)는 작가가 이 작품을 19회에 걸쳐서 분할 출판했을 때 각 회의 구분을 나타 낸다.
3. 원문에서 부연설명이나 보충설명뿐 아니라 망설임이나 말줄임을 나타내기 위해 사용한 대시기호(‒)는 본문에서도 대부분 줄표기호(‒)로 표시했다.
4. 2003년 펭귄 판의 오류는 옥스퍼드 판(1979; 1999)과 또 다른 펭귄 판(1967)을 참조하여 바로잡고 본문에 각주로 표시했다. 그러나 사소한 오류의 경우는 각주 없이 바로잡았다.
5. 독자들의 이해를 돕기 위해 2003년 펭귄 판에 포함되어 있는 삽화를 본문에 수록하였다.

제2부

부유 富裕

1 길동무들

그해 가을, 어둠과 밤이 알프스 산맥의 제일 높은 산마루까지 서서히 올라오고 있었다.

포도수확기여서 그레이트 생베르나르 고개의 스위스 쪽 골짜기와 제네바 호수의 제방을 따라 대기는 수확한 포도냄새로 가득했다. 포도가 들어있는 바구니와 구유와 통들이 마을의 어둑한 문간에 세워져 있었고, 가파르고 좁은 시골 길을 가로막았으며, 큰길과 골목길을 따라서 하루 종일 운반되었다. 그리고 발밑에 떨어져 으깨진 포도들이 사방에 널려 있었다. 포도를 잔뜩 지고 힘겹게 집으로 돌아가는 여자농부가 포대기에 싸서 업고 있는 아이는 포도를 따서 먹이면 잠잠해졌고, 폭포로 가다가 나무로 지은 산장 처마 아래에 앉아서 커다란 갑상샘종에 햇볕을 쬐고 있는 바보는 포도를 씹어 먹었다. 암소와 염소의 숨결에서는 포도 잎과 포도 줄기 냄새가 짙게 났고, 작은 식당마다 모인 손님들은 포도를 먹고 마시며 포도

이야기를 했다. 이처럼 넉넉하고 풍요롭게 숙성한 맛이 결국은 그 포도로 만들어지는 묽고 독하고 씨가 남아있는 포도주에 전달될 수 없다니 유감스러운 일이다!

화창한 낮 동안 대기는 내내 따뜻하고 투명했다. 멀리 있어서 잘 보이지 않았지만 빛나는 금속 뾰족탑과 성당지붕이 시야 속에서 반짝였다. 눈 덮인 산봉우리가 아주 뚜렷하게 보여서, 이 지역에 익숙하지 않은 사람이라면 중간에 놓인 시골을 삭제하고 기막히게 멋진 경치 때문에 바위투성이 봉우리를 무시한 채 몇 시간이면 쉽게 갈 수 있으리라고 착각할 정도였다. 산봉우리들이 존재한다는 흔적을 골짜기에서는 몇 달이고 계속해서 찾을 수 없을 때도 있었지만, 오늘은 대단히 유명한 그 봉우리들이 골짜기에서도 아침부터 똑똑히 보였고 푸른 하늘 아래 가까이 있는 것으로 느껴졌다. 그리고 산 아래가 어둠에 잠긴 지금, 일몰의 붉은 빛깔이 산봉우리에서 빠져나가고 그것을 차가운 백색으로 남겨놓았을 때, 산봉우리들은 사라지려는 유령처럼 장엄하게 멀어지는 것 같으면서도 안개와 어둠 위로 그 윤곽을 여전히 뚜렷하게 단독으로 드러냈다.

이처럼 쓸쓸한 곳에서, 그리고 쓸쓸한 곳 중의 하나인 그레이트 생베르나르 고개에서 보면 밤이 산 위로 올라오는 모습이 물이 차오르는 것과 같았다. 밤이 마침내 그레이트 생베르나르 수도원 담장까지 차오르면, 비바람에 시달린 그 건물이 또 다른 노아의 방주가 되어서 어둠이라는 물결 위에 떠 있는 것처럼 여겨졌다.

어둠이 노새를 타고 오는 몇몇 관광객을 앞질러서 수도원의 투박한 담장까지 차올랐을 때에도 여행자들은 여전히 산을 오르고 있었다. 여행자들이 가던 길을 멈추고 얼음과 눈이 녹아서 흐르는 시냇물을 떠먹게 했던 한낮의 뜨거운 열기가 산 위에서는 싸늘하고 희박한 밤공기의 모진 냉기로 바뀌었듯이, 산 아래를 여행할 때의 신선한 아름다움이 불모와 폐허의 풍경으로 바뀌었다. 노새들이 마치 거대한 폐허의 망가진 계단을 올라가는 것처럼 일렬종대로 늘어서서 장애물을 피해 이리저리 방향을 바꾸며 힘겹게 올라가는 바로 그 바위투성이 길이 지금 여행자들이 올라가는 길이었다. 나무 한 그루 보이지 않았고, 갈색의 초라하고 볼품없는 이끼가 바위틈에 얼어붙은 것을 제외하면 식물이 자라는 흔적 또한 보이지 않았다. 길가의 앙상한 검은 나뭇가지는 예전에 눈에 파묻힌 여행자들의 유령이 조난 현장에 자주 나타나는 것처럼 위쪽에 있는 수도원을 가리키고 있었다. 갑작스러운 큰 눈에 대비하여 피난처로 만들어진 동굴과 지하실에는 고드름이 매달려서 이곳의 위험을 수없이 속삭이는 것 같았다. 소용돌이와 미로를 이루는 안개가 가만히 있지 못하고 울부짖는 바람 소리에 쫓겨서 이리저리 헤매고 다녔으며, 산악지대에 붙어 다니는 위험요소인 눈은, 그 위험에 대비해서 모든 방비를 했지만, 아래로 급격하게 흘러내렸다.

일렬종대로 늘어선 노새들이 하루 일과에 녹초가 된 채 방향을 바꿔가며 가파른 오르막길을 꾸불꾸불 천천히 올라갔다. 테가 넓은 모자와 목 부분이 둥근 재킷을 입고 등산용 지팡이 한두 개를 어깨에 걸친 안내인이 선두에서 걷고 있었고, 그와 이야기를 나누는 다른 안내인도 있었다. 노새를 타고 한 줄로 오르고 있는 관광객들은 서로 이야기를 나누지 않았다. 살을 에는 추위와 여행의 피로, 그리고 숨이 턱 막히는 생소한 느낌이, 마치 아주 맑고 서늘한 물에서 바깥으로 막 나온 것처럼 또 한편으로는 흐느껴 울고 있었던 것처럼 침묵을 지키게 했던 것이다.

마침내, 등불 하나가 바위 계단 꼭대기에서 눈과 안개를 뚫고 빛났다. 안내인들이 노새들에게 소리를 질렀고, 노새들은 아래로 숙이고 있던 고개를 똑바로 세웠으며, 여행자들은 혀를 놀리기 시작했다. 요컨대, 미끄러지는 소리, 기어오르는 소리, 딸랑딸랑 울리는 소리, 땡그랑거리는 소리, 이야기를 나누는 소리가 갑자기 들리는 가운데 수도원 문 앞에 도착했던 것이다.

농부들과 물품을 실은 다른 노새들이 얼마 전에 도착해서 문간의 눈을 뭉갠 바람에 그곳은 진흙탕이 되어있었다. 승마용 안장들과 굴레들, 길마들과 줄에 꿰어져 있는 방울들, 노새들과 하인들, 각등들, 횃불들, 자루들, 여물들, 통들, 치즈들, 꿀과 버터가 든 통들, 짚단들과 다양한 모양의 꾸러미 들이 눈 녹은 진창과 계단 주위에서 혼란스럽게 함께 뒹굴고 있었다. 이곳 하늘 높이 있는 구름 속에서는 모든 것이 구름을 통해 보였고 구름 속으로 용해되는 것 같았다. 사람들의 입김이 구름이 되었고, 노새들의 입김도 구름이 되었으며, 등불들이 구름에 둘러싸였고, 가까이에서 말하는 사람들도, 그들의 목소리와 다른 모든 소리는 놀랄 정도로 잘 들렸지만, 구름 때문에 보이지 않았다. 담장의 고리에 서둘러 묶인 채로 구름 속에 줄지어서 있던 노새 중 한 마리가 다른 노새를 물거나 발로 차면 안개 전체가 혼란스러워져서, 하인들이 그 안으로 뛰어 들어갔고, 하인들의 고함과 짐승들의 울음소리가 그 안에서 들려왔으며, 바라보는 사람은 뭐가 잘못되었는지 도통 분간할 수 없었다. 그러는 가운데, 이 모든 소동이 벌어지고 있는 바깥에서 지하실 문을 통해 안으로 들어갈 수 있는 커다란 지하 마구간이 자신이 기여할 수 있는 분량의 구름을 쏟아냈는데, 마치 투박한 건물 전체가 구름으로만 가득 차서 구름이 다 빠져나가자마자 붕괴하고, 벌거숭이 산꼭대기에 눈만 쏟아지게 할 것 같았다.

이 모든 소음과 소란이 살아있는 여행자들 사이에 널리 퍼지는 동안, 산 위에서 죽은 채 발견되었던 여행자들 역시 똑같은 구름이 그들을 에워싸고 똑같은 눈송이가 바람에 날려서 그들에게 쌓이는 가운데, 여섯 걸음 떨어진 곳에서 삐걱거리고 있는 건물에 조용히 모여 있었다. 여러 해 전 겨울에 큰 눈 때문에 지체했던 어머니는 아이를 가슴에 안은 채 여전히 귀퉁이에 서 있었고, 두려워서 또는 굶주려서 팔을 들어 입에 댄 채 얼어붙어 있는 남자는 수많은 세월이 지난 지금도 마른 입술을 여전히 팔에 대고 있었다. 엄청나게 많은 사람이 불가사의하게 한데 모였도다! 그 어머니가 내다본 그녀의 험한 운명은 다음과 같았다. "본 적도 없고 앞으로도 보지 못할 정도로 수없이 많고 굉장한 사람들에 둘러싸인 채, 나와 내 아이는 서로 떨어질 수 없이 달라붙은 채로 그레이트 생베르나르 수도원의 부속 건물에 함께 머물 거예요. 다음 세대들이 우리를 보러 오겠지만 우리 이름도 모를 뿐 아니라 결말 빼고는 우리 내력을 하나도 모르는 그들보다 더 오래 머물 거예요."

그때 살아있는 여행자들은 죽은 여행자들에 대해 거의 또는 전혀 생각하지 않았고, 수도원 문에서 내릴 생각, 수도원의 난롯불로 몸을 따뜻하게 할 생각을 훨씬 더 많이 했다. 수많은 노새들이 마구간에 넣어지면서 이제 점차 가라앉기 시작한 혼란을 멀찍이 하고, 온몸을 떨며 서둘러 계단을 올라가 건물 안으로 들어갔다. 안에서는 동물원의 들짐승 냄새와 흡사한 어떤 냄새가 짐승들을 밧줄로 매어 놓은 바닥에서 올라왔다. 안은 튼튼한 아치형 복도, 창문과 창문 사이가 돌로 되어있는 커다란 벽, 엄청난 계단, 그리고 움푹 들어간 작은 창들이 나 있는 두꺼운 벽으로 되어있어서 - 산 정상의 큰 눈이 마치 적군인 양 큰 눈에 대비하고 있는 요새나 마찬가지였다. 안에는 천장이 둥글고 어둑어둑한 침실들이 있었는데, 엄청나게 추웠지만 깨끗했고 손님을 환대할 준비를 갖추고 있었다. 마지막으로 손님들이 앉아서 저녁을 먹을 수 있는 객실이 하나 있었는데, 그 방에는 식탁이 벌써 차려져 있었고, 타오르는 난롯불이 붉고 선명하게 빛나고 있었다.

두 명의 젊은 신부가 묵을 곳을 지정해 준 다음에 세 무리로 이루어진 여행자들이 객실 난로 주위로 곧 모여들었다. 첫 번째 무리는 가장 숫자가 많고 가장 신분이 높았기 때문에 제일 천천히 움직여서, 올라오는 도중에 다른 한 무리에게 추월당한 적이 있었다. 그 일행은 나이가 지긋한 부인 한 명과 머리가 센 두 명의 신사, 두 명의 젊은 아가씨와 그들의 오빠로 이루어져 있었다. 그들의 수행인으로는 (네 명의 안내인을 포함하지 않더라도) 한 명의 가이드와 두 명의 하인, 그리고 두 명의 하녀가 있었는데, 폐가 될 정도로 튼튼한 그들의 몸뚱이는 같은 건물의 다른 방에 숙박하기로 했다. 그들을 앞질렀다가 그들과 같은 줄을 이루어서 따라왔던 무리는 고작 세 명으로, 숙녀 한 명과 신사 두 명으로 이루어져 있었다. 이탈리아 쪽 골짜기에서 올라왔기 때문에 제일 먼저 도착했던 세 번째 무리는 네 명이었다. 안경을 쓰고 있는 다혈질이고 굶주렸고 말이 없는 독일인 선생 한 명이 세 명의 젊은 제자들을 데리고 여행하는 중이었고, 제자들도 모두 다 다혈질이고 굶주렸고 말이 없었고 모두 다 안경을 쓰고 있었다.

이 세 무리가 서로 냉담하게 관찰하고 저녁을 기다리면서 난롯불 주위에 둘러앉아 있었다. 그중 한 명만이, 즉 세 명으로 이루어진 무리 중의 한 신사만이 대화를 하려고 했다. 자기 일행에게 말을 건넸지만 실제로는 신분이 높은 일행의 우두머리에게 말을 던지면서, 괜찮다면 동석자들 모두에게 건네는 목소리로, 힘든 하루였다고, 여성들에게 동정심을 느낀다고 했다. 젊은 아가씨 중 한 명이 튼튼하거나 여행에 익숙한 사람이 아닌 것 같아서 걱정이라고, 두세 시간 전부터 아주 지쳐 보였다고 했다. 그녀가 지칠 대로 지친 듯이 노새에 걸터앉아 있는 모습을 자신이 후미에서 보았다고 했다. 안내인 중 한 명이 뒤처졌을 때 그녀가 괜찮은지 두세 차례 직접 물어봤는데, 기운을 되찾았으며 일시적으로 불편했을 따름이라는 대답을 듣고 매우 기뻤다고 했다. 그녀가 (그때쯤 그는 그 무리의 우두머리의 시선을 붙잡아서 그에게 말했다) 이제는 더 이상 악화되지 않기를, 그리고 여행 떠난 것을 후회하지 않기를 기원한다고 했다.

"고맙소, 내 딸은," 그 우두머리가 대답했다. "완전히 회복되었고 대단히 흥미 있어 하고 있소."

"산악지방은 처음인가 보죠?" 그 여행자가 교묘하게 환심을 사려는 목소리로 물었다.

"산악지방은 – 하아 – 치음이오." 우두머리가 말했다.

"그러나 선생님은 산악지방을 잘 아시죠?" 교묘하게 환심을 사려는 여행자가 당연한 일로 추정했다.

"나는 – 흠 – 꽤 잘 알고 있소. 최근에는 못 왔소. 최근에는 못 왔어." 우두머리가 손을 내저으며 대답했다.

교묘하게 환심을 사려는 여행자가 그 손짓에 대해 고개를 숙여서 감사의 뜻을 표한 다음, 우두머리를 지나쳐서 또 다른 젊은 아가씨에게 말을 걸었다. 이제까지 아가씨 중의 한 명이라고만 언급되었던 그녀에게 그는 아주 예민한 관심을 보였다.

그녀에게 낮의 피로 때문에 불편을 느끼지 않았으면 좋겠다고 했다.

"불편하죠, 분명히." 젊은 아가씨가 대답했다. "그러나 피곤하지는 않아요."

교묘하게 환심을 사려는 여행자가 그렇게 구별하는 것이 타당하다고 칭찬했다. 자기가 말하려던 바가 바로 그것이라고 했다. 순종

하지 않는 걸로 널리 알려진 노새를 타야 하는 것에 모든 여성이 틀림없이 불편을 느낄 거라고 했다.

"우리는," 속마음을 잘 드러내지 않는 그 젊은 아가씨가 약간 도도하게 말했다. "마차와 짐수레를 어쩔 수 없이 마티니에 남겨 둬야 했어요. 접근하기 어려운 이곳에 필요한 것들을 가져올 수 없다는 사실과 편의도구를 모두 두고 올 수밖에 없다는 사실이 편리한 건 아니죠."

"정말 야만적인 곳이에요." 교묘하게 환심을 사려는 여행자가 말했다.

나이 지긋한 부인이 그때 작고 부드러운 목소리로 끼어들었다. 그녀는 정장을 모범적으로 차려입었고, 하나의 기계장치라고 할 정도로 몸가짐이 완벽했다.

"그러나 다른 불편한 장소들과 마찬가지로," 그녀가 말했다. "이곳도 봐야 하는 거야. 사람들이 많이 이야기하는 곳이니까 볼 필요가 있는 거지."

"아! 여길 보는 것에는 조금도 반대하지 않아요. 정말이에요, 제너럴 부인." 상대가 무관심하게 대답했다.

"부인," 교묘하게 환심을 사려는 여행자가 물었다. "이곳을 전에 방문했었군요?"

"그래요." 제너럴 부인이 답했다. "전에 온 적이 있죠. 애야, 너에게 권하는데," 처음의 젊은 아가씨에게 말했다. "산 공기와 눈에 노출된 다음에는 장작불이 얼굴에 닿지 않도록 해라. 애야, 너도 마찬가지고." 좀 더 젊은 다른 아가씨에게 말했다. 그 아가씨는 즉시 그렇게 했지만, 처음의 아가씨는 "고마워요, 제너럴 부인, 더할 나위 없이 편안하기 때문에 지금대로 있고 싶어요,"라고만 했다.

오빠 되는 사람은 의자에서 일어나 방 안에 있던 피아노를 열고 휘파람을 불다가 다시 닫았다. 그러고는 외알 안경을 낀 채 천천히 난롯가로 돌아왔다. 더할 나위 없이 완벽한 여행자 차림을 하고 있었지만, 그의 차림새에 어울리는 여행을 할 수 있을 정도로 세계가 넓은 것 같지는 않았다.

"이 친구들은 저녁 내오는 데 엄청나게 시간이 드는군." 그가 느릿느릿 말했다. "뭘 줄 건지 궁금한걸! 아는 사람?"

"구운 사람은 아닐 거요." 세 명으로 구성된 무리에서 또 다른 신사가 대꾸했다.

"그렇지는 않겠죠. 무슨 뜻이죠?" 그가 물었다.

"저녁이 제공되지 않는다고 해서 모두가 쬐는 화톳불에서 당신이 스스로 구이가 될 것 같진 않다는 거죠." 상대가 대꾸했다.

느긋한 태도로 난롯가에 서서 동석자들을 안경 너머로 바라보던 젊은 신사가, 그는 마치 구이로 만들려고 날개를 묶어 놓은 가금류처럼 등을 난롯불에 대고 외투는 겨드랑이에 끼워 넣고 있었는데, 그런 대꾸를 듣자 냉정을 잃었다. 그가 추가적인 설명을 막 요구하려고 할 때, 상대방 신사와 함께 있던 젊고 아름다운 부인이 고개를 그의 어깨에 기댄 채 진작부터 졸도해 있었기 때문에 오고 가는 말을 듣지 못했다는 사실이 드러났다 – 사람들의 시선이 모두 말을 하던 그 사람에게 쏠렸던 것이다.

"내 생각에는," 그 신사가 조용조용한 어조로 말했다. "아내를 곧장 방으로 옮기는 게 최선일 것 같네요. 아무나 불러서 등불을 하나 갖고 오라고 해주겠소?" 자기 동료에게 말했다. "그리고 길을 안내하라고 해주겠소? 이처럼 낯설고 산만한 곳에서는 방을 찾을 수 없을 것 같으니까."

"하녀를 부를게요." 젊은 아가씨 중에서 키 큰 아가씨가 큰 소리로 말했다.

"입술에 물을 축여야겠어요." 그때까지 잠자코 있던 키 작은 아가씨가 말했다.

두 아가씨가 각자 자신이 제안한 대로 했기 때문에 도움의 손길은 부족하지 않았다. 사실, 두 명의 하녀가 들어왔을 때는 (도중에 누군가 외국어로 말을 걸어서 말문이 막힐까 봐 가이드를 동행하고 왔다) 도움의 손길이 너무 많은 것 같았다. 신사가 그 사실을 깨닫고, 두 아가씨 중 더 여위고 더 젊은 아가씨에게 간단하게 그런 취지의 말을 한 후, 자기 부인의 팔을 어깨에 올려놓고 안고 갔다.

다른 관광객들 사이에 혼자 남게 된 그의 친구는 조금 전의 대꾸에 대해 책임을 느낀다는 듯이 생각에 잠긴 채로 검은 콧수염을 잡아당기면서 방안을 천천히 왔다갔다했고 난롯가로 다시 오지 않았다. 그러한 대꾸를 들은 당사자가 모욕을 당했다고 귀퉁이에서 투덜대는 동안 그 우두머리가 신사에게 거만하게 말했다.

"당신 친구는," 그가 말했다. "약간 - 하아 - 참을성이 없군. 그리고 참을성이 없으니 자신이 무슨 빚을 졌는지 충분히 느낄 수 없을지도 모르지 – 흠 – 그러나 그 얘긴 그만하겠어, 그만하겠다고. 당신 친구는 조금 조급한 거야."

"그럴지도 모르죠." 상대가 대답했다. "그러나 얼마 전에 제네바에 있는 호텔에서 그와 함께 상당히 훌륭한 일행을 만나기 전부터 그를 알고 있었기 때문에, 그리고 그 후 몇 차례 함께 여행하면서 그 신사와 친해지고 얘기를 나눴기 때문에 그에게 불리한 이야기를 참고 들을 순 없군요 – 선생님 같은 외모와 지위에 있는 분이 하는 이야기라도 참고 들을 수 없다고요."

"내게서 그런 이야기를 들을 위험성은 전혀 없어. 당신 친구가 참을성이 없다는 말을 한 것은 그 이야길 하려는 게 아니니까. 내 아들은 태생적으로나 – 하아 – 교육받은 내용으로나 – 흠 – 신사이기 때문에, 현재 모여 있는 사람들 전체가 난롯불을 똑같이 쬘 수 있어야 한다는 소망을 정중하게 표현했다면, 내 아들이 기꺼이 그렇게 했을 것이기 때문에 얘기하는 거야. 원칙적으로 그것이 – 하아 – 모든 사람이 – 흠 – 이런 경우에는 평등하기 때문에 – 옳다고 생각하거든."

"좋습니다!" 그가 대답했다. "그리고 그걸로 됐습니다! 아드님의 뜻대로 하겠습니다. 깊이 숙고하여 드리는 저의 확약을 받아 주십사고 아드님에게 청하는 바입니다. 그리고 이제야 인정하지만, 툭 터놓고 인정하겠습니다. 제 친구는 가끔 냉소적인 기질을 보일 때가 있거든요."

"그 부인이 당신 친구의 부인이오?"

"제 친구의 부인입니다."

"아주 아름답더군."

"선생님, 비할 데 없이 아름답죠. 아직 결혼 첫해입니다. 지금 신혼여행 중이고 그림 그리는 여행 중이지요."

"당신 친구가 화가요?"

그 신사는 오른손 손가락에 입을 맞추고 그 입맞춤을 팔 길이만큼 하늘로 던져 올리는 걸로 답변을 대신했다. 자기 친구를 불멸의 화가로 하늘의 권력자께 바칩니다! 라고 말하는 것 같았다.

"하지만 그는 명문가의 사람입니다." 그가 덧붙였다. "친척들이 최고로 훌륭한 사람들이거든요. 지체 높은 친척들을 두고 있으니까 화가 이상이지요. 실제로는, 도도하고 성급하고 냉소적으로 친척들과 절연했을지도 몰라요(실제로는, 이란 말은 취소하겠습니다). 그러나 그에게는 지체 높은 친척들이 있습니다. 우리가 교제하는 동안 일었던 불꽃이 그 사실을 알려주었거든요."

"글쎄!" 신사가 그 화제를 이제 그만 이야기하라는 태도로 거만하게 말했다. "그 부인이 그저 일시적으로 불편한 것이기를 바라네."

"선생님, 그랬으면 좋겠습니다."

"아마 단순한 피로 때문이겠지."

"오로지 단순 피로 때문은 아닐 겁니다. 타고 있던 노새가 발을 헛디디는 바람에 안장에서 떨어졌었거든요. 가볍게 떨어졌다가 누구의 도움도 받지 않고 다시 일어나서는 웃으면서 노새를 탔습니다. 그러나 저녁 무렵에는 옆구리에 살짝 타박상을 입었다고 호소하더군요. 우리가 선생님의 일행을 따라서 산에 오를 때 아프다는 이야기를 여러 번 했습니다."

대규모의 수행원을 거느린 우두머리는 – 정중했지만 스스럼없는 사람은 아니었다 – 그때쯤 필요 이상으로 자신을 낮췄다고 생각하는 것 같았다. 더 이상 입을 열지 않았고, 저녁이 나올 때까지 15분가량 침묵이 흘렀다.

저녁이 나오자, 젊은 신부 중 한 명이(수도원에 나이 든 신부는 없는 것 같았다) 식탁 윗자리를 차지했다. 수수한 스위스 호텔에서 먹는 저녁 같았으며, 수도원이 좀 더 온화한 대기에서 재배한 훌륭한 적포도주도 부족하지는 않았다. 사람들이 식탁에 모두 앉았을 때 화가 여행자가 와서 침착하게 자기 자리에 앉았는데, 완벽하게 여행자 차림을 한 사람과 최근에 언쟁을 벌였던 기색은 별로 드러나지 않았다.

"이봐요," 그가 수프를 먹으면서 주인장에게 물었다. "수도원은 유명한 개를 지금도 많이 키우고 있나요?"

"선생님, 세 마리 키웁니다."

"아래층 복도에서 세 마리를 봤습니다. 예의 그 세 마리가 틀림없겠군요."

호리호리하고 눈이 반짝이고 검은 피부에 예의 바른 젊은이인 주인장이 예의 그 세 마리가 틀림없다고 대답했다. 그는 흰 줄이 멜빵처럼 교차하는 검은 성직자복을 입고 있었으며, 전통적인 품종의 생베르나르 개를 닮지 않은 것과 마찬가지로 전통적인 유형의 생베르나르 수도사를 닮은 모습도 아니었다.

"그리고," 화가 여행자가 말했다. "전에 그 개 중 한 마리를 봤던 것 같아요."

가능한 일이지요. 그 개는 아주 잘 알려져 있거든요. 그 개가 수도원을 위해 지원을 청해오라는 지시를 받고 골짜기나 호수 근처 어디론가 내려갔을 때 아마 봤을 겁니다.

"그 일은 일 년 중 일정한 계절에만 이뤄지는 것 같습니다만?"

선생님 말이 맞습니다.

"그리고 개 없이는 절대 이루어지지 않잖아요. 개가 아주 중요한 역할을 하니까요."

그 말 역시 맞습니다. 아주 중요한 역할을 하지요. 사람들이 개에 관심을 갖는 것은 당연해요. 어디서나 유명한 개 중 하나라는 얘기를 아가씨라도 할 수 있을 테니까요.

아가씨는 프랑스어에 익숙하지 않은 것처럼 좀처럼 입을 열지 않았다. 제너럴 부인이 그녀를 대신해서 입을 열었다.

"그에게 그 개가 생명을 많이 구했는지 물어보세요?" 꼴이 말이 아니게 되었던 젊은 신사가 모국어인 영어로 말했다.

주인장은 통역이 필요하지 않았기 때문에 즉시 프랑스어로 대답했다. "아닙니다. 이 개는 아닙니다."

"왜 아니죠?" 같은 신사가 물었다.

"죄송합니다만," 주인장이 침착하게 대답했다. "기회를 주면 틀림없이 그렇게 할 겁니다. 예를 들자면," 다른 사람들에게 돌릴 송아지 고기 요리를 자르면서 꼴이 말이 아니게 되었던 젊은 신사에게 차분한 미소를 지었다. "선생님이 기회를 주면 그 개는 아주 열정적으로 서둘러 자기 임무를 다할 거라고 확신합니다."

화가 여행자가 웃음을 터트렸다. 교묘하게 환심을 사려는 여행자는(저녁식사를 양껏하려는 열망을 조심스레 나타내면서) 콧수염에 묻은 포도주 몇 방울을 빵조각으로 닦고서 대화에 끼어들었다.

"신부님, 관광차 여행하는 사람들이 다니기에 지금은 좀 늦은 시기죠, 그렇지 않나요?" 그가 물었다.

"맞아요, 늦었습니다. 늦어도 2, 3주 이내에 이곳은 겨울 눈발 속에 묻히게 될 테니까요."

"그럼," 교묘하게 환심을 사려는 여행자가 말했다. "그림에 등장하는 가려운 데를 긁는 개와 눈에 묻힌 아이들이!"

"미안합니다만," 무엇을 말하는지 도통 이해하지 못한 주인장이 물었다. "그림에 등장하는 가려운 데를 긁는 개와 눈에 묻힌 아이들이 어떻다는 거죠?"

그가 답변하기 전에 화가 여행자가 다시 말참견을 했다.

"모르겠소?" 그가 식탁 맞은편에 있는 동료에게 차갑게 질문했다. "겨울에 밀수업자 말고는 아무도 이쪽으로 다니지 않을 뿐 아니라 이쪽으로 볼일이 있을 수도 없다는 사실을 말이오?"

"제기랄! 모르겠소. 그런 이야기는 들어본 적도 없소."

"실제 그렇소. 그리고 그 업자들은 날씨의 조짐을 잘 알기 때문에 개들이 할 일이 없는 거요 - 그래서 개들이 좀 줄어든 거고 - 그들에게 편리한 곳에 이런 여관이 있지만 말이오. 어린아이들은 보통 집에 두고 다닌다고 하더군요. 그건 훌륭한 생각이야!" 화가 여행자가 갑자기 열정적으로 목소리를 높여서 소리쳤다. "숭고한 생각이고, 세상에서 제일 훌륭한 생각이야. 그 생각을 하니 두 눈에 눈물이 맺히는군, 정말이오!" 그리고 나서 자기 몫의 송아지 고기를 아주 차분하게 먹었다.

비록 태도는 세련되었고 사람은 잘생겼지만, 그리고 대화 중 상대방을 업신여기는 부분은, 영어에 완벽히 익숙하지 않은 사람이 이해하기는, 또는 이해한다 하더라도 화를 내기는 아주 어려울 만큼 교묘하게 표현되었지만, 이야기의 바탕에는 다소 귀에 거슬리는 조롱 조의 모순점이 충분히 있었으니, 말투가 간결하면서도 냉정했던 것이다. 그는 대화를 그치고 침묵을 지키면서 송아지 고기를 다 먹은 다음에 자기 친구에게 다시 입을 열었다.

"보시오," 그가 같은 말투로 말했다. "아직 인생의 한창때도 아닌 이 주인장 양반이 아주 우아한 태도로, 그리고 아주 세련되고 겸손하고 정중한 태도로 자리를 주재하는 것을 보시오! 왕 노릇도 감당해낼 수 있을 것 같은 기품이지요! 런던 시장 나리와 식사를 하고 (초대장을 얻을 수 있다면 말이오) 그 차이를 관찰해보시오. 내가 이제껏 본 중 최고로 잘생겼고 완벽하게 인기를 끌 수 있는 얼굴을 한 이 양반이 약간 힘든 삶을 떠나서, 당신과 나같이 게으르고 하찮은 사람들을 위해 호텔을 경영하고 계산서는 우리 양심에 맡길 목적으로(썩 좋은 식당에서 즐거운 시간을 보내겠다는 목적은 빼고 말이오), 해발 몇 피트나 되는지는 모르겠지만 이곳으로 올라온 거요! 이런, 아름다운 희생 아니오? 감동을 받기 위해 뭐가 더 필요하시오? 재미있는 모습을 하고 구조된 사람들이 나무로 만든 포도주병을 운반하는 최고로 영리한 개의 목덜미를 잡고서 일 년 12개월 중 8, 9개월을 여기서 지내지 않는다는 이유로, 우리가 이곳을 깎아 내려야겠소? 천만의 말씀! 이곳에 축복을 비시오. 중요한 곳이고 영광스런 곳이니까!"

신분이 높은 일행의 우두머리이고 머리가 하얗게 센 신사의 가슴이 자신을 하찮은 사람으로 간주하는 것에 항의하듯이 부풀어 올랐다. 화가 여행자의 이야기가 끝나자마자, 그는 대부분의 자리를 주도하는 것이 자신의 의무인데 잠시 그 의무를 방기했었다는 듯이 아주 위엄 있게 이야기를 시작했다.

그는 주인장에게 겨울에는 이곳에서의 삶이 틀림없이 아주 적적하겠다는 의견을 설득력 있게 피력했다.

주인장이 약간 지루하다고 인정했다. 공기를 일정 시간 계속하여 들이마시기 어려워요. 추위도 아주 심하고요. 추위를 견디려면 젊고 튼튼해야 하지요. 그러나 젊고 튼튼할 뿐 아니라 하느님의 축복을 받았기에 -

그래요, 아주 좋군요. "그러나 갇혀 있잖아요." 머리가 하얗게 센 신사가 말했다.

날씨가 안 좋을 때도 바깥을 다닐 순 있을 때가 많습니다. 관례로 작은 길을 내고 거기서 운동을 하거든요.

"그러나 공간이," 머리가 하얗게 센 신사가 강조했다. "아주 좁잖아요. 아주─하아─너무 얼마 안 되잖아요."

가봐야 할 피난처가 있고 그곳으로 가는 길도 내야 한다는 사실을 신사 양반이 떠올렸을지 모른다.

그러나 신사 양반은 공간이 아주─하아─흠─아주 매우 비좁다는 사실을 여전히 강조했다. 그것만이 아니잖아요. 언제나 똑같잖아요, 언제나 같잖아요.

주인장이 그렇지 않다는 듯이 미소를 띠고 어깨를 천천히 들어올렸다가 내려뜨렸다. 맞습니다, 그가 말했다. 그러나 대부분의 사물은 다양한 관점에서 바라볼 수 있다는 점을 말씀드리겠습니다. 여기서 보내는 저의 보잘것없는 삶을 선생님과 제가 같은 관점에서 바라보는 것은 아니니까요. 그리고 선생님이 갇혀 지내는 데에 익숙하진 않을 테니까요.

"나는─하아─그래요, 썩 맞는 말이오." 머리가 하얗게 센 신사가 말했다. 설득력 있는 논리에 상당한 충격을 받은 것 같았다.

선생님이야 영국인 여행자로서 즐겁게 여행할 수 있는 온갖 수단으로 둘러싸여 있잖아요. 재산과 마차와 하인도 물론 있고요─

"완벽하게 갖고 있소, 완벽하게. 물론이오." 신사가 말했다.

선생님이 내일은 여기로 가야지, 아니 저기로 가겠어, 또는 이쪽 장벽을 지나가겠어, 아니 저쪽 경계를 확장해야지, 라고 선택할 힘이 없는 사람의 입장에 서보기는 쉽지 않겠죠. 사람의 정신이 그런 일에서 불가피한 힘에 얼마나 잘 적응하는지를 이해할 수는 없을 테니까요.

"맞는 말이오." 선생님이 말했다. "그 얘기는 - 하아 - 그만 합시다. 당신 말이 - 흠 - 아주 정확하다는 건 분명하니까. 그만 해요."

식사가 끝났기 때문에 그는 이런 말을 하면서 의자를 끌고 난롯가의 원래 자리로 돌아갔다. 식탁 대부분이 몹시 추웠기 때문에, 다른 투숙객들도 잠자리에 들기 전에 충분히 불을 쬘 작정으로 난롯가의 원래 자리에 다시 앉았다. 투숙객들이 식탁에서 일어나자 주인장이 모두에게 잘 자라고 인사한 다음에 물러나려고 했다. 그렇지만 교묘하게 환심을 사려는 여행자가 따뜻하게 데운 포도주를 좀 마실 수 있겠느냐고, 먼저 질문했다. 주인장이 가능하다고 답하고, 얼마 안 있어 데운 포도주를 들여보내자, 그 여행자는 일행의 가운데에 그리고 난롯불의 열기를 잔뜩 쬐며 앉아서 다른 사람들에게 포도주를 돌리기 시작했다.

그때 어두운 귀퉁이에 앉아서(등잔불이 검은 연기가 나고 흐릿했기 때문에 어두운 방안에서는 난롯불이 주된 불빛이었다) 그 자리에 없는 여성에 대한 이야기에 잠자코 귀를 기울이고 있던 좀 더 젊은 아가씨가 조용히 빠져나왔다. 조용히 문을 닫고 나와서는 어느 쪽으로 가야 할지 몰라서 당황했다. 소리가 울려 퍼지는 복도와 많은 통로 속에서 잠시 망설이다가, 하인들이 저녁을 먹고 있는 큰 복도의 귀퉁이 방으로 가서, 그들에게서 등잔불을 구하고 그 여성의 방이 어디인지를 들었다.

그 방은 커다란 계단을 올라가서 한 층 위에 있었다. 아무 장식도 없는 하얀 벽이 쇠살창 때문에 여기저기 끊겨 있었기 때문에, 그녀는 그곳이 감옥과 흡사하다고 생각했다. 그 여성의 방 혹은 수도실의 아치형 문이 완전히 닫혀있지는 않았다. 방문을 두세 차례 두드렸지만 답변이 없어서 방문을 조용히 열고 안을 들여다봤다.

그 여성은 졸도했다가 깨어났을 때 덮고 있던 모포와 가운으로 추위를 막으면서 두 눈을 감은 채 침대 바깥쪽에 누워있었다. 창문의 깊숙이 들어간 곳에 놓여있는 등불은 흐릿했기 때문에 아치형으로 된 방에 별 영향을 미치지 못했다. 찾아온 사람이 머뭇거리며 침대로 다가가서 작은 소리로 물었다. "좀 나아졌어요?"

잠들어있던 그 여성은 목소리가 너무 작았기 때문에 눈을 뜨지 않았다. 찾아온 사람은 가만히 서서 그녀를 주의 깊게 바라보았다.

"아주 예뻐." 그녀가 혼잣말을 했다. "이렇게 예쁜 얼굴은 본 적이 없어. 아, 나와 너무 달라!"

묘한 얘기였지만 그 얘기를 하면서 눈물이 그렁그렁해진 걸 보면 뭔가 숨겨진 의미가 있는 얘기였다.

"내 짐작이 틀림없이 맞을 거야. 그분이 그날 저녁에 이 여성에 관해 이야기했던 거야. 다른 문제라면 아마 틀릴 수도 있겠지만 이 문제에 대해서는 아니야, 아니고말고!"

그녀는 차분하면서도 다정한 손길로 잠자고 있는 사람의 헝클어진 머리칼을 한곳으로 치웠다. 그러고 나서 모포 바깥으로 나와 있는 손을 가볍게 만졌다.

"좀 봐야겠어." 혼잣말로 속삭였다. "무엇 때문에 그가 그토록 영향을 받았는지 알고 싶어."

그녀가 미처 손을 빼기 전에 잠자던 사람이 눈을 떴고 깜짝 놀랐다.

"제발 놀라지 마세요. 그저 아래층에 있다가 올라온 여행자예요. 좀 나아졌는지, 그리고 뭐든 해줄 일이 있는지 물어보려고 왔어요."

"아까도 당신은 친절하게도 날 도우라고 하인을 보냈던 분 같은데요?"

"아니에요, 제가 아니에요. 제 언니였어요. 좀 나아졌어요?"

"훨씬요. 타박상을 살짝 입었을 뿐이고 치료를 잘 해서 이제는 거의 편해졌어요. 순간적으로 현기증이 나고 어질어질했던 거예요. 전에도 아팠던 적이 있지만 결국엔 갑자기 맥을 못 추게 되는군요."

"누군가가 올 때까지 같이 있어도 될까요? 괜찮겠어요?"

"저야 괜찮지요, 여긴 쓸쓸하거든요. 그렇지만 당신이 너무 추울까 봐 걱정이에요."

"추위는 괜찮아요. 제가 약해 보여도 그렇지 않거든요." 뼈대만 있는 두 개의 의자 중 하나를 재빨리 침대 곁으로 들고 와서 앉았다. 상대방 여성은 여행용 가운의 일부를 마찬가지로 재빨리 벗어서 그녀에게 덮어주었고, 팔은 가운을 잡느라고 그녀의 어깨에 올려놓았다.

"워낙 친절한 유모 같아서," 그 여성이 그녀에게 미소 지으며 말했다. "마치 친정에서 내게 온 분 같아요."

"그런 얘기를 들으니 너무 기뻐요."

"방금 깨어났을 때 우리 집 꿈을 꾸고 있었어요. 결혼하기 전의 옛집 말이에요."

"그리고 이처럼 멀리 떨어지기 이전의 집이겠지요."

"이보다 훨씬 더 멀리 떨어졌던 적도 있었지만 그때는 대부분의 친정 식구가 동반해서 갔었기 때문에 그리워할 게 없었죠. 여기서 잠들었다가 외로움을 느꼈고, 친정을 조금 그리워하다가 친정에 대한 생각이 들었던 거예요."

목소리가 상냥하면서도 슬픔에 젖어서 후회하는 섯 같았기 때문에 찾아온 사람은 살펴보던 것을 잠시 멈췄다.

"묘한 우연 덕에 당신이 내게 덮어준 이 가운 아래에서 마침내 함께 하게 되었군요." 찾아온 사람이 잠시 멈췄다가 말했다. "얼마 전부터 당신을 찾고 있었거든요."

"절 찾고 있었다고요?"

"언제든 당신을 만나면 전달하려고 했던 짤막한 편지를 제가 갖고 있어요. 여기 있군요. 제가 크게 착각하는 게 아니라면 이 편지는 당신에게 보낸 거예요. 그렇지 않나요?"

그 여성이 편지를 받더니 그렇다고 말하고 편지를 읽었다. 찾아온 사람은 편지를 읽는 그녀를 주시했다. 아주 짤막한 편지였다. 그녀는 찾아온 사람의 뺨에 입을 맞추면서 얼굴을 살짝 붉혔고 상대의 손을 꼭 잡았다.

"자신이 소개해주는 젊은 친구가 언젠가 제게 위로를 줄 거라고 쓰여 있네요. 처음 보았을 때 정말로 내게 위로를 주었소, 라고 쓰여 있어요.”

“당신은 아마,” 찾아온 사람이 망설이다가 물었다 - “아마도 제 내력에 대해 모르죠? 그 분이 제 내력에 대해 말하진 않았죠?”

“안 했어요.”

“아, 그랬겠죠, 왜 했겠어요! 말하지 말라는 부탁을 받았기 때문에 지금 제가 그 얘기를 할 권리는 없어요. 대단한 얘기는 아니지만, 그 얘기가 지금 그 편지에 대해 아무 말도 말라고 제가 부탁하는 까닭을 설명할 수 있을 거예요. 저와 함께 온 저희 가족을 혹시 보았나요? 그중 일부는 - 당신께만 말하는 거예요 - 조금 거만하고 편견이 약간 있거든요.”

“이 편질 다시 가져가세요.” 상대방 여성이 말했다. “그러면 남편이 확실히 보지 못할 테니까요. 그렇지 않으면 우연히 편지를 보고 뭐라고 할지 모르거든요. 확실히 하기 위해 편지를 품속에 다시 넣을래요?”

그녀는 아주 조심스레 편지를 품속에 넣었다. 그녀의 작고 가느다란 손이 여전히 편지를 잡고 있을 때 바깥 복도에서 누군가의 발소리가 들렸다.

“약속했어요,” 찾아왔던 사람이 일어나면서 말했다. “당신을 본 다음에(조만간 틀림없이 볼 거라고 생각했거든요) 편지를 써서 당신이 건강한지 어떤지 알려주기로요. 그리고 행복한지 어떤지도 알려주기로요. 건강하고 행복하다고 쓰는 편이 낫겠죠?”

“그래요, 그럼, 그렇고말고요! 아주 건강하고 아주 행복하다고 써주세요. 그리고 그에게 애정을 담아 감사하고 있으며, 절대 잊지 않고 있다고 써주세요."

"아침에 당신을 보겠군요. 그다음에도 머지않아 틀림없이 다시 만날 거고요. 잘 자요!"

"잘 자요. 고마워요, 고마워요. 잘 자요!"

이렇게 작별의 말을 나눈 후 찾아왔던 사람은 나갔는데, 둘 다 허둥댔고 안절부절못했다. 그녀는 방에 오는 그 여성의 남편을 만나리라 예상했지만 복도에 있는 사람은 남편이 아니었다. 콧수염에 묻은 포도주 몇 방울을 빵조각으로 닦았던 여행자였다. 뒤에서 나는 발걸음 소리를 듣고 그가 고개를 돌렸다― 어둠 속에서 그가 멀어져 가고 있었기 때문이다.

그의 정중함은 극단적이어서 젊은 여성이 직접 등불을 비추며 아래층으로 내려가거나 혼자 내려가도록 두지 않았다. 그녀의 등불을 가져가 자신이 들고는 석조계단에 최대한의 빛이 비칠 수 있도록 했으며, 저녁식사를 했던 방까지 줄곧 따라왔다. 그 여행자의 외모에서 무척 불쾌감을 느꼈기 때문에 그녀는 몹시 몸을 움츠리고 떨면서 계단을 내려갔다. 그녀는 저녁이 나오기 전에 귀퉁이에 조용히 앉아서 자신이 겪었던 장면이나 장소를 그가 겪었다면 어떤 모습을 보였을지 상상해보았었는데, 그에 대해 소름 끼치도록 반감이 들었던 것이다.

그는 미소를 지으며 정중하게 그녀를 따라 내려오더니 그녀를 따라 안으로 들어왔고 난롯가 제일 좋은 자리에 다시 앉았다. 사그라지기 시작하던 장작불이 어두운 방안에서 그에게 피어올랐다가 가라앉고, 벽과 천장에 그를 닮은 괴물 같은 그림자가 생겨나는 가운데, 그는 데운 포도주를 남김없이 마시고 두 다리를 내밀어 따뜻하게 했다.

피곤한 일행은 벌써 흩어졌다. 난롯가 의자에 앉아서 꾸벅꾸벅 졸고 있는, 그 젊은 여성의 아버지를 제외한 사람들은 모두 자러간 다음이었다. 그 여행자는 브랜디가 들어있는 주머니 크기의 휴대용 병을 가지러 위층 자신의 침실까지 먼 길을 갔다 오는 수고를 마다하지 않았다. 그가 병의 내용물을 포도주 남은 것에 쏟아 넣고 다시 맛있게 마시면서 그런 사실을 얘기했다.

"이탈리아로 가십니까, 선생님?"

머리가 하얗게 센 신사는 졸다가 깨어서 침실로 갈 준비를 하고 있었다. 그렇다고 대답했다.

"저도 그렇습니다!" 그 여행자가 말했다. "음산한 이 산꼭대기보다 더 아름다운 풍경에서 그리고 더 온화한 환경에서 인사드리고 싶습니다."

신사가 꽤 쌀쌀맞게 고개를 숙이면서 고맙다고 했다.

"우리 가난한 신사들이, 선생님," 그 여행자가 손으로 콧수염을 잡아당겨 말리면서 말했다. 브랜디를 탄 포도주에 콧수염을 담갔던 것이다. "우리 가난한 신사들이 왕자처럼 여행하지는 않습니다만 삶의 예의를 갖추는 것과 삶을 우아하게 꾸미는 것은 저희에게도 중요한 일입니다. 선생님의 건강을 위해, 건배!"

"고맙소."

"선생님의 훌륭한 가족의 건강을 위해 – 아름다운 아가씨인 따님들의 건강을 위해, 건배!"

"또 고맙소. 잘 자시오. 애야, 내 – 하아 – 내 하인들이 대기하고 있니?"

"가까이 있어요, 아빠."

"제가 열어드리죠!" 신사가 딸과 팔짱을 낀 채 방을 가로질러 문으로 가자, 그 여행자가 일어나더니 문을 열어놓으면서 말했다. "푹 쉬세요! 선생님을 다시 한 번 보는 영광을 위해, 건배! 내일을 위해, 건배!"

그가 최고로 예의 바르고 우아하게 미소 지으면서 신사의 손에 입을 맞출 때, 젊은 아가씨는 아버지에게 좀 더 가까이 붙어서 그에게 몸이 닿을까 봐 두려워하며 지나갔다.

"흥!" 교묘하게 환심을 사려는 여행자가 중얼거렸다. 혼자 남겨지자 몸을 움츠리고 목소리를 작게 했다. "사람들이 모두 잠자리에 들었다면, 글쎄, 나도 자야겠지. 다들 빌어먹게 서두르는군. 두 시간 후에 잠자리에 들어도, 이 얼어붙을 듯한 고요와 고독 속에서는 밤이 아주 길다는 생각이 들 텐데 말이야!"

잔을 비우느라 고개를 젖히다가 피아노 위에 펼쳐진 채 놓여있는 여행자 장부에 시선이 갔다. 장부 옆에 펜과 잉크가 놓여있는 걸 보면, 그가 자리를 비운 사이에 숙박할 이름들을 기재한 것 같았다. 장부를 들고 기재된 사항을 읽었다.

윌리엄 도릿 님
프레드릭 도릿 님
에드워드 도릿 님
도릿 양
에이미 도릿 양
제너럴 부인

그리고 수행원. 프랑스에서 이탈리아로.

헨리 가원 부부. 프랑스에서 이탈리아로.

그는 길고 가는 장식체로 끝을 맺는 작고 이해하기 어려운 필치로, 나머지 모든 이름에 올가미를 씌우듯이 그 장부에 덧붙였다.

블랑두아. 파리 거주. 프랑스에서 이탈리아로.

그러고 나서 코가 콧수염 위로 내려오고 콧수염이 코 아래로 올라가는 가운데 그에게 지정된 방으로 갔다.

2 제너럴 부인

도릿 일가의 일행 중에서, 여행자 장부에 한 줄을 차지할 정도로 대단히 저명하고 교양 있는 귀부인을 소개하는 것은 절대 빼놓을 수 없는 일이다.

제너럴 부인은 대성당이 있는 도시에서 고위 성직자의 딸이었고, 독신여성으로서 45세 가까이 될 때까지 유행의 첨단을 걸었다. 당시 엄격한 사람으로 유명하던 60세의 자존심 강한 어떤 병참장교가, 그녀가 예의범절이라는 사두마차를 몰아 대성당이 있는 도시의 사교계를 엄숙하게 돌아다니는 데에 매혹되어서, 그녀의 옆자리에, 즉 네 마리의 말이 끄는 훌륭하고 멋진 마차의 마부석에 태워달라고 간청했다. 그의 청혼을 그녀가 받아들이자, 병참장교는 예의범절을 지지하며 아주 예의 바르게 자기 자리에 앉았고, 제너럴 부인은 그 장교가 죽을 때까지 마차를 몰았다. 함께 다니는 동안에 그들은 예의범절에 방해되는 사람들을 여럿 치어 다치게 했지만, 언제나 매우 기품 있게 그리고 태연하게 다녔다.

병참장교가 장례식에 적합한 장식을 모두 다 갖춰서 묻힌 다음에 (예의범절이라는 네 마리의 말 모두에게 마구를 채워 장의용 마차에 연결했는데, 그 말들은 모두 깃털장식을 하고 있었고 귀퉁이에 그의 문장을 그린 검은 벨벳 마의馬衣를 걸치고 있었다), 제너럴 부인은 먼지와 재같은 잡동사니가 은행에 얼마나 예금되어있는지 알아보았다. 그랬더니, 병참장교는 결혼하기 몇 년 전에 연금수령권을 사들였을 정도로, 그리고 청혼할 때는 수입이 예금해둔 돈의 이자에서 나온다고 하고 그 사정에 대해서는 언급하지 않았을 정도로, 제너럴 부인을 훨씬 앞질러서 행동했다는 사실이 드러났다. 따라서 제너럴 부인은 자신의 재산이 아주 많이 줄어든 것을 알게 되었고, 마음을 완벽하게 조절하지 못했다면 최근에 치른 장례식에서 병참장교가 이승에서 아무것도 가져가지 못했다고[1] 했던 선언이 정확한 것인지 이의를 제기했을지도 모른다.

그러다가 제너럴 부인은 자신이 젊고 저명한 아가씨의 예의범절 뿐 아니라 "정신을 단련시킬 수 있다"는 생각이 들었다. 즉, 부유하고 젊은 여자상속인이나 미망인의 마차에 예의범절을 채우고, 그 마차가 사교계의 미로를 지나갈 때 마부이자 보호자가 될 수 있겠다는 생각이 들었다. 그런 생각을 들은 성직자 친척들이나 병참장교 친척들이 열렬히 성원했기 때문에, 그녀의 의심할 여지없는 장점이 없었다면 그들이 그 부인을 없애고 싶어 하는 것처럼 보였을지 모른다. 제너럴 부인을 신앙심과 학식, 미덕과 고상함의 경이라고 표현하는 추천서들이 유력자들에게서 풍성하게 답지했다. 부주교님 한 분은 제너럴 부인을 직접 보는 영광과 도덕적 기쁨을 이제까지 맛본 적은 없지만, 완벽한 부인이라고 증언하면서(믿을 수 있는 사람들이 자신에게 설명했던 말이라고 했다) 눈물을 흘리기까지 했다.

그래서 제너럴 부인은 이를테면 교회와 국가에서 임무를 위임받은 것처럼 언제나 우위를 점했고, 그것을 유지해야 하는 처지에 있다고 생각했으며, 자신을 아주 높은 가격으로 내놓기 시작했다. 얼마 동안은 제너럴 부인에 대한 입찰이 아예 없었다. 드디어 열네 살짜리 딸을 둔, 상류층 티를 내는 어떤 홀아비가 제너럴 부인과

---

[1] 영국 국교회 기도서의 다음 부분 참조. "이 세상에 아무것도 가져오지 않았으므로 이 세상에서 아무것도 가져갈 수 없노라."

협상을 시작했다. 자신이 찾는 사람보다 자신을 찾는 사람이 더 많은 것처럼 처신하는 게 그녀의 타고난 품위나 인위적인 방침 중의 일부였기 때문에(둘 중의 하나라는 것은 틀림없었다), 그 홀아비는 제너럴 부인을 설득해서 그녀가 딸아이의 정신과 예의범절을 단련시키기로 약속할 때까지 그녀를 따라다녔다.

제너럴 부인은 그 책임을 칠 년쯤 담당했다. 그 동안 그녀는 유럽을 여행했고, 상류사회의 세련된 사람이라면 직접 보지 말고 다른 사람을 통해 간접적으로 보아야 하는 잡다한 사물들도 대부분 구경했다. 그녀가 담당한 아이가 마침내 단련되었을 때, 그 젊은 아가씨뿐 아니라 홀아비였던 그 아버지의 혼인도 결정되었다. 그때 제너럴 부인을 불편해 했을 뿐 아니라 비용이 많이 든다고 생각하고 있던 홀아비가 부주교님처럼 갑자기 그녀의 장점에 감동하였고, 그 축복을 다른 사람에게 전달할 기회가 생겨날 수 있는 구역마다 그녀의 뛰어난 가치를 칭찬하는 말들을 퍼뜨렸다. 그래서 제너럴 부인은 이전 어느 때보다도 훌륭한 명사가 되었다.

최근에 재산을 물려받은 도릿 씨가, 딸들의 교육을 완수하고 딸들의 감독자나 보호자가 될 자격을 갖춘, 교양 있고 세련되고 유력한 친척이 있으며 상류사회에 충분히 익숙한 부인을 만나고 싶다는 뜻을 자신의 은행가에게 비쳤을 때, 그 불사조는 임대되려고 높다란 횟대에 앉아있었다. 도릿 씨의 은행가는 상류층 티를 내는 그 홀아비의 은행가이기도 했기 때문에 즉시 '제너럴 부인'을 추천했다.

운 좋게 발견한 빛을 따라, 그리고 제너럴 부인을 아는 모든 사람의 일치된 증언이 앞서 말한 대로 감동적이었기 때문에 도릿 씨는 상류층 티를 내는 그 홀아비가 사는 지역까지 일부러 내려가서 제너럴 부인을 만났다. 그리고 그녀가 자신이 최대한으로 기대했던 것보다도 뛰어난 부인이라는 사실을 확인했다.

"묻는 걸 용서하시오," 도릿 씨가 말했다. "내가 - 하아 - 얼마큼의 보 - "

"글쎄요," 제너럴 부인이 그 말을 제지하며 대답했다. "그런 이야기는 정말 하기 싫어요. 여기 있는 친구들과는 그런 문제를 논의한 적이 없거든요. 그리고 도릿 씨, 그런 문제를 대할 때마다 따라붙는 미묘함을 극복할 수도 없고요. 아시겠지만 내가 가정교사는 아니거든요 - "

"원, 천만에요!" 도릿 씨가 말했다. "부인, 내가 그렇게 여긴다고는 절대 생각하지 마세요." 그렇게 여긴다는 의심을 받았다는 것에 대해 정말로 얼굴을 붉혔다.

제너럴 부인은 근엄하게 머리를 끄덕였다. "따라서 나는 마음이 이끌려서 할 수 있으면 기쁨이 되겠지만, 단지 보수를 받기 위해서는 도저히 할 수 없는 봉사에 대해 값을 매길 수 없어요. 그리고 내 사례와 유사한 사례를 어떻게 또는 어디서 찾을 수 있을지도 모르겠고요. 그건 특수하거든요."

물론이지요. 그러나 그렇다면 (도릿 씨가 자연스러워 보이게 운을 떼었다) 그 문제를 어떻게 얘기하면 좋을까요?

"글쎄요," 제너럴 부인이 말했다. "마음에 안 들긴 하지만 - 도릿 씨 당신이 분기마다 은행의 내 계좌에 얼마큼씩 입금했었는지 여기 있는 내 친구들에게 은밀하게 알아볼 수는 있겠지요.”

도릿 씨가 감사하다고 고개를 숙였다.

“덧붙이자면,” 제너럴 부인이 말했다. “나중에 이 문제를 다시 얘기할 순 없어요. 또한 열등하거나 하급의 지위를 받아들일 수도 없고요. 도릿 씨의 가족과 인사를 주고받는 영광을 제안한다면 – 딸이 둘이라고 했죠? – ”

“둘입니다.”

“나는 동료이자 보호자로서, 그리고 스승이자 친구로서 완벽한 평등을 조건으로 해서만 그 제안을 받아들일 수 있습니다.”

도릿 씨는 자신의 지위가 높다는 사실을 의식하고 있지만 그녀가 조건을 내걸더라도 그 일을 수락한다는 것이 대단히 친절한 행동이라고 느꼈다. 그래서 참으로 친절하다고 말할 뻔했다.

“딸이 둘이라고 했죠?” 제너럴 부인이 다시 물었다.

“둘입니다.” 도릿 씨가 다시 대답했다.

“그러면,” 그녀가 말했다. “여기 있는 내 친구들이 내 계좌에 입금하던 돈에(그 액수가 얼마로 드러나든지) 3분의 1을 추가할 필요가 있겠군요.”

도릿 씨는 말하기 어려운 그 문제를 상류층 티를 내는 그 홀아비에게 지체 없이 문의했고, 그가 매년 제너럴 부인의 계좌에 300파운드씩 입금했다는 사실을 확인하고는, 계산하느라 크게 애쓰지 않고도 자기는 400파운드를 입금해야겠다는 결론에 도달했다.[2] 부인은 표면이 번쩍번쩍 빛나는 분이므로 아무리 많은 돈을 들여도 그만한 가치가 나간다면서, 그녀를 자기 가족의 일원으로 여기는 영광과 기쁨을 누리게 해달라고 제너럴 부인에게 공식적으로 제안했다. 제너럴 부인이 그 대단한 특권을 허락했고, 그래서 그녀가 지금 함께 있게 된 것이다.

실물로 보면, 제너럴 부인은 실물과 관련이 많은 치마도 포함해서 기품 있고 당당한 용모였다. 뚱뚱했지만 활발히 움직였으며 덩치가 아주 컸다. 그리고 예의범절을 지지했고 늘 꼿꼿한 자세로 앉아 있었다. 그녀는 옷의 주름 하나 어지럽히지 않고도 또는 핀 하나 바꾸지 않고도 알프스 산맥 꼭대기나 헤르쿨라네움[3]의 밑바닥까지 갈 수 있었을지 모르고 – 또 가기도 했다. 그녀의 안색과 머리카락이 마치 탁월하게 품위 있는 제분소에 살아서 그런 것처럼 밀가루가 상당히 뒤덮인 모습을 하고 있다면, 그것은 제비꽃 분으로 얼굴을 매만졌거나 머리가 하얗게 세어서 그런 것이라기보다 오히려 백악질로만 이루어진 인물이었기 때문일 것이다. 그녀의 두 눈에 표정이 전혀 없다면, 그것은 아마 두 눈이 표현할 게 없었기 때문일 것이다. 그녀의 얼굴에 주름살이 거의 없다면, 그것은 그녀의 정신이 그 이름이든 다른 이름이든 자기 얼굴에 새긴 적이 없었기 때문일 것

---

[2] 당시에 대부분의 가정교사는 일 년에 20파운드에서 50파운드 사이의 사례를 받았다.

[3] 나폴리에서 6마일 떨어져 있는 고대도시로 베수비우스 화산 폭발 때 폼페이와 더불어 파괴되었음.

이다. 요컨대, 차갑고 창백하고 불꽃이 꺼진 여성으로, 제대로 불이 붙었던 적이 없는 부인이었던 것이다.

제너럴 부인은 개인적인 의견이 없는 인물이었다. 그녀가 어떤 사람의 정신을 단련시키는 방식은 개인적인 의견을 갖지 못하게 하는 것이었다. 그녀는 정신의 홈이나 궤도라는 원형의 작은 장치를 갖추고, 그 위로 다른 사람들의 의견이라는 작은 열차들을 출발시켰는데, 그 열차들은 서로 추월하는 법이 없었고 어디든 도달하는 법이 없었다. 그녀의 예의범절조차도 이 세상에 부적절한 행동이 존재한다는 사실에 이의를 제기할 수는 없었다. 그러나 그녀가 부적절한 행동을 제거하는 방식은 그것을 보이지 않는 곳에 숨기고 그런 것이 존재하지 않는 체하는 것이었다. 그것이 그녀가 정신을 단련시키는 또 다른 방법이었으니 − 모든 골치 아픈 물건들을 찬장에 밀어넣고 자물쇠로 잠근 후에 존재하지 않는다고 말하는 식이었다. 그것은 가장 쉬운 방법이었으며 비할 데 없이 가장 적절한 방법이었다.

제너럴 부인은 충격적인 이야기는 무엇이든 듣지 않으려고 했다. 그녀 앞에서는 사건, 불행, 범죄에 대해 말하지 말아야 했다. 열정은 그녀가 있는 곳에서는 잠들어야 했고 피는 우유와 물로 바뀌어야 했다. 그 모든 것을 뺀 다음에 세상에 남아있는 얼마 안 되는 것에 니스 칠을 하는 것이 그녀가 하는 일이었다. 자신을 그와 같이 단련시키는 중에 그녀는 제일 작은 붓을 가장 큰 항아리에 담갔고, 검토하고 있는 모든 대상의 표면에 니스 칠을 했다. 그 대상에 금이 가 있을수록 그녀는 니스 칠을 더했다.

제너럴 부인의 목소리에 니스가 묻어있었고, 손길에 니스가 묻어있었으며, 주변의 대기에도 니스가 묻어있었다. 깃털 같은 눈발이 지붕에 내리고 제너럴 부인은 훌륭한 생베르나르 수도원의 품에 안겨서 잠들었는데, 그녀의 꿈은ㅡ그녀가 꿈을 꾼다면ㅡ틀림없이 니스 칠이 되어있었을 것이다.

3 여행 중에

아침이 되자 밝은 햇빛이 눈부시게 빛났고 눈이 그쳤으며 안개가 사라졌다. 산 공기가 맑고 가벼워서 들이마시는 느낌이 새로웠으며 새 삶을 시작한 것 같았다. 단단한 지면 자체가 사라진 것 같았고, 엄청나게 하얀 더미와 덩어리들이 반짝이고 있는 불모지인 그 산이 머리 위의 푸른 하늘과 멀리 발아래의 대지 사이를 떠도는 구름 지대 같아서, 이런 망상을 도왔다.

짧은 실에 묶인 몇몇 매듭처럼, 수도원 문에서 시작하여 아직 이어지지 않은 구간이 띄엄띄엄 남아있는 내리막길 아래로 꼬불꼬불 이어지는 눈 위의 검은 반점들은 수사들이 길을 치우느라 작업하고 있는 장소가 어디인지를 알려주었다. 문간의 눈은 다시 밟혀서 벌써 녹기 시작했다. 노새들을 서둘러 끌어내서 담장의 고리에 묶고 짐을 실었다. 줄에 꿰어져 있는 방울들을 죔쇠로 채워서 노새에게 달았고, 짐들을 정돈했으며, 마부들과 승객들의 목소리가 음악적으로 들렸다. 제일 일찍 일어난 몇몇은 심지어 벌써 여행을 재개한 다음이었다. 수도원 근처 검은 호숫가의 평평한 정상과 어제 올라온 길로 내려가는 길에서는, 주변의 광대함에 대비되어 축소모형으로 줄어든 채 움직이는 작은 사람들과 노새들이, 맑게 울리는 방울 소리를 내고 정다운 이야기를 즐겁게 나누면서 움직이고 있었다.

어젯밤에 저녁을 먹은 방에서는, 어제 피웠던 난롯불의 솜털 같은 재를 그대로 두고 그 위에 장작을 새로 쌓아서 피운 난롯불이 빵, 버터, 우유로 이루어진 검소한 아침식사를 비추고 있었다. 그 난롯불은 도릿 가의 가이드 역시 비추었는데, 그는 불편할 정도로 단단한 도구를 사용해야 하게끔 저장해두었던 자잘한 다른 식품들과 자신이 가져온 재료를 가지고 일행을 위해 차를 준비하고 있었다. 가원 씨와 파리의 블랑두아는 벌써 아침을 먹고 여송연을 피우며 호숫가를 왔다갔다하고 있었다.

"가원이라고?" 가이드가 그들이 아침을 들도록 나가자, 팁이, 즉 에드워드 도릿 님께서 여행자 장부의 책장을 넘기다가 중얼거렸다. "가원이 그 건방진 애송이의 이름이군, 내가 할 말은 더 이상 없어! 그럴 가치가 있다면 그 친구의 코를 잡아당기겠지만 그럴 가치가 없으니까 — 그에게는 다행한 일이지. 에이미, 그의 부인은 어떻니? 너는 알 거 같은데. 그런 종류의 일들이라면 보통 알잖아."

"좀 나아졌어, 에드워드. 하지만 그들은 오늘 떠나지 않을 거야."

"아! 오늘 떠나지 않는다고! 그 친구에게 역시 다행한 일이군." 팁이 말했다. "그렇지 않으면 나와 부딪칠 수도 있으니까."

"여기 신부님들이 내일 그녀가 산 아래로 노새를 타고 내려갈 때 피곤하거나 흔들리지 않도록 오늘은 가만히 쉬는 게 낫겠다고 했어."

"진심으로 나도 그렇게 생각해. 그런데 너는 그녀를 간호했던 것처럼 말하는구나. 되돌아간 거 아니지? (제너럴 부인이 없으니까 하는 말인데) 옛날 습관으로 말이야, 에이미?"

패니 양과 아버지를 교활하게 곁눈질하면서 그가 질문했다.

"뭐든 해줄 게 있는지 물어보러 갔었을 뿐이야, 팁." 작은 도릿이 말했다.

"나를 팁이라고 부르지 마, 에이미." 그는 얼굴을 찡그리며 대꾸했다. "그건 옛날 습관이고 버리는 편이 나은 습관이니까."

"그렇게 부르려던 건 아니야, 에드워드 오빠. 잊어버렸을 뿐이지. 예전에는 자연스러운 호칭이었기 때문에 지금도 맞는 거 같아서 그래."

"아무렴 그렇겠지!" 패니 양이 갑자기 끼어들었다. "자연스럽고, 맞는 호칭이고, 예전에는, 그리고 기타 등등! 말도 안 되는 소리, 이 꼬마야! 나는 네가 가원 부인이라는 그 사람에게 그토록 관심을 기울이는 까닭을 아주 잘 알아. **내 눈을** 멀게 할 순 없어."

"언니 눈을 멀게 하려고 하진 않아. 화내지 마."

"아! 화낸다고!" 젊은 아가씨가 성을 내며 대꾸했다. "참을 수 없어." (그 말은 정말 사실이었다.)

"제발, 패니," 도릿 씨가 이맛살을 찌푸리며 말했다. "무슨 얘길 하는 거니? 알아듣게 설명해야지."

"아아! 신경 쓰지 마세요, 아빠." 패니 양이 대답했다. "별일 아니에요. 에이미는 제 말을 이해할 거예요. 동생은 전부터 가원 부인을 알고 있었거나, 그녀에 대한 이야기를 들었던 거예요. 그랬다는 걸 인정하는 편이 낫죠."

"애야," 도릿 씨가 막내딸에게 고개를 돌리고 물었다. "네 언니가 이처럼 묘한 이야기를 하는데 — 뭐든 — 하아 — 근거가 있는 거니?"

"우리가 아무리 착해도," 그녀가 대답하기 전에 패니 양이 끼어들었다. "상대에 대해 아는 바가 없다면, 추운 산악지대 꼭대기에서 그 사람이 있는 방에 살며시 들어가거나 그 사람과 함께 추위 속에서 죽을 고생을 하지는 않아요. 가원 부인이 누구의 친구인지 알아맞히는 건 별로 어려운 일이 아니에요."

"누구 친군데?" 도릿 씨가 물었다.

"아빠, 이런 말을 해서 유감이에요," 그때쯤 자기 자신을 몰아붙여서 많이 학대받고 불만이 많은 상태로 보이게 하는 데 성공한 패니 양이 대답했다. 그녀는 그렇게 보이려고 자주 애썼던 것이다. "그 부인은 아주 불쾌하고 무례한 그 사람의 친구일 거예요. 좀 더 노골적으로 언급하지는 않기로 우리끼리 양해하고 있는 그 날에, 경험상 그에게 기대할 수도 있었던 모든 섬세함을 완전히 빼먹은 채 아주 공개적이고 계획적으로 우리를 모욕하고 격노하게 했던 그 사람 말이에요."

"에이미, 애야," 도릿 씨가 위엄을 갖춘 애정으로 무미건조한 엄격함을 누그러뜨리면서 물었다. "이 말이 사실이니?"

작은 도릿이 얌전하게 대답했다. 예, 사실이에요.

"그럼 사실이지!" 패니 양이 크게 말했다. "물론이고말고! 내가 그렇게 말했잖아! 그래서 아빠, 단호하게 말하는데요." 이 젊은 아가씨는 평생 매일같이 그리고 심지어는 하루에도 몇 번이고 같은 얘기를 단호하게 말하는 버릇이 있었다. "이건 부끄러운 일이에요! 그만둬야 한다고 단호하게 말하겠어요. 우리끼리만 아는 일을 겪었다는 것으로 충분하지 않나요? 우리 감정을 제일 상하지 않게 해야하는 바로 그 사람이 우리 눈앞에서 그걸 꾸준히 그리고 체계적으로 집어 던지도록 둬야 하나요? 이렇게 이상한 행동을 평생 매 순간 겪어야 하느냐고요? 우리가 잊도록 그냥 둘 순 없는 건가요? 다시 말하지만, 굉장히 수치스러워요!"

"이런, 에이미," 그녀의 오빠가 고개를 가로저으며 말했다. "너도 알다시피 나는 지지할 수 있을 때마다 그리고 대부분의 경우 널 지지했어. 그러나 사람이 다른 사람을 대할 수 있는 가장 비신사적인 방식으로 날 대했던 남자를 네가 도와주는 것은, 남매의 정을 보여주는 것치고는, 맹세컨대, 상당히 설명할 수 없는 방식이라는 얘기를 해야겠구나. 그는," 설득력 있게 덧붙였다. "야비한 도둑놈이 분명해, 그렇지 않으면 그렇게 행동했을 리가 없어."

"그리고 잘 봐," 패니 양이 말했다. "이 일로 인해 어떻게 될지 잘 보라고! 우리가 앞으로 하인들에게서 존경받기를 기대할 수 있겠니? 절대 없어. 지금 우리는 하녀 두 명, 아빠의 시종 한 명, 하인한 명, 가이드 한 명, 그리고 온갖 종자從者 들을 다 데리고 있어. 그런데도 이들이 있는 가운데서 우리 가족 중 한 명이 냉수가 들어 있는 큰 컵을 가지고 머슴처럼 바쁘게 다니다니! 글쎄, 경찰이라도," 패니 양이 말했다. "거지가 길거리에서 발작을 일으킨다고 해서, 어 젯밤에 바로 이 에이미가 바로 이 방에서 바로 우리 눈앞에서 했던 대로 큰 컵을 들고 급히 다녔을까!"

"나는 그런 문제엔 별로 신경 쓰지 않아, 가끔은 말이야." 에드워 드 군이 말했다. "그러나 스스로 적절하다고 생각해서 그렇게 칭하 는 너의 클레넘에 대해서는 달라."

"그는 내내 같은 것의 일부야." 패니 양이 말을 받았다. "그리고 다른 모든 것과 같은 종류이고. 우선 그는 우리 일에 참견하고 나섰 어, 우리가 원하지도 않았는데 말이지. 그 없이 지낼 수 있으면 아주 기쁘겠다는 얘기를 개인적으로 그에게 늘 했거든. 그다음에 그는 우리에게 엄청나게 모욕적인 행동을 했어. 우리를 웃음거리로 만드 는 데 기쁨을 느끼지 않았다면 그런 행동을 할 수도 없었을 거고 하지도 않았을 거야. 그랬는데, 그의 친구를 시중드느라고 우리 가 족의 품위를 떨어뜨리다니! 글쎄, 나는 가원 씨라는 그 사람이 오빠 에게 그런 행동을 하는 게 이상스럽지 않았어. 그가 우리의 옛날 불행을 즐기는데 달리 뭘 기대할 수 있겠어 - 우리의 불행을 흡족한 듯 바라보고 있었단 말이야!"

"아빠 - 에드워드 - 정말 아니에요!" 작은 도릿이 항변했다. "가 원 씨든, 가원 부인이든 우리 이름은 들은 적도 없어요. 우리 내력은 전혀 몰랐고, 지금도 몰라요."

"그러면 더 나쁘지." 정상을 조금도 참작하지 않기로 작정한 패니가 쏘아붙였다. "그렇다면 변명할 거리도 **없는** 거니까. 우리에 대해 알고 있었다면 네가 그들을 달래라는 부탁을 받았다고 느낄 수나 있었을 거야. 그렇게 느낀다는 건 설득력도 없고 말도 안 되는 실수지만, 난 실수는 존중할 수 있어. 그러나 우리에게 가장 가깝고 가장 소중한 사람들을 일부러 계획적으로 깎아내리는 건 존중할 수 없어. 없고말고 그런 걸 존중할 수야 없지. 그런 것은 비난할 수밖에 없는 거야."

"언니, 내가 언니의 감정을 일부러 상하게 하지는 않아." 작은 도릿이 말했다. "비록 언니는 내게 아주 쌀쌀맞게 행동하지만 말이야."

"에이미, 그렇다면 네가 좀 더 조심해야겠구나." 그녀의 언니가 대꾸했다. "그런 일을 우연히 하는 거라면 좀 더 조심해야지. 만일 내가 예절에 대한 인식을 무디게 하는 이상한 장소에서 그리고 이상한 환경에서 태어났다면, 나는 '무지한 탓에 가깝고 소중한 친척들의 명예를 손상시키는 행동을 하고 있나?'라고 매 단계 반드시 생각할 것 같아. **내가** 그런 경우라면 반드시 생각할 거라고 여기는 게 바로 그거야."

도릿 씨가 그때 끼어들어서, 그의 권위로써 이런 고통스러운 문제에 대해 그만 얘기하도록 하고, 자신의 지혜로써 이 문제의 교훈을 지적했다.

"아가," 그가 둘째 딸에게 말했다. "부탁이니 - 하아 - 그만 말해라. 네 언니 패니가 심하게 말하긴 했지만 꽤 근거 있는 얘기구나. 너는 이제 - 흠 - 유지해야 할 높은 지위가 있어. 그 높은 지위는 너만 아니라 - 하아 - 내가 그리고 - 하아 흠 - 우리 가족이 함께 차지하고 있는 거란다. 우리 가족 말이야. 높은 지위에 있는 사람들은 스스로 존중받도록 행동할 의무가 있는데 우리 가족이 특히 그렇단다, 내가 - 하아 - 이유를 상술하지는 않겠지만 말이다. 방심하지 말고 스스로 존중받도록 해야 할 의무가 있어. 하인들이 우리를 존중하게 하기 위해서는 그들과 - 하아 - 거리를 두어야 하고 - 흠 - 그들을 억눌러야 하는 거야. 억눌러야 한단 말이야. 따라서 네가 이전에 수행원들의 수고 없이 지냈을 뿐 아니라 일을 스스로 했던 것처럼 보이면, 그들의 입방아에 오를 수 있으니까, 그렇게 하지 않는 것이 - 하아 - 대단히 중요하단다."

"그야 물론이죠, 누가 그걸 의심하겠어요?" 패니 양이 큰 소리로 말했다. "그게 만사의 핵심인걸요!"

"패니야," 그녀의 아버지가 거창하게 말을 받았다. "내가 말할 기회를 줘. 그래야 - 하아 - 클레넘 씨 얘기를 할 수 있으니까. 솔직히 말해서, 에이미야, 네 언니와 같은 생각은 아니란다 - 즉 - 클레넘 씨와 관련해서 - 완전히 - 흠 - 완전히 같은 생각은 아니야. 난 기꺼이 그 사람을 - 하아 - 대체로 - 품행이 단정한 사람이라고 평가할 수 있단다. 흠. 품행이 단정한 사람이라고 말이야. 또한 클레넘 씨가 아무 때고 - 하아 - 나와 사귀려고 끼어든 적이 있는지 따지지도 않을게. 자신이 나와의 교제를 – 흠 – 추구했다는 것을 알고 있으니까 날 공인이라는 시각에서 생각했다고 해명할 수 있겠지. 그러나 클레넘 씨와의 – 하아 – 보잘것없는 경험에(아주 보잘것없는 경험이지) 수반되는 사정이 있는데," 그때 도릿 씨는 대단히 위엄 있고 감동적으로 말했다. "클레넘 씨가 현 상황에서 나든 내 가족 중 누구하고든 – 하아 – 다시 연락하려고 한다면 그건 아주 무례한 거야. 그런 노력이 도리에 어긋난다는 점을 인식할 정도로 클레넘 씨가 충분히 섬세하다면, 나야 책임 있는 신사로서 그러한 섬세함을 – 하아 – 따라야겠지. 그러나 클레넘 씨에게 그러한 섬세함이 없다면, 그렇게 – 흠 – 천한 정신을 가진 사람과는 – 하아 – 연락을 절대 주고받을 수 없는 거란다. 어느 경우든 클레넘 씨는 논점에서 완전히 제외되는 것 같고, 우리는 그와, 그리고 그는 우리와, 아무 관련도 없는 것 같구나. 하아 – 제너럴 부인!"

그가 이름을 부른 그 부인이 아침식사를 하기 위해 들어오는 바람에 그 이야기는 종결되었다. 직후에 가이드가 시종과 하인, 두 명의 하녀와 네 명의 안내인, 그리고 열네 마리의 노새가 준비를 마쳤다고 알려왔다. 그래서 아침을 함께한 일행은 수도원 문으로 나가서 행렬에 합세했다.

가원 씨는 여송연을 물고 연필을 든 채 일행과 떨어져 있었지만, 블랑두아 씨는 자리를 지키며 숙녀들에게 인사를 했다. 그가 챙이 처진 모자를 벗고 정중하게 인사할 때, 작은 도릿은 가무잡잡한 존재가 눈 속에서 망토를 두르고 있으니 간밤에 난로 불빛에 보았던 것보다 한층 더 음흉하게 보인다고 생각했다. 그러나 아버지와 언니가 그의 문안 인사를 다소 호의적으로 받아들였기 때문에, 그에 대해 불신하는 말을 하면 그것이 감옥에서 태어났다는 사정에서 비롯된 새로운 오점이 될까 봐 자제했다.

그럼에도 그녀는 수도원이 여전히 보이는 가운데 울퉁불퉁한 길을 굽이굽이 돌아서 내려갈 때 여러 번 뒤돌아보았다. 그리고 블랑두아 씨가 그들을 내려다보며 누런 안개에 싸인 굴뚝에서 수직으로 높이 올라가는 수도원의 연기를 배경으로 하여 툭 튀어나온 지점에 계속 서 있다는 사실을 확인했다. 그가 눈 속에서 겨우 검은 지팡이처럼 보이게 된 지 한참이 지난 다음에도, 그의 그 웃음, 오뚝한 그 코, 그리고 코에 너무 가깝게 몰려있는 그 두 눈을 여전히 볼 수 있을 것 같은 느낌이 들었다. 심지어는 수도원이 시야에서 사라지고 아침의 엷은 구름이 수도원 아래의 고개를 가린 다음에도, 유령같이 뼈대만 남은 길가의 가지들 전부가 그를 가리키는 것 같았다.

좀 더 따스한 지역으로 내려오자, 가슴이 눈보다도 차갑고 잘 녹아내리지 않지만 어쩌면 눈보다도 믿을 수 없는 존재라 할 수 있는 파리의 블랑두아는 점차 잊혀졌다. 햇볕이 다시 따뜻해졌고, 빙하와 눈 덮인 동굴에서 흘러내리는 개울물을 마시니 가슴이 다시 후련해졌다. 그들은 스위스 시골의 소나무 숲, 돌투성이 개울, 초록이 우거진 언덕과 골짜기, 목조산장, 그리고 갈지자형으로 간단하게 만든 울타리로 다시 접어들었다. 길이 아주 넓어져서 그녀와 아버지가 노새를 타고 나란히 갈 때도 있었다. 그리고 모피와 브로드를 멋지게 차려입었고, 부자이고, 자유의 몸이며, 많은 사람의 시중과 접대를 받고 있고, 멀리 풍경의 아름다움에 눈길을 주고, 시야를 어둡게 하며 그림자를 드리우는 초라한 장막이 앞에 존재하지 않는 아버지의 모습을 보는 것으로 충분했다.

삼촌은 옛날의 그림자를 아주 벗어던지고, 그들이 준 옷을 입고, 가족의 명예를 위한 제물로서 목욕을 했으며, 가족이 이끄는 대로 가는 것을 참을성을 조금 발휘해서 동물적으로 즐겼다. 모든 것이 공기와 기분전환이 그에게 도움이 된다는 사실을 나타내는 것 같았다. 한 가지를 제외한 다른 모든 면에서 그는 형으로부터 반사되는 빛으로만 빛을 냈고, 형의 지위와 재산, 자유와 위엄이 자신과 아무 관계가 없어도 기뻐했다. 말이 없고 내성적인 그는 형의 말소리가 들릴 땐 말할 필요가 없었다. 또한 시중을 받고자 하는 욕망이 없었기 때문에 하인들은 형에게만 전념했다. 스스로 시작한 유일하게 두드러진 변화는 둘째 조카딸을 대하는 태도였다. 그 태도가 매일 점점 정련되어서 두드러진 존경으로 변했으니, 나이 든 사람이 젊은 사람에게 잘 보여주지 않는 존경심이었고, 더더군다나 그처럼 적절하게 존경심을 보이는 경우는 정말로 드물다고 할 수 있을 정도였다. 패니 양이 단호하게 말할 때마다, 그는 기회가 생기는 대로 모자를 벗어서 하얗게 센 머리를 드러낸 채 둘째 조카딸에게 경의를 표했고, 최고의 존경심으로 조카딸이 마차에서 내리는 것을 돕거나 마차에 태워주거나 뭐든 다른 배려를 했다. 그것은 언제나 충심이고 순수하며 자발적이고 진정으로 행하는 것이었기 때문에 엉뚱하다거나 억지로 하는 거 같지 않았다. 또한 그는 형이 권해도, 그녀보다 앞서서 어떤 자리에든 안내받거나, 어떤 일이든 윗자리를 차지하려고 하지 않았다. 그녀가 존중받도록 대단히 마음 썼으니, 그레이트 생베르나르 수도원에서 내려오는 바로 그 여정에서도, 그녀가 노새에서 내릴 때 하인이 가까이 있으면서도 그녀의 등자를 잡는 데 태만했다는 이유로, 하인에게 갑자기 심하게 화를 냈고, 노새에 탄 채 고집 세게 그에게 돌진하여 귀퉁이로 몰아붙이고 밟아 죽이겠다는 협박을 가해서 형언할 수 없을 정도로 수행원 전체를 놀라게 했다.

그들은 상당한 일행이었기 때문에 여관주인들은 그들을 숭배하다시피 했다. 어디를 가든 호화로운 방을 미리 준비하도록 하기 위해 가이드가 앞서 가서 중요한 일행이라는 사실을 알렸다. 가이드가 이 가족 행렬의 전령이었던 것이다. 커다란 여행용 마차가 뒤이어 왔는데, 안쪽에는 도릿 씨, 도릿 양, 에이미 도릿 양, 제너럴 부인이 타고 있었고, 바깥쪽에는 몇몇 하인들과 (날씨가 좋을 때는) 에드워드 도릿 님이 타고 있었으며, 그를 위해 마부석을 따로 떼어놓고 있었다. 그다음에 프레드릭 도릿 님을 태운 마차가, 비 오는 날이면 에드워드 도릿 님이 차지할 자리가 비어있는 채로 도착했다. 그러고 나서 나머지 하인들과 무거운 짐을 실은 짐수레가, 다른 마차들이 남겨놓은 진흙과 먼지를 잔뜩 달고 왔다.

이런 마차들이 가족이 산으로 여행을 갔다가 돌아온 날 마티니의 호텔 마당을 장식했다. 많은 손님이 여행 중이었기 때문에, 천 조각을 대고 기운 이탈리아식 사륜마차 – 영국 시장에서 사들인 그네 몸통을 바퀴 달린 나무상자에 올려놓고, 바퀴가 달리지 않은 다른 나무상자를 그 위에 올려놓은 것 같았다 - 부터 잘 손질된 영국식 마차까지 다른 마차들도 그곳에 있었다. 그러나 호텔을 장식하는 다른 일행이 있었으니 도릿 씨가 예상하지 못했던 것이었다. 두 명의 낯선 여행자들이 그가 지정한 방 중 하나를 장식하고 있었던 것이다.

여관주인이 모자를 벗어서 손에 들고, 자신의 바람이 꺾였고 비참하게 되었으며 심하게 시달렸다고 마당에 서서 가이드에게 증언했다. 자기가 가장 비참하고 불행한 짐승이라고, 자기 머리가 돼지처럼 멍청하다고 했다. 자기가 양보를 하면 안 되는 것이었다고 했다. 하지만 매우 품위 있는 그 부인이 그 방에서 식사할 수 있도록 반 시간만 잠시 편의를 봐달라고 하도 열심히 간청해서 자기가 꺾였다고 했다. 그 반 시간이 지나서, 귀부인과 신사가 약간의 후식을 들고 커피를 반쯤 마신 후 계산을 하고 말들이 준비되어 곧 떠나려 했지만, 불운한 운명과 버력 탓에 아직 떠나지 못했다는 것이었다.

도릿 씨는 그런 사과를 듣고 말할 수 없이 분노하여 계단 아래에서 발걸음을 돌렸다. 그는 가문의 품위가 자객의 손에 난도질당했다고 느꼈다. 자신의 품위에 대한 그의 감각은 더할 나위 없이 예민한 것이어서, 다른 사람은 전혀 느끼지 못할 때에도 어떤 음모가 도사리고 있다는 사실을 간파할 수 있었다. 자신의 품위를 해체하는 데 늘 관련되어있다고 느끼는 날카로운 메스들의 숫자가 그의 삶을 고통으로 만들었던 것이다.

"어떻게," 도릿 씨가 얼굴을 엄청나게 붉히며 말했다. "내 방 중 하나를 다른 사람에게 - 하아 - 뻔뻔하게 양도할 수 있나?"

너무너무 죄송합니다! 대단히 품위 있는 그 부인에게 압도되었다는 것이 주인인 저의 엄청난 불행이지요, 라고 했다. 나리께 화내시지 말라고 부탁드리고 자비를 빕니다. 남다른 친절을 베푸셔서 나리를 위해 특별히 정해 둔 다른 객실을 딱 5분만 사용하신다면 만사가 잘 될 겁니다.

"그럴 수 없어." 도릿 씨가 말했다. "다른 객실은 사용하지 않겠네. 자네 여관에서 먹거나 마시지 않고 또는 발을 들여놓지 않고 바로 떠나겠네. 어떻게 감히 이렇게 행동하나? 자네가 - 하아 - 날 다른 신사들과 차이를 두다니, 내가 누군가?"

아아! 나리야말로 모든 귀족 중에서 최고로 상냥하고 최고로 저명하며 최고로 존경할 만하고 최고로 영광스런 분이라는 사실을 증언해달라고 만천하의 모든 사람에게 부탁하겠습니다, 라고 했다. 제가 나리에 대해 다른 분들과 차이를 뒀다면, 그건 그저 나리가 좀 더 저명하고 좀 더 소중하며 좀 더 관대하고 좀 더 유명한 분이시기 때문입니다.

"내게 그런 말 하지 마," 도릿 씨가 대단히 흥분해서 대꾸했다. "자넨 날 모욕했어. 내게 숱한 모욕을 준 거야. 어떻게 감히? 해명해 보게."

아, 하느님, 그렇다면, 여관주인인 제가 더 이상 설명드릴 게 없는데 어떻게 해명을 드리겠습니까! 그저 사과드릴 뿐이고 나리의 유명한 관대함을 바랄 뿐입니다!

기차역 플랫폼의 군중들

"잘 듣게." 도릿 씨가 노여움으로 헐떡이면서 말했다. "자넨 날-하아-다른 신사들과 차별했어. 재산과 지위가 있는 다른 신사들과 구분했단 말이지. 자네에게 묻는데, 왜 그랬나? 내가 알고 싶은 것은- 하아 - 무슨 근거로, 누구의 권한으로 그랬느냐는 거야. 대답하게. 설명해봐. 이유를 말해."

그렇다면 보통 때는 아주 인자하신 나리가 이유 없이 화내시는 거라고 가이드 선생님께 공손하게 아뢰겠습니다, 라고 했다. 이유는 없습니다. 헌신적인 하인이 나리께 이미 설명해 드렸던 이유 말고 다른 이유가 있을 거로 생각하시면 오해하신 거라고 가이드 선생님이 나리께 설명해 주시면 좋겠습니다. 매우 품위 있는 그 부인이-

"조용히 해!" 도릿 씨가 호통을 쳤다. "잠자코 있으라고! 매우 품위 있는 그 부인 이야기는 그만 듣겠어. 자네 얘기도 그만 들어야겠군. 이 가족을 보게-내 가족이야-어떤 귀부인보다도 더 품위 있는 가족이지. 자네는 이 가족을 무례하게 대한 거야. 건방지게 대한 거지. 자넬 몰락시키겠어. 하아-말들을 데려오고 마차에 짐을 싸라고 해. 이 사내의 여관에 다신 발을 들여놓지 않겠어!"

누구도 그 논란에 끼어들지 않았다. 그것은 에드워드 도릿 님의 프랑스어 구사력을 넘어서는 것이었고, 아가씨들이 끼어들 분야가 아니었던 것이다. 그러나 그때쯤에 패니 양은 이 사내의 무례함에는 틀림없이 뭔가 특별한 게 있다고, 자기 생각에는 그가 자기 가족을 다른 부유한 가족과 차별하는 근거를 어떻게 해서든 버리도록 하는 게 중요할 것 같다는 말을 모국어로 하면서, 아주 통렬하게 아버지의 결정을 지원했다. 이 사람이 무례하게 나오는 이유가 무엇일지 짐작할 수 없어요. 그러나 틀림없이 이유가 있을 테니, 그 이유를 그에게서 떼어내야지요.

안내인들, 노새를 모는 마부들, 그리고 마당에서 빈둥거리던 사람들이 모두 다 분노하여 이야기를 주고받았고, 가이드가 마차를 밖에 내놓기 위해 부지런히 움직이자 대단히 감동 받았다. 그러고는 마차바퀴 각각에 열두 명가량씩 달라붙어서 와자지껄한 소리를 내며 마차를 밖에 내놓았다. 그다음에 역사에서 말들이 올 때까지 짐을 싣는 일이 계속되었다.

그러나 매우 품위 있는 그 부인의 영국식 마차가 이미 말을 맨 채 여관 문을 가로막고 있었기 때문에, 여관주인은 자신의 어려운 처지를 설명하기 위해 슬그머니 위층으로 올라갔다. 그는 신사와 귀부인을 모시고 계단을 내려와서 그들에게 의미심장한 손짓으로 분노한 도릿 님을 가리켰다. 여관 주인의 이런 행동으로 마당에 있는 사람들은 그들의 등장을 알아챘다.

"미안합니다." 신사가 귀부인과 떨어져서 앞으로 나서며 말했다. "저는 말수가 적고 설명에 서툰 사람입니다 - 그러나 여기 계신 부인이 소동이 없기를 매우 바라고 계십니다. 부인께서 - 사실은 제 어머니입니다 - 소동이 없기를 바란다고 전해주길 원하십니다."

모욕을 받았다고 생각해서 여전히 헐떡이고 있던 도릿 씨가 그 신사와 귀부인에게 쌀쌀맞고 최종적이고 완강한 태도로 인사를 했다.

"그러지 마요, 하지만 정말로 - 여기, 이보세요, 당신 말입니다!" 그 신사가 에드워드 도릿 님께 호소하는 방식이 그러했는데, 신의 뜻에 따라 대단히 안심이 되는 사람으로 재빨리 그를 지목한 것이었다. "당신과 내가 이 일을 잘 끝내도록 노력합시다. 귀부인께서 소동이 없기를 아주 몹시 바라시거든요."

사환의 인도로 약간 옆쪽으로 비켜선 에드워드 도릿 님께서 외교관 같은 표정을 하고 대답했다. "글쎄요 당신이 인정해야죠, 사전에 방을 많이 예약해 뒀는데 다른 사람이 그 방에 들어가 있는 걸 보면 유쾌하지 않다는 사실을요."

"맞아요," 상대가 말했다. "유쾌하지 않죠. 인정해요. 그러나 우리 두 사람이 이 일을 잘 끝내도록, 그리고 소동을 피하도록 노력하자고요. 잘못은 이 친구가 아니라 어머니가 했거든요. 어리석은 생각을 전혀 안 하고 - 교양도 있고 - 대단히 훌륭한 여성이셔서 어머니가 이 친구에게는 너무 버거웠던 거예요. 이 친구의 말을 완전히 무시했거든요."

"만일 그게 사실이라면 - " 에드워드 도릿 님께서 입을 열었다.

"사실이라는 점을 맹세합니다. 따라서," 상대방 신사가 주된 문제로 다시 돌아가서 말했다. "소동을 벌일 까닭이 뭐가 있겠습니까?"

"에드먼드," 귀부인이 출입구에서 말했다. "예의 바른 이 주인의 잘못이 아니라고 그 신사분과 그의 가족이 만족할 정도로 네가 충분히 설명했으면 좋겠구나."

"장담하지만, 어머니," 에드먼드가 대답했다. "설명하다가 제 자신이 아주 마비될 지경이에요." 그리고 나서 에드워드 도릿 님을 몇 초 동안 계속해서 바라보았고, 자신감이 폭발하는지 갑자기 덧붙였다. "이봐요! **됐죠?**"

"잘 모르겠지만 어쨌든," 귀부인이 도릿 씨 쪽으로 한두 걸음 우아하게 다가오면서 말했다. "내가 직접 바로 말하는 편이 낫겠군요. 손님이 방을 비운 사이에 스위트룸 중의 하나를 식사하는 시간만큼 길게(또는 짧게) 사용하는 것을 모두 다 책임지겠다고, 내가 이 착한 사람에게 큰소리쳤다는 사실을 말이에요. 예약한 방주인이 이렇게 금방 오리라고는 짐작도 못 했고 온 줄 알지도 못했어요. 그렇지 않았으면 옳지 못하게 얻은 방을 서둘러서 반환했을 것이고, 서둘러서 변명하고 사과했을 거예요. 그러니 이제 - "

외알 안경을 낀 그 부인은 두 도릿 양을 보자 잠시 얼어붙어 말문이 막혔다. 바로 그 순간, 가족과 가족의 마차, 그리고 집안의 하인들이 형성하는 웅장한 회화적 구도에서 전경에 있던 패니 양은, 한 쪽 팔로 동생을 꼭 껴안아서 동생이 그 자리에서 움직이지 못하게 했고, 다른 쪽 팔로는 기품 있게 부채질을 했다. 그리고 부인을 머리 끝에서 발끝까지 느긋하게 훑어보았다.

귀부인은 금방 정신을 차리고 - 그 부인은 머들 부인이었고 쉽게 당황하는 여성이 아니었기 때문에 - 자기가 이런 말을 했으니 무례한 행동에 대해 사과한 셈이고, 예의 바른 주인에게 아주 소중한 호의를 되찾아주고 싶다고 덧붙였다. 이 모든 소동이 자신의 품위라는 제단에 바치는 향이었던 도릿 씨가 우아하게 답변했다. 도릿 씨는 - 하아- 말들을 대령하라고 명령했던 것을 취소할 것이고, 처음에는 모욕이라고 여겼지만 지금은 명예라고 간주하는 바를 - 흠 - 너그럽게 봐주겠다고 말했다. 그러자 가슴이 그에게 고개를 숙였다. 가슴의 주인은 표정을 경이롭게 조절하고서 두 자매에게 이전에 만난 적이 없지만 상당히 호감을 느끼게 된 젊은 여성 재산가라면서 매력적인 작별의 미소를 보냈다.

그러나 스파클러 군은 그렇지 않았다. 귀부인인 어머니와 같은 순간에 얼어붙은 그 신사는 아무리 해도 다시 움직일 수 없었고, 패니 양이 전경에 있는 구도 전체를 빤히 바라보며 뻣뻣하게 서 있었다. 그의 어머니가 "에드먼드, 준비 다 됐어. 팔 좀 잡아 주겠니?"라고 했을 때, 그의 입술 모양을 보니, 반짝이는 재능을 아주 자주 드러내는 말로 답변하는 것 같았지만 입 주변 근육의 긴장이 풀리지는 않았다. 워낙 굳어 있어서 어머니가 마차 안에서 적절한 때에 당겨주지 않았다면 몸을 충분히 구부리지 못해 마차 안으로 들어갈 수 없었을지도 모를 정도였다. 그가 안으로 들어가자마자 마차 뒷좌석의 작은 창에 덧대었던 것이 사라졌고 그의 눈이 그 자리를 차지했다. 그 눈은 아주 작은 대상을 식별할 수 있는 동안, 그리고 어쩌면 그보다 오랫동안, 큰 로킷[4]에 끼어서 제 기능을 못하는 것처럼 빤히 바라보며(말로 다할 수 없이 놀라운 일을 목격한 한 마리 대구

---

[4] 로킷은 조그마한 사진 등을 넣고 목걸이로 만들어서 달고 다니는 금속제의 곽임.

처럼) 그 자리를 지키고 있었다.

그 만남은 패니 양의 거친 태도를 엄청나게 누그러뜨릴 정도로 그녀에게는 아주 기분 좋은 것이었고 나중에 의기양양하게 생각할 거리를 많이 제공하는 것이었다. 그 다음 날 행렬이 다시 움직일 때, 그녀는 제너럴 부인이 약간 놀랄 정도로 신기하고 쾌활하게 자기 자리에 앉았고 정말로 활기찬 기색을 보였다.

작은 도릿은 잘못을 지적받지 않아서, 그리고 패니가 기뻐하는 모습을 보게 되어서 기뻤다. 그러나 행렬에서 그녀가 맡은 역할은 생각하는 역할이었고 침묵을 지키는 역할이었다. 여행용 마차에서 아빠의 맞은편에 앉아 옛날 마셜시의 방을 상기하자니 지금의 생활이 꿈만 같았다. 바라보는 모든 것이 새롭고 놀라운 것이었지만 현실적이지는 않았다. 산과 그림 같은 시골의 모습은 언제라도 녹아 없어질 것 같았고, 마차가 귀퉁이를 갑자기 돌아서 옛날 마셜시의 출입문 앞에 덜컥하고 멈춰 설 것 같았다.

할 일이 없다는 것이 이상했다. 그러나 누군가를 위해서 생각할 사람이 없고 계획하고 성사시켜야 할 일이 없으며 자신이 짊어질 타인에 대한 걱정거리가 전혀 없는 귀퉁이로 미끄러져 들어왔다는 것은 그보다 갑절이나 이상했다. 더욱이 다른 사람들이 아버지를 돌보고 자신은 전혀 찾지도 않는 공간이 자신과 아버지 사이에 존재한다는 사실을 깨달으니 한층 더 이상했다. 그것은 주변의 산맥 이상으로 옛날 경험과 너무나 달라서 처음에 그녀는 그 사실을 받아들일 수 없었고 아버지 주변의 옛날 자리를 계속 차지하려고 애썼다. 그러나 다른 사람이 없을 때 아버지가 그녀에게 말했다. 사람들은- 하아- 높은 지위에 있는 사람들은, 애야, 하인들의 존경을 용의주도하게 받아내야 한단다. 도싯 주의 도릿 가에 유일하게 남아있는 일족 중에서, 네가, 내 딸이, 에이미 도릿 양이- 하아 흠- 시종의 역할을- 흠- 하고 있다고 알려지는 것은 그런 존경과 양립할 수 없어. 그러므로 애야, 내가- 하아- 부모로서 명령하는데, 너는- 흠- 적당한 자긍심을 갖고 처신해야 하는 숙녀라는 사실을 명심하고, 숙녀의 지위를 유지해야 한단다. 따라서 부탁하는데- 하아- 불쾌하고 경멸 조의 말을 듣게 할 수 있는 행동은 자제하기 바란다. 그녀는 두말없이 순종했다. 그래서 작고 참을성 있는 두 손을 앞쪽으로 모으고, 옛날의 삶에서 그녀의 발걸음이 마지막으로 머물렀던 지점에서도 완전히 추방된 채, 지금 호화로운 마차의 한쪽 귀퉁이에 앉아있는 것이다.

그런 위치에서 보니 모든 것이 비현실적인 것 같았다. 풍경들이 놀라울수록 그것들은 하루 종일 공허한 장소들을 지나가는 그녀 내면의 비현실을 더욱더 닮아갔다. 심플론 고개의 골짜기들, 그 고개의 엄청난 학곡壑谷과 뇌성같이 울리는 폭포, 경탄할 만한 길, 헐거운 바퀴 하나 또는 비틀거리는 말 한 마리 때문에 파멸로 이어질 수도 있는 위험한 지점들, 이탈리아로 내려가는 길, 산의 바위투성이 협곡이 넓어져서 음침하고 어두운 곳에 갇혔던 그들을 풀어주는 아름다운 시골의 빈터- 이 모든 것이 꿈이었으며- 초라한 옛날의 마셜시만이 현실이었다. 아니, 초라한 옛날의 마셜시조차도 아버지가 없는 그곳을 상상하면 그 기초까지 흔들렸다. 그녀는 자신이 익히 알던 그대로, 죄수들이 좁은 마당에서 여전히 어슬렁거리고, 죄수들이 초라한 방마다 여전히 살고 있고, 간수가 간수실에서 사람들을 여전히 들여보내고 내보낸다는 사실을 믿을 수 없었다.

아버지가 감옥에 있었던 예전 생활에 대한 기억이 슬픈 곡조의 후렴처럼 따라다니는 가운데 작은 도릿은 태어난 곳에 대한 꿈에서 깨어나 하루 종일 꿈을 꾸는 생활로 들어섰다. 그 꿈은 그녀가 자다가 일어나는 칠을 한 방에서 시작되곤 했는데, 다 허물어져가는 궁전의 보잘것없는 의전실인 경우가 종종 있었다. 가을에 붉게 물든 야생의 포도 잎들이 창유리 위로 쑥 나와 있었고, 창문 밖에 금이 간 하얀 테라스에는 오렌지나무가 서 있었으며, 한 무리의 수사와 농부들이 아래쪽 작은 길을 가고 있었고, 비참함과 장려壯麗함이 아무리 다양한 모습을 하고 있어도 눈에 보이는 1루드[5]의 땅 곳곳에서 서로 다툼을 벌였고 비참함이 장려함을 운명의 힘으로 내던지고 있었다. 아무 장식 없이 미로같이 늘어서 있는 복도와 주랑柱廊이 그 꿈에 이어졌고, 하루의 여정을 위해 하인들이 마차와 짐을 한데 모으는 동안 아래층 사각형 뜰에서 가족들은 벌써 채비를 하고 있었다. 그러고는 칠을 한 또 다른 방에서, 즉 습기로 얼룩져 있고 황량하게 큰 방에서 아침식사를 한 후 출발했다. 그러나 수줍어하는

---

[5] 1루드는 1/4에이커, 약 1,011.7제곱미터의 면적.

성격도 그러하려니와 격식을 갖춰 출발하는 데 끼기에는 충분히 중요한 인물이 아니라는 느낌 탓에 작은 도릿에게 그런 출발은 언제나 불편한 것이었다. 왜냐하면 가이드가(마셜시였다면 아주 저명한 외국 신사로 보였을 것이다) 그때 나타나서 준비가 다 되었다고 보고했기 때문이다. 그때 아버지의 시종이 여행용 망토를 걸치도록 거드름을 피우며 아버지를 인도했기 때문이다. 그때 패니의 하녀가, 그리고 자신의 하녀가(작은 도릿의 마음을 누르고 있는 짐이었다 – 처음에는 작은 도릿을 굉장히 울게 하였는데, 그 하녀를 어떻게 해야 할지 몰랐던 것이다) 시중을 들었기 때문이다. 그때 오빠의 하인이 주인의 채비를 마쳤기 때문이다. 그때 아버지가 제너럴 부인에게, 삼촌이 자신에게 팔을 내밀고, 여관주인과 하인들의 호위를 받으며 아래층으로 급히 내려갔기 때문이다. 그들이 마차에 타는 것을 보기 위해 사람들이 몰려들어서 잔뜩 인사하고 간청하고 활보하고 나무라고 떠들썩하게 지껄일 때, 그들은 마차에 탔다. 그렇게 그들은 좁고 고약한 냄새가 나는 길을 마차를 타고 미친 듯이 달려서 마을 출입문 밖으로 덜커덩거리면서 지나갔다.

낮의 비현실에는 선홍색의 포도 덩굴이 고리를 만들고 이어져서 몇 마일에 걸쳐 나무 위에 화관을 씌우고 있는 길들과 올리브 숲이 포함되었다. 바깥쪽은 아름답지만 그 안은 오물과 빈곤으로 끔찍한 산허리의 하얀 마을과 읍내가 포함되었고, 도중에 있는 십자탑도 포함되었다. 요정 같은 섬들이 있는 깊고 푸른 호수들, 그리고 밝은색 차양과 아름다운 모양의 돛을 달고 모여 있는 보트들이 포함되었다. 썩어서 먼지가 나는 거대한 건물 더미들과 잡초가 워낙 끈질기게 자라서 그 줄기가 단단히 박힌 쐐기처럼 아치형 구조물을 세로로 쪼개고 벽을 갈라놓은 가공원架空園이 포함되었다. 도마뱀들이 갈라진 틈마다 바쁘게 들랑거리는 돌계단 골목길이 포함되었다. 곳곳에 있는 온갖 종류의 거지들이, 애처롭고 기발하고 굶주렸고 왁자지껄한 거지들이, 그리고 나이 어린 거지들과 나이 많은 거지들이 포함되었다. 그녀가 역사驛舍나 다른 휴식처에 있노라면 이런 비참한 사람들이 그날의 유일한 현실로 여겨지는 때가 종종 있었다. 그리고 그들에게 주려고 가져온 돈이 모두 없어지면, 그녀는 손을 포개고 앉아서 왜소한 체구의 여자아이가 반백의 아버지를 인도하며 가는 뒷모습을, 마치 그 광경이 지나간 시절의 뭔가를 떠올리게 한다는 듯이 생각에 잠긴 채 자주 바라보았다.

그리고 또, 그들이 화려한 장소에 한 주 동안 함께 머물면서, 매일같이 연회를 열고, 수많은 경이로운 유적을 보기 위해 마차를 타고 나가고, 궁궐을 몇 마일이고 산책하다가, 커다란 성당의 어두운 귀퉁이에서 휴식을 취한 도시들이 있었다. 그곳에는 기둥과 아치형 구조물 사이로 금제와 은제의 등잔불이 깜박였고, 무릎 꿇고 있는 사람들의 모습이 고해소와 인도에 점점이 흩어져있었다. 그곳에는 안개와 향료 냄새가 자욱했고, 스테인드글라스와 출입구에 걸려있는 거대한 휘장을 통해 부드러운 빛이 그림과 환상적인 조상彫像, 화려한 제단과 엄청나게 높고 먼 곳 들 모두에게 비쳤다. 그러한 도시를 떠나서 포도나무와 올리브나무가 있는 길을 따라 또다시 누추한 마을로 계속 움직였는데, 마을에는 오두막집마다 더러운 담장에 갈라진 틈이 나 있었고, 유리나 종이가 1인치라도 온전하게 남아 있는 창은 하나도 없었다. 또한 생명을 유지하도록 도와주는 것이 하나도 없는 것 같았고, 먹을 것과 만들 것이 하나도 없는 것 같았으며, 성장하거나 희망을 품을 것 역시 전혀 없는 것 같았다. 요컨대, 죽는 거 외에는 할 일이 없는 것 같았다.

그러다가 또한, 전체가 궁궐로 이루어진 도시에 도착했다. 원래 살던 사람들을 모두 쫓아내고 완전히 병영으로 개조한 도시였는데, 할 일 없는 병사들의 무리가 화려한 창문 밖으로 몸을 내밀고 있었다. 병사들은 장비를 대리석 창틀에 걸어서 말리고 있었는데, 제정신을 지닌 사람이 보기에는, 자신들을 받치고 있는 건물의 버팀목을 (행복하게) 갉아먹다가, 아래쪽 길에서 파멸하도록 방치된 수많은 다른 병사들, 사제들, 첩자들 ─ 전부 다 인상이 험했다 ─ 머리 위로 건물과 함께 떨어져서 산산조각 나기 일보 직전의 수많은 쥐와 같았다.

그런 장면들을 거쳐 가족의 행렬은 베네치아로 이동했고 거기서 잠시 흩어졌다. 베네치아의 대운하 근처 어떤 궁궐에서(그 자체로 마셜시 전체보다 여섯 배는 컸다) 몇 달 머물 예정이었던 것이다.

모든 길이 물로 덮여 있고, 낮과 밤의 죽음 같은 정적을 깨고 들리는 소리라곤 부드럽게 울려 퍼지는 교회 종소리, 잔물결을 일으키는 물살 소리, 물길 귀퉁이를 돌아가는 곤돌라 사공이 외치는 소리뿐인 이 비현실의 극치에서, 작은 도릿은 자신이 하던 일을 하인들이 처리하자 어찌할 바를 모른 채 생각에 잠겨 지냈다. 가족들은 즐거운 생활을 시작했고 여기저기 다녔으며 밤과 낮이 바뀌었다. 그러나 그녀는 그들의 즐거운 생활에 끼기가 두려워서 혼자 있게 해달라고 간청하기만 했다.

문간의 칠을 한 기둥에 매인 채로 늘 대기하고 있는 곤돌라 중 하나에 올라타서 – 그래야만 사실상 여주인인, 그것도 아주 쌀쌀맞은 여주인인 하녀의 억압적인 시중에서 벗어날 수 있었다 – 작은 도릿이 낯선 도시를 이리저리 다니는 때가 종종 있었다. 다른 곤돌라에 탄 사교적인 사람들은 그들이 지나쳤던 외로운 작은 소녀, 손을 포개고 보트에 앉아서 생각에 잠긴 채 이상하다는 듯이 주위를 둘러보고 있는 소녀가 누구인지 서로에게 묻기 시작했다. 작은 도릿은 자신이나 자신의 행동에 관심을 기울이는 것이 누군가에게는 가치 있는 일일 수도 있겠다는 생각은 꿈에도 못 하고, 조용히 겁에 질려서 어찌할 바 모르는 채로 그래도 시내를 돌아다녔다.

그렇지만 그녀가 제일 좋아하는 곳은 운하 위로 쑥 나와 있는 그녀 방의 발코니였다. 다른 발코니들은 모두 그 발코니보다 아래에 있었고 위에 있는 것은 하나도 없었다. 세월이 흘러서 거무스름하게 변한 거대한 석조 발코니였는데, 망상으로 세워진 것이었고 동방에서 망상의 산물을 수집하는 곳으로 가져온 것이었다. 넓게 쿠션을 대 놓은 그 발코니 선반에 기대서 주위를 살펴보는 작은 도릿의 모습은 정말 작아 보였다. 저녁 때 그녀는 다른 곳보다 그 발코니에서 지내는 것을 훨씬 더 좋아했기 때문에 사람들이 곧 그녀를 지켜보기 시작했다. 곤돌라를 타고 지나가던 많은 사람이 위를 쳐다보면서, 언제나 홀로 있는 자그마한 영국 여자아이가 저기 있구나, 라고 했다.

자그마한 영국 여자아이에게 그런 사람들이 현실로 여겨지지 않았던 것은 전혀 모르는 사람들이었기 때문이다. 그녀는 일몰이 자줏빛과 붉은빛의 길고 은은한 광선을 비추며 하늘 높이 불그레하게 타는 모습을 바라보았다. 일몰은 건물의 튼튼한 벽을 투명한 것으로, 그리고 안에서부터 빛나는 것으로 보이게 할 정도로 건물에 빛을 냈고 그 구조를 비췄다. 그러한 장관이 사라지는 모습을 바라보다가, 손님들을 음악회나 무도회에 데려다 주는 아래쪽의 검은 곤돌라들을 바라보았고, 그다음에는 고개를 들어 반짝이는 별들을 바라보았다. 이전에 그 별들이 비춰주었던 그녀 나름의 파티가 없었던가? 이제 와서 옛날의 그 출입문을 생각하다니!

그녀는 옛날의 그 출입문을 생각하고, 한밤중에 그 문간에 앉아서 매기의 머리에 베개를 받쳐주던 자신의 모습을 생각했다. 그리고 그 시절과 연결된 다른 장소들과 다른 장면들을 생각했다. 그러고 나서는 발코니에 기대서 그것들이 모두 수면 아래에 잠겨있는 것처럼 수면을 주시했다. 마치 막연한 환상 속에서 그 물이 마르고, 그다음에 감옥과 그녀 자신, 옛날 방과 옛날의 재소자들, 그리고 옛날의 방문자들, 요컨대 절대 변하지 않고 지속하는 모든 현실을 다시 보여주는 것처럼, 생각에 잠긴 채 물이 흐르는 것을 지켜보았다.

4 작은 도릿이 보낸 편지

클레넘 선생님께,

소식을 전하면 기뻐하리라는 생각이 들어서 베네치아의 제 방에서 몇 자 적습니다. 당신은 주위의 모든 것이 익숙하게 보던 대로이고 그리운 것이 없을 것이기 때문에 - 절 그리워하는 게 아니라면 말입니다, 그렇지만 그런 순간은 다 합해봐야 그저 아주 잠깐일 것이고 그것도 아주 드물겠지요 - 소식을 보내는 저만큼 제 소식을 받고 기쁠 수는 없을 테지요. 그러나 저는 모든 것이 아주 낯설고 아주 많이 그립습니다.

스위스에 있었을 때, 불과 몇 주 전인데 몇 년 전 같네요, 저희와 마찬가지로 산으로 여행 왔던 젊은 가원 부인을 만났습니다. 그녀는 아주 잘 지내고 있고 정말 행복하다고 했습니다. 저를 통해 소식을 전했는데, 당신께 애정 어린 감사를 드리며 절대 잊지 못할 거라고 했습니다. 그녀는 저를 꽤 신뢰했고, 그녀와 이야기를 나누자마자 저는 그녀를 좋아하게 됐습니다. 그건 이상한 게 아닙니다. 그렇게 아름답고 매력적인 여성을 좋아하지 않을 사람이 어디 있겠어요! 누가 그녀를 좋아한다고 해도 저는 이상하게 여기지 않습니다. 정말로 그렇습니다.

그녀가 좀 더 어울리는 사람과 결혼했기를 바란다고 하더라도 그 말 때문에 가원 부인에 대해 걱정하지는 않기를 바랍니다 - 당신이 그녀에 대해 진정한 친구로서 관심을 갖는 거라고 했던 말을 기억하니까요. 가원 씨는 아내를 좋아하는 것 같았고 그녀도 물론 남편을 무척 좋아합니다. 그러나 제 생각에 그는 충분히 진지한 것 같지 않았습니다 - 제 말은 좋아한다는 점에서 그렇다는 게 아니고 - 하나에서 열까지 모든 점에서 그렇다는 거예요. 제가 가원 부인이라면(그건 얼마나 큰 변화일까요! 그리고 제가 그녀와 같아지려면 얼마나 달라져야 할까요!) 확고하고 굳은 결심을 가진 누군가가 없어서 약간 쓸쓸하고 어찌할 바 모르겠다는 생각을 떨쳐버릴 수 없을 겁니다. 그녀가 그런 결핍을 잘 의식하지는 못해도 약간은 느낄 거라는 생각마저 드니까요. 그러나 이런 얘기를 듣는다고 해도 걱정할 것은 없다는 사실을 알아주세요. 그녀는 "아주 잘 지내고 아주 행복하다,"고 했으니까요. 그리고 아주 아름답게 보였으니까요.

조만간에 그녀를 다시 만나리라고 기대합니다. 그리고 사실 지난 며칠간은 여기서 만나기를 기대하고 있었습니다. 당신을 위해서 그녀에게 할 수 있는 한 좋은 친구가 되겠습니다. 클레넘 선생님, 당신은 제게 친구가 없었을 때(지금 다른 친구가 있다는 건 아닙니다. 새로 친구를 사귀지는 않았으니까요) 친구가 되어줬던 것을 아마도 사소하게 여길 테지요. 그러나 저는 그걸 중요하게 생각합니다, 그리고 절대 잊을 수 없습니다.

제가 알고 싶은 것은 - 그러나 아무도 제게 편지를 보내주지 않은 것은 아주 잘한 겁니다 - 플로니쉬 부부는 제 아버지가 사준 사업을 잘하고 있는지, 낸디 할아버지는 그들 부부와 두 명의 손자와 함께 행복하게 살고 있는지, 그리고 자주 부르던 노래들을 계속해서 부르고 있는지, 하는 겁니다. 불쌍한 매기를 생각하면, 그리고 사람들이 그녀에게 아무리 친절하게 대해도 작은 엄마 없이 처음에 그 아이가 느꼈을 공허함을 생각하면, 두 눈에 눈물이 흐르는 걸 완전히 막을 순 없습니다. 그 아이를 만나서 제가 우리의 이별에 대해 그녀 이상으로 섭섭하게 생각하고 있다는 말을 사랑한다는 말과 함께 비밀리에 전해주시겠습니까? 그리고 그들 모두에게 매일 생각하고 있다는 말을 전해주고, 어디를 가든 제 마음은 그들에게 충실하다는 얘기를 전해주시겠어요? 아, 제가 얼마나 열심히 그들 생각을 하는지 아신다면, 당신은 제가 아주 멀리 떨어져서 아주 호화롭게 지내는 것을 대체로 안타깝게 여기실 거예요!

제 아버님이 아주 건강하며 모든 변화가 그에게는 몹시 유익하여서 당신이 알던 시절과는 정말 아주 달라졌다는 사실을 알게 되면 당신도 기뻐하리라 믿습니다. 삼촌은 예전에도 불평을 늘어놓은 적이 없었고 지금도 크게 기뻐하는 것은 아니지만 역시 나아진 바가 있다고 생각합니다. 패니는 아주 우아하고 재빠르고 영리합니다. 숙녀가 된다는 것이 그녀에게는 자연스러운 일이지요. 새로운 운명에 놀랄 정도로 편안하게 적응했으니까요.

이런 얘기를 하노라니 저는 적응할 수 없었다는 생각이 드는군요. 적응할 수나 있을지 절망 비슷한 생각이 들 때가 가끔 있어요. 제가 도저히 익힐 수 없다는 사실을 깨달았거든요. 제너럴 부인은 항상 우리와 함께 지내고 우리는 프랑스어와 이탈리아어를 사용합니다. 부인이 우리를 다방면으로 단련시키려고 하거든요. 우리가 프랑스어와 이탈리아어를 사용한다고 했을 때, 제 말은 그들이 그렇게 한다는 겁니다. 저는 익히는 게 워낙 느려서 잘 해나가지 못합니다. 계획을 세우고 생각을 하고 노력하기 시작하면, 곧바로 모든 계획과 생각과 노력이 옛날 방식대로 진행되어서, 그날 쓴 돈에 대해, 아버지에 대해, 그리고 제 일에 대해 다시 걱정하게 됩니다. 그러다가 깜짝 놀라면서 그렇게 걱정할 일은 이제 남아있지 않다는 사실을 생각해냅니다. 그런 생각은 그 자체로 아주 생소하고 있음직하지 않은 일이어서 다시 종잡을 수 없게 되고요. 이런 얘기를 당신 말고 다른 사람에게 할 용기는 없습니다.

새로운 나라들과 놀라운 경치들도 모두 마찬가집니다. 아주 아름답고 놀라운 것이지만 제가 그 즐거움을 모두 충분히 느낄 수 있을 만큼 침착하진 못하거든요 - 무슨 말인지 완전히 이해하시겠지만 제 삶에 제가 익숙하지 못하니까요. 전부터 알고 있던 것들이 그것들과 아주 묘하게 섞이기도 하더라고요. 예를 들어, 산속에 있었을 때(이처럼 근거 없는 이야기는 클레넘 선생님, 당신께조차 말씀드리기 꺼려지는군요), 마셜시가 저 커다란 바위 뒤에 틀림없이 있을 거 같다는 느낌, 또는 제가 오랫동안 일을 했었고 당신을 처음 보았던 클레넘 부인의 방이 틀림없이 저 눈 바로 너머에 있을 거 같다는 느낌을 종종 받았습니다. 제가 매기와 함께 코번트 가든에 있는 당신의 하숙집에 갔던 날 밤이 생각나세요? 어두워진 다음에 마차 창밖을 내다보면서, 마차 옆에 붙어서 몇 마일이고 따라오는 그 방이 앞쪽에 보인다는 상상을 몇 번이고 했습니다. 저흰 그날 밤에 출입문이 닫혀서 들어가지 못하고 쇠로 된 출입문 앞에 앉아서 아침이 될 때까지 근처를 서성였습니다. 제 방 발코니에서 별들을 쳐다보노라면, 문이 닫혀서 들어가지 못하고 매기와 함께 또다시 거리에 있는 거 같다는 생각이 자주 듭니다. 영국에 두고 떠나온 사람들에 대해서도 마찬가지예요. 곤돌라를 타고 돌아다니다가도 그들을 보고 싶은 듯 다른 곤돌라를 들여다보는 제 모습 때문에 깜짝 놀라거든요. 그들을 다시 보면 무척 기쁘겠지만 아주 많이 놀랄 거 같지는 않습니다. 공상을 한창 하고 있을 때는 그들이 어디에 나 있을 거 같으니까요. 그리운 그들의 얼굴을 다리에서든 선창에 서든 볼 수 있을 거 같다는 기대가 든다는 거죠.

제가 느끼는 또 다른 어려움이 있는데 당신은 아주 이상하게 여기실 겁니다. 저 이외의 누구에게든 틀림없이 아주 이상하게 여겨지겠지요, 저조차도 이상하게 여기니까요. 저는 – 이름을 말할 필요야 없겠죠 – 그에 대해 옛날에 느꼈던 슬픈 연민을 자주 느끼고 있습니다. 그의 처지가 바뀌었지만, 그리고 그 사실에 대해 말로 표현할 수 없을 정도로 언제나 행복하고 감사하지만, 옛날에 느꼈던 슬퍼하고 측은히 여기는 감정이 아주 강렬하게 닥쳐오는 때가 있어서, 그의 목을 껴안고 그를 얼마나 사랑하는지 이야기하고 그의 가슴에 안겨서 울고 싶을 때가 있어요. 그러고 나면 제 자신이 기쁘고 자랑스럽고 행복할 거 같습니다. 그러나 그래서는 안 된다는 것을 잘 압니다. 그가 싫어할 것이고 패니가 화를 낼 것이고 제너럴 부인이 깜짝 놀랄 것을 잘 아니까요. 그래서 스스로를 진정시킵니다. 그러면서도, 그와는 거리를 두게 되었다는 느낌, 그리고 하인들과 수행원들에 둘러싸여 있지만 그가 버림받았고 저를 필요로 한다는 느낌과 씨름합니다.

클레넘 선생님, 제 이야기는 이미 많이 했지만 조금만 더 해야겠습니다. 그렇지 않으면 이 서투른 편지를 쓰면서 가장 하고 싶었던 이야기는 빼먹는 게 될 테니까요. 누군가가 절 이해할 수 있다면 바로 선생님이리라는 사실을 알기 때문에, 그리고 이해할 수 없어도 어느 누구보다 저에 대해 많은 걸 참작하리라는 사실을 알기 때문에, 선생님께 이 모든 어리석은 생각을 대담하게 고백하면서도 – 절대 – 마음에서 떠나지 않는 생각이 한 가지 있습니다. 그건 선생님이 한가한 때에 가끔은 저를 생각해 주셨으면 하는 소망입니다. 그 소망과 관련해서, 떠나온 이래로 너무나 덜어내고 싶었던 한 가지 걱정이 줄곧 있었다는 말씀을 드려야겠습니다. 그것은 선생님이 저를 새로운 관점에서 보거나, 생소한 인물로 볼지 모른다는 겁니다. 그러지 마세요, 그건 견딜 수 없으니까요 – 그렇게 보신다면 선생님이 생각하는 이상으로 저는 불행할 겁니다. 선생님이 제게 정말 친절하게 대해주셨던 때보다 어떤 식으로든 저를 너 낯설게 생각하신다고 믿게 된다면 아주 슬플 거예요. 선생님께 꼭 바라고 청하는 것은 저를 부잣집 딸로 생각하지 마십사는 겁니다. 선생님이 절 처음 아셨던 때보다 제가 더 나은 옷을 입고 더 나은 삶을 사는 걸로 생각하지 마세요. 선생님이 정말 친절하게 보호해주었던 작고 초라한 아이로만, 낡아서 올이 다 드러난 옷에 빗방울이 닿지 않게 해주었고, 젖은 발을 난롯불에 말려주었던 작고 초라한 아이로만 기억해주세요. 선생님이 절 생각하실 때(하여간 생각하신다면), 그리고 저의 진정한 애정과 열렬한 감사를 생각하실 때, 언제나 변함없이 그렇게 생각해 주십사고 부탁드립니다.

당신의 불쌍한 아이,
작은 도릿 올림.

추신: 가원 부인에 대해 걱정하지 말라는 얘기를 각별히 명심하시기 바랍니다. 본인이 "아주 잘 지내고 아주 행복하다,"고 했으니까요. 그리고 아주 아름답게 보였으니까요.

***

5 어딘가 뭔가가 잘못되었음

    가족이 베네치아에 머문 지 한두 달 지났을 무렵, 백작 및 후작들과 어울리느라 거의 틈이 없던 도릿 씨가 제너럴 부인과 모종의 상의를 할 목적으로 어느 날의 한 시간을 미리 따로 떼어놓았다.

    작정했던 시간이 다가오자, 그는 시종 팅클러 씨를 제너럴 부인의 방(그 방은 마셜시 면적의 3분의 1 정도를 차지할 정도였다)으로 보내서 인사를 전하고 이야기를 나누고 싶다고 전하게 했다. 다른 가족 구성원들이 각자의 방에서 커피를 마시는 아침나절이었기 때문에, 즉 한때는 호화스러웠지만 이제는 수증기와 뿌리 깊은 우울증의 먹이가 된 빛바랜 홀에서 아침식사를 들기 위해 모이기 몇 시간 전이었기 때문에, 시종은 제너럴 부인을 만날 수 있었다. 그 사절使節이 보니, 그녀가 서 있는 작은 사각형 카펫은 대리석과 돌로 이루어진 바닥 크기와 비교하면 너무 작아서 마치 기성화 한 켤레를 신어보려고 카펫을 펼쳐 놓은 것처럼 보였다. 또는 『아라비안 나이트』의 세 왕자 중 한 왕자[1]가 돈주머니 40개를 주고 샀던 마법

---

[1] 『아라비안 나이트』의 「아메드 왕자 이야기」에 나오는 세 왕자 중 첫째인 후세인 왕자를 지칭.

의 양탄자를 소유하게 되었는데, 그녀가 소원을 빌자 바로 그때 그 양탄자와 아무 관계도 없는 궁궐 같은 방으로 양탄자를 타고 날아온 것처럼 보였다.

제너럴 부인이 다 마신 커피 잔을 내려놓으면서, 도릿 씨의 방에 즉시 가서 그가 자기에게 오는 수고를(그가 정중하게 제안했던 바였다) 기꺼이 덜어주겠다고 대답하자, 그 사절은 방문을 활짝 열고 그녀를 도릿 씨에게 모셔다 드렸다. 제너럴 부인 방에서 비밀스러운 계단과 복도를 지나 도릿 씨 방까지 걸어가는 것은 상당한 일이었다 — 낮고 음침한 다리가 있는 좁은 골목과 지하 감옥처럼 마주보고 있는 집들 때문에 눈가림을 하고 가는 것과 마찬가지였다. 그리고 그 집의 벽들은, 벽마다 이상하게 나 있는 균열을 통해 아드리아해로 흘러들어가는 녹빛 눈물을 몇 세기 동안 흘렸던 것처럼, 수많은 얼룩과 줄무늬가 그 아래로 흘러내려 더럽혀져 있었다. 도릿 씨의 방은 영국식으로 정면 전체가 창으로 되어있었고, 교회의 둥근 천장이 그것을 비추는 운하의 수면에서부터 그리고 아래층 출입구를 적시고 있는 대운하가 조용하게 속삭이는 소리에서부터 푸른 하늘로 곧게 솟아오른, 전망이 아름다운 방이었다. 아래층 출입구에서 그는 그의 곤돌라와 곤돌라 사공들이 말뚝들의 작은 숲 속에서 졸린 듯 흔들리며 그의 뜻을 섬겼다.

눈부시게 빛나는 실내복과 실내용 캡을 쓴 도릿 씨가 일어나서 — 학생들 사이에서 오랫동안 때를 기다리며 잠자고 있던 유충이 희귀한 나비로 갑자기 나타난 셈이었다 — 제너럴 부인을 맞았다. 제너럴 부인에게 의자를 하나 내어드리게. 좀 더 안락한 의자를 내어드리란 말이야. 자네 뭐하는 거야, 뭐하는 거냐고, 뭐하는 거냐니까? 자, 그만 나가!

"제너럴 부인," 도릿 씨가 말했다. "내가 실례를 무릅쓰고 ─"

"천만에요," 제너럴 부인이 끼어들었다. "나야 당신이 아주 자유롭게 부를 수 있는 사람인걸요. 커피는 이미 마셨습니다."

"내가 실례를 무릅쓰고," 도릿 씨는 정정될 수 없는 사람처럼 당당하고 차분하게 다시 말을 했다. "당신과 사적인 이야기를 조금 나누자고 청한 것은 내 ─ 하아 ─ 내 둘째 딸이 약간 걱정스럽기 때문입니다. 부인, 두 딸이 기질적으로 크게 다르다는 것은 알았겠죠?"

제너럴 부인이 장갑 낀 두 손을(장갑을 벗는 법이 결코 없었고 주름이 절대 생기지 않게 했으며 언제나 꼭 맞게 꼈다) 교차하며 대답했다. "크게 다르더군요."

"그 차이에 대해 어떻게 생각하시는지 물어도 되겠죠?" 도릿 씨가 당당한 침착함과 양립할 수 있는 경의를 갖추어서 물었다.

"패니는," 제너럴 부인이 대답했다. "단호한 성격에 자립심이 있더군요. 에이미는 전혀 없고요."

전혀 없다고? 오, 제너럴 부인, 마셜시의 돌과 창살에 물어보시오. 오, 제너럴 부인, 그 애에게 일을 가르쳤던 여성용 모자 만드는 사람과, 그 애 언니에게 춤추는 것을 가르쳤던 댄스교사에게 물어보시오. 오, 제너럴 부인, 제너럴 부인, 내가 그 애에게 어떤 신세를 지고 있는지 그 애의 아버지인 내게 물어보시오. 그리고 무시 받고 있는 그 작은 아이의 어린 시절부터의 삶에 대해 내가 증언하는 바를 들어보시오.

이러한 간청을 해야겠다는 생각은 도릿 씨에게 들지 않았다. 그는 예의범절을 지지하며 평소와 같이 마부석에 꼿꼿하게 앉아있는 제너럴 부인을 바라보다가 생각에 잠겨서 말했다. "맞습니다, 부인."

"내 얘기가," 제너럴 부인이 말했다. "패니는 개선할 점이 없다고 말한 것으로 이해되지 않았으면 합니다. 여지가 있어요 – 어쩌면, 글쎄요, 약간 지나치게 말이죠."

"부인, 친절하게 – 하아 – 좀 더 분명히 말해주겠습니까?" 도릿 씨가 물었다. "큰딸이 – 흠 – 지나치게 여지가 있다는 말이 무슨 의민지 도통 모르겠군요. 무슨 여지를 말하는 거죠?"

"패니는," 제너럴 부인이 대답했다. "지금 개인적인 의견이 너무 많아요. 가정교육을 완벽하게 받았으면 개인적인 의견을 갖지 않고 감정을 드러내지도 않거든요."

자신이 완벽한 가정교육을 받지 못한 걸로 드러날까 봐 도릿 씨가 서둘러 대답했다. "부인, 당신 말이 옳다는 건 의심할 여지가 없어요." 제너럴 부인은 감정이 담기지 않고 표정이 없는 태도로 대답했다. "내 생각은 그렇습니다."

"그러나 부인, 알다시피," 도릿 씨가 말했다. "내 딸들은 아주 어렸을 때 애석하게도 어머니를 잃는 불운을 겪었습니다. 그리고 내가 최근까지도 부동산의 상속자로 인정받지 못했기 때문에, 언제나 자부심은 있었지만 상대적으로 가난했던 신사인 나와 함께 살았고요 - 하아 흠 - 외딴곳에서 말이죠!"

"그 사정은 알고 있습니다." 제너럴 부인이 말했다.

"부인," 도릿 씨가 말을 이었다. "부인에게 지도 받으며 훌륭한 본보기를 늘 눈앞에 두고 있는 패니에 대해서는 - "

(제너럴 부인이 두 눈을 감았다.)

" - 걱정이 없습니다. 패니는 적응할 수 있는 성격이니까요. 그러나 둘째 딸 생각을 하면, 제너럴 부인, 다소 걱정이 되고 초조해져요. 내가 늘 제일 사랑하던 아이가 그 애라는 사실을 말해야겠군요."

"그런 편애를 설명하기는 불가능한 일이죠." 제너럴 부인이 말했다.

"하아 - 그래요," 도릿 씨가 동의했다. "불가능하죠. 자, 부인, 에이미가, 말하자면, 다른 가족과 다르다는 사실을 인지했기 때문에 걱정하는 겁니다. 그 애는 우리와 함께 다니는 걸 좋아하지 않아요. 우리가 교제하는 사람들 사이에 끼면 어찌할 줄 모르니까요. 우리 취향과 그 애 취향이 다르긴 다른가 봐요. 내 말은," 도릿 씨는 판사같이 엄숙하게 요약해서 말했다. "다른 말로 하자면 - 하아 - 에이미가 뭔가 잘못되었다는 거예요."

"그 뭔가가 새로운 지위 탓이라고 추정해도 될까요?" 제너럴 부인이 약간의 니스 칠을 하며 물었다.

"실례합니다, 부인." 도릿 씨가 약간 서둘러서 진술했다. "신사의 딸이라면, 비록 - 하아 - 그 아버지가 한때 상대적으로 풍요롭지 못한 처지에 있었고 - 상대적으로요 - 그리고 그녀 자신이 - 흠 - 외딴 곳에서 자랐더라도, 이런 지위를 아주 새롭다고 생각할 필요는 당연히 없잖아요."

"맞습니다," 제너럴 부인이 말했다. "맞아요."

"따라서, 부인," 도릿 씨가 말했다. "내가 실례를 무릅쓰고," (자기가 말하는데 다시는 반박하지 말라고 품위 있고 단호하게 규정하는 것같이 그 표현을 강조하고 되풀이했다) "실례를 무릅쓰고 이야기하자고 청한 것은 그 문제를 얘기하고 부인의 의견을 들어보기 위해섭니다. 부인이라면 내게 어떤 충고를 하겠습니까?"

"선생님," 제너럴 부인이 대답했다. "여기에 온 이후 태도를 단련하는 일반적인 문제에 대해 에이미와 여러 차례 이야기를 나눴습니다. 그녀는 베네치아에 대해 대단히 놀랐다고 하더군요. 나는 놀라지 않는 편이 낫다고 하면서, 고전적 여행가인 유명한 유스터스 씨[2]는 베네치아를 대단하게 생각하지 않았다는 사실을 말해주었습니다. 또한 그가 리알토 교橋[3]를 웨스트민스터브리지나 블랙프라이어스브리지와 비교해서 대단히 나쁘게 평가했다는 사실도 지적해주었고요. 선생님 말씀을 들으니, 내 지적이 아직 성공을 거두지 못한 것 같다고 덧붙일 필요는 없겠군요. 선생님이 영광스럽게도 내게

---

[2] 『이탈리아 여행기』의 저자인 존 쳇우드 유스터스(John Chetwode Eustace)를 지칭.
[3] 베네치아 대운하의 대리석 다리.

어떤 충고를 하겠느냐고 물으셨는데, 내 생각에(근거 없는 추측이 더라도 용서를 빕니다) 선생님은 다른 사람들의 마음에 영향력을 행사하는 데 언제나 익숙한 거 같더군요."

"흠 - 부인," 도릿 씨가 말했다. "나는 - 하아 - 상당히 큰 집단의 우두머리였어요. 내가 - 영향력을 행사하는 지위에 익숙하다는 것은 맞는 생각입니다."

"확인해주시니 기쁘군요." 제너럴 부인이 대답했다. "따라서 좀 더 자신 있게 권할 수 있겠어요. 에이미에게 직접 선생님의 의견과 소망을 알리세요. 에이미는 선생님이 제일 사랑하는 자녀일 뿐 아니라 그녀도 선생님을 분명히 사랑하니까, 선생님의 영향을 받을 가능성이 그만큼 더 있는 거죠."

"부인, 내가 예상했던 제안을 하는군요." 도릿 씨가 말했다. "하지만 - 하아 - 확신을 못 하겠어요, 내가 - 흠 - 침범하는 게 - "

"내 영역 말씀인가요, 선생님?" 제너럴 부인이 우아하게 말했다. "그런 말씀 마세요."

"그렇다면 당신의 허락을 받았으니, 부인," 도릿 씨가 시종을 부르려고 작은 종을 울리면서 말을 계속했다. "그 애를 부르러 사람을 즉시 보내야겠군요."

"내가 이 자리에 계속 있기를 원하시나요?"

"다른 약속이 없다면 일이 분가량 더 있어주면 좋을 것 같습니다만 - "

"그렇게 하지요."

그래서 시종 팅클러에게 에이미 아가씨의 하녀를 찾아서 도릿 씨가 아가씨를 본인의 방에서 보고 싶어 한다는 소식을 전하라고 지시했다. 그 임무를 팅클러에게 맡기면서 도릿 씨는 그를 엄격한 눈으로 살펴보았고 그가 문으로 나갈 때까지 경계하는 눈빛을 거두지 않았다. 가족의 품위에 해가 되는 뭔가를 그가 생각하고 있었을지 모르고, 심지어는 고용되기 전에 학교에서 나돌던 몇몇 농담을 풍문으로 들었고 지금 그 기억을 조롱조로 되살리고 있을지도 모른다는 의심이 들었던 것이다. 팅클러가 그때 아무리 희미하고 천진난만하게라도 미소를 지었다면 도릿 씨는 죽은 순간까지도 그 의심을 사실이라고 굳게 믿었을 것이다. 그러나 팅클러가 그 자신에게는 아주 운 좋게도 때마침 진지하고 침착한 표정을 지었기 때문에 그는 자신을 위협하던 은밀한 위험에서 벗어날 수 있었다. 그리고 돌아와서 – 도릿 씨가 다시 주의 깊게 그를 바라보았다 – 에이미 아가씨가 왔다는 사실을 마치 장례식에 왔다는 것처럼 알리자, 그야말로 과부가 된 어머니 밑에서 교리문답서를 공부하며 성장한 예의 바른 젊은이라는 인상이 도릿 씨에게 막연하게나마 들었다.

　"에이미," 도릿 씨가 말했다. "나와 제너럴 부인이 좀 전에 너에 대해 약간의 이야기를 나눴단다. 우리가 보기에는 여기서 편히 지내지 못하는 것 같더구나. 하아 – 어떻게 된 거니?"

　침묵이 흘렀다.

　"파더(father), 시간이 좀 필요한 거 같아요."

　"파파(papa)가 좀 더 바람직한 호칭이란다." 제너럴 부인이 말했다. "파더는 좀 천박해. 게다가 파파라는 단어는 입 모양을 예쁘게 해주잖아. 파파, 포테이토스, 폴트리, 프룬스, 프리즘[4]은 모두 다 입 모양에 아주 좋은 단어들이야. 특히 프룬스와 프리즘이 좋지. 남 앞에 설 때 – 예를 들면 어떤 방에 들어갈 때 – 가끔 파파, 포테이토스, 폴트리, 프룬스, 프리즘, 프룬스, 프리즘이라고 되뇌면, 그것이 태도를 단련하는 데 도움이 된다는 사실을 알게 될 거야."

"제발, 아가," 도릿 씨가 말했다. "제너럴 부인의 – 흠 – 권고를 귀담아들어."

불쌍한 작은 도릿이 니스 칠을 하는 그 지체 높은 부인을 약간 쓸쓸하게 바라보다가 노력하겠노라고 약속했다.

"에이미, 네가," 도릿 씨가 말을 이었다. "시간이 필요한 거 같다고 했는데 뭐를 할 시간 말이냐?"

또다시 침묵이 흘렀다.

"제 얘기는 그저 새로운 삶에 익숙해지려면 시간이 필요하다는 거였어요." 작은 도릿이 아버지를 사랑하는 눈길로 바라보며 말했다. 그녀는 제너럴 부인의 말에 순종해서 아버지에게 기쁨을 주고자, 그를 프룬스, 프리즘까지는 아니라고 해도 폴트리라고 부를 뻔했다.

도릿 씨는 이맛살을 찌푸렸고 만족스러워하지 않았다. "에이미,"

---

[4] potatoes: 감자, poultry: 가금(家禽), prunes: 말린 자두, prism: 분광기.

그가 대꾸했다. "그럴 시간은 이미 충분했던 것 같은데. 하아 - 네 얘기를 들으니 놀랍구나. 날 실망시키고 있어. 패니는 그런 사소한 어려움은 모두 다 극복했는데 - 흠 - 너는 왜 못하는 거니?"

"저도 곧 나아졌으면 좋겠어요." 작은 도릿이 말했다.

"나도 그러길 바란다." 그녀의 아버지가 대답했다. "정말 진심으로 - 하아 - 바라, 에이미. 널 부르러 사람을 보낸 것은 - 하아 흠 - 네게 만족하지 못하고 있다는 얘기를 제너럴 부인이 있는 데에서 - 흠 - 엄숙하게 말하기 위해서란다. 제너럴 부인이 - 하아 - 이번 경우든 다른 경우든 친절하게 같이 있어주는 것은 대단히 고마운 일이지." 제너럴 부인이 두 눈을 감았다. "너는 제너럴 부인의 일을 보람 없는 일로 만들었고 - 하아 - 날 몹시 난처하게 만들었어. 내가 늘 제일 사랑하던 아이가 (제너럴 부인에게 아까 말한 대로) 너인데 말이야. 널 언제나 - 흠 - 친구 겸 동료로 여겨왔으니, 그에 대한 답례로 부탁하는 것은 - 내가 - 하아 - 내가 **간청하는** 것은, 네가 - 흠 - 환경에 좀 더 잘 적응하고, 너의 - 네 지위에 어울리는 일을 착실하게 해달라는 거란다."

도릿 씨는 그 문제에 대해 흥분해서 자신의 이야기를 특별히 강조하고 싶어 했기 때문에 평상시보다도 한층 더 단편적으로 말했다.

"내가 간청하는 것은," 그가 다시 말했다. "방금 한 이야기에 신경 쓰라는 거고, 네가 - 하아 - 에이미 도릿 양으로서의 지위에 어울리게, 그리고 나와 제너럴 부인이 만족할 수 있게 처신하려고 진지하게 애쓰고 노력하라는 거야."

제너럴 부인은 자신이 다시 언급되자 두 눈을 또다시 감았다. 그러고 나서 서서히 두 눈을 뜨고 일어나면서 다음과 같이 덧붙였다.

"에이미 도릿 양이 표면을 단련시키는 일에 관심을 기울이고 또 그렇게 하는 데 내 부족한 도움이나마 받아들인다면 도릿 씨가 더 걱정할 이유는 없겠지. 사랑하는 내 젊은 친구는 부랑자들에게 관심을 쏟던데, 그런 관심을 보이는 것은 고상한 일이 아니라는 얘기를 적절한 사례로서 이 기회에 말해도 되겠니? 그들을 쳐다봐서는 안 되는 거야. 불쾌한 것은 보지 말아야지. 그런 습관은 가정교육을 잘 받았다는 걸 나타내는 우아하고 침착한 표면을 단련하는 데 방해가 된다는 사실은 별개로 하더라도 세련된 정신과도 양립할 수 없는 거거든. 진정으로 세련된 정신은, 완벽하게 품위 있고 차분하고 유쾌하지 않은 것이면 그러한 것이 존재한다는 사실을 모르는 체하는 거야." 고상한 생각을 그렇게 전달하고 나서 제너럴 부인은 모두에게 인사를 했다. 그러고는 프룬스와 프리즘을 나타내는 입 모양을 하면서 물러났다.

작은 도릿은 이야기를 하고 있을 때나 침묵을 지키고 있을 때나 평온하고 진지하면서도 상냥한 표정을 줄곧 유지했다. 지금까지 잠깐을 제외하면 그녀의 표정은 어두워졌던 적이 없었다. 그러나 아버지와 단둘이 남게 되자 가볍게 포개 잡은 두 손의 손가락은 흥분해서 떨렸고 표정에는 감정을 억제하는 빛이 역력했다.

자기 때문이 아니었다. 마음이 약간 상하기는 했지만 그녀의 걱정은 자기 때문이 아니었다. 그녀의 생각은 언제나 그랬듯이 여전히 아버지에게로 향하고 있었다. 재산을 상속받은 이후 희미하게나마 그녀를 줄곧 따라다니던 걱정, 즉 부자가 된 지금도 감옥 시절 이전의 아버지 모습을 볼 수 없는 게 아닌가 하는 걱정이 점차 마음속에서 뚜렷한 형태를 띠기 시작했다. 아버지가 좀 전에 자신에게 했던 이야기와 자신에 대한 태도 전체에 마셜시 담장의 익숙한 그림자가 드리워져 있다고 느꼈다. 새로운 모습을 하고 있었지만 옛날의 바로 그 슬픈 그림자였다. 아무리 오랜 시간이 흘러도 사람이 철창 속에서 보낸 사반세기를 극복할 순 없다는 두려움이 밀려오는 것을 막을 수 있을 만큼 자신이 강한 사람이 아니라는 사실을 슬픔에 잠겨서 어쩔 수 없이 인정하기 시작했다. 따라서 아버지를 비난할 게 없었다. 그를 탓할 게 없었으며, 커다란 연민과 무한한 애정 말고 다른 감정이 그녀의 깊은 효심에 들지도 않았다.

바로 그런 이유로, 이탈리아의 화창하고 찬란한 햇빛 속에서, 밖은 굉장한 도시이고 안은 오래된 궁궐의 화려함을 뽐내는 곳에서 그가 그녀 앞의 소파에 앉아있는 바로 그때조차도, 그녀는 그가 마셜시 숙소의 오랫동안 낯익은 어둠 속에 있다고 생각했고, 그 옆에 앉아서 위로를 주고 다시 완전히 신뢰하는 관계를 맺으며 도움이 되기를 소망했다. 그가 그녀의 생각을 간파했다 하더라도 서로의 생각이 일치하는 것은 아니었다. 도릿 씨는 소파에 앉은 채 불편하게 몸을 약간 뒤척이더니 일어나서 주위를 바장거렸다. 그리고 몹시 불만스러워 보였다.

"아빠, 제게 하고 싶은 다른 말씀이 있어요?"

"없어, 없어. 다른 얘기는 없어."

"그동안 제게 만족하지 못하셨다니 죄송해요, 아빠. 이제는 불쾌하게 생각하지 마셨으면 해요. 이전 어느 때보다도 아빠가 원하시는 대로 환경에 적응하려고 노력할게요 – 그동안 계속 실패했지만, 사실 노력은 내내 했었어요."

"에이미," 그가 무뚝뚝하게 대답했다. "너는 – 하아 – 끊임없이 내 기분을 상하게 하는구나."

"아빠의 기분을 상하게 한다고요! 제가요!"

"흠 – 문제가 하나 있어." 도릿 씨가 천장에만 눈길을 주고, 그녀의 상냥하고 불평을 말하지 않지만 충격을 받은 얼굴에는 눈길 하나 주지 않고 입을 열었다. "고통스러운 문제여서 내가 – 하아 – 완전히 잊고 싶은 일련의 일들이 있어. 내 앞에서 네게 불만을 털어놓았던 네 언니가 알고 있는 문제이고, 네 오빠도 아는 문제야. 그 문제는 – 하아 흠 – 섬세하고 예민한 모든 사람이 알고 있지, 너만 빼고 말이야 – 하아 – 너만 빼고, 라고 해서 유감이구나. 네가, 에이미가 – 흠 – 너만 혼자 그리고 너만이 – 그 문제를 끊임없이 되살리고 있어, 말로 하는 것은 아니지만 말이야."

그녀가 그의 팔에 손을 올려놓았다. 그 외 다른 행동을 하지는 않았고 그의 팔을 그저 부드럽게 만졌다. 떨리는 손으로 "절 생각하세요, 제가 그동안 어떻게 일했는지 생각하시고 제가 품고 있던 많은 걱정을 생각하세요!"라는 말을 약간의 감정 표현과 함께 전달했을지 모른다. 그러나 한 마디도 직접 하지는 않았다.

그 손길에는 그녀가 예상하지 못했지만 그에 대한 질책의 뜻이 담겨 있었다. 예상했다면 자기 손을 거두었을 것이다. 도릿 씨는 자신을 옹호하기 시작했다. 흥분해서 말을 더듬고 화를 냈는데, 그것은 그녀의 손길을 아무렇지도 않게 여기는 것이었다.

"나는 그동안 줄곧 거기에 있으면서 그곳의 우두머리로 — 하아 — 널리 인정받았어. 내 덕에 — 흠 — 내 덕에 에이미, 네가 그곳에서 존경받을 수 있었던 거고, 내 덕에 — 하아 흠 — 내 덕에 식구들이 거기서 지위를 유지할 수 있었던 거야. 나는 보답 받을 자격이 있고 보답을 받아야겠다. 내 말은 지구 상에서 그 흔적을 쓸어내고 새로 시작하라는 거야. 지나친 요구니? **요구가** 지나치니?"

도릿 씨는 이런 식으로 횡설수설하면서 그녀를 한 번도 쳐다보지 않았다. 그저 허공에 대고 손짓을 하며 호소했다.

"줄곧 고통을 겪었어. 얼마나 겪었는지는 다른 누구보다도 내가 잘 알겠지 — 하아 — 다른 누구보다도 말이야! 그 고통을 내가 제쳐놓을 수 있고, 직접 겪었던 것의 흔적을 내가 지울 수 있다면, 그리고 세상 사람들에게 — 하아 — 훼손되지 않고 흠 없는 신사로 나설 수 있다면 — 내 자식이 — 흠 — 나처럼 행동하고 혐오스러운 그 경험을 지구 상에서 쓸어내기를 기대하는 게 지나친 거니 — 다시 말하지만, 지나친 거니!"

그는 허둥지둥하면서도 시종이 조금이라도 엿들을까 봐 그 모든 절규를 조심조심 억누른 목소리로 내뱉었다.

"그래서, 그들이 그렇게 하는 거야. 네 언니가 그렇게 하고, 네 오빠가 그렇게 하는 거야. 너만 혼자 - 흠 - 아주 어렸을 때부터 내 인생의 친구 겸 동료였고 내가 제일 사랑했던 너만이 그렇게 하지 않아. 너만 혼자 그렇게 할 수 없다고 했어. 그렇게 하라고 네게 값비싼 도움을 베풀고 있는데 말이야. 그 목적으로 상류사회에서 교양 있게 자란 부인인 - 하아 - 제너럴 부인을 붙여주었는데도 말이야. 내가 불쾌하게 여기는 게 놀라운 거니? 불쾌감을 표현했다고 해서 내가 스스로 변명할 필요가 있는 거니? 아니잖아!"

그는 그렇게 말하면서도 흥분한 기색이 조금도 줄어들지 않은 채로 계속해서 자기 자신을 변명했다.

"너에게 어떤 불쾌감이든 표현하기 전에 먼저 확인해달라고 부인에게 조심스럽게 부탁했다. 나로서는 - 흠 - 그런 부탁을 제한된 범위 내에서 할 수밖에 없었는데, 그렇지 않으면 지우고 싶은 것을 부인이 - 하아 - 알아차릴 수 있거든. 내가 이기적이니? 나를 위해 불평을 늘어놓는 거니? 천만의 말씀, 그렇지 않아. 주로 - 하아 흠 - 너를 위해 이러는 거야, 에이미."

말을 이어나가는 태도를 보니, 마지막에 했던 말은 이야기를 하던 도중 생각난 것이 분명해보였다.

"기분이 상했다고 아까 말했지만 지금도 그래. 무슨 말로 반박하든 내 - 하아 - 기분은 상해야겠다고 작정하고 있나 봐. 내 딸이 - 흠 - 행운에 파묻혀서도, 울적해하고 홀로 지내고 자신의 운명을 감당할 수 없다고 공공연히 얘기하는 걸 보자니 기분이 상하는구나. 모든 가족이 지워 없앤 것을 딸아이가 - 하아 - 체계적으로 재생산

하고, 나 자신은 입에 올릴 수도 없는– 하아 흠– 곳에서 태어나고 자랐다는 사실을 부유하고 저명한 상류사회 사람들에게 널리 알리려는 듯해서– 흠– 즉 널리 알리기를 적극적으로 바라는 듯해서– 기분이 상한단 말이야. 하지만 기분이 상했으면서도, 주로 에이미, 너를 위해 이런 불만을 털어놓는 것은 모순이 아니야– 하아– 아니고말고. 너를 위해 털어놓는 거니까. 되풀이하지만 너를 위해서야. 네가 제너럴 부인의 후원 아래– 흠– 표면을 단련하기를 바라는 것은 바로 너를 위해서란 말이야. 네가– 하아– 정말로 세련된 정신을 갖추고 (제너럴 부인이 인상적으로 표현했듯이) 완벽하게 품위 있고 차분하고 유쾌하지 않은 것이면 그것이 무엇이든 모르기를 바라는 것은 바로 너를 위해서라고.”

도릿 씨는 마지막 이야기를 하다가 잘못 조절한 자명종같이 갑자기 말을 멈추었다. 에이미는 그의 팔에 여전히 손을 올려놓고 있었다. 그는 침묵에 빠져들었다가 잠시 천장을 다시 둘러본 다음에 딸을 내려다보았다. 고개를 숙이고 있어서 표정을 볼 수는 없었지만, 딸의 손길은 부드럽고 편안했으며, 낙망한 중에도 비난의 표정이 아니라– 사랑의 표정만이 있었다. 딸이 나중에 다시 찾아와서 아침까지 침대 곁에 앉아있었던 감옥에서의 그날 밤처럼 도릿 씨는 훌쩍이기 시작했다. 자기가 돈은 많지만 비열하게 몰락한 사람이고 야비한 놈이라고 울부짖고는, 에이미를 두 팔로 껴안았다. 그녀는 그에게 “아빠, 진정하세요, 진정하세요! 키스해주세요!”라는 말만 했다. 그의 눈물이 이내, 전보다 훨씬 더 빨리 말랐다. 그리고 눈물을 흘렸던 자신을 바로잡는 한 가지 방법으로 시종에게 곧바로 매우 거만한 태도를 보였다.

앞으로 때가 되면 기록할 텐데, 두드러진 예외가 하나 있긴 하지만, 자유와 행운을 누리던 그의 삶에서 그가 딸 에이미에게 옛날에 대해 얘기했던 유일한 순간이 이때였다.

그러나 이제 아침식사 시간이 되었다. 시간이 되자 패니 양이 자기 방에서 왔고 에드워드 군도 자기 방에서 왔다. 이 두 유명인사는 늦게 자고 늦게 일어났기 때문에 조금 더 나빠졌다. 패니 양은 스스로 "사교계에 진출하기"라고 칭한 것에 만족할 줄 모르고 열광하는 사람이 되어서 하룻밤 사이에 50번의 기회가 있었으면 50번이라도 허둥지둥 사교계로 진출했을 것이다. 에드워드 군 역시 아는 사람이 많아서 보통 매일 밤 대부분의 시간 동안 (대체로 노름판이나 유사한 특징을 지닌 다른 곳에서) 약속이 잡혀 있었다. 운명이 바뀌었을 때 최상류의 친구들과 교제할 준비가 벌써 되어있었고 익힐 것이 별로 없다는 커다란 이점을 지니고 있었기 때문이다. 그 자신을 말거래 및 당구점수 기록하는 일에 정통하도록 해준 다행스러운 사건에 빚진 게 많았던 것이다.

아침식사 때 프레드릭 도릿 씨도 나타났다. 삼촌은 궁궐의 제일 높은 층에 머물기 때문에 설령 권총사격 연습을 해도 다른 사람들이 알아차릴 가능성이 별로 없다고 하면서, 둘째 조카딸이 용기를 내서 클라리넷을 그에게 돌려주자고 제안했던 적이 있었다. 클라리넷을 아빠가 압수하라고 지시했지만 자신이 대담하게 보관하고 있노라고 했다. 패니 양은 그것이 천한 악기이고 자기는 그 소리를 싫어한다며 약간의 반대의견을 개진했지만 결국 양보했다. 그러나 그가 진작부터 클라리넷에 질려 있었고 클라리넷이 더는 생계수단이 아니기 때문에 근자에는 연주한 적도 없다는 사실을 바로 그때 알게 되었다. 언제나 코담배 갑을 구겨서 손에 쥐고(패니 양이 가족의 명예에 손상이 가지 않게 금빛 담뱃갑을 사주겠다고 제의하고 또 사주었지만, 그는 들고 다니기를 한사코 거부했다. 그래서 그녀는 단단히 화가 나 있었다) 화랑으로 발을 끌며 천천히 걸어가서, 유명한 베네치아 사람들의 초상화를 보며 몇 시간이고 지내는 습관을 그는 자신도 의식하지 못하는 사이에 새로 가지게 되었다. 그가 멍한 눈으로 초상화에서 뭘 보는지는 절대 알 수 없었다. 단순히 초상화로서 관심을 두는 건지, 아니면 초상화를 결단력같이 자신의 사라져버린 자랑거리와 헛갈려서 동일시하는 건지 알 수 없었다. 그러나 그가 아주 정확히 초상화에 매혹되었고 그것을 보면서 즐거움을 느낀다는 것은 분명했다. 화랑에 드나들기 시작한 며칠 후 작은 도릿이 어느 날 아침 우연히 삼촌과 함께 갔다. 그 일이 분명히 그를 더욱 기쁘게 해주었기 때문에 그녀는 그 후 종종 동행했다. 몰락한 이후에 그 노인이 느낄 수 있었던 최대의 기쁨이 짧은 그 여행에서 얻은 것이었는데, 그녀가 초상화를 하나씩 보며 움직일 때마다 그가 의자를 들고 따라 움직였다. 그리고 그녀가 아무리 반대해도 의자 뒤에 서서 고상한 베네치아 사람들에게 그녀를 말없이 소개했다.

가족의 아침식사 자리에서 삼촌은 그레이트 생베르나르 고개에서 만났던 부인과 신사를 전날 화랑에서 봤다고 말했다. "이름은 기억이 안 나." 그가 말했다. "윌리엄, 형은 기억할 거 같은데? 에드워드, 너도 기억할 거 같구나?"

"전 아주 잘 기억해요." 에드워드 군이 말했다.

"저도 잘 기억해요." 패니 양이 고개를 들고 동생을 힐금 쳐다보며 말했다. "그러나 삼촌이 그 주제에 걸려서 넘어지지 않았으면 우리가 그들을 기억해냈을 거 같지는 않아요."

"저런, 대단히 묘한 표현이구나." 제너럴 부인이 말했다. "우연히 만났다거나 뜻밖에 언급하지 않았으면, 이라고 하는 게 더 낫지 않겠니?"

"제너럴 부인, 대단히 고맙습니다만," 젊은 여성이 대꾸했다. "아니에요, 그렇게 생각하지 않아요. 대체로 내 표현이 더 맘에 들어요."

패니 양이 제너럴 부인의 제안을 받아들이는 방식은 언제나 그런 식이었다. 그러나 그런 제안을 늘 기억해 두었다가 다음 순간에는 사용했다.

"삼촌이 말하지 않았어도," 작은 도릿이 말했다. "가원 부부를 만났다는 얘기는 내가 했을 거야, 패니. 어제 이후로 언니를 보지 못해서 아침식사 때 얘기하려고 했어. 파파와 제너럴 부인이 반대하지 않는다면, 가원 부인을 방문해서 그녀와 좀 더 사귀고 싶거든."

"이런, 에이미," 패니가 말했다. "마침내 네가 베네치아에 머물고 있는 사람과, 그가 누구든 간에 좀 더 사귀고 싶다는 소망을 드러내다니 정말 기쁘구나. 비록 가원 부부가 알고 지내기에 바람직한 사람들인지를 판단해야 하는 문제가 남아있지만 말이야."

"내가 말한 건 가원 부인이야, 언니."

"물론이지." 패니가 말했다. "그러나 의회 제정 법률 없이는 그녀를 남편과 갈라놓을 수 없어."[5]

"파파, 아빠는," 작은 도릿이 기가 죽어서 망설이며 물었다. "제가 그들을 방문하는 걸 반대하세요?"

"사실," 그가 대답했다. "나는 – 하아 – 제너럴 부인은 어떻게 생각하시오?"

제너럴 부인이 자기는 언급된 부인 그리고 신사와 조금이라도 안면을 트는 영광을 누린 적이 없으므로 당면한 사항에 니스 칠을 할 위치에 있지 않다고 했다. 니스 칠을 하는 업계에서 따르는 일반적인 원칙으로, 지금 얘기하는 부인이 사교계의 신전에서 도릿 가만큼 두드러진 자리를 차지하는 가문 출신이냐에 많은 부분이 달려 있다는 얘기를 할 수 있을 따름이라고 했다.

그 말을 듣자 도릿 씨의 얼굴이 상당히 어두워졌다. 그가(그 자신의 불완전한 기억에 따라 클레넘이라는 이름을 가진 예전의 주제넘은 사람과 연결해서 지레짐작하여) 가원이라는 이름을 최종적으로

---

[5] 1857년 이혼소송법이 제정되기 전까지, 이혼이 법적으로 확정되기 위해서는 해당 사례에 국한해 적용되는 사(私)법률을 의회에서 제정해야 했다.

배척하려고 할 때, 에드워드 도릿 님께서 외알 안경을 눈에 끼고 "이봐 - 거기 자네들! 나가 있게!"라는 말을 먼저 하면서 대화에 끼어들었다. 그 말은 음식을 돌리고 있던 두 명의 하인에게 그들의 수고를 잠시 생략해도 좋다는 뜻을 정중하게 알리려는 취지로 한 것이었다.

하인들이 지시에 따라 나간 후 에드워드 도릿 님께서 말을 시작했다.

"그들 가원 부부가 - 내가 그들 부부의 또는 최소한 남편의 호의를 사려고 무척 열중하고 있다는 생각은 말았으면 좋겠는데 - 중요한 지위에 있는 사람들과 알고 있다는 사실을 모두에게 알리는 것이 현명하겠군요. 만일 그게 약간의 차이라도 생기게 한다면 말이에요."

"그렇다면," 니스 칠을 하는 금발의 부인이 말했다. "아주 커다란 차이라고 해야겠죠. 문제의 친척이 정말로 중요하고 상당한 지위에 있는 사람이라면 - "

"그 문제에 대해서라면," 에드워드 도릿 님께서 말했다. "부인이 스스로 판단할 수 있게 해드리죠. 부인은 머들이라는 그 유명한 명사를 어쩌면 알겠군요?"

"저명한 머들 말이군!" 제너럴 부인이 소리쳤다.

"그 머들 말이에요." 에드워드 도릿 님께서 말했다. "그가 그들 부부를 알고 있거든요. 가원 부인이 - 품위 있는 내 친구의 어머니인 그 미망인 말이에요 - 머들 부인과 친한데, 그들 두 명도 그들의 방문자 명단에 들어있는 걸로 알고 있습니다.”

“그렇다면 이보다 더 명백하게 보장할 순 없죠.” 제너럴 부인이 눈에 보이는 어떤 우상에게 경의를 표하듯이 장갑을 치켜들고 머리를 숙여 인사하면서 도릿 씨에게 말했다.

“네게 - 아아 - 호기심 때문에 좀 물어봐야겠다.” 도릿 씨가 결정적으로 태도를 바꾸면서 물었다. “어떻게 이런 - 흠 - 정보를 때맞춰 얻게 되었니?”

“오래 걸리는 이야기도 아니니,” 에드워드 도릿 님께서 대답했다. “바로 알려드리죠. 우선, 머들 부인은, 거기가 어디더라, 어딘가에서 아버지가 이야기를 나눴던 부인이에요.”

“마티니에서.” 패니 양이 대단히 권태로운 태도로 끼어들었다.

“마티니에서요.” 그녀의 오빠가 살짝 고개를 끄덕이고 살짝 윙크하면서 동의했다. 오빠의 태도를 보고 패니 양은 놀라는 것 같았고 소리 내어 웃었으며 얼굴을 붉혔다.

“에드워드, 어떻게 된 거니?” 도릿 씨가 물었다. “내게 말했던 바로는 너와 이야기를 나눴던 신사 이름은 - 하아 - 스파클러였잖아. 맞아, 내게 명함을 보여줬지. 흠, 스파클러잖아.”

“아버지, 맞아요. 그러나 그렇다고 해서 어머니의 이름과 같아야만 되는 건 아니잖아요. 머들 부인은 전에 결혼했고, 스파클러는 그때 낳은 아들이에요. 부인은 지금 로마에 머물고 있는데, 아버지가 로마에서 겨울을 보내기로 했으니 우린 그곳에서 그녀에 대해 좀 더 알 수 있을 거예요. 스파클러는 이제 막 이 도시에 도착했어요. 어젯밤에 같이 있었거든요. 대체적으로는 아주 좋은 친구지만 어떤 젊은 여자에게 홀딱 반해서 한 가지 문제에 대해서는 꽤 귀찮은 녀석이에요." 에드워드 도릿 님께서 그때 식탁 맞은편에 있는 패니 양을 안경 너머로 훑어보았다. "우리가 어젯밤에 우연히 여행 기록을 비교해 보았는데, 아버지께 드린 정보는 스파클러에게서 직접 들은 거예요." 말을 멈추고 패니 양을 안경 너머로 계속 바라보았다. 외알 안경을 끼고 있느라고, 그리고 또 한편으로는 아주 미묘한 미소를 짓느라고, 얼굴을 가식이 아니라 진짜로 잔뜩 찡그렸다.

"이런 상황에서는," 도릿 씨가 말했다. "반대하지 않는다고 - 하아 흠 - 정반대지 - 에이미, 네가 하고 싶은 대로 하는 데 반대하지 않는다고 하는 것이 내 생각 못지않게 - 하아 - 제너럴 부인의 생각을 표현하는 것 같구나. 네 바람이 상서로운 조짐이라고 - 하아 - 환영할 수도 있을 거 같아." 도릿 씨가 격려 조로 그리고 너그럽게 말했다. "그 사람들과 알고 지내는 건 아주 좋은 일이야. 아주 바람직한 일이지. 머들 씨는 - 하아 - 세계적으로 명성이 높은 명사란다. 그의 사업은 이루 헤아릴 수 없을 정도야 - 흠 - 국가적 이득으로 여겨질 정도로 엄청난 액수의 돈을 벌거든. 머들 씨야말로 이 시대의 명사고, 머들이라는 이름은 이 시대의 이름이야. 나를 대신하여 가원 부부에게 예의 바르게 행동하거라, 우리가 - 하아 - 우리가 그들과 인사할 때가 분명히 올 테니까."

도릿 씨가 그처럼 격조 높게 허락하자 그 문제는 결론이 났다. 삼촌이 그의 접시를 진작에 밀쳐놓았고 아침을 들지 않았다는 사실에 누구도 주의를 기울이지 않았지만 작은 도릿 말고 그에게 주의를 기울이는 사람은 언제나 없었다. 하인들을 다시 불렀고 식사를 마저 했다. 제너럴 부인이 일어나서 식탁을 떠났다. 작은 도릿도 일어나서 식탁을 떠났고, 에드워드와 패니가 남아서 식탁을 사이에 두고 서로 귀엣말을 나누고 있을 때, 그리고 도릿 씨가 남아서 무화과를 먹으며 프랑스 신문을 읽고 있을 때, 삼촌이 의자에서 벌떡 일어나 손으로 식탁을 내려치며 "형! 항의해야겠어!"라고 소리쳐서 갑자기 세 명 모두의 주의를 끌었다.

그가 알 수 없는 말로 선언하고 난 다음에 유령 같은 모습을 더는 보이지 않았어도 듣는 사람들을 더 놀라게 할 수는 없었을 것이다. 도릿 씨는 무화과를 입으로 가져가다가 말고 신문을 떨어뜨리고 자지러지게 놀랐다.

"형!" 나이 든 그 사람이 떨리는 목소리에 놀라운 힘을 주면서 말했다. "항의해야겠어! 형을 좋아해, 엄청나게 좋아한다는 것은 형도 알잖아. 오랜 세월 동안 형에게 진실하지 않은 생각을 품었던 적은 단 한 번도 없었어. 힘이 없긴 하지만 형에 대해 나쁘게 말하는 녀석은 그게 누구든 언제라도 때려주었을 거야. 그러나 형, 형, 형, 항의해야겠어!"

그처럼 노쇠한 사람이 폭발하듯이 아주 진지한 모습을 띨 수 있다는 것은 보기에도 놀라운 일이었다. 두 눈이 빛났고, 흰머리가 머리 위에 곤두섰으며, 25년 동안 이마와 얼굴에서 사라졌던 결심에 찬 표정들이 다시 나타나기 시작했다. 그리고 다시 한 번 힘을 주어

신경질적으로 손을 움직였다.

"프레드릭!" 도릿 씨가 힘없이 소리 질렀다. "무슨 일이니? 왜 그래?"

"네가 어떻게 감히," 나이 든 그 사람이 패니를 보고 말했다. "네가 어떻게 감히 그럴 수 있니? 넌 기억이 없니? 동정심도 없어?"

"삼촌!" 패니가 공포에 젖어서 울음을 터뜨리며 소리쳤다. "왜 절 이처럼 가혹하게 비난하세요? 제가 어쨌다고요?"

"어쨌느냐고?" 나이 든 그 사람이 그녀의 동생이 앉았던 자리를 손으로 가리키면서 대답했다. "네 상냥하고 소중한 친구는 어디 갔니? 너의 헌신적인 보호자는 어디 갔어? 네게 어머니 이상 가는 사람이 어디 갔느냐니까? 네 동생에게 속한 그 모든 특징에 맞서서 네가 어떻게 감히 우월하다고 뽐낼 수 있어? 부끄럽지 않니, 믿지 못할 아이야, 부끄럽지 않아!"

"저는 에이미를 사랑해요." 패니 양이 눈물을 흘리면서 흐느끼듯 부르짖었다. "제 목숨을 사랑하는 정도로요 – 그 이상으로 사랑해요. 이런 취급을 받을 정도는 아니에요. 사람이 할 수 있는 한 최대한으로 에이미에게 감사를 느끼고 그 아이를 좋아하니까요. 차라리 죽었으면 좋겠어요. 이처럼 악의에 찬 모욕은 받은 적이 없거든요. 그것도 가족의 명예를 갈망한다는 단 한 가지 이유로요."

"가족의 명예는 잊어버려!" 나이 든 그 사람이 대단히 경멸하고 분노하며 소리쳤다. "형, 나는 우월감에 항의하는 거고, 배은망덕에 항의하는 거야. 여기 있는 우리가 모두 줄곧 알고 있고 보아왔으면서도, 에이미를 잠시라도 불편하게 하거나 고통스럽게 할 수 있는 주장을 하는 것에 항의해야겠단 말이야. 그런 효과를 미치는 걸로 봐서 그것이 비열한 주장이라는 사실을 알 수 있어. 우리는 천벌을 받을 거야. 형, 하느님 앞에서 항의해야겠어!"

그가 손을 머리 위로 올렸다가 식탁을 내려쳤는데 대장장이의 손 같았다. 잠깐 침묵을 지켰다가 긴장이 풀리자 그 손은 평상시의 힘 없는 상태기 되었다. 그는 평상시처럼 발을 질질 끌고 형에게로 가서 어깨에 손을 얹고 누그러진 소리로 말했다. "윌리엄, 형, 이 말을 해야겠다고 느꼈어. 이 말을 해야겠다고 느꼈던 거니까 용서해줘!" 그러고 나서 마셜시의 방에서 나갈 때처럼 머리를 숙이고 궁궐의 큰 방에서 나갔다.

패니는 그동안 내내 흐느끼고 울부짖었는데 그가 나간 후에도 여전히 계속해서 흐느끼고 울부짖었다. 에드워드는 깜짝 놀라서 입을 벌렸던 것 외에는 말을 하지 않고 말똥말똥 쳐다보기만 했다. 도릿 씨 역시 완전히 당황해서 어떤 식으로든 자신을 옹호할 수가 없었다. 패니가 제일 먼저 말문을 열었다.

"이런 취급을 받았던 적은, 절대, 절대, 절대 없어." 그녀는 흐느 꼈다. "이처럼 거칠고 이치에 맞지 않는 비난이나, 수치스러울 정도로 난폭하고 잔인한 비난은 들었던 적이 없어! 소중하고 친절하고 조용하고 작은 에이미 역시, 순진한 자기 때문에 내가 이런 취급을 받았다는 사실을 알면 어떻겠어! 그러나 그 애에게 말하지는 않을 거야! 그럼, 말하지 않을래!"

그런 이야기를 듣고서야 도릿 씨가 침묵을 깨고 입을 열 수 있었다.

"얘야," 그가 말했다. "나는 - 하아 - 네 결정에 찬성한다. 이 얘기는 에이미에게 하지 않는 게 - 하아 흠 - 훨씬 나을 거야. 그 애를 - 흠 - 괴롭힐 수 있으니까. 하아. 틀림없이 그 애를 몹시 괴롭힐 거야. 그렇게 하지 않는 게 사려 깊고 옳은 거겠지. 이 사실은 - 하아 - 우리끼리 비밀로 하자꾸나."

"그러나 삼촌은 잔인해요!" 패니 양이 소리쳤다. "아, 삼촌의 악의적인 잔인성을 용서할 수 없어요!"

"얘야," 도릿 씨가 보통 때와 달리 창백하긴 했지만 정상상태를 되찾고는 말했다. "그러지 마라. 삼촌이 - 하아 - 옛날의 그가 아니라는 사실을 명심해야지. 삼촌의 상태가 - 흠 - 우리에게 대단한 참을성을, 대단한 참을성을 요구한다는 사실을 명심해라."

"틀림없이," 패니가 애처롭게 소리쳤다. "삼촌이 어딘가 뭔가가 잘못되었고, 그렇지 않다면 모든 세상 사람 중에서 날 그렇게 비난하진 않았을 거라고 그저 좋게 생각할게요."

"패니야," 도릿 씨가 형제애에 깊이 젖은 말투로 대답했다. "장점이 수없이 많은 삼촌이 얼마나 - 흠 - 몰락했는지 네가 알잖니. 내가 그에게 지닌 애정과 언제나 그에게 베풀었던 신의를 봐서라도, 네가 - 하아 - 그만 잊어버리고 내가 느끼는 형제의 정을 생각해주기 바란다."

이 이야기로 그 장면은 끝이 났다. 에드워드 도릿 님께서는 내내 아무 이야기도 하지 않았으며 끝까지 당황하고 수상쩍게 보였다. 패니 양은 그날 동생을 발작적으로 껴안았을 뿐 아니라 브로치를 주기도 하고 차라리 자기가 죽었으면 좋겠다고 거듭 말하면서 대부분의 시간을 보냈고, 동생의 마음에 애정 어린 불안감을 잔뜩 불러 일으켰다.

6 어딘가 뭔가가 제대로 되었음

헨리 가원 씨처럼 망설이는 상태에 있는 것, 진저리가 나서 두 권력자[6] 중 한쪽 권력자 섬기기를 그만두었을 뿐 아니라 다른 쪽 권력자에게 붙어서 출세하는 데 필요한 자질도 부족한 것, 그래서 둘 다를 저주하며 중립지대에서 침울하게 빈둥거리는 것은 정신에 해로운 상황에 처한 것이며, 시간이 지난다고 해서 그 상황이 나아 지지도 않을 것이다. 세상에서 제일 나쁜 종류의 계산법은, 다른 사 람의 장점과 성공은 언제나 으레 뺄셈을 하고 절대 덧셈을 하지 않 는 병에 걸린 산술가의 계산 방식이다.

불만에 가득 차서 실망했다는 사실을 자랑하는 데에서 얼마간의 보상을 찾으려고 하는 것 역시 타락으로 가득 찬 습관이다. 일관되 게 약간 빈둥거리며 되는 대로 지내는 태도와 앞뒤를 가리지 않는

---

[6] 가문과 예술을 지칭.

태도가 이런 습관에서 곧 생겨나기 마련이다. 가치 없는 것을 높여서 가치 있는 것을 낮추는 태도가 그 습관이 낳은 비뚤어진 즐거움 중 하나이다. 어떤 시합을 하던 진실을 아무렇게나 대하면 그 때문에 반드시 더 나빠지는 법이다.

회화라는 예술을 실제로 하는 것은 칭찬할 만한 가치가 전혀 없다고 주장하는 데에서 가원은 지상에서 최고로 후한 친구였다. 그는 능력이 없는 사람이 능력이 많은 사람보다 더 많은 능력을 갖고 있다고 단언하곤 했다. 자신이 칭찬한 그림이 쓰레기라는 이의가 제기되면 그는 자기 예술을 대표해서 다음과 같이 대답할 것이다. "이보게, 우리 모두가 만들어내는 게 쓰레기가 아니면 뭔가? **내가** 다른 것은 만들지 못하니까 자네에게 고백이라는 선물을 주는 거네."

가난하다는 사실을 자랑하는 것이, 그런 자랑은 자신이 부자여야 한다는 사실을 지적하고자 하는 의도였지만, 그가 기분이 언짢을 때 하는 일 중 하나였다. 자신이 바너클 가의 일원이라는 사실을 사람들이 잊지 않도록 하려고 바너클 가를 공개적으로 칭송하고 비난하는 것도 마찬가지였다. 그럼에도 그는 이 두 가지 주제를 입에 올리는 경우가 워낙 자주 있었고, 그 주제들을 워낙 잘 다루어서, 한 달을 계속해서 자기 칭찬을 하더라도, 자신이 누구의 배려든 받아야 한다는 사실을 가볍게 깎아내려서 자신을 중요한 인물로 만드는 것의 절반 정도도 성공하지 못했을 것이다.

이처럼 젠체하며 변함없이 늘어놓는 이야기를 통해, 그와 그의 부인이 어디를 가든 그가 지위 높은 친척들의 소망을 거슬러서 결혼한 것이고, 자기 부인을 옹호하고 그들을 설득하려고 잔뜩 야단법석을 벌인 걸로 언제나 곧 받아들여졌다. 그는 그런 얘기를 절대 하지 않았고 오히려 그런 생각에 대해 웃고 경멸하는 것 같았다. 그리고 자신의 가치를 깎아내리려는 노력에도 불구하고 언제나 우월한 위치에 있게 되었다. 신혼여행 때부터 미니 가원은 사람들이 자기에 대해 결혼해서 신분이 하강한 남자, 그러나 기사도적인 사랑으로 신분의 차이를 상쇄시킨 남자의 부인으로 보통 여긴다는 사실을 깨달았다.

베네치아까지 파리의 블랑두아 씨는 그들과 동행했는데, 베네치아에 오자 그는 가원과 주로 어울렸다. 여성에게 친절한 이 신사를 제네바에서 처음 만났을 때, 가원은 그를 차버릴 것인지 격려할 것인지 결정을 못 한 상태였고, "뒷면이면 차고 앞면이면 격려한다,"는 조건으로 5프랑짜리 동전을 던져서 신탁의 목소리를 따를 생각이 들 정도로 그 문제에 대해 만족스러운 결정을 내리고자 24시간여 동안 걱정을 하고 있었다. 그러나 때마침 그의 처가 매력적인 블랑두아에 대해 싫어하는 말을 했고, 호텔에서 봤을 때에도 감정의 저울이 그에게 적대적으로 기우는 것을 봤기 때문에, 가원은 그를 격려하기로 작정했다.

그와 같은 괴팍함이 욱하고 생겨난 관대함 때문이 아니라면 어째서 생기는 것일까? - 그런데 욱하고 생겨난 관대함 때문이 아니었다. 가원은 파리의 블랑두아보다 훨씬 더 지위가 높았을 뿐 아니라 매력적인 그 신사를 분해해서 어떤 재료로 만들어져 있는지 썩 잘 알아낼 수도 있었는데, 어째서 그런 남자와 어울리는 것일까? 첫째, 자기 처가 처음 단독으로 품게 된 소망에 그가 반대했던 것은, 장인이 그의 부채를 이미 갚아주었으므로 독립심을 일찌감치 내세울 기회를 잡는 것이 바람직하다고 여겼기 때문이다. 둘째, 널리 퍼져 있는 생각에 그가 반대했던 것은 다른 인물이 될 수 있는 역량이 잔뜩 있었지만 심술궂은 사람이었기 때문이다. 그는 블랑두아처럼 세련된 태도를 지닌 신하는 어떤 품위 있는 나라에서든 최고로 이름을 떨쳐야 한다고 선언하는 데에서 쾌감을 느꼈다. 블랑두아를 우아함의 전형으로 내세우는 데에서, 그리고 개인적 미덕을 자랑하는 사람들을 풍자하는 도구로 삼는 데에서 쾌감을 느꼈다. 그의 인사가 완벽하고, 말하는 태도가 매력적이며, 그의 아름답고 여유 있는 태도는(타고난 게 아니라면 돈으로 살 수 없는 것이므로) 십만 프랑을 줘도 싸게 구매하는 거라고 진지하게 주장했다. 그 사람의 태도에서 태양이 태양계에 속하는 것처럼, 원래 혈통이 무엇이든 간에, 그와 그런 사람 모두에게 속하는 걸로 확실히 지적되었던 과장을 자신은 희화로 용인할 수 있다고 주장했다. 그리하여 가원은 블랑두아가 과장해서 하는 바를 얼마간은 할 수밖에 없는 수많은 사람을 조롱하기 위해 이런 희화를 가까이 두는 것이 재미있는 방편이라고 생각했다. 그래서 그는 처음에 그와 어울리게 되었고, 그래서 그런 경향을 부주의하게 습관적으로 강화시키고 그의 이야기에서 이렇다 할 목적도 없이 약간의 재미를 끌어내다가, 그를 동료 삼는 쪽으로 점차 빠져들게 되었다. 그가 놀음판 같은 데에서 잔재주를 부려 생

계를 유지한다고 추측했지만, 자기는 대담하고 용감하지만 그는 겁
쟁이라고 짐작했지만, 미니가 그를 싫어한다는 사실을 완벽하게 알
고 있었지만, 그리고 미니에게 그를 싫어할 명백하고 개인적인 이유
를 알려주어서 그가 베네치아의 제일 높은 창문에서 그 도시의 제
일 깊은 운하 속으로 몸을 던져도 그 자신은 하등의 가책을 느끼지
않을 정도로 그를 별로 좋아하지 않았지만, 어쨌든 그렇게 지냈다.

작은 도릿은 가원 부인을 혼자서 방문할 수 있었다면 기뻤을 것
이다. 그러나 24시간이라는 세월이 지났는데도 삼촌의 항의를 받은
충격에서 아직 회복하지 못한 패니가 동행하겠다고 집요하게 따라
나섰기 때문에, 도릿 씨의 창문 아래에 있던 곤돌라 중의 하나에
함께 탔다. 그리고 가이드가 수행하는 가운데 가원 부인의 숙소로
아주 당당하게 갔다. 사실 그들의 신분이 그런 집에 가기에는 약간
지나치게 높았으니, 그 집은 패니의 불평을 따르자면 "지독하게 외
딴곳"에 있었고, 또한 "배수로에 불과하다,"고 헐뜯은 복잡하고 좁
은 수로를 거쳐야 했다.

쓸쓸하고 작은 섬에 있는 그 집7은 마치 어딘가 다른 곳에서 떨어
져 나와, 그 잎 아래에 누워 있는 불쌍한 사람들만큼이나 다듬을
필요가 있는 포도나무와 함께 우연히 현재의 정박지로 흘러온 것처
럼 보였다. 주변에 임시울타리와 비계가 둘러쳐진 교회가 하나 있었

---

7 집이 운하에 둘러싸여 있다는 의미임.

는데, 100년은 되어 보이는 수리용 도구 자체가 부식되었을 정도로 아주 오랫동안 수리 중인 걸로 추정되는 교회였다. 그 밖에 깨끗이 빨아서 햇빛에 말리려고 널어놓은 다량의 아마포들, 서로 사이가 안 좋아 우스꽝스럽게 한쪽으로 기울어져 있는 수많은 집들, 그리고 열병에 걸린 것처럼 혼란스럽게 되어 있는 창들이 있었다. 주변의 집들은 벌레가 가득 들어있는 아담 이전[8]의 썩은 치즈들을 괴상한 모양으로 잘라 놓은 것 같았고, 격자 모양의 블라인드는 모두 다 비뚤름하게 창에 걸려 있었으며 더럽고 지저분한 뭔가가 블라인드 대부분에 매달려 있었다.

그 집 2층에는 은행이 있었다 - 영국의 특정한 도시에서 온 모든 사람 편에 서서 소송을 제기하여 돈벌이하는 신사에게는 놀라운 경험이었다 - 은행에는 두 명의 수염 난 홀쭉한 행원들이 금빛 술이 장식된 녹색의 벨벳 캡을 쓴 채로 작은 방의 작은 계산대 뒤쪽에 말린 기마병처럼 서 있었다. 그 방에는 문이 열려 있는 텅 빈 철제 금고 한 개, 물주전자 한 개, 그리고 종이로 싼 장미 화환 한 개 말고 다른 물건은 보이지 않았다. 그러나 합법적인 요청을 받으면 그 행원들은 손을 보이지 않게 쑥 넣는 것만으로도 5프랑짜리 동전을 무진장하게 꺼내서 쌓아 올릴 수 있었다. 은행 아래층에는 창마다 빗장을 댄 서너 개의 방으로 이루어진 스위트룸이 하나 있는데,

---

[8] 매우 수수하고 정제되지 않았다는 의미임.

쥐새끼 같은 범죄자들을 가두는 감옥 같았다. 은행 위층이 가원 부인이 머무는 곳이었다.

전도용 지도가 지리적 지식을 전하고 싶어 뛰어 나오려는 것처럼 사방의 벽이 얼룩으로 더럽혀져 있는데도, 괴상하고 쓸쓸하게 빛바랜 가구에서 곰팡내가 나는데도, 바닥에 괴어있는 더러운 물에서 베네치아의 냄새가 압도적으로 나는데도, 그리고 잡초 무성한 바닷가에서 썰물이 아주 강하게 빠져나가는데도, 겉으로 보기보다 그 집은 내부가 좋았다. 개심한 암살자처럼 미소를 짓는 남자가 – 임시로 고용한 하인이었다 – 문을 열어주었고, 두 명의 아름다운 영국 여성이 안주인을 뵈러 왔다고 알리면서 가원 부인이 있는 방으로 안내했다.

가원 부인이 바느질하던 것을 뚜껑이 있는 바구니에 치운 후에 약간 허둥지둥하면서 일어났다. 패니 양은 지나칠 정도로 정중하게 행동했고, 여느 때와 같이 하찮은 이야기들을 경험 많은 대가의 솜씨로 늘어놓았다.

"파파가 대단히 유감으로 여기세요," 패니가 말을 계속했다. "오늘 약속이 있는 것에 대해서요. (이 도시에서는 약속이 아주 많아요, 아는 사람들이 진저리나게 많거든요!) 그리고 가원 씨에게 명함을 전해달라고 특별히 부탁했어요. 파파가 그 중요성을 최소한 열두 번은 강조했던 임무를 확실히 수행해서 마음의 부담을 덜기 위해, 명함을 탁자 위에 바로 올려놓을게요."

그녀는 경험 많은 대가처럼 명함을 탁자 위에 편안하게 올려놓았다.

패니가 말했다. "부인이 머들 부부와 아는 사이라는 사실을 알고 기뻤습니다. 그것이 우리를 가깝게 해주는 또 다른 수단이 될 수 있기를 바라거든요."

"그들은," 가원 부인이 말했다. "시댁에서 아는 분들이에요. 아직 머들 부인에게 개인적으로 인사드리지는 못했지만 로마에 가면 인사드리게 되겠죠."

"정말인가요?" 패니가 자신의 우월감을 상냥하게 억누르는 체하며 대답했다. "당신은 그 부인을 좋아하게 될 거 같군요."

"그 부인을 썩 잘 아시나 봐요?"

"글쎄요, 실은," 패니가 예쁜 어깨를 노골적으로 으쓱하면서 말했다. "런던에서는 모두 아는 부인이거든요. 이곳으로 오는 도중에 부인을 만났었어요. 사실대로 말하면 하인들이 우리를 위해 예약해두었던 방 중 하나를 그 부인이 차지하는 바람에 파파가 처음에는 약간 화가 났었죠. 그러나 그 일은 물론 곧 그냥 지나갔고 우리는 모두 그만큼 더 좋은 친구가 되었어요."

작은 도릿은 가원 부인과 이야기를 나눌 기회가 아직 없었지만 둘 사이에는 이야기를 주고받은 것과 마찬가지인 묵계가 존재했다. 조금도 수그러들지 않는 강한 관심을 갖고 가원 부인을 지켜보았는데, 부인의 목소리는 그녀가 듣기에 황홀한 것이었다. 부인과 가까이 있거나 부인에 대한 것이거나 부인과 관계있는 것 중에서 작은 도릿이 주의를 기울이지 않는 것은 하나도 없었다. 작은 도릿은 다른 어떤 경우보다도 이번 경우에 - 한 경우만 빼고 - 아무리 사소한 문제라도 재빨리 감지해냈다.

"그날 밤 이후 잘 지냈나요?" 작은 도릿이 말을 건넸다.

"아주 잘 지냈어요. 당신은요?"

"아! 난 항상 잘 지내요." 작은 도릿이 머뭇거리며 말했다. "나는 - 그래요, 고마워요."

가원 부인이 이야기를 하면서 그녀의 손을 만졌고 둘의 시선이 마주쳤다는 사실 외에 작은 도릿이 말을 더듬고 이야기를 중단할 까닭은 없었다. 크고 부드러운 눈빛에 담겨 있는, 생각에 잠겨서 염려하는 어떤 기미가 작은 도릿의 말을 즉시 멈추게 했던 것이다.

"내가 질투를 느낄 정도로 남편이 당신을 좋아한다는 사실을 모르죠?" 가원 부인이 물었다.

작은 도릿이 얼굴을 붉히며 고개를 가로저었다.

"남편이 내게 했던 얘기를 옮긴다면, 당신이야말로 자기가 본 누구보다도 조용하고 기지가 넘치는 사람이래요."

"그분은 너무 좋게 말씀하시는군요." 작은 도릿이 말했다.

"그럴 리가 있나요. 하지만 당신이 왔다는 사실을 그에게 알려야 한다는 건 분명해요. 알리지 않은 채 당신이 - 그리고 도릿 양이 - 떠나게 둔다면 날 용서하지 않을 거예요. 말해도 되죠? 화실이 어질러져 있고 불편하더라도 참아주실 수 있죠?"

패니 양에게 한 질문이었기 때문에, 패니 양은 무엇보다도 흥미가 있고 아주 기쁘다고 우아하게 대답했다. 가원 부인이 문으로 가서 안을 들여다보고 돌아왔다. "부디 들어가서 남편을 만나주세요." 그녀가 말했다. "남편이 좋아할 거예요!"

먼저 들어간 작은 도릿이 처음에 맞닥뜨린 대상은 커다란 망토와 살짝 기울어진 모자를 걸친 채 귀퉁이 대좌臺座 위에 서 있던 파리의 블랑두아였다. 나뭇가지들이 경고하듯이 모두 다 그를 가리키는 가운데 그레이트 생베르나르 고개에 서 있었던 것처럼 그는 대좌 위에 서 있었다. 그가 미소를 짓자 그녀는 뒷걸음질 쳤다.

"놀라지 마세요." 가원이 문 뒤의 이젤 쪽에서 걸어 나오면서 말했다. "그저 블랑두아일 따름이에요. 오늘 모델 역할을 하고 있어요. 그를 스케치하고 있거든요. 그를 약간 이용하면 돈을 절약할 수 있으니까요. 우리같이 가난한 화가들은 아무도 내줄 수 없어요."

파리의 블랑두아가 기울어진 모자를 벗고 여성들에게 인사를 했지만 귀퉁이에서 나오지는 않았다.

"대단히 미안합니다!" 그가 말했다. "그러나 여기 계신 화가분이 워낙 냉혹해서 움직이기 두렵군요."

"그렇다면 움직이지 말게." 자매가 이젤 쪽으로 가까이 오자 가원이 차갑게 말했다. "서투른 그림이지만 뭘 그리려고 한 건지 아가씨들이 알 수 있도록 그림의 모델은 최소한 보여줘야 하니까. 보시다시피 저러고 서 있습니다. 먹이를 기다리고 있는 자객, 국가를 구하기 위해 기다리고 있는 훌륭한 귀족, 누군가에게 나쁜 짓을 하려고 기다리고 있는 공동의 적[9], 누군가에게 좋은 일을 하려고 기다리고 있는 천사의 심부름꾼 – 아가씨들 생각에 그와 가장 닮은 것이 무엇이든 말입니다!"

"화가님, 우아함과 아름다움에 경의를 표하기 위해 기다리고 있는 불쌍한 신사라고 해주세요." 블랑두아가 말했다.

"아니면 거기 불량한 모델," 가원이 얼굴 그림 중에서 실제의 얼굴이 움직였던 부분에 붓질하면서 대답했다. "살인을 저지른 살인자라고 할까. 블랑두아, 자네의 하얀 손을 보여주게. 그 손을 망토 밖에 둬. 거기에 그대로 두라고."

손이 불안정하게 있었다. 그렇지만 블랑두아가 웃음을 터뜨리는 바람에 손이 자연스럽게 떨렸다.

"저 사람이 전에 다른 살인자나 희생자와 약간의 드잡이를 벌였다는 사실을 알 수 있을 겁니다." 가원이 재빠르고 조급하며 솜씨 없는 붓질로 그 손의 특징들을 그려 넣으면서 말했다. "이 자국들이 그 증거인 거죠. 망토 밖에 두라니까, 이 사람! – 제기랄, 무슨 생각을 하는 거야!"

파리의 블랑두아가 웃음을 터뜨리느라 몸을 다시 흔드는 바람에 그의 손은 한층 더 떨렸다. 그는 손을 올려 축축해 보이는 콧수염을 비틀기도 했고, 다시 약간 거들먹거리면서 요구받은 자세대로 서 있기도 했다.

그는 이젤 곁에 서 있는 작은 도릿에게 얼굴을 돌리더니 시종일

관 그녀를 지켜보았다. 그의 특이한 눈빛이 끌어당기자 작은 도릿은 눈길을 거둘 수 없었고, 그래서 서로가 서로를 한참 동안 바라보았다. 그러다 그녀가 몸을 벌벌 떨었다. 가원은 그녀가 떠는 것을 직감하고 자기 옆에 있는 커다란 개 때문에 놀랐다고 생각해서 그녀를 힐끗 보며 말했다. "도릿 양, 이 개는 당신을 해치지 않아요." 작은 도릿이 개의 머리를 쓰다듬자 개는 그저 낮게 한 번 으르렁거렸다.

"개가 무서운 게 아니에요." 그녀가 숨도 쉬지 않고 바로 대답했다. "그렇지만 개가 덤벼들어요!"

가원은 곧바로 붓을 내던지고 두 손을 이용해서 개의 목덜미를 잡았다.

"블랑두아! 왜 바보같이 개를 화나게 하는 거야! 하늘에 맹세코, 그리고 다른 장소도 걸고 맹세하는데, 이 개가 자넬 갈기갈기 찢어놓을 거야! 엎드려! 라이언! 말 들어, 이 반역자 놈아!"

몸집이 커다란 개는 목덜미를 잡혀서 반쯤 질식할 지경이었음에도 불구하고 대단한 몸무게로 주인을 고집스럽게 끌어당겨서 그 방의 맞은편으로 건너가려고 했다. 주인이 목덜미를 잡았을 때 개는 뛰어오르려고 웅크렸던 참이었다.

"라이언! 라이언!" 개가 뒷다리로 서는 바람에 주인과 개가 몸싸움을 벌이는 모습이었다. "뒤로 가! 앉아, 라이언! 블랑두아, 개가 안 보이는 곳으로 가게! 개에게 대관절 무슨 마술을 부린 거야?"

"아무 짓도 안 했소."

"개가 볼 수 없는 곳으로 가, 그렇지 않으면 이 사나운 짐승을

계속 붙잡고 있을 순 없어! 방에서 나가라고! 맹세하는데 개가 자넬 죽일 거야!"

개는 블랑두아가 사라지자 사납게 짖으면서 다시 한 번 버둥거렸다. 개가 온순해지자 개에 못지않게 화가 난 주인이 개의 머리에 타격을 가해서 쓰러뜨렸다. 그리고 나서 개를 지켜보며 섰다가 부츠 뒤축을 이용하여 여러 차례 심하게 때렸다. 개의 입은 즉시 피투성이가 되었다.

"자, 저쪽 귀퉁이로 가서 엎드려 있어." 가원이 말했다. "그렇지 않으면 끌고 나가서 쏴 죽일 테다!"

라이언은 지시받은 대로 했고 혓바닥으로 입과 가슴을 핥으며 엎드렸다. 라이언의 주인은 잠시 멈춰서 심호흡을 하고 평상시의 차분한 태도를 되찾은 다음에, 깜짝 놀란 부인과 손님들에게 이야기하려고 얼굴을 돌렸다. 모든 일이 일어나는 데 2분이 채 걸리지 않았다.

"자, 자, 미니! 당신도 알다시피 저 개는 언제나 사근사근하고 순종적이었소. 블랑두아가 화나게 한 것이 분명해 – 개에게 얼굴을 찌푸린 거지. 저 개는 자기가 좋아하는 사람과 싫어하는 사람이 있는데 블랑두아는 별로 좋아하는 사람이 아니거든. 그러나 미니, 당신이 개에게 어떤 특성을 부여한 것이 분명해요, 전에는 이렇게 행동한 적이 없었거든요."

미니는 너무 불안한 나머지 아무 대답도 못 했다. 작은 도릿이 이미 그녀를 진정시키고 있었고, 두 차롄가 세 차롄가 비명을 질렀던 패니는 보호받을 겸해서 가원의 팔을 잡았다. 라이언은 그들을 그처럼 놀라게 했던 것이 너무 창피했는지 바닥으로 몸을 질질 끌면서 여주인의 발치께로 왔다.

"사납게 날뛰다니, 이 짐승 같은 놈." 가원이 개를 다시 걷어차며 말했다. "그 짓에 대해 속죄해야 할 거다." 그러고 나서 개를 다시 걷어찼고, 또다시 걷어찼다.

"오, 개를 더 이상 벌주지 마세요." 작은 도릿이 큰 소리로 외쳤다. "해치지 마세요. 얼마나 온순한지 보세요!" 그녀가 간청하자 가원은 더 이상 손대지 않았다. 그 개는 그녀가 중재할 만한 가치가 있었으니, 정말로 가장 유순하고 가엾고 불쌍한 개였던 것이다.

패니는 최선의 환경이라면 방해되는 인물이 전혀 아니겠지만 이런 충격을 이기고 거리낌 없이 계속 있기는 어려웠다. 떠나기 전에 가원 부부와 조금 더 이야기를 나누면서, 작은 도릿은 가원 씨가 자기 처를 정말로 사랑하지만 지나치게 어린 아이처럼 다루는 것 같다고 생각했다. 겉으로 드러나지 않고 내재되어 있는 깊은 감정에 대해 그가 조금도 고려하는 것 같지 않아서 그녀는 과연 그에게 깊은 감정이 있기나 한 건지 의심스러웠다. 그에게 진지함이 부족한 것은 그런 자질이 결여되어 생긴 자연스러운 결과 아닐까, 그리고 선박에서와 마찬가지로 사람에게도 너무 얕고 바위투성이인 바다에서는 닻을 내릴 수 없기 때문에 배들이 어디로든 표류하는 게 아닐까, 하는 생각을 했다.

가원은 자매를 따라 계단을 내려오면서 자기같이 가난한 친구가 벗어나지 못하고 있는 가난한 숙소에 대해 익살스럽게 사과했고,

그 숙소에 대해 몹시 수치스럽게 여길지 모르는 오만한 친척들인 바너클들이 더 나은 숙소를 제공하면 그들의 소원을 들어주고 더 나은 숙소에서 살겠다고 했다. 물가에서 그들은 블랑두아의 인사를 받았다. 그는 조금 전 사건 이후 아주 창백해 보였지만 그럼에도 그 사건을 아주 가볍게 여겼고 − 라이언 이야기가 나오자 소리 내어 웃었다.

자매는 둑길에 있는 작은 포도나무 아래에서, 포도 잎을 따서 쓸데없이 물위에 뿌리고 있는 가원과 담배에 불을 붙이는 블랑두아 두 사람과 헤어져서, 올 때처럼 당당하게 노를 저어서 멀어져갔다. 미끄러지기 시작한 지 몇 분 지나지 않았을 때, 작은 도릿은 패니가 필요 이상으로 눈길을 끄는 태도를 취하고 있다는 사실을 알아차렸다. 원인을 찾기 위해 창과 열려 있는 문을 통해 주위를 둘러보다가 분명히 그들을 수행하고 있는 또 다른 곤돌라를 발견했다.

그 곤돌라는 앞서 가기도 하고, 그들을 지나가게 하려고 멈춰 서기도 하고, 수로의 너비가 충분할 때에는 나란히 미끄러져 가기도 하고, 바짝 뒤따르기도 하면서, 여러 가지 교묘한 방식으로 그들의 행로를 수행했기 때문에, 그리고 패니가 안에 탄 누군가에 대해, 누구인지 모르는 체하면서 매력을 발사하고 있다는 사실을 점차 드러냈기 때문에, 작은 도릿이 마침내 물었다. 저 사람이 누구야?

그 질문에 대해 패니가 짧게 대답했다. "그 얼간이."

"누구라고?" 작은 도릿이 물었다.

"동생," 패니가(삼촌의 항의가 있기 전이었다면 동생이라고 하는 대신에 이 바보야, 라고 했을지 모른다는 사실을 시사하는 목소리로) 대답했다. "정말 둔하구나! 스파클러 군이야."

그녀는 자기 쪽 창문을 내리고 뒤로 기댄 채 팔꿈치를 창에 무관심하게 대고 검은색과 금색이 화려하게 섞인 스페인 부채로 부채질했다. 수행하던 곤돌라의 창에 대고 있던 눈이 약간 빠르게 움직이는 기색이 있더니 곤돌라가 다시 앞으로 미끄러져 가자 패니가 요염하게 웃으면서 말했다. "동생, 저런 바보를 본 적 있니?"

"그가 언니를 내내 따라올 거로 생각하는 거야?" 작은 도릿이 물었다.

"사랑하는 동생," 패니가 대답했다. "초조한 바보가 어떻게 할지는 도저히 장담할 수 없지만 그럴 가능성이 아주 높다고 해야겠지. 엄청나게 먼 거리도 아니잖아. 날 보고 싶어 못 견디겠다면 베네치아 어디든 그렇게 먼 거리는 아니라고 생각해."

"그런데 그가 그렇대?" 작은 도릿이 완벽하게 천진난만한 태도로 물었다.

"글쎄, 동생, **내가** 답변하기에는 정말 곤란한 질문인걸." 그녀의 언니가 말했다. "그렇다고 생각하지만 에드워드에게 물어보는 편이 나을 거야. 그가 에드워드에게 그렇다는 얘기를 했을 테니까. 카지노나 그 비슷한 곳에서 나에 대해 계속 지껄여서 자기를 완벽한 구경거리로 만들었다는 얘기를 들었거든. 그러나 알고 싶으면 에드워드에게 묻는 게 나을 거야."

"찾아오지 않았다는 게 이상한걸." 작은 도릿이 잠시 생각에 잠겼다가 말했다.

"에이미, 내가 제대로 알고 있는 거라면 네가 이상하게 여기는 일은 곧 끝날 거야. 오늘 찾아온다고 해도 조금도 놀랍지 않으니까. 저 사람은 용기를 내려고 기다리고 있을 따름이거든."

"만나볼 거야?"

"글쎄," 패니가 말했다. "그저 되는대로 해야지. 다시 오는구나. 그를 봐. 오, 이 얼간이!"

스파클러 군이 지능이 모자라는 모습을 하고 있다는 것은 부정하기 어려웠으니, 눈을 유리에 생긴 혹처럼 창에 대고 있었고 특별한 까닭이 아니라면 배를 갑자기 멈출 이유가 전혀 없었던 것이다.

"그를 만나볼 건지," 패니가 머들 부인 못지않게 우아하고 무관심한 태도로 침착하게 물었다. "왜 물었니?"

"내 말은," 작은 도릿이 말했다 – "도대체 언니 얘기가 무슨 의미냐는 거야?"

패니가 잘난 체하고 장난기가 섞였고 사근사근한 태도로 다시 웃었다. 그러고 나서 명랑하고 상냥하게 동생에게 팔을 두르며 말했다.

"이제 말해보겠니, 귀염둥이야. 마티니에서 그 부인과 만났을 때 그녀가 어떻게 그렇게 했다고 생각했니? 그녀가 순식간에 뭘 결정했는지 아니?"

"모르겠어, 패니."

"그렇다면 에이미, 내가 말해줄게. 이런, 상황이 달라졌으니까 전에 만났던 것은 말하지 말아야지, 그리고 이 여자아이들이 동일한 사람이라는 사실도 모르는 체하겠어, 라고 결정내린 거야. 그것이 난국에서 벗어나는 **그녀의** 방법이거든. 전에 할리 가를 떠날 때 내가 너에게 뭐라고 했니? 그 부인이 이 세상 어느 여성 못지않게 오만하고 기만적이라고 했잖아. 그러나 동생, 그녀가 첫 번째 측면에서는 자기에게 필적할 사람을 찾을 수 있을 거야."

패니가 스페인 부채를 의미심장하게 자기 가슴 쪽으로 향해서 그런 사람 중의 한 명을 어디에서 찾아야 하는지를 엄청난 감정을 담아 나타냈다.

"그뿐이 아니야," 패니가 말을 계속했다. "그녀는 스파클러 군에게도 똑같이 지시했어. 그래서 그 여관 마당에서 날 처음 만난 것처럼 행동해야 한다는 생각이, 모든 웃기는 대가리 중에서도 제일로 웃기는 그의 대가리에(그것을 머리라고 칭할 수는 도저히 없으니까) 완벽하게 박힐 때까지는 내 뒤를 쫓지 못하도록 한 거야."

"어째서 그랬다는 거야?" 작은 도릿이 물었다.

"어째서냐고? 맙소사, 동생!" (또다시 이 맹추야, 라고 했을지 모르는 목소리로) "어떻게 그런 질문을 할 수 있니? 내가 그 바보에게 꽤 탐이 나는 상대일 수 있다는 사실을 모르겠니? 그리고 우리를 속이고 자기 어깨에서('어깨 역시 아주 훌륭하군, 이라고 해야겠지) 그걸 내려놓으면서도 우리 감정을 고려하는 체한다는 걸 모르겠어?" 패니 양이 자기만족에 젖어서 자신을 돌아보며 말했다.

"그러나 언제든 명백한 사실로 돌아갈 수 있잖아."

"맞아, 그러나 미안하지만 돌아가지 않을 거야." 패니가 쏘아붙였다. "돌아가지 않아. 그렇게 되도록 두지 않을 거야, 에이미. 가식으로 꾸미는 거라면 내가 아니라 그 부인이 꾸미는 거고, 부인은 가식을 물리도록 겪게 될 거야."

의기양양하고 기고만장해진 패니 양이 한 손으로는 스페인 부채를 부치고 다른 손으로는 머들 부인을 꼭 껴안듯이 동생의 허리를 힘껏 껴안았다.

"돌아가지 않아." 패니가 다시 말했다. "그녀는 내가 자신이 했던 대로 하는 거라는 사실을 알게 될 거야. 그녀가 먼저 했던 거고 나는 따라가는 거지. 그래서 운명과 행운이 허락하면 그 부인이 보는 앞에서 그녀의 하녀에게 그녀가 예전에 내게 주었던 것보다 열 배는 더 훌륭하고 비싼 옷가지를 줄 수 있을 때까지 그녀와의 교제를 계속해서 쌓아나갈 거야!"

작은 도릿은 가족의 품위에 영향을 미치는 문제에서는 언니가 자기 얘기를 듣지 않을 거라는 사실을 알았기 때문에, 그리고 뜻밖에 다시 얻게 된 언니의 호의를 헛되이 잃고 싶지는 않았기 때문에 침묵을 지켰다. 동의할 순 없지만 침묵을 지켰다. 패니는 동생이 무슨 생각을 하는지 잘 알았다. 워낙 잘 알았기에 동생에게 곧바로 질문을 했다.

동생이 대꾸했다. "언니는 스파클러 씨를 부추길 생각이야?"

"그를 부추길 거냐고?" 그녀의 언니가 경멸 조로 미소 지으며 말했다. "그 말은 네가 뭘 가지고 부추긴다고 하는지에 달려 있어. 아니야, 부추길 생각은 없어. 그러나 노예로 만들겠어."

작은 도릿이 진지하면서도 미심쩍은 눈초리로 언니의 얼굴을 훑어보았지만 그런다고 해서 패니를 저지할 수는 없었다. 그녀가 검은색과 금색이 섞인 부채를 접어서 동생의 코를 가볍게 두드렸는데, 수수한 동료를 데리고 장난치며 그 동료를 장난삼아 가르치기도 하는 도도한 미인 또는 훌륭한 사람의 태도였다.

"이러저러한 일을 다 하게 만들 거야, 그리고 나에게 복종하게 만들겠어. 그의 어머니마저 내게 복종하게 만들지는 못하더라도 그것이 내 잘못은 아니잖아."

"언니는 - 언니, 지금 기분 좋게 같이 있는 거니까 불쾌하게 여기진 마 - 정말 그런 결말을 볼 수 있으리라고 생각하는 거야?"

"머지않아 볼 거 같다는 얘기까지는 아직 할 수 없겠지." 패니가 최고로 무관심하게 대답했다. "내 계획이 그렇다는 거니까. 그리고 사실 그 계획을 진전시키는 데 지금까지 오랜 시간이 걸렸어, 이제 집에 도착했구나. 스파클러 군이 문간에 서서 안에 누가 있는지 묻고 있군. 물론, 순전히 우연을 가장하고 말이야!"

요컨대, 사랑에 빠진 그 청년이 명함통을 들고 하인에게 질문하는 체하면서 곤돌라에 서 있었던 것이다. 상황이 그렇게 되어 그는 옛날 같으면 구애에 좋은 조짐이라고 여기지 않았을 자세로 숙녀들 앞에 곧바로 나서게 되었다. 숙녀들이 타고 있는 곤돌라 사공들이 추격전 때문에 다소 불편을 느껴서인지 배를 스파클러 군이 타고 있는 배와 아주 가볍게 충돌하도록 교묘히 몰았고, 그 결과 그

스파클러 군이 불운한 상황에 처하다

신사가 커다란 구주희 핀처럼 자빠져서 그가 간절히 원하는 여성에
게는 구두 밑창을 보이면서, 신체의 좀 더 고상한 부분은 하인의
팔에 안긴 채 배 밑바닥에서 버둥거리게 되었다.

　그러나 패니 양이 몹시 걱정하며 "신사분이 다쳤나요"라고 크게
묻자, 스파클러 군은 예상했던 이상으로 기운을 차리고 일어나서
얼굴을 붉히며 더듬더듬 변명했다. "괜찮습니다." 패니 양이 전에
만났던 적이 있는지 기억이 없었기 때문에 고개를 숙인 채 쌀쌀맞
게 지나가려는데 그가 자기 이름을 말했다. 그래도 그녀가 그 이름
이 기억나지 않아서 어려움을 겪자, 마티니에서 그녀를 봤었다고
설명했다. 그러자 그녀는 기억이 난다고 했고, 그의 어머니가 건강

하기를 바란다고 했다.

"고맙습니다." 스파클러 군이 말을 더듬었다. "어머니는 대단히 건강하세요 - 어쨌든 불충분하지만요."

"베네치아에 계신가요?" 패니 양이 물었다.

"로마에 계세요." 스파클러 군이 대답했다. "여기에는 나만 혼지, 혼자서 왔어요. 에드워드 도릿 씨를 만나러 온 거죠. 사실은 도릿 씨도 같이 보려고 합니다. 실은, 가족 전체를 봤으면 합니다."

하인들 쪽으로 품위 있게 얼굴을 돌리고 패니 양이 물었다. 파파나 오빠가 안에 있어요? 두 분 다 안에 있다는 답변을 듣자 스파클러 군이 겸손하게 팔을 내밀었다. 패니 양은 그 팔을 잡고 그의 시중을 받으며 커다란 계단을 올라갔다. 혹시 스파클러 군이 그녀가 말도 안 되는 생각을 전혀 안 하리라고 여전히 믿는 거라면(그가 믿을 거라는 사실은 의심할 여지가 없었지만) 오히려 자신을 속이는 거였다.

서서히 썩고 있는 응접실에 도착한 패니 양은 아버지와 오빠에게 급히 사절을 보냈다. 칙칙한 바다색을 띤 채 응접실에 걸린 빛바랜 벽걸이들은, 감옥에 갇힌 친척들 때문에 눈물 흘리면서 창 아래로 흘러가거나 벽에 달라붙은 해초 같은 부랑아들과 혈연관계라고 주장하는 것처럼 닳아 해지고 바짝 말라 있었다. 아버지와 오빠가 나타날 때까지 그녀는 크게 돋보이도록 소파에 앉아서, 단테에 대해 약간의 의견을 말해 스파클러 군을 완전히 정복했다 - 스파클러 군은 단테를 피렌체 성당 바깥에 있는 교활한 놈과 비슷한 이상한 녀석으로, 머리 주위에 나뭇잎을 붙인 채 설명할 수 없는 모종의 목적 때문에 의자에 앉아있는 녀석으로 알고 있었다.[10]

　도릿 씨는 방문자를 최고로 세련되게 그리고 아주 품위 있는 태도로 맞이했고, 특별히 머들 부인의 안부와 머들 씨의 안부를 물었다. 스파클러 군은 어머니가 시골 별장뿐 아니라 브라이튼에 있는 집에도 완전히 질렸기 때문에, 그리고 런던에 아무도 없을 때에는 당연히 런던에 남아있을 수 없기 때문에, 아시잖아요, 그리고 또한 올해는 사람들의 집을 찾아다닐 기력이 별로 없기 때문에, 로마에 잠시 머물기로 작정했다고 했다, 또는 셔츠 깃을 잡아당겨서 그런 말이 자신에게서 조각조각 나오게 했다. 널리 알려질 정도로 훌륭한 외모를 지니고 있고 허튼 생각을 전혀 하지 않는 어머니 같은 여성은 로마에 커다란 이익이 될 수밖에 없다고 했다. 아버지는, 시티와 그 밖에 비슷한 곳에 있는 사람들이 그를 상당히 필요로 하기 때문에, 그리고 물건을 구매하고 은행과 거래하는 일 등에서 지독히 비상한 천재이기 때문에, 비록 그의 일이 쓸데없는 일일 때도 있고 전적으로 새로운 경치와 기후를 잠시라도 맛보면 한층 더 좋아질 거라는 사실을 숨기지는 않겠지만, 국가의 통화제도가 그가 그렇게 하도록 허락할 수 있을지 모르겠다고 했다. 그 자신은, 도릿 가의 사람들이 어디로 가든 자기는 다소 특별한 용무가 있기 때문에 따

---

[10] 산타크로체 광장에 있는 단테의 조각상을 지칭.

라가겠다고 했다.

이처럼 엄청난 분량의 이야기를 하려니 이야기를 마치는데 오랜 시간이 걸렸다. 이야기가 끝나자 도릿 씨가 자신들과 함께 조만간 식사를 했으면 좋겠다는 희망을 피력했다. 스파클러 군이 그 생각을 워낙 호의적으로 받아들였기 때문에 도릿 씨가 물었다. 이를테면, 오늘은 뭘 할 건가? 그가 오늘은 아무 일도 없다고 하자(그것이 보통 그가 하는 일이었고 특별히 자질을 갖춘 일이기도 했다) 도릿 씨는 곧바로 그를 붙잡았다. 그리고 저녁에 숙녀들을 따라 오페라 극장까지 동행해달라고 추가로 당부했다.

저녁식사 시간이 되자, 스파클러 군은 어머니를 닮은 비너스의 아들처럼[11] 바다에서 솟아올라서 커다란 계단을 올라가는 멋진 모습을 보여주었다. 패니는 아침에 매력적이었다면 지금은 세 배나 더 매력적이었고, 아주 적합한 색깔로 된 옷을 정말로 어울리게 입고 있었다. 그리고 무관심한 태도를 보여서 그에게 족쇄를 이중으로 채우고 그것을 고정시켰다.

"스파클러 군, 자네가 — 하아 — 가원 씨와 아는 사이라는 얘기를 들었네." 주인이 저녁을 들면서 말했다. "헨리 가원 씨라고 했나?"

"그렇습니다." 스파클러 군이 대답했다. "그의 어머니와 제 어머니는 사실 친구입니다."

---

[11] 비너스의 아들은 큐피드. 비너스는 바다 위에 떠다니던 하얀 거품 속에서 다 큰 처녀의 모습으로 '태어났다고' 한다.

"에이미, 그 사실을 진작 알았더라면," 도릿 씨가 데시머스 경 본인만큼이나 당당하게 생색내는 태도로 말했다. "가원 씨 부부에게 오늘 식사하자고 청하는 쪽지를 보냈을 텐데 말이다. 몇몇 하인들이 - 하아 - 그분들을 모셔왔다가 댁까지 모셔다드렸을 텐데 말이야. 그걸 위해 - 흠 - 곤돌라 한 척을 내줄 수도 있었을 텐데, 유감스럽게도 깜빡했구나. 그 부부에 대해 내일 다시 얘기해주면 좋겠다."

헨리 가원 씨가 그들의 친절을 어떻게 받아들일지 작은 도릿은 의심이 들긴 했지만, 틀림없이 얘기해 드리겠다고 약속했다.

"이보게, 헨리 가원 씨가 - 하아 - 초상화도 그리나?" 도릿 씨가 물었다.

일을 얻을 수 있으면 뭐든 그리지요, 라고 스파클러 군이 말했다.

"특별한 장기長技[12]는 없나?" 도릿 씨가 물었다.

사랑의 신에 자극받아서 뛰어난 재기를 발휘하게 된 스파클러 군이, 예컨대 사냥을 하려면 사냥용 신발이, 크리켓을 하려면 크리켓용 신발이 필요한 것처럼, 특별한 걷기를 하려면 특별한 신발을 갖춰야 하는데, 헨리 가원은 특별한 신발이 없는 것 같다고 했다.

"장기[13]가 없단 말인가?" 도릿 씨가 물었다.

그 낱말이 스파클러 군에게는 아주 길었고, 그의 정신이 좀 전에

---

[12] 장기(walk): walk에는 '장기'라는 뜻 외에 '걷기'라는 뜻이 있음.
[13] 장기(speciality): speciality에는 '장기'라는 뜻 외에 '특제품' '신제품'이란 뜻이 있음.

수고하느라고 지칠 대로 지쳤기 때문에, "아뇨, 감사합니다. 저는 그건 잘 사지 않습니다,"라고 대답했다.

"이런!" 도릿 씨가 말했다. "그런 친척을 둔 신사에게 이익을 늘려주고 - 흠 - 천재성의 싹이 발전하길 바란다는 표시로 약간의 - 하아 - 선물을 할 수 있으면 대단히 기쁘겠어. 가원 씨가 내 초상화를 그리도록 해야겠군. 결과가 - 하아 - 서로에게 만족스러우면 그 다음으로 가족의 초상화를 맡겨도 되겠지."

어떤 화가도 제대로 그릴 수 없는 가족이 몇몇 있다는("몇몇"이라는 낱말을 두드러지게 강조했다) 이야기를 할 기회가 바로 지금이라는 절묘하게 대담하고 독창적인 생각이 스파클러 군에게 떠올랐다. 그러나 그 생각을 표현할 수 있는 말이 생각나지 않았기 때문에 그 생각은 하늘 높이 되돌아갔다.

패니 양이 초상화를 그리도록 해야겠다는 생각에 크게 찬성하며 파파에게 그렇게 하라고 강조했기 때문에 그것은 더욱더 유감스러운 일이었다. 그녀는 가원 씨가 예쁜 부인과 결혼하느라고 더 좋고 더 중요한 기회들을 놓친 거 같다고 했다. 그리고 저녁을 먹기 위해 초상화를 그려야 하는 가난하지만 행복한 결혼생활은 아주 즐겁고 재미있는 것이니까, 그가 초상화를 잘 그릴 수 있든 없든 - 자신과 에이미는 그날 그의 이젤에 걸려 있던 박진감 넘치는 초상화를 보았고, 그것을 모델과 비교할 기회가 있었기 때문에, 잘 그릴 수 있다고 확신하지만 - 그에게 그 임무를 맡기라고 파파에게 부탁드려야겠다고 했다. 이런 말들이 스파클러 군을 거의 정신없게 만들었는데

(아마 그렇게 만들 의도였을 것이다), 한편으론 패니 양이 연애 감정에 민감하다는 사실을 나타내면서, 다른 한편으로는 미지의 경쟁자에 대한 질투심으로 스파클러 군이 두 눈을 희번덕거릴 정도로 그가 사모하고 있다는 사실을 순진한 그녀는 전혀 모르는 것 같았기 때문이다.

그들은 저녁식사 후에 바다로 다시 내려갔다가, 곤돌라 사공 중한 명을 커다란 아마포 각등을 들고 수행하는 남자 인어처럼 앞세우고 오페라 극장 계단으로 솟아올라서 특등석으로 들어갔다. 그리고 스파클러 군은 고통스러운 저녁을 보내기 시작했다. 극장은 어둡고 특등석은 밝았으며 몇몇 관객들은 공연 중에도 느긋하게 앉아있었다. 패니가 그들에게 관심을 보였기 때문에, 그리고 멀리 떨어져 있는 특등석에 자리 잡은 사람이 누구인지에 대해 거리낄 게 별로 없고 논의할 게 별로 없는 것처럼 매력적인 태도로 이야기를 나눴기 때문에 가엾은 스파클러는 모든 남자를 미워하게 되었다. 그러나 공연이 끝나갈 무렵 두 가지 위안거리를 얻게 되었다. 그녀가 망토를 바로 하는 동안 그에게 잡고 있으라고 부채를 맡겼을 뿐 아니라 계단을 내려갈 때 다시 그녀를 부축했다는 것이 그에게는 행복한 특권이었던 것이다. 그와 같은 소량의 격려 덕에 자기가 움직이는 거라고 스파클러 군은 생각했다. 그리고 도릿 양 역시 그렇게 생각했을지 모른다.

등불을 든 남자 인어가 마부석 문에서 대기하고 있었고, 다른 남자 인어들도 등불을 들고 각자의 문에서 대기하고 있었다. 도릿 가의 인어가 각등을 낮게 들어서 계단을 비춰주었다. 패니 양이 자기 옆에서 눈부시게 빛나며 계단을 경쾌하게 내려가는 모습을 보노라니, 스파클러 군은 이전의 족쇄 위에 무거운 족쇄를 추가로 찬 격이었다. 거기서 어정대던 사람 중에는 파리의 블랑두아가 포함되어있었는데, 그는 이야기를 하며 패니 옆에 서서 앞으로 걸어갔다.

작은 도릿은 오빠, 그리고 제너럴 부인과 함께(도릿 씨는 집에 남아있었다) 앞서서 갔지만, 부두에 도착하기 직전에 모두 만났다. 그리고 블랑두아가 패니를 보트에 태워주느라 자기 바로 곁에 있는 것을 발견하고는 다시금 흠칫 놀랐다.

"가원은 오늘 아름다운 숙녀들이 방문해서 행복했었는데 하나를 잃었습니다." 그가 말했다.

"하나를 잃었다고요?" 스파클러가 희망을 잃고 단념했던 패니가 자기 자리에 앉으면서 되풀이했다.

"하나를 잃었죠." 블랑두아가 말했다. "그의 개 라이언을 잃었거든요."

이야기할 때 그는 작은 도릿의 손을 잡고 있었다.

"그놈이 죽었으니까요." 블랑두아가 말했다.

"죽었다고요?" 작은 도릿이 따라 했다. "그 훌륭한 개가 말인가요?"

"정말입니다, 숙녀분들!" 블랑두아가 미소를 짓고 어깨를 으쓱하면서 말했다. "누군가가 그 훌륭한 개를 독살했어요. 그 녀석은 베네치아 공화국[14]의 총독처럼 끝장난 거죠!"

7 주로 프룬스와 프리즘이라고 하다

예의범절을 지키며 언제나 마부석에 앉아 있는 제너럴 부인은 사랑하는 젊은 친구의 표면을 단련하려고 노력했고, 그녀가 사랑하는 젊은 친구는 단련받으려고 열심히 노력했다. 작은 도릿은 힘들게 살면서도 수많은 목표를 달성하기 위해 열심히 노력했었지만 지금 제너럴 부인의 니스 칠을 받으려고 노력하는 만큼 그렇게 노력했던 적은 없었다. 매끄럽게 하는 그 손의 조종을 받는다는 것이 그녀를 불안하고 거북하게 만든 것은 사실이다. 그러나 예전에 가족의 사소한 욕구를 따랐던 것과 마찬가지로 지금은 가족의 큰 욕구에 따르는 것이고, 아버지가 저녁을 들 수 있도록 자신의 식사를 아끼던 시절에 배고픔에 굴복하지 않았던 것처럼 이 점에서도 역시 자신이 하고 싶은 바에 굴복하지 않았던 것이다.

제너럴 부인[15] 때문에 시련을 겪는 중에도 위안을 받는 일이 하나 있었는데, 그것은 그녀의 노력과 희생에 익숙하지 않은 사람, 즉 그녀보다 덜 헌신적이고 덜 상냥한 사람에게 아주 합리적이라고 여겨지는 것 이상으로 그녀에게 기운을 주었고 감사하도록 해주었다. 그리고 사실, 작은 도릿 같은 사람들은 그들을 압도하는 사람들의 절반만큼도 신중하게 사고하지 못하는 것처럼 보인다는 점은 살다

---

[14] 베네치아 공화국은 1797년 나폴레옹에 의해 정복되었음.

[15] 원문에는 General이라고 되어 있는데 Mrs. General의 오식인 듯.

보면 종종 알 수 있다. 언니의 지속적인 친절이 작은 도릿에게는 그러한 위안이 되었다. 언니는 꽤 생색내는 티를 냈지만 작은 도릿이 아무렇지 않게 받아들였던 것은 그런 일에 익숙했기 때문이다. 그 친절로 인해 작은 도릿이 공물을 바치는 공납자의 자세를 취하게 되었을 뿐 아니라 존경을 강요하며 타는 듯이 붉은 마차의 높은 좌석에 앉아있는 언니의 시중을 들게 되었다는 것 역시 아무렇지도 않았던 것은, 그녀가 더 좋은 자리를 원하지 않았기 때문이다. 패니의 아름다움과 우아함과 영민함에 언제나 감탄하면서, 그리고 그녀를 깊이 사랑하는 자신의 성향 중 얼마큼이 자기 애정에서 기인하고 또 얼마큼이 패니의 애정에서 기인하는 것인지 자기에게 따져 묻지 않으면서, 작은 도릿은 자신의 고결한 마음에 담겨 있는 자매로서의 사랑을 언니에게 몽땅 쏟아 부었다.

제너럴 부인이 가족들의 생활에 불어넣은 엄청난 양의 프룬스와 프리즘은 패니가 사교계에 끊임없이 뛰어드는 것과 합해져서 그 혼합물의 밑바닥에 자연의 침전물을 극소량만 남겨놓았다. 그러한 사정으로 작은 도릿은 패니와 쌓은 신뢰를 두 곱으로 소중하게 여겼고, 그 신뢰 덕에 몹시 안도하였다.

"에이미," 단둘이 있던 어느 날 밤 패니가 작은 도릿에게 말했다. 패니는 사교계를 한 번 더 들여다보라고 하면 아주 즐겁게 들여다봤겠지만, 작은 도릿은 완전히 지쳤을 정도로 아주 피곤한 하루를 보낸 다음이었다. "뭔가를 너의 작은 머리에 넣어주려고 하는데, 그게 뭔지 너는 짐작도 못할걸."

"그럴 거 같아." 작은 도릿이 말했다.

"자, 내가 단서를 줄게." 패니가 말했다. "제너럴 부인이야."

프룬스와 프리즘이 무수히 짝을 이뤄서 온종일 지겹게 압도했기 때문에 - 모든 것이 실체 없는 표면이고 니스 칠이고 허식이었기 때문에 - 작은 도릿은 제너럴 부인이 몇 시간 동안 침대에 안전하게 누워있기를 원하는 것 같았다.

"**자**, 짐작할 수 있겠니, 에이미?" 패니가 물었다.

"전혀, 언니. 내가 무슨 일을 저지른 게 아니라면 말이야." 작은 도릿은 자기가 했던 어떤 일이 니스 칠에 금이 가고 표면에 주름살이 지게 한 것 같아서 약간 불안해하며 말했다.

패니는 동생이 불안해하는 것이 매우 재미있어서 자기가 좋아하는 부채를 들고(그것은 스파클러의 심장에서 흘린 피로 대부분 범벅이 되어있는 잔인한 무기들[16]과 함께 그때 화장대에 놓여 있었다) 내내 웃으면서 동생의 코를 그 부채로 자꾸 건드렸다.

"오, 우리 에이미, 우리 에이미!" 패니가 말했다. "우리 에이미는 정말로 소심한 멍청이구나! 그러나 그건 웃고 넘길 일이 아니야. 그러기는커녕 엄청나게 짜증나는 일이야."

"패니, 내게 짜증내는 게 아니니까 상관없어." 동생이 미소를 지으며 대꾸했다.

---

[16] 패니의 장신구와 화장품을 지칭.

"아! 그렇지만 나는 상관있어." 패니가 말했다. "그리고 내가 가르쳐주면 너도 상관있을 거야, 귀염둥이야. 에이미, 누군가가 제너럴 부인에게 지나치게 공손하게 대한다는 생각을 한 적 없니?"

"사람들이 모두 제너럴 부인에게 공손하게 대하잖아," 작은 도릿이 말했다. "왜냐하면 ─ "

"그녀가 사람들을 그렇게 냉동시키기 때문이라는 거니?" 패니가 말을 가로막았다. "내 얘기는 그게 아니고 전혀 다른 얘기야. 자! 파파가 제너럴 부인에게 지나치게 공손하게 대한다는 생각을 한 적 없니, 에이미?"

에이미는 "없는데,"라고 중얼거렸지만 몹시 당황한 듯 보였다.

"그래, 아마 없을 거야. 그러나 파파는 그래." 패니가 말했다. "파파가 그런다니까, 에이미. 그리고 내 말을 명심해. 제너럴 부인은 파파에게 꿍꿍이가 있어!"

"패니, 언니는 제너럴 부인이 누군가에게 꿍꿍이를 가질 수 있다고 생각하는 거야?"

"그럴 수 있다고 생각하느냐고?" 패니가 대꾸했다. "동생, 그건 내가 알아. 파파에게 꿍꿍이가 있다니까. 그것만이 아니야, 정말이야. 파파가 그녀를 대단히 경탄할 만한 사람, 교양의 완전한 본보기, 그리고 우리 가족에게 굉장히 이득이 되는 사람으로 생각하기 때문에 언제든 그녀에게 홀딱 빠지기 쉬운 거야. 그러면 그것은 멋진 그림이 될 테지! 제너럴 부인을 엄마로 모시고 있는 내 모습을 생각해봐!"

작은 도릿은 "제너럴 부인을 엄마로 모시고 있는 내 모습을 생각해봐,"라는 말에 아무런 대꾸도 하지 않았다. 그렇지만 걱정스러운 얼굴로 그런 결론을 내리게 된 이유를 진지하게 물었다.

"맙소사," 패니가 쏘아붙이듯이 말했다. "어떤 남자가 내게 반했다고 할 때 그 사실을 어떻게 아느냐고 질문하는 게 낫겠어! 하지만 당연히 알아. 그런 일은 아주 자주 일어나지만 언제나 알거든. 이번 일도 아주 똑같은 방법으로 알게 된 거야. 아무튼 알아."

"파파가 무슨 얘기든 하는 것을 들은 적은 없잖아?"

"무슨 얘기든 했느냐고?" 패니가 따라 했다. "이런, 동생, 파파가 잠깐이라도 무슨 얘기든 할 필요가 어디 있니!"

"그리고 제너럴 부인이 무슨 얘기든 하는 것도 들은 적이 없잖아?"

"이런, 에이미," 패니가 대꾸했다. "그녀가 무슨 얘기든 할 위인이니? 그녀가 지금 꼿꼿한 자세를 하고 짜증나게 만드는 장갑을 낀 채 휘젓고 다니는 거 말고 달리 할 일이 없다는 거야, 아주 분명하고 확실하잖아? 무슨 얘기든 했느냐고! 그녀는 휘스트 게임을 할 때 에이스 카드를 들고 있어도 아무 말도 하지 않을 위인이야. 게임을 시작해야 그 카드를 내밀걸."

"적어도 언니가 잘못 생각했을 순 있잖아. 그렇지 않아?"

"아, 그래, 그럴 **순 있지**." 패니가 말했다. "그러나 그렇지 않아. 그런데 네가 그런 탈출구를 생각해낼 수 있다니 기쁘구나. 그리고 그런 가능성을 생각해볼 정도로 당장은 아주 차분하게 그 문제를 받아들이다니 기뻐. 네가 그 관계를 견딜 수 있을 거라는 희망을 품게 되었거든. 나야 그 관계를 견딜 수도 없을 거고 견디려고 하지도 않겠지만 말이야. 스파클러 군과 먼저 결혼할 거야."

"오, 패니, 어떤 일이 있어도 그와 결혼하지 않겠다고 해놓고."

"맹세하는데," 젊은 숙녀가 아주 무관심하게 응답했다. "명확하게 장담하진 못하겠어. 앞으로 어떤 일이 일어날지 알 수 없잖아. 특히 그의 어머니인 머들 부인을 그녀의 방식으로 다룰 기회를 나중에 많이 갖게 될 테니까 말이야. 그 기회를 내가 미적거리지 않고 이용할 거라는 사실은 아주 분명하지, 에이미."

그러고 나서 자매는 더 이상 이야기를 주고받지 않았다. 하지만 이미 주고받은 이야기가 있어서 제너럴 부인과 스파클러 씨라는 두 사람이 작은 도릿의 마음에서 두드러진 자리를 차지했고, 작은 도릿은 그 이후로 두 사람을 아주 많이 생각했다.

제너럴 부인은 그녀의 표면 아래에 있는 것은 뭐든(뭔가가 존재한다면) 감출 수 있을 정도로 표면을 오래전에 완벽하게 단련시켰기 때문에 그쪽으로는 어떤 관찰도 할 수 없었다. 아버지가 그 부인에게 아주 공손하게 대했고 높이 평가한다는 것은 명백했지만 그럼에도 패니는 대부분의 경우 충동적이어서 쉽게 틀릴 수 있었던 것이다. 그에 반해 스파클러 문제는 다른 기반 위에 올려져 있어서 진행되는 바를 누구든 볼 수 있었다. 작은 도릿은 수많은 의구심과 놀라움을 느끼며 그 문제를 살펴보았고 곰곰이 생각했다.

스파클러 씨의 헌신적인 사랑에 필적할 수 있는 것은 그의 마음을 사로잡은 여자의 변덕과 잔인성뿐이었다. 그가 기쁨에 겨워 큰 소리를 내며 웃을 정도로 그녀가 그에게 뚜렷한 관심을 보여줄 때도 있었지만, 그다음날이나 그다음 순간에는 눈길 하나 주지 않고 그를 어둑한 심연으로 떨어뜨려서 그는 기침을 한다는 그럴 듯하지 못한 핑계를 대고 끙끙거리곤 했다. 변함없이 늘 수행한다고 해서 패니가 감동 받는 것도 아니었다. 요컨대, 에드워드가 교제하는 범위를 바꾸고 싶을 때는 음모자처럼 위장한 배를 타고 비밀 문으로 나와서 외진 수로로 성가시게 미끄러져 다녀야 할 필요가 있을 정도로 스파클러는 에드워드와 떨어지지 않고 지냈지만 패니가 감동 받지는 않았던 것이다. 이틀에 한 번씩 찾아와서 안부를 물을 정도로 도릿 씨가 간헐적으로 열병을 앓는 것처럼 도릿 씨의 건강상태를 확인하고자 애를 썼지만 패니가 감동 받지는 않았다. 커다란 상금을 걸고 1,000시간 동안 노를 저어서 1,000마일 가는 내기를 벌였다고 생각될 정도로 커다란 창문 앞에서 쉬지 않고 위아래로 노를 젓고 다녔지만 패니가 감동 받지는 않았다. 애인의 곤돌라가 문을 나설 때마다 애인이 밀수업자이고 자기는 세관원인 것처럼 스파클러 씨의 곤돌라가 물가에 숨어 있다가 쏜살같이 나타나서 뒤쫓았지만 패니가 감동 받지는 않았다. 스파클러 씨의 겉모습이 수척해지지 않았던 것은 선천적으로 튼튼한 그의 체질이 공기와 짠 바닷물에 아주 많이 노출되어서 강화되었기 때문일 것이다. 그러나 그 원인이 무엇이든 건강이 쇠해서는 애인을 감동하게 할 가능성이 없었기 때문에 그는 매일 점점 더 허세를 부렸다. 그리고 젊은이라기보다 부

어오른 소년을 좀 더 닮은 그의 독특한 외모가 놀라울 정도로 불그
스레해졌고 부풀어 올랐다.

블랑두아가 인사차 방문했을 때 도릿 씨는 그를 가원 씨의 친구
로 상냥하게 맞이했고, 자신을 후대에 전하는 일을 가원 씨에게 의
뢰할까 한다는 생각을 말했다. 블랑두아가 그 생각을 크게 환영하
자, 친구가 얻게 된 커다란 기회를 그가 유쾌하게 전달할 수도 있겠
다는 생각이 도릿 씨에게 들었다. 블랑두아는 그 임무를 솔직하고
우아한 태도로 수락하고 한 시간 이내에 전하겠다고 맹세했다. 그
소식을 가원에게 전하자마자 그 거장은(후원을 못 받는 것에 대해
분개하는 만큼이나 후원을 받는 것에 대해서도 분개했기 때문에)
도릿 씨를 아주 후하게 수십 차례 저주했고, 자기에게 그 소식을
갖고 왔다는 이유로 친구와도 다투고 싶어 했다.

"블랑두아, 내 심안心眼의 약점일 수도 있지." 그가 말했다. "그러
나 자네가 이 일과 무슨 관계인지 알고 싶어."

"개떡 같군," 블랑두아가 대꾸했다. "나도 몰라, 친구에게 도움이
될지 모른다는 생각을 했다는 것 빼고는 말이야."

"벼락부자의 돈을 친구 주머니에 넣어주어서 말인가?" 가원이 얼
굴을 찡그리며 말했다. "그런 뜻이야? 자네의 그 친구에게 간판장이
를 시켜 선술집 간판 그림을 그의 머리에 그리라고 해. 내가 누구야,
그리고 그가 누구야?"

"화가분이지." 그 특사가 대답했다. "그러면 블랑두아는 누군가?"

가원은 그 질문에 대해 조금의 관심도 보이지 않고 화를 내며 휘

파람을 불어서 도릿 씨에 대한 이야기를 못 하게 했다. 그러나 그다음날 대수롭지 않다는 태도로 경멸 조의 웃음을 터트리며 그 주제를 다시 언급했다. "자, 블랑두아, 자네의 마이케나스[17]에게 언제 갈까? 우리 같은 장인들은 일을 얻을 수 있을 때 얻어야지. 그 일을 하러 언제 갈까?"

"당신이 원할 때 좋으실 대로." 마음이 상한 블랑두아가 말했다. "내가 그 일과 무슨 상관인데? 그 일이 내게 뭔데?"

"그 일이 내게 뭔지는 말해줄 수 있어." 가원이 말했다. "호구지책이야. 사람은 먹어야 하네! 그러니 가세, 블랑두아."

도릿 씨는 딸들과 놀라운 우연으로 그곳을 방문하고 있던 스파클러 군이 있는 데에서 두 사람을 맞이했다. "안녕하시오, 스파클러?" 가원이 무관심하게 말했다. "이보게, 자네가 타고난 지혜를 발휘하여 생계를 꾸려 나가야 할 때는 나보다 잘 지냈으면 좋겠어."

도릿 씨가 그때 자기의 제안을 말했다. "선생님," 가원이 아주 품위 있게 그 제안을 들은 후 웃으면서 말했다. "제가 이 업계에 처음이어서 업계 비밀에 전문가는 아닙니다. 선생님을 여러 각도에서 바라보고 썩 좋은 대상이라는 판단을 내린 후 선생님을 모델로 멋진 초상화를 그리는 일에 최선을 다해 몰두할 수 있을 만큼 충분히 한가할 때가 언제쯤 될지 생각해봐야 할 것 같습니다. 단언하는데,"

---

[17] Maecenas (70? - 8 B.C.): 로마의 정치가로서 버질, 호라티우스 등의 후원자였음.

그가 다시 웃었다. "속임수를 좀 더 잘 부리지 못해서, 친하고 재능 있고 훌륭하고 고상한 친구들인 동업자 화가들의 진영에서 완전히 배신자가 된 기분입니다. 그러나 제가 속임수를 부리도록 키워지진 않았으니 이제 와서 배우기에는 너무 늦었죠. 그런데 사실 제가 아주 서툰 화가이긴 하지만 대부분 화가들보다 더 서툰 것은 아닙니다. 선생님이 100기니 정도의 돈을 버리실 거라면 지위가 높은 사람들의 가난한 친척들이 으레 그러하듯이 제가 몹시 가난하니까 그 돈을 제게 버리신다면 대단히 감사하겠습니다. 그 돈이면 할 수 있는 한 최선을 다하겠습니다. 그리고 그 결과가 서툰 것이라고 해도, 글쎄요, 그때도 선생님은 유명한 이름이 붙은 서툰 초상화 대신에 하찮은 이름이 붙은 서툰 초상화를 갖게 되는 것뿐이죠."

도릿 씨가 기대했던 바는 아니었지만 그런 논조가 대체로 그의 마음에 쏙 들었던 것은 지위가 높은 친척을 두었고 단순한 노동자는 아닌 신사가 자기에게 신세를 진다는 사실을 표현하는 것이었기 때문이다. 자신을 가월 씨의 솜씨에 맡기게 되어서 만족스럽다고 했고, 관직이 없는 신사의 신분으로 서로 친분을 키워 가고 싶다고 했다.

"아주 훌륭하시네요." 가월이 말했다. "제가 붓의 형제단에 (지구 상에서 최고로 매혹적인 친구들이죠) 가입했다고 해서 상류사회를 부인한 적은 없습니다. 이전의 고운 화약 냄새는, 비록 그 화약이 저를 공중으로 그리고 현재의 직업으로 날려 보냈지만 이따금 기꺼이 맡아보고 있으니까요. 도릿 씨," 그 대목에서 그는 최고로 마음

편하게 다시 웃었다. "제가 동업자들 간의 동지애를 지키겠다는 나쁜 마음을 품고 있다고 생각하진 마세요 - 사실이 아니니까요. 맹세하는데 어디를 가든 동지애를 저버릴 수밖에 없더라고요. 비록 동업자들을 정말로 진심으로 좋아하고 존경하지만 말입니다 - 제가 시간과 장소에 대해 조건을 붙이더라도 그렇게 생각하진 않으실 거죠?"

하아! 도릿 씨는 가원 씨의 솔직한 말을 들었기 때문에 - 흠 - 어떠한 의심도 품지 않는다고 했다.

"거듭 말씀드리지만 정말 훌륭하십니다." 가원이 말했다. "도릿 씨, 로마에 가실 예정이라고 들었습니다. 저도 로마에 친구가 있어서 거기에 갈 작정입니다. 선생님께 부정하게 행동하겠다고 꾸몄던 음모는 거기서 시작하겠습니다 - 여기가 아니고요. 이곳에 머무르는 나머지 기간 동안 모두 바쁠 테니까요. 베네치아에서 팔꿈치가 온전한 사람치고 저보다 가난한 사람은 하나도 없지만, 제가 아직 아마추어기를 완전히 벗은 것은 아니거든요 - 동업자들의 명예를 또 위태롭게 하는군요! - 그래도 불과 6펜스를 위해 주문에 따라 서둘러 달려들 수는 없단 말입니다."

도릿 씨는 이런 말들을 전에 들었던 말들 못지않게 호의적으로 받아들였다. 그 말들은 가원 부부를 정찬 자리에서 처음 맞이하기 전에 하는 서곡 같은 것이었으며, 낯선 집에 온 가원이 통상적으로 취하는 그의 입장을 교묘하게 취하도록 해주었다.

그 말들 덕에 그의 처 역시도 그녀의 통상적인 입장에 처하게 되었다. 패니 양은 가원 부인의 미모 때문에 그녀의 남편이 아주 비싼 대가를 치렀다는 사실, 바너클 가에서 그녀로 인해 커다란 소동이 있었다는 사실, 그리고 미망인인 가원 부인이 모성애에 압도되기 전까지는 거의 상심에 잠겨서 그 결혼에 단호하게 반대했었다는 사실을 특히 뚜렷하게 알게 되었다. 제너럴 부인 역시 그러한 애착이 가족에게 커다란 슬픔과 불화를 일으켰다는 사실을 확실히 알게 되었다. 성실한 미글스 씨에 대해서는, 그런 부류의 사람이 자기 딸을 자신과 같은 미천한 신분에서 들어올리기를 바라는 것은 지극히 당연하며, 그렇게 하려고 최선을 다했다고 해서 누구도 그를 비난할 수 없다는 말 이외에 다른 말은 없었다.

작은 도릿은 이처럼 쉽게 받아들여지는 믿음의 대상이 된 아름다운 그 여성에게 진지하고 빈틈없는 관심을 기울여서 꼼꼼하게 관찰했다. 그녀는 가원 부인에게 약간의 그림자가 드리워진 데에는 그런 믿음이 일정한 역할을 했다는 사실을 알 수 있었고, 그런 믿음에는 최소한의 진실성조차 없다는 사실을 본능적으로 깨달았다. 그러나 그 믿음은 프룬스와 프리즘 학교의 학생이 가원 부인에게 과다하게 예의를 차리고 너무 친하게 지내지 못하도록 방해했고 부인과 충분히 교제하지 못하게 했다. 그 학교에서 어쩔 수 없이 장학금을 받는 장학생으로서 학교의 규정을 겸손하게 따라야 했던 것이다.

그럼에도 둘 사이에는 이미 공감하는 이해가 자리잡고 있어서, 그것이 더 큰 어려움을 넘도록 해주었고 좀 더 한정된 교제를 하면서도 친구가 되도록 해주었다. 우연한 일들이 친구가 되는 데 유리하게 작용하기로 작정한 것처럼, 각자는 상대가 파리의 블랑두아에 대해 혐오감을 느낀다는 사실을 감지하고 둘 사이에 일치하는 것이 있음을 새롭게 확신했으니, 파충류처럼 불쾌한 사람에게 자연스럽게 느끼는 반감이라고 할 만한 증오나 공포 같은 혐오감이었던 것이다.

둘 사이에는 이처럼 적극적으로 일치하는 것 외에 소극적으로 일치하는 것도 있었다. 두 사람에게 블랑두아가 정확히 똑같은 방식으로 행동했는데, 두 사람이 느끼기에 그것은 다른 사람들을 대하는 태도와 차이나는 뭔가가 있었다. 그 차이는 아주 미세하게 표현되어서 다른 사람들은 감지할 수 없었지만 그들은 차이가 있다는 사실을 잘 알았다. 그가 사악한 눈매로 약간 장난만 쳐도, 매끈하고 하얀 손을 살짝 뒤집기만 해도, 표정을 자꾸 바꾸면서 코를 내리고 콧수염을 올리는데 터럭 한 올만큼만 더 내리거나 더 올려도, 자신들에게 사적으로 거들먹거리는 거라고 둘 다에게 똑같이 여겨졌으니, 마치 이렇게 말하는 것 같았다. "나는 이쪽으로 비밀스런 힘이 있어. 내가 아는 것은 제대로 알고 있거든."

두 사람이 그런 태도를 그가 베네치아를 떠나기 전에 작별을 고하러 도릿 씨의 집에 찾아왔던 날만큼 그렇게 심하게 느꼈던 적은 없었다. 그리고, 서로가 눈치챌 수 있을 정도로 각자가 완벽하게 느꼈던 적도 없었다. 가원 부인도 동일한 목적으로 와 있었는데, 다른 가족들은 외출하고 없었기 때문에, 두 사람이 그와 마주치게 되었던 것이다. 두 사람이 같이 있은 지 5분도 채 지나지 않았을 때 그는 독특한 태도로 다음과 같은 뜻을 전달했다. "너희들이 내 이야기를 하려고 하는구나. 하아! 그걸 막으려고 내가 여기 온 거야!"

"남편분도 올 건가요?" 블랑두아가 웃는 낯으로 물었다.

가원 부인이 오지 않을 거라고 대답했다.

"오지 않는다고요!" 블랑두아가 말했다. "부인이 여기를 떠날 때 부인의 헌신적인 하인이 집까지 모셔다드릴 수 있게 해주세요."

"고맙습니다만 집으로 가지 않을 겁니다."

"집에 가지 않는다고요!" 블랑두아가 말했다. "그렇다면 내가 버림받은 거군요."

버림받았을 수 있었다. 그러나 그들을 함께 두고 떠나서 혼자 돌아다닐 정도로 버림받지는 않았다. 그는 더할 나위 없이 훌륭한 찬사를 늘어놓고 가장 세심하게 고른 이야기를 하면서 앉아있었다. 그렇지만 다음과 같은 뜻을 그들에게 내내 전달했다. "하지 마, 하지 말라고, 하지 마라니까, 숙녀분들. 특히 그걸 막으려고 내가 여기 온 거야!"

그런 뜻을 그들에게 아주 의미심장하게 그리고 진저리날 정도로 지속해서 전달하자 마침내 가원 부인이 떠나려고 일어났다. 그가 가원 부인을 계단 아래로 안내하려고 손을 내밀자, 가원 부인은 조심스레 힘을 주어 작은 도릿의 손을 꼭 쥐고 이렇게 말했다. "괜찮습니다, 고맙습니다. 하지만 내가 타고 온 배의 사공이 기다리고 있는지 봐주신다면 감사하겠습니다."

그로서는 그들보다 앞서서 내려가는 외에 다른 방법이 없었다.

그가 모자를 손에 들고 내려가자 가원 부인이 속삭였다.

"저 사람이 개를 죽였어요."

"가원 씨가 그 사실을 아나요?" 작은 도릿이 속삭였다.

"아무도 몰라요. 내 쪽을 보지 말고 저 사람 쪽을 보세요. 그가 곧 고개를 돌릴 테니까요. 아무도 모르지만 그가 죽였다고 확신해요. 당신은요?"

"나는─ 나도 그렇다고 생각해요." 작은 도릿이 대답했다.

"헨리는 그를 좋아하니까 나쁘게 생각하지 않을 거예요. 아주 관대하고 솔직하거든요. 그러나 우리는 그에 대해 분명히 합당하게 평가해야죠. 그는 개가 돌변해서 자기에게 덤벼들었을 때 이미 독약을 먹었던 거라고 헨리에게 반박했어요. 헨리는 그 말을 믿었지만 우린 믿지 않아요. 그가 귀를 기울이고 있지만 들을 수는 없을 거예요. 잘 있어요, 작은 도릿! 잘 있어요!"

마지막 말을 소리 내서 크게 했던 것은 블랑두아가 발걸음을 멈추고 고개를 돌려서 계단 아랫단에서 그들을 바라보며 바짝 경계하고 있었기 때문이다. 그는 무척 공손하게 보였지만, 진정한 자선가라면 그의 목에 커다란 돌을 매달아서 그가 서 있는 아치 모양의 어두운 입구 너머를 흐르는 운하 속으로 빠뜨리는 것이 제일 잘한 일이었을 것이 틀림없다. 인류에게 그러한 은혜를 베푸는 사람이 그 자리에는 없었기 때문에 그가 가원 부인을 보트에 태워주었다. 그리고 가원 부인을 태운 배가 한정된 시야에서 쏜살같이 사라질 때까지 그 자리에 서 있다가 자신의 보트에 올라타서 뒤따라갔다.

작은 도릿은 블랑두아가 아버지 집에 너무 쉽게 드나든다는 생각을 가끔 했었는데, 계단을 되짚어 올라가면서도 같은 생각이 또다시 들었다. 그러나 도릿 씨가 사교계에 대한 장녀의 열광에 동참하면서 수많은, 아주 다양한 사람이 똑같이 드나들었기 때문에 그의 경우가 예외적인 것은 아니었다. 자신들의 부와 중요성을 각인시킬 사람들과 교제하고자 하는 열정이 도릿 가를 완벽하게 사로잡고 있었던 것이다.

그들이 지내고 있는 바로 그 사교계가 작은 도릿에게는 전체적으로 보아서 고급스러운 종류의 마셜시를 쏙 빼닮은 것으로 여겨졌다. 수많은 이들이 외국에 왔는데, 사람들이 부채와 게으름, 친척관계와 호기심, 그리고 집에서 지내기에 전반적으로 부적당해서 마셜시에 왔던 것과 마찬가지 이유로 오는 것 같았다. 채무자들이 감옥에 끌려온 것과 마찬가지로 가이드와 현지 수행원들의 보호를 받으며 외국의 도시들로 끌려온 것 같았다. 그들은 교회와 미술관을, 예전에 사람들이 감옥마당을 쓸쓸하게 다녔던 것과 흡사하게 돌아다녔다. 보통 내일 또는 내주에 다시 떠날 거라고 했고, 뚜렷한 자기 생각이 없었으며, 하고 싶다고 말한 바를 행하거나 가고 싶다고 말한 곳으로 가는 경우가 거의 없었다. 이 모든 점에서 그들은 또다시 감옥의 채무자들과 아주 흡사했다. 그들은 보잘것없는 숙박시설에 비싼 가격을 냈고, 숙소를 좋아하는 체하면서도 그 숙소에 대해 험담을 늘어놓는데, 정확히 마셜시에서의 풍습 그대로였다. 떠나기 싫은 체하면서 뒤에 남은 사람들은 떠나는 이들을 부러워했는데, 그것 또한 변함없는 마셜시의 관습이었다. 여행 온 사람들은 학교와 술집이 감옥에 속하는 것처럼 자신들에게 속하는 일련의 낱말과 표현을 언제나 입에 올렸다. 이들은 채무자들과 똑같이 무슨 일에든 마음을 잡고 전념하는 능력이 없었고, 채무자들과 마찬가지로 오히려 서로 타락시켰다. 그리고 옷을 단정치 못하게 입고 몸을 구부리고 걷는 버릇에 빠져들었다. 여전히 언제까지나 마셜시의 죄수들인 것처럼.

베네치아에 머무는 기간이 결국 끝나게 되자, 도릿 일가는 수행원들과 함께 로마로 이동했다. 이탈리아에서 전에 보았던 풍경들, 길을 가면 갈수록 점점 더 더러워지고 점점 더 초췌해지며 마침내 공기마저 병든 곳으로 인도하는 풍경들이 반복되면서 목적지로 갔다. 코르소 가에 멋진 저택이 그들을 위해 마련되었다. 그곳에, 눈부시게 아름다운 수많은 분수에서 영원의 법칙에 따라 아래로 흘러 내려오는 물을 제외한 모든 것이 어떤 다른 것의 폐허를 딛고 영원히 정지해 있으려고 애쓰고 있는 듯한 도시에, 그들은 숙소를 정했다.

작은 도릿이 보기에는 마셜시의 정신을 지닌 로마의 여행자들에게 어떤 변화가 닥쳐 프룬스와 프리즘이 우세하게 된 것 같았다. 모든 사람들이 다른 누군가의 코르크 의족에 의지하여[18] 성베드로 성당과 바티칸 궁전을 돌아다녔고, 다른 누군가의 체를 통해 눈에

---

[18] 간접적으로 전해들은 의견에 의존하는 여행자들의 모습을 풍자한 것.

보이는 모든 대상을 걸러내고 있었다. 어느 것이든 그게 무엇인지 아무도 말하지 않았지만, 제너럴 부인 부부[19]나 유스터스 씨나 다른 누군가가 그게 무어라고 하면 모든 사람이 읊조렸다. 여행자들 전체가 자신들이 지닌 지성의 내장을 유스터스 씨와 그의 수행원들이라는 성스러운 사제단의 취향에 맞춰서 정리하려고 손발을 묶은 채 그들에게 자기 자신을 자발적으로 바친 인간 제물의 무리 같았다. 혀가 곱고 눈을 가린 수많은 근대이이 자신의 입 모양을 표준 꼴에 맞추려는 노력의 하나로 프룬스와 프리즘을 끊임없이 되풀이하면서, 고대의 신전과 무덤, 궁전과 원로원의 넓은 방, 극장과 원형경기장의 바위투성이 유적들을 조심스럽게 더듬으며 나아갔다. 제너럴 부인만이 자신의 진가를 완전히 발휘할 수 있는 자리에 있었고, 개인적인 의견을 가진 사람은 아무도 없었다. 표면의 단련이 그녀 주위에서 대대적인 규모로 진행되었고, 거기에는 용기있거나 정직하고 자유로운 얘기라는 결점은 조금도 들어있지 않았다.

프룬스와 프리즘의 또 다른 형태가 도착 직후부터 작은 도릿의 관심을 교묘하게 끌었다. 그해 겨울, 영원의 도시에서 아주 폭넓은 삶을 살던 머들 부인이 아침 일찍 방문했는데, 그 부인과 패니가 교묘한 솜씨를 발휘하여 서로의 말을 받아넘겼기 때문에 침착한 여

---

[19] 제너럴 부인과 도릿 씨를 지칭하는 듯. 이 둘이 결혼한 부부는 아니지만 같은 생각을 하고 같은 얘기를 하고 같이 다녔기 때문에 다른 사람들에게는 부부처럼 보였을 듯하다.

동생은 결투용 검이 반짝이는 것처럼 눈을 깜박였다.

"아주 기뻐요," 머들 부인이 말했다. "마티니에서 상서롭지 못하게 시작했던 교제를 다시 시작할 수 있다니 말이에요."

"마티니에서, 그럼요," 패니가 말했다. "아주 즐거웠어요, 확실히요!"

"아들 에드먼드 스파클러에게 듣자니," 머들 부인이 말했다. "그애는 우연하게 주어진 기회를 벌써 이용했다고 하더군요. 베네치아에 완전히 반해서 돌아왔거든요."

"정말요?" 패니가 무심하게 대답했다. "베네치아에 오래 있었나요?"

"그 질문에 대한 대답은 도릿 씨에게 부탁해야겠군요." 머들 부인이 가슴을 그 신사 쪽으로 돌리면서 말했다. "도릿 씨에게 단단히 신세를 진 덕에 에드먼드가 유쾌하게 머물렀으니까요."

"아, 제발 그런 말씀 마세요." 패니가 말을 받았다. "파파가 스파클러 씨를 두세 번 초대하긴 했었던 것 같아요 – 하지만 그건 별일 아니에요. 아주 많은 사람이 주변에 몰려들었고 집을 완전히 개방하고 있었기 때문에 파파가 초대를 했어도 특별한 일은 아니거든요."

"다만, 애야," 도릿 씨가 말했다. "내가 머들 씨처럼 저명하고 훌륭한 분을 – 하아 – 세상의 다른 사람들과 마찬가지로 – 하아, 흠 – 높이 평가하고 있다는 사실을 아무리 시시하고 보잘것없는 방법이라고 해도 – 흠 – 어떻게든 보여드린 것이 내게 보기 드문 만족을 – 하아 – 주었다는 걸 빼면 그렇지."

가슴은 이런 찬사를 아주 매력적인 태도로 받아들였다. "머들 씨를," 패니가 스파클러 군을 눈에 띄지 않는 곳으로 처리해버릴 수단 삼아 말했다. "파파가 입에 자주 올린다는 사실을, 머들 부인, 부인은 아셔야 합니다."

"부인, 아드님에게 듣자니," 도릿 씨가 말했다. "머들 씨가 외국에 나올 - 흠 - 가능성이 별로 없다고 해서 - 하아 - 실망했습니다."

"글쎄요, 사실," 머들 부인이 말했다. "워낙 바쁘고 찾는 곳이 워낙 많아서 못 나올 거 같아요. 몇 해 동안 외국에 나올 수가 없었는걸요. 도릿 양, 당신은 오랫동안 거의 줄곧 외국에 나와 있는 것 같군요."

"아, 맞아요." 패니가 몹시 배짱 좋게 느릿느릿 말했다. "엄청난 햇수 동안 나와 있었죠."

"추측했던 대로군요." 머들 부인이 말했다.

"맞아요." 패니가 대꾸했다.

"그러나," 도릿 씨가 다시 말을 시작했다. "알프스 산맥이나 지중해의 이쪽에서 머들 씨와 사귀는 - 흠 - 커다란 기쁨을 누리지 못해도 영국에 돌아가면 그런 영광을 누릴 수 있겠죠. 그것이야말로 내가 각별히 소망하고 특히 중하게 여길 명예니까요."

"남편도," 외알 안경을 끼고 감탄스럽다는 듯이 패니를 보고 있던 머들 부인이 말했다. "마찬가지로 그것을 중하게 여기리라고 확신합니다."

더 이상 혼자 지내는 건 아니지만 여전히 습관적으로 혼자만의 생각에 잠기곤 하는 작은 도릿은 처음에 그 말이 단순히 프룬스와 프리즘이라고 생각했다. 그러나 가족이 머들 부인의 숙소에서 열린 화려한 환영회에 다녀온 이후에, 아버지가 재산을 매각할 때 그 경이로운 사람의 충고를 받아서 득을 봐야겠다는 뜻밖의 생각을 피력하면서 머들 씨와 알고 지내고 싶다는 소망을 아침식탁에서 계속 늘어놓자, 그녀는 그 말이 진짜 의미를 지닌다고 생각했고, 자기도 시대의 빛나는 빛을 만나보고 싶다는 호기심을 품기 시작했다.

***

8 미망인인 가원 부인에게 절대 그렇지 않다는 사실을 상기시켜주다

베네치아의 운하와 로마의 유적이 도릿 가의 즐거움을 위해 햇볕을 쬐는 동안, 그리고 수없이 많은 여행객이 그것을 실제의 비율이나 특징 또는 겉모습과 다르게 매일 연필로 스케치하는 동안, 도이스와 클레넘 회사는 블리딩 하트 야드에서 꾸준히 망치질을 했고 쇠와 쇠가 부딪쳐서 쨍하고 내는 소리가 근무시간 내내 활발하게 들렸다.

그때쯤 나이가 더 어린 동업자는 사업체를 견실하게 정돈했고,

나이가 더 많은 동업자는 독창적인 생각을 자유롭게 추구할 수 있었으며, 공장의 평판을 높일 수 있는 일들을 많이 했다. 그는 독창적인 생각을 했기 때문에 지배세력이 그와 같은 부류의 범죄자들을 오랫동안 어떻게든 방해할 수 있었던 온갖 기죽이는 조치들과 마주쳐야 했다. 그러나 일하는 법이 일 안 하는 법의 천적이자 불구대천의 원수로 여겨져야 한다는 것이 명백했기 때문에, 지배세력의 입장에서 보자면 그것은 합리적인 자기 방어일 따름이었다. 독창적인 생각을 하는 모든 영국민에게 독창적인 생각을 할 거면 위험을 각오하라고 경고하는 현명한 체계, 에돌림청이 전력을 다해 지지하는 현명한 체계의 기초가 그 점에 있었다. 또한 발명이 흉악범죄인 것처럼, 독창적인 생각을 하는 영국민을 괴롭히고 방해하고 도둑을 불러들여서(즉, 그 개선책이 불확실하고 실행하기 어렵고 비용이 많이 들게 만들어서) 그를 약탈하고, 기껏해야 잠시 즐기게 한 다음에[1] 재산을 압수해버리는 현명한 체계의 기초 역시 그 점에 있었다. 바너클들은 그 체계를 너 나 할 것 없이 엄청 좋아했는데, 가치 있는 것을 만들어내는 사람은 틀림없이 진지해야 하고 그것만큼 바너클들이 질색하거나 두려워하는 것은 달리 없었기 때문에 그것 역시 합리적일 따름이었다. 그것이 아주 합리적인 또 다른 까닭은 엄청난

---

[1] 당시에는 발명에 대한 특허권이 14년간 보장되었지만, 특허권이 침해당해도 보상받는 것이 거의 불가능했기 때문에 특허권에 대한 보장이 실질적으로는 없는 셈이나 마찬가지였다.

양의 진지성 때문에 고통받는 나라에서 아무리 짧은 기간이라도 맡은 자리를 계속 고수하는 바너클은 단 한 명도 없었기 때문이다.

대니얼 도이스는 고통과 형벌이 달라붙어 있는 상황에 직면해서도 일 자체를 좋아했기 때문에 침착하게 일을 계속했다. 마음에서 우러나온 협조로 그를 성원하는 클레넘은 업무적인 부분에서 도움을 주었을 뿐더러 정신적으로도 그를 지원했다. 회사는 번창했고 동업자인 그들은 변함없는 친구였다.

그러나 대니얼은 오래전부터 간직해온 구상을 잊을 수가 없었다. 그가 잊으리라고 기대한다는 것이 무리였다. 쉽게 잊을 수 있었다면 그 구상을 품을 수도 없었을 거고 그것을 풀어갈 인내와 끈기도 없었을 것이다. 저녁에 그가 모형과 설계도를 들여다보다가 한숨을 쉬며 옆으로 치우고 구상이 예전처럼 틀림없다고 중얼거리면서 스스로 위로하는 모습을 볼 때마다 클레넘은 그런 생각을 했다.

수많은 노력과 수많은 실망을 보고도 클레넘이 동정하지 않는다면 그것은 그 자신이 동업자 관계에서 의무라 여기는 바를 소홀히 하는 것이다. 그 문제에 대해 에돌림청의 출입문에서 우연히 일시적으로 일었던 관심이 되돌아온 것도 그러한 감정 때문이었다. 동업자에게 "도이스, 내가 기술자가 아닌 것을 너그럽게 이해해주시오,"라고 하면서 발명품을 자기에게 설명해달라고 부탁했다.

"기술자가 아니라고요?" 도이스가 말했다. "당신이 그쪽으로 열중했다면 빈틈없는 기술자가 되었을 거예요. 이제껏 만났던 사람 중 당신이야말로 그쪽을 이해하는 머리가 아주 뛰어나거든요."

"훈련을 전혀 받지 못한 사람이라는 얘기를 유감이지만 덧붙여야 겠죠." 클레넘이 말했다.

"그건 모르겠어요." 도이스가 대답했다. "그러나 당신이 그런 말을 하게 놔두고 싶진 않아요. 사리를 분별할 줄 알고 모든 면에서 나아졌으며 자기의 상태를 개선시킨 사람이 어떤 일에서든 아주 무식하다고 할 순 없는 거니까요. 나는 특히 비밀을 싫어해요. 한 부류의 사람이 공정하고 명확한 설명에 근거해서 판단하는 대로 다른 부류의 사람에게도 판단 받고 싶거든요, 그 사람이 내가 제시한 만큼의 자격이 있다면요."

"아무튼," 클레넘이 말했다 - "그런 얘기를 들으니 마치 칭찬을 주고받는 것처럼 들리는군요. 그러나 그건 아니니까 - 들을 수 있는 한 가장 명료한 설명을 들었으면 좋겠어요."

"글쎄요!" 대니얼이 차분하면서도 한결같은 태도로 말했다. "그렇게 하도록 노력하지요."

그는 그런 사람이 흔히 그렇듯이 자신이 인식하고 의미하는 바를 그것이 자기 마음에 처음 떠오를 때처럼 확실하고 분명하게 단도직입적으로 설명할 수 있는 능력을 갖고 있었다. 그가 설명하는 방식은 아주 정연하고 단정하고 단순해서 쉽게 이해할 수 있었다. 그가 틀림없이 몽상가일 거라는 막연하고 틀에 박힌 생각은, 그의 눈과 엄지손가락이 계획서 위를 정확하고 기민하게 움직이다가 특정 지점에서 참을성 있게 멈추고 사소한 경로들을 되짚어야 하는 설명 지점으로 조심스럽게 돌아가는 방식, 그리고 중요한 단계마다 듣는 사람을 한 줄이라도 더 데리고 가기 전에 모든 것을 확실하고 안전하게 해놓는 그의 차분한 태도와는 도저히 양립할 수 없는 것이어서 그런 생각을 하는 것이 우스꽝스러울 정도였다. 자기 자신을 완전히 배제하고 설명하는 방식 역시 마찬가지로 놀라운 것이었다. 그는 이렇게 적용하는 법을 내가 알아냈소, 저렇게 결합하는 법을 내가 발명했소, 라는 식의 말을 절대 하지 않았다. 조물주가 그 전체를 만들었고 자기는 우연히 그것을 발견한 것처럼 설명했고, 아주 겸손했다. 아주 유쾌한 존경의 기색이 그것에 대한 차분한 찬양과 섞여 있었고, 그것이 논쟁의 여지가 없는 법칙에 기초하고 있다는 사실을 아주 침착하게 확신하고 있었다.

클레넘은 그날 저녁뿐 아니라 몇 날 저녁을 계속해서 그런 사실을 조사한 후 완전히 매혹되었다. 그것을 조사하면 조사할수록, 그리고 그것을 설명하느라 백발의 머리를 숙이고 있는 모습과, 그것에 대한 기쁨과 사랑으로 불타오르는 날카로운 눈빛을 – 12년이라는 긴 세월 동안 다듬어지긴 했지만 본심을 살펴볼 수 있는 도구였다 – 보면 볼수록, 한 번 더 애써보지 않고 그것을 그대로 방치하는 것은 도이스보다 더 젊고 기운 있는 자신으로서는 도저히 더 이상 견딜 수 없는 일이라고 생각했다. 마침내 클레넘이 입을 열었다.

"도이스, 결국엔 – 그 일이 얼마나 더 난파할지 아무도 모르는 상태로 가라앉거나, 처음부터 다시 시작하거나, 그렇게 되는 건가요?"

"그래요." 도이스가 대답했다. "상원과 하원 의원들이 12년이 지난 다음에 그렇게 생각한 거예요."

"정말 대단한 사람들이군요!" 클레넘이 씁쓸하게 말했다.

"흔한 일이죠!" 도이스가 말했다. "내가 그렇게 유명한 무리의 일원이었다면 희생자가 되지는 않았을 거예요."

"그것을 포기해라, 아니면 처음부터 다시 시작하라고?" 클레넘이 혼잣말을 했다.

"정확히 그것이 요점이죠." 도이스가 말했다.

"그렇다면, 벗이여," 아서가 벌떡 일어나서 일 때문에 거칠어진 그의 손을 잡으며 큰 소리로 말했다. "처음부터 다시 시작해야 합니다!"

도이스가 깜짝 놀라서 - 그로서는 - 서둘러 대답했다. "안 돼요, 안 돼. 그것은 치워두는 편이 나아요. 치워두는 편이 훨씬 낫다고요. 그것에 대한 소식을 언젠가는 듣겠죠. 난 그것을 치워둘 수 있어요. 클레넘, 잊어요. 나도 **지금까지** 제쳐놓고 있었잖아요. 모두 다 끝난 거예요."

"그래요, 도이스," 클레넘이 말을 받았다. "당신의 노력과 좌절에 관한 한은 끝났다는 걸 인정해요. 그러나 나의 노력과 좌절에 대해서는 아니에요. 나는 당신보다 젊어요. 나는 그 훌륭한 관청에 딱 한 번 발을 들여놓았었으니까 그들에게 나는 신선한 사냥감인 셈이죠. 자! 내가 도전해볼게요. 당신은 우리가 동업한 이후 해오던 그대로, 정확히 그대로 하면 돼요. 나는 내가 해오던 일에 공적인 정의가 당신에게 이루어지도록 하려는 시도를 덧붙일게요(쉽게 덧붙일 수 있어요). 그리고 어느 정도 알릴 만한 성공을 거두지 못하는 한 그것에 대한 이야기는 하지 않을 거예요."

대니얼 도이스는 여전히 찬성할 수 없었기 때문에 그것을 제쳐놓는 편이 낫다고 거듭거듭 강조했다. 그러나 점차 클레넘에게 억지로 설득당하고 양보하게 되었고, 결국 양보했다. 그래서 아서는 에돌림청을 상대로 길을 내려고 분투하는 지루하고 절망적인 노력을 다시 시작했다.

그 부서의 대기실은 그가 출석하는 데 곧 익숙해졌고, 소매치기가 경찰서로 안내받듯이 문지기가 으레 그를 대기실로 안내했다. 에돌림청과 경찰서의 주된 차이는 후자에서 이루어지는 공공업무의 목적은 소매치기꾼을 잡아두는 것이고 에돌림청의 목적은 클레넘을 제거하는 것이라는 점이었다. 그러나 클레넘은 그 위대한 부서에 달라붙기로 했다. 그리하여 서식 작성하기, 편지 주고받기, 의사록 기록하기, 비망록 작성하기, 서명하기, 맞서명하기, 역 맞서명하기, 뒤로 앞으로 보내기, 옆으로 보내기, 십자형으로 보내기, 갈지자로 보내기가 다시 시작되었다.

이 기록에서 전에 언급한 적이 없었던 에돌림청의 한 가지 특징이 그때 시야에 들어왔다. 이 훌륭한 부서가 곤란에 부딪쳤을 때, 즉 하찮은 바너클들이 악마에 홀렸다고 의심하는 몇몇 분노한 의원이 이 부서에 대해 개별사건의 시비곡직을 따르지 않고 전체적으로 혐오스러운 미치광이 기관이라고 비난했을 때, 그때는 의회에서 이 부서를 대표하는 상원의원 또는 하원의원 바너클이 에돌림청이 (업무를 방해하려는 목적으로) 수행하는 업무량을 진술해서 그 의원을 공격하고 갈기갈기 찢었다. 그때는 상원의원 또는 하원의원 바너클이 도표가 몇 개 들어있는 서류를 손에 들고 의회의 동의를 받아서 그 서류에 주목해달라고 간청했다. 그때는 하급 바너클들이 명을 받아서 "옳소, 옳소, 옳소!" 그리고 "읽어요!"라고 소리쳤다. 그때는 상원의원 또는 하원의원 바너클이, 동료 의원님, 최고로 심술궂은 사람에게조차 (어린 바너클들이 조롱 조의 웃음을 터뜨리고 만세를 외쳤다) 확신을 줄 수 있는 이 작은 문서를 보고 파악한 바로는, 지난 회계연도 중 반년이라는 짧은 기간 동안 비방을 많이 받은 이 부서가(만세를 외쳤다) 15,000통의 편지와(만세를 크게 외쳤다) 24,000건의 의사록과(만세를 더 크게 외쳤다) 32,517건의 비망록을 (만세를 맹렬하게 외쳤다) 주고받았다고 합니다. 그뿐만 아니라 이 부서와 연결되어 있는 독창적인 신사이면서 그 자신 소중한 공무원인 어떤 사람이 같은 기간 동안 이 부서에서 소모한 문방구의 양을 꼼꼼하게 계산했습니다. 그 계산이 바로 이 간결한 문서에 담겨 있는데, 본 의원이 문서를 보고 추론해낸 놀라운 사실에 의하면, 이 부서가 공공업무를 보는 데 들인 풀스캡 용지가 있으면 옥스퍼드로 양쪽 보도의 끝에서 끝까지 포장하고도 4분의 1마일 정도가 남아 공원을 포장할 수 있겠더군요(만세와 웃음이 엄청나게 터졌다). 끈 – 빨간 끈[2] – 에 대해 말하자면, 이 부서는 하이드파크 모퉁이에

---

[2] 관공서에서 공문서를 묶을 때 빨간 끈을 사용했는데, 빨간 끈은 관료제의 비능률과 형식주의를 상징한다.

서 중앙우체국까지 우아한 장식용 줄로 연결하기에 충분한 끈을 사용했다고 합니다. 그러고 나서 그 상원의원 또는 하원의원 바너클은 공적인 환성이 터져 나오는 가운데 갈가리 찢어진 그 의원을 경기장에 그냥 둔 채 자기 자리에 앉았다. 분노했던 의원이 그처럼 본보기로 파괴한 후에는, 에돌림청이 일을 하면 할수록 되는 일이 더 적다는 사실과 이 관청이 불행한 대중에게 선사할 수 있는 최대의 축복은 아무 일도 안 하는 것이라는 얘기를 배짱 있게 내비칠 수 있는 사람이 아무도 없었다.

아서 클레넘은 책임지고 있는 업무가 많은데다가 새로운 과제를 추가로 맡은 탓에 ─ 그 과제를 맡았다가 수없이 많은 선량한 사람들이 제 명을 누리지 못하고 죽었다 ─ 변화가 거의 없는 단조로운 생활을 했다. 어머니의 우중충한 병실을 정기적으로 찾아가고 트위크넘에 있는 미글스 씨를 거의 같은 정도로 정기적으로 찾아가는 것이 여러 달 동안 그의 생활에서 유일한 기분전환이었다.

그는 작은 도릿을 몹시, 그리고 심하게 그리워했다. 몹시 그리울 거라는 각오는 하고 있었지만 이 정도일 줄은 몰랐다. 작은 도릿이라는 허물없고 작은 인물이 자기 삶에서 빠져나가는 경험을 하고 나서야 자기 삶에서 얼마나 큰 자리가 공백으로 남게 되었는지를 비로소 여실히 알게 되었던 것이다. 그는 또한 둘을 떼어놓아야 한다는 분명한 이유로 자신과 그녀를 분리시켰다고 확신할 정도로 그 가족의 성격을 잘 알고 있었기 때문에 그녀가 귀환할 것이라는 희망을 포기해야 한다고 느꼈다. 자신이 예전부터 그녀에게 관심을 가졌고 그녀가 예전부터 자기를 신뢰하고 의지했다고 생각하니 그의 마음속에 우울증의 징후가 생겼다. 그러한 관심과 의지에 곧바로 은근하게 변화가 밀려들었고 다른 은밀한 애정과 함께 그것들은 과거 속으로 금방 사라져갔다.

그녀의 편지를 받고 크게 감동 받았지만 현명하게도 그녀와 자신을 나누고 있는 것이 거리만은 아니라고 생각했다. 그 가족이 자신에게 부과한 자리를 좀 더 뚜렷하고 예민하게 지각하도록 편지가 도와주었던 것이다. 그는 감사로 가득한 그녀의 기억 속에 자신이 내밀하고 소중하게 간직되고 있다는 사실과, 그녀의 가족들은 감옥과 그 감옥에 속한 다른 부속물들과 같이 자기를 원망하고 있다는 사실을 깨달았다.

매일매일 그녀에 대해 밀려오는 이와 같은 생각 덕에 클레넘은 그녀를 옛날과는 다르게 생각하게 되었다. 그녀는 자기의 순결한 친구이자 연약한 아이, 즉 그리운 작은 도릿이었다. 그리고 바로 지금과 같은 상황의 변화는 그 자신을 실제보다 훨씬 나이 든 사람으로 생각하는 습관, 장미가 떠내려가던 그날 밤 시작되었던 그 습관과 묘하게도 잘 들어맞았다. 그는 미묘한 관점이긴 하지만 가능성이 없기 때문에 그녀에게 이루 말할 수 없는 고통이었을 거라고는 꿈에도 생각하지 못하고 그녀를 바라보았다. 즉, 그녀의 가슴에서 아주 소중한 마지막 희망의 방울마저 빠져나가게 하고 비탄에 잠기게 했을지 모르는 애정으로 그녀의 장래 운명에 대해 그리고 미래의 남편감에 대해 곰곰이 생각했다.

주위의 모든 것이 그를 나이 든 사람으로, 미니 가원과 관련해서 그가 다퉈왔던 그런 열망이(달수나 계절로 계산하면 그것 또한 아주 오래된 일은 아니었다) 최종적으로 사라져버린 사람으로 생각하는 습관을 굳게 만들고 있었다. 펫의 부모와 그의 관계는 홀아비가 된 사위가 취할 수 있는 관계 비슷한 것이었다. 죽은 쌍둥이 누이가 살았다가 여성으로서의 전성기에 죽었고 그가 그녀의 남편이었다고 해도 미글스 부부와 맺었을 관계의 본질은 아마 그대로였을 것이다. 이런 사실이 자신은 인생의 그런 부분이 끝났고 그걸 걷어치운 사람이라는 생각을 습관적으로 하게끔 미세하게 일로했다.

그는 미니가 부모에게 편지를 보내서 자기는 아주 행복하고 남편을 아주 사랑한다고 얘기했다는 소식을 늘 한결같이 전해 들었다. 그렇지만 미니가 언급될 때면 이전의 먹구름이 미글스 씨의 얼굴에 반드시 드리워진다는 사실도 눈치 챘다. 미글스 씨는 결혼식 이후 그전처럼 그렇게 환한 표정을 짓진 못했다. 펫과의 이별에서 완전히 회복하지 못했던 것이다. 그는 내내 똑같이 상냥하고 솔직한 사람이었다. 그러나 그의 안색은 한 가지 표정만을 보여주는 두 자식의 초상화를 너무 많이 보아서 그 초상화에서 무의식적으로 한 가지 특징을 취하게 된 것처럼, 표정이 이러저러하게 변하는 동안에도 상실의 눈빛을 늘 지니게 되었다.

클레넘이 시골별장을 방문한 어느 겨울 토요일에 미망인 가원 부인이 수많은 개인이 배타적인 소유권을 주장하는 햄튼 코트의 마차를 타고 그곳으로 찾아왔다. 그녀는 미글스 부부를 방문하고자 녹색 부채로 그늘을 만들어서 몸을 가린 채 마차에서 내렸다.

"사돈 그리고 사부인, 두 분 모두 어떠세요?" 그녀가 미천한 사돈들의 기운을 북돋우며 물었다. "그리고 내 불쌍한 녀석에게서 소식이 오거나, 그 녀석의 소식을 마지막으로 들은 게 언제시죠?"

불쌍한 녀석이란 그녀의 아들이었다. 아들에 대해 이렇게 이야기하는 방식은 세상 사람들의 기분을 상하게 하지 않으면서 아들이 미글스 가족의 간계에 걸려 넘어간 것이라는 변명을 품위 있게 지속할 수 있도록 해주었다.

"그리고 또 그 귀엽고 예쁜 아이 말인데요." 가원 부인이 물었다. "그 아이에 대해 최근에 소식을 들었나요?"

그 말 역시 자기 아들이 그저 미모에 매료되었고 그 매력에 홀려서 온갖 세속적 이익을 포기했다는 사실을 미묘하게 암시하는 것이었다.

"확실한 것은," 가원 부인이 들은 대답에는 주의를 집중하지 않고서 말했다. "계속 행복하다는 소식을 들으니 형언하기 어려운 위로가 되는군요. 내 불쌍한 녀석은 가만히 못 있는 성향이고 이리저리 유랑하면서 온갖 부류의 사람들 사이에서 변덕을 부리고 인기를 누리는 데 익숙하기에 그 소식이 삶에서 제일 큰 위로가 되네요. 걔들 부부는 찢어지게 가난할 것 같은데요, 사돈?"

미글스 씨는 그 질문을 받자 안절부절못하면서 대답했다. "그러지 않기를 바랍니다, 사부인. 그리고 적은 수입이더라도 어떻게든 살아가기를 바랍니다."

"오오! 사돈도!" 그 부인이 녹색 부채로 그의 팔을 가볍게 두드리면서, 그다음에는 하품하는 모습을 일행이 보지 못하게 부채로 교묘하게 가리면서 대답했다. "세상 물정에 밝고 최고로 현실적인 사람 중 한 명인 사돈이 어떻게 – 사돈도 본인이 현실적이고 현실적이지 못한 우리 같은 사람이 도저히 감당할 수 없는 사람이라는 사실은 아실 텐데 – "

(이 말은 미글스 씨가 교활한 모사꾼인 것처럼 간주해서 이전의 목적에 기여하는 것이었다.)

" – 걔들이 적은 수입이더라도 어떻게든 살아갈 거라는 말을 어떻게 하실 수 있어요? 내 불쌍하고 귀여운 녀석! 아들이 수백 파운드로 어떻게든 살아간다고 생각하면! 마음씨 곱고 예쁜 아이도 마찬가지예요. 며느리가 어떻게든 살아간다고 생각하면! 사돈! 그런 말씀 마세요!"

"글쎄요, 사부인," 미글스 씨가 진지하게 말했다. "인정한다는 게 유감스럽긴 하지만, 그렇다면 헨리는 자기 수입을 분명히 예상하고 있었다는 말이군요."

"사돈 – 친척과 마찬가지니까 격식을 차리지 않을게요 – 그럼요, 사부인," 터무니없는 우연한 일치가 그때 처음으로 생각났다는 듯이 가원 부인이 쾌활하게 소리쳤다. "친척과 마찬가지죠! 사돈, 이 세상에서 누구도 **모든 것을** 자기 마음대로 할 수는 없잖아요."

이 말 또한 이전의 목적을 돕는 것이었으며 미글스 씨에게 지금까지 그의 심층계획이 멋지게 성공을 거두었다는 사실을 온갖 훌룡한 예절을 갖추어서 알려주는 것이었다. 가원 부인은 자기 표현이 아주 적절한 것이었다고 생각해서 그 표현을 곱씹으며 되풀이했다. "**모든 것을** 할 순 없지요. 그럼요, 그럼. 이 세상에서 **모든 것을** 자기 마음대로 할 수 있을 거라고 기대해서는 안 되는 거잖아요, 사돈."

"그런데 사부인," 미글스 씨가 얼굴을 약간 붉히고 쏘아붙였다. "누가 그런 기대를 한다는 거죠?"

"오오, 아무도 없어요, 없고말고요!" 가원 부인이 말했다. "이야기하려던 참인데 ─ 사돈이 절 난처하게 만드는군요. 하려던 얘기를 사돈이 가로막았잖아요!"

커다란 녹색 부채를 아래로 늘어뜨린 채 자기가 하려던 얘기를 곱씹으면서 사색에 잠겨 미글스 씨를 바라보았다. 그러나 그건 그 신사의 다소 격해진 정신을 진정시키는 데에 일조하는 행동이 아니었다.

"아! 그래요, 확실해요!" 가원 부인이 말했다. "사돈은 내 불쌍한 녀석이 언제나 기대하는 데 익숙하다는 사실을 명심하셔야 해요. 기대했던 대로 실현되었을 수도 있고 안 되었을 수도 있지만요 ─ "

"그렇다면 실현이 안 되었을 수 있다고 해야겠군요." 미글스 씨가 말했다.

미망인이 잠시 노기를 띠고 그를 바라보았다. 그러나 고개를 젓고 부채질을 해서 노기를 털어내고는 하던 얘기를 전처럼 계속했다.

"결국은 같은 거예요. 내 불쌍한 녀석은 그런 일에 익숙하고, 사돈도 물론 아시잖아요, 결과를 각오했으니까요. 나야 결과를 언제나 명확히 예견하고 있었으니까 놀랄 것도 없지요. 사돈도 놀라시면 안 돼요. 사실은 놀랄 수도 없을 거예요. 틀림없이 진작부터 각오했을 테니까요."

미글스 씨가 자기 처와 클레넘을 쳐다보고 입술을 깨물었다. 그리고 기침을 했다.

"자, 내 불쌍한 녀석은 지금," 가원 부인이 말을 계속했다. "갓난아이가 태어날 거니까 식구가 더 생기는 데 따르는 비용을 모두 다 준비하라고 통지받았어요! 불쌍한 헨리! 그러나 이제 와서 어떻게 하겠어요. 어떻게 하기에는 너무 늦었지요. 다만, 사돈, 수입을 예상하고 있었다고 새로운 사실을 발견한 양 말씀하지 마세요. 너무하니까요."

"너무하다고요, 사부인?" 미글스 씨가 설명을 바라는 듯이 말했다.

"자, 자!" 가원 부인이 아랫사람에게 하듯이 의미심장하게 손사래를 치면서 말했다. "불쌍한 녀석의 어미가 이제 와서 견디기에는 버거운 일이에요. 걔들이 단단히 결혼했고 결혼한 것을 취소할 수는 없잖아요. 자, 자! 그 정도는 알아요! 사돈이 내게 얘기해 줄 필요는 없어요. 잘 아니까요. 방금 내가 무슨 말을 했죠? 걔들이 계속 행복하게 지내서 큰 위로가 된다고 했지요. 앞으로도 여전히 행복하기를 바란다고 했고요. 내 불쌍한 녀석이 행복하고 만족할 수 있게 예쁜 그 아이가 할 수 있는 일은 모두 다 했으면 좋겠어요. 사돈 그리고 사부인, 그 얘기는 그만하는 게 낫겠네요. 우리가 그 문제를 같은 방향에서 본 적이 없고, 앞으로도 없을 테니까요. 그래요, 그래! 이제 됐어요."

사실대로 말하자면 그때쯤 가원 부인은 미글스 씨에게 이상할 정도로 근거 없는 견해를 내세우면서, 그리고 혼인의 영광을 너무 싼값에 가지려고 기대해서는 안 된다고 경고하면서 할 수 있는 얘기를 모두 다 했기 때문에 나머지 얘기는 그만둘 마음이 있었다. 미글스 씨가 자기 부인의 간청하는 시선과 클레넘의 의미심장한 손짓에 따랐더라면, 가원 부인이 방해받지 않고 계속 그렇게 생각하도록 둘 수 있었을지 모른다. 그러나 펫은 그가 가장 귀여워하는 아이였고 마음의 자부심이었다. 그리고 펫이 이 집의 햇빛이었던 시절보다 그 아이를 더 헌신적으로 옹호하고 더 많이 사랑할 수 있는 때가 있다면, 그것은 그녀가 매일매일 이 집의 은총이고 기쁨이었다가 사라져버린 지금일 것이다.

"가원 부인, 사부인," 미글스 씨가 말했다. "나는 평생 평범한 보통사람으로 지냈습니다. 그래서 고상한 체하는 속임수를 – 나에게나 다른 누구에게나 또는 양자 모두에게 – 시도한다 해도 성공하지 못할 겁니다."

"사돈," 미망인이 상냥한 미소를 띠고 그러나 볼 주위가 평상시보다 좀 더 창백했기 때문에 두 볼의 홍조가 평상시보다 좀 더 생생하게 두드러지는 가운데 대꾸했다. "아마 그렇겠죠."

"따라서, 사부인," 미글스 씨가 감정을 억제하려고 무척 애쓰면서 말했다. "내게 속임수를 부리지 말라고 부탁해도 기분 상하지 않기를 바랍니다."

"사부인," 가원 부인이 말했다. "바깥양반은 이해할 수가 없군요."

그녀가 그 훌륭한 부인에게 이야기를 건넨 것은 미글스 부인을 이야기 속으로 끌어들여서 그 부인과 말다툼을 벌여 이기려는 술책이었다. 그런 술책이 통할 수 없게 하려고 미글스 씨가 끼어들었다.

"애 엄마," 그가 말했다. "당신은 비전문가예요, 이런, 그리고 이건 공명정대하지 않아요. 가만히 있어요. 자, 사부인, 이보세요! 우리 사리에 맞게 하죠, 마음씨 곱게 해요, 공명정대하게 하자고요. 사부인은 헨리를 동정하지 마세요, 나는 펫을 동정하지 않을 테니까. 한쪽 편만 들지 말자고요, 사부인. 그건 사려 깊지 못한 거예요, 친절하지 못한 거죠. 펫이 헨리를 행복하게 했으면 좋겠다거나, 더 정확히 말하면 헨리가 펫을 행복하게 했으면 좋겠다는 말은 하지 말자고요." (그런 말을 하는 미글스 씨 본인이 행복해 보이지는 않았다.) "오히려 둘이 서로를 행복하게 해주기를 바라자고요."

"그래요, 맞아요, 거기서 그만해요, 애 아버지." 맘씨 고운 미글스 부인이 편안하게 말했다.

"글쎄요, 애 엄마, 그럴 순 없어요." 미글스 씨가 대답했다. "엄밀히 말해서 그건 아니죠. 절대 거기서 그만둘 순 없어요. 딱 여섯 마디만 더 해야겠어요. 사부인, 내가 지나치게 민감한 게 아니었으면 좋겠군요. 그리고 그렇게 보이지는 않으리라고 생각합니다."

"정말 그렇지 않아요." 가월 부인이 고개를 가로젓고, 그 뜻을 강조하려고 커다란 녹색 부채를 같이 흔들면서 말했다.

"고맙습니다, 사부인. 좋습니다. 그럼에도 약간 – 심한 말을 하고 싶지는 않아요 – 기분이 상했다고 할까요?" 미글스 씨가 솔직하게 그리고 절제하면서 그러면서도 달래듯이 호소하는 투로 말했다.

"하고 싶은 말을 하세요." 가월 부인이 대답했다. "아무래도 상관없으니까."

"아니죠, 아니에요, 그렇게 말하지 마세요." 미글스 씨가 강조했다. "그렇게 말하면 상냥하게 대답하는 게 아니잖아요. 결과를 예견했다느니, 이제는 너무 늦었다느니, 하는 말을 들으면 기분이 약간 상하거든요."

"사돈, **그렇습니까?**" 가월 부인이 물었다. "놀라운 얘기는 아니군요."

"글쎄요, 사부인," 미글스 씨가 이치를 따져 설명했다. "사부인도 최소한 놀랐기를 기대합니다. 그렇게 민감한 문제에 대해 일부러 내 기분을 상하게 하는 것은 분명히 관대한 태도가 아니니까요."

"내가 사돈의 기분을 책임져야 하는 건 아니잖아요." 가월 부인이 말했다.

불쌍한 미글스 씨는 깜짝 놀라서 경악했다.

"사돈 것으로서 사돈에게 꼭 맞는 모자를 불행하게 내가 써야 한다고 하더라도," 가월 부인이 말을 계속했다. "그 자국 때문에 **날** 비난하지는 마세요, 사돈, 부탁합니다!"

"아니, 맙소사, 사부인!" 미글스 씨가 흥분하기 시작했다. "이야기가 마치 - "

"자, 사돈, 사돈," 그 신사가 어쨌든 흥분할 때마다 태도가 더욱 신중해지고 매력적으로 변하는 가원 부인이 말했다. "혼란을 피하기 위해서라도, 사돈에게 나 대신에 이야기해달라고 폐를 끼치느니 내가 직접 말씀드리는 편이 나을 것 같군요. 이야기가 마치, 라고 사돈이 시작했어요. 괜찮다면 내가 마저 말하지요. 마치 - 그 이야기를 강조하려는 것도 아니고 정확히 말해서 생각나게 하려는 것도 아니에요, 이제는 쓸데없는 얘기이고 유일한 소망은 현 상황을 어떻게든 이겨내는 거니까요 - 처음부터 끝까지 내가 당신 집안과의 이 결혼에 늘 반대했고 아주 마지막에 아주 마지못해서 동의해주었다고 말하려는 것 같군요."

"애 엄마!" 미글스 씨가 소리쳤다. "이 말 들었소! 아서! 이 말 들었나!"

"이 방이 편리한 크기고," 가원 부인이 부채질을 하고 주위를 둘러보면서 말했다. "이야기를 하기에 모든 면에서 아주 매력적으로 되어있기 때문에 이 방 어디서고 들렸을 거 같은데요."

잠시 침묵이 흐른 후에, 미글스 씨는 의자에 아주 안정적으로 앉아서 다음 이야기를 할 때 의자를 박차고 일어나지 않게끔 하고는 마침내 입을 열었다. "사부인, 나는 그 얘기를 조금도 되살리고 싶지 않습니다. 그러나 그 불행한 문제에 대해 내 의견과 내 방침이 내내 어떠했는지를 상기시켜드려야겠군요."

"오, 사돈!" 가원 부인이 미소를 짓고 비난조로 재치 있게 고개를 가로저으면서 말했다. "확언컨대 잘 알고 있습니다."

"사부인," 미글스 씨가 말했다. "나는 그 이전까지 불행이라는 걸 몰랐던 사람입니다. 걱정이라는 걸 몰랐다고요. 내게는 아주 고통스러운 시간이어서 - " 요컨대, 미글스 씨는 그다음에 실제로 더 이상 말을 이을 수가 없어서 손수건으로 얼굴을 훔치기만 했다.

"내가 그 일의 전모를 알아요." 가원 부인이 부채를 침착하게 훑어보면서 말했다. "사돈이 클레넘 씨에게 호소했으니까 나도 클레넘 씨에게 호소할 수 있겠죠. 내가 아는지 모르는지는 그가 알거든요."

"이 이야기에 조금도 끼고 싶지 않은 까닭은," 클레넘이 모든 당사자의 눈길을 받으며 입을 열었다. "무엇보다도 헨리 가원 씨를 잘 이해하고 특히 그와 거리낄 게 전혀 없는 관계를 유지하고 싶기 때문입니다. 사실 내게는 그와 같은 소망을 가질 만한 아주 강력한 이유가 있거든요. 가원 부인이 결혼식 전에 나와 이야기하다가, 그 결혼을 성사시키고자 하는 모종의 목적이 여기 있는 내 친구분에게 있다고 했을 때, 나는 부인의 생각이 틀렸다는 걸 깨우쳐주려고 했습니다. 그분이 생각으로나 행동으로나 그 결혼에 대해 심하게 반대한 걸로 알고 있다고 (옛날에 그리고 지금 알고 있는 대로) 지적했으니까요."

"알았죠?" 가원 부인은 자신이 정의의 여신인 양 두 손바닥을 미글스 씨 쪽으로 향해서 변명의 여지가 없으니까 자백하는 게 낫겠다고 지적했다. "알았죠? 아주 좋아요! 자, 사돈 그리고 사부인, 두 분 모두!" 그쯤해서 그녀가 일어섰다. "실례지만 조금 만만찮게 전개되는 이 논쟁을 내가 마무리하겠습니다. 그 장점에 대해 더 이상 말씀드리지 않을 겁니다. 그저 그것은 사람이 경험을 통해 알고 있는 바를 부가적으로 증명해준다는 사실, 그런 일은 절대 성공하지 못한다는 사실 – 내 불쌍한 녀석이 말하던 대로 절대 수지맞는 일이 아니라는 사실 – 한 마디로 해서 절대 그렇지 않다는 사실만을 말씀드리겠습니다."

미글스 씨가 물었다. 어떤 일이 그렇다는 거죠?

"쓸데없는 일이에요," 가원 부인이 말했다. "조상이 전혀 다른 사람들이, 이처럼 뜻밖의 결혼을 해서 서로 뒤섞이게 된 사람들이, 그리고 그들을 함께 뒤흔든 역경을 같은 관점에서 바라볼 수 없는 사람들이, 함께 지내려고 한다는 것이 말이에요. 절대 그렇지 않거든요."

미글스 씨가 말을 시작했다. "죄송한 말이지만, 사부인 –"

"됐어요, 하지 마세요!" 가원 부인이 대꾸했다. "어째서 사돈이! 그건 확인된 사실이에요. 절대 그렇지 않아요. 따라서 미안하지만, 사돈은 사돈의 길을 가도록 하고 나는 내 길을 가야겠습니다. 내 불쌍한 녀석의 예쁜 아내는 언제든 기꺼이 환영하고, 며느리와는 언제나 가장 다정한 사이로 지내도록 하겠습니다. 그러나 절반은 가족이고 절반은 낯선 사람인 이 관계에 대해, 절반은 피가 흐르고 절반은 따분한 이 관계에 대해, 이 관계는 실현 불가능성한 관계였다는 면에서 아주 재미있는 상황이군요. 절대 그렇지 않다는 걸 장담합니다."

그러고 나서 미망인은 방 안에 있는 누구누구가 아니라 방에다 대고 방긋 웃으면서 고개를 숙였고, 그걸로 사돈과 사부인에게 마지막 작별을 고했다. 클레넘이 한 발짝 앞으로 나서서 그녀의 손을 잡고 햄튼 코트 궁전에 사는 모든 따분한 인간들이 원하는 대로 이용하는 게딱지만 한 마차에 태워주었다. 그리고 그녀는 아주 침착하게 마차에 타서 마차를 몰고 사라졌다.

그때 이후로 미망인은 각별히 알고 지내던 사람들에게, 헨리의 처가 사람들, 즉 헨리를 함정에 빠뜨리기 위해 필사적으로 달려들던 사람들이 이해하기 어려운 족속이라는 사실을 자신이 고생 끝에 어떻게 깨닫게 되었는지를 가볍고 무심한 기분으로 종종 이야기했다. 그들과의 관계를 완전히 끊는 것이 자신이 늘 하는 변명에 더 나은 인상을 줄 수 있고, 가끔 겪을 수 있는 불편을 덜 수 있으며, 손해 볼 위험성이 없다는(그 예쁜 아이가 단단히 결혼한 것이고 그녀의 아버지가 그녀를 깊이 사랑하기 때문에) 결론을 그녀가 미리부터 내리고 있었는지 어쨌는지는 그녀 자신이 제일 잘 알 것이다. 이 이야기는 그 점에 대해서도 나름의 의견이 있고, 확실히 그랬을 것으로 생각하지만 말이다.

9 나타났다가 사라짐

"아서, 이보게," 그 다음 날 저녁에 미글스 씨가 말했다. "애 엄마와 내가 그 문제에 대해 의논했는데 지금 같아서는 편하지가 않아. 그 우아한 사돈이 - 어제 여기에 왔던 그 부인이 - "

"이해합니다." 아서가 말했다.

"상냥하게 거들먹거리는 사교계의 장식과도 같은 그 부인이," 미글스 씨가 말을 계속했다. "우리를 잘못 전할까 봐 걱정이야. 딸아이를 위해서라면 많은 것을 참을 수 있네, 아서. 그러나 그 아이에게 내내 마찬가지라면 참지 않는 게 나을 거 같아."

"맞습니다," 아서가 말했다. "계속하세요."

"그런데 말이야," 미글스 씨가 말을 이었다. "그렇게 하면 사위와 사이가 안 좋아질 수 있고, 심지어는 딸과도 사이가 안 좋아져서 엄청난 가정불화로 이어질 수 있을 거야. 그렇지 않겠나?"

"그래요, 맞아요." 아서가 대답했다. "이치에 맞는 이야기예요." 언제나 대단히 분별 있는 쪽에 서 있는 미글스 부인을 힐끗 보았는데, 남편이 지금 마음먹은 쪽으로 남편을 지지해달라고 부탁하는 빛이 그녀의 얼굴에서 솔직하게 빛났다.

"그래서 우리가, 애 엄마와 내가 마음먹은 것은," 미글스 씨가 말했다. "가방과 짐을 싸서 알롱하고 마르숑하는 사람들 틈에 다시 한 번 섞일까 하는 거야. 내 말은 길을 떠나 프랑스를 거쳐 이탈리아로 곧장 가서 펫을 만나보고 싶은 마음이 엄청 든다는 거지."

"당신이," 아서가 미글스 부인의(젊었을 때 그녀는 딸과 아주 닮았을 것이 분명했다) 환한 안색에 나타나는 어머니다운 기대에 감동을 받고서 대답했다. "그보다 더 나은 결정을 할 수는 없을 거같군요. 내 충고를 구하신다면 내일이라도 출발하라는 겁니다."

"그게 정말인가?" 미글스 씨가 물었다. "애 엄마, 내 생각에 찬성하는군?"

애 엄마는 클레넘이 아주 기분 좋다고 느낄 만한 태도로 그에게 감사의 눈빛을 보내면서 정말 그렇다고 대답했다.

"그뿐만 아니라, 아서, 사실은," 얼굴에 이전의 그 먹구름이 드리워지면서 미글스 씨가 말을 이었다. "사위가 벌써 또다시 빚을 졌는데 그 빚을 다시 청산해줘야 할 것 같아. 그 때문이라도 내가 거기로 건너가서 다정하게 찾아가는 편이 나을지 모르지. 또 한편으로는 애 엄마가 펫의 건강상태에 대해 어리석을 정도로 걱정하고 있어(물론 당연한 걱정이지). 그 아이가 지금 외로움을 느끼게 그냥 둬서는 안 된다는 거야. 그곳이 멀리 떨어져 있는 곳이라는 사실은 부정할 수 없잖나, 아서. 게다가 사랑에 빠진 불쌍한 여성이 어떤 사정에 처했든 낯선 곳에 있는 것이고. 멀리 떨어져 있긴 하지만 그곳에 사는 다른 여성이 받는 만큼은 보살펴줘야겠지. 집이 집 같지는 않아도 집은 집인 것처럼 말이야. 글쎄, 그러니까," 미글스 씨는 속담에 새로운 해석을 덧붙여서 말했다. "로마가 로마 같지는 않아도 로마는 로마인 거처럼 말이지."

"아주 전적으로 옳은 말씀입니다." 아서가 말했다. "가야 할 이유가 충분히 되고 말고요."

"그렇게 생각해주니 기쁘군. 결심했어. 애 엄마, 부인, 준비합시다. 우린 상냥한 통역사를 잃어버렸소(그 아이는 외국어를 세 개나 할 줄 알았네, 아서. 당신도 그 아이가 통역하는 걸 여러 차례 들었을 거야). 그러니 부인이 최선을 다해 내가 어려움을 헤쳐 나가도록 도와야 해요. 많은 어려움을 헤쳐 나가야겠지, 아서," 미글스 씨가 고개를 가로저으며 말했다. "많은 어려움을 말이야. 난 명사 말고는 하나에서 열까지 모든 점에서 곤란을 느끼거든 ─ 그리고 사위가 어쨌든 성실한 사람이라고 해도 그에게도 곤란을 느끼고 말이야."

"방금 생각났어요." 클레넘이 대답했다. "카발레토가 있어요. 당신이 좋다면 함께 갈 거예요. 그를 잃을 순 없지만 안전하게 데리고 돌아올 거잖아요."

"글쎄! 정말 고맙소." 미글스 씨가 곰곰이 생각하다가 말했다. "그렇지만 그럴 생각은 없소. 그럴 순 없소, 애 엄마의 도움을 받아 어려움을 헤쳐 나가겠소. 카발-루로가(우선 그의 이름 자체에 애를 먹고 있소, 희극적인 노래의 후렴처럼 들리거든) 당신에게 아주 필요하다고 하니 그를 데려가는 것은 내키지 않아. 그뿐 아니라 언제 돌아올 수 있을지도 장담할 수 없거든. 무기한 그를 데려갈 수는 없잖소. 시골별장이 옛날 같지 않아. 예전에 비해 두 명의 아이들, 즉 펫과 불쌍하고 불행한 하녀 태티코럼이 없을 뿐인데도 지금은 텅 빈 것 같아. 집에서 일단 나가면 언제 돌아올지 알 수 없지. 그럴 순 없소, 아서, 애 엄마의 도움을 받아 헤쳐 나가겠소."

어쩌면 다른 사람 없이 어쨌든 둘이서 하는 게 제일 나을지 모르지, 라고 클레넘은 생각했다. 그래서 자신의 제안을 고집하지 않았다.

"사정이 괜찮을 때 이 집에 기분전환 겸 내려와서 머물러 준다면," 미글스 씨가 다시 말을 시작했다. "사람들이 가득하던 시절에 이 집이 누리던 약간의 활기로나마 옛집이 밝아진다는 생각과 그리고 벽에 걸린 아이들의 초상화를 종종 다정하게 바라보는 눈길이 있다는 생각 덕에 기쁠 것이고 - 애 엄마 역시 그럴 것이오. 아서, 당신은 그 정도로 이 집과 아이들의 일부를 이루고 있으니까, 그렇게 해준다면 우리 모두 아주 행복할 거요 - 그건 그렇고, 어디 보자 - 여행하기에 날씨가 어떻지?" 미글스 씨가 갑자기 말을 멈추고 헛기침을 하며 일어나더니 창밖을 내다보았다.

날씨가 좋을 가능성이 많겠다는 데 둘의 의견이 일치했다. 클레넘은 대화가 다시 편안해질 때까지 대화를 안전한 방향으로 이끌다가 이야기를 서서히 헨리 가원 쪽으로 돌려서, 가원은 날카로운 감각과 상냥한 자질을 지니고 있다고 조심스레 얘기했다. 그리고 자기 부인을 두말할 나위 없이 사랑한다고 자꾸 이야기했다. 클레넘의 이야기가 착한 미글스 씨에게 영향을 미쳐서, 이런 칭찬을 듣자 그는 크게 기운을 냈다. 미글스 씨는 사위에게 자신이 진심으로 바라는 것은 서로의 우정과 신뢰를 화목하게 나누는 것뿐이라는 사실을 애 엄마가 증언하게 했다. 몇 시간 지나지 않아, 가족이 없는 동안 보관하기 위해 시골별장의 가구를 포장하기 시작했고 - 또는 미글스 씨의 표현을 따르면 집의 머리카락까지 종이에 싸기 시작했고 - 며칠 지나지 않아, 애 아버지와 애 엄마는 길을 떠났다. 티킷 부인과 버컨 박사는 이전처럼 거실 덧문 뒤에 자리를 잡았고, 아서 혼자 정원 산책로에 떨어진 마른 낙엽을 밟아서 바스락거리는 소리를 내고 다녔다.

그 집을 좋아했기 때문에 아서가 그곳을 찾아가지 않고 한 주를 그냥 보내는 적은 별로 없었다. 토요일부터 월요일까지 혼자 내려가 있는 때도 있었고, 동업자가 동행하는 때도 있었으며, 한두 시간 집과 정원 주위를 그저 산책하면서 모든 것이 제대로인 것을 확인하고는 런던으로 다시 돌아올 때도 있었다. 검은 고수머리 가발을 쓰고 버컨 박사의 책을 펼쳐 놓은 티킷 부인은 가족의 귀환을 고대하며 언제나 어떤 경우에나 거실 창가에 앉아있었다.

그가 찾아갔을 때 한 번은 티킷 부인이 다음과 같은 말을 하며 그를 맞아들였다. "클레넘 씨, 깜짝 놀랄 만한 이야기가 있습니다." 출입문이 열리고 클레넘이 안으로 들어서자 티킷 부인이 실제로 거실 창가를 벗어나서 정원 산책로로 나왔을 정도로 문제의 그 이야기는 놀라운 것이었다.

"티킷 부인, 무슨 얘기죠?" 그가 물었다.

"선생님," 그 충실한 살림꾼이 그를 거실로 안내하고 문을 닫은 다음에 대답했다. "제 생전에 다시 볼까 싶었는데, 어제 저녁 어스름 무렵에 누군가가 속여서 꾀어낸 바로 그 아이를 보았습니다."

"부인이 말하는 사람이, 태티 - "

"코럼, 그래요, 맞아요!" 티킷 부인이 드러난 사실을 단숨에 분명히 하면서 말했다.

"어디서요?"

"클레넘 씨," 티킷 부인이 대답했다. "그때 저는 메리 제인이 준비하던 차를 평상시보다 오랫동안 기다리고 있었기 때문에 두 눈이 약간 흐리멍덩한 상태였습니다. 잠들었던 것은 아니고, 정확히 말해서 졸았던 것도 아닙니다. 오히려 엄밀히 말해서 두 눈을 감고 지켜보던 참이었습니다."

클레넘은 그처럼 이상하고 비정상적인 상태에 대해서는 따져 묻지 않고, "그래요. 그래서요?"라는 말만 했다.

"글쎄요, 선생님," 티킷 부인이 말을 계속했다. "이런저런 생각을 하고 있었습니다. 선생님이 하는 대로요. 누구든 하는 대로 말입니다."

"그렇고말고요." 클레넘이 말했다. "그래서요?"

"이런저런 생각을 할 때면," 티킷 부인이 말을 계속했다. "그 가족이 생각난다는 얘기를, 클레넘 씨, 당신께 할 필요는 없겠지요. 왜냐하면, 이거 참! 사람의 생각은," 티킷 부인이 논쟁적이고 철학적인 태도로 말했다. "아무리 옆길로 빗나가더라도 제일 중요하게 여기는 바를 대체로 계속 생각하니까요. 생각이란 **그런 것이고** 그걸 막을 수는 없잖아요."

아서는 그러한 주장에 대해 고개를 끄덕여서 동의를 표했다.

"이런 말씀 드려도 될지 모르겠지만 선생님도 그렇다는 사실을 아시잖아요." 티킷 부인이 말했다. "우리 모두 그렇다는 사실을 알고 있고요. 클레넘 씨, 우리를 변화시키는 것은 지위가 아니에요. 생각은 자유니까요! – 말했던 대로, 이런저런 생각을 하면서도 그 가족 생각을 많이 했습니다. 그들의 현재뿐 아니라 과거에 대해서도 생각했지요. 어둑어둑해질 때 사람이 그런 식으로 이런저런 생각을 시작하면, 모든 시간이 지금 같기 때문에 그 상태에서 벗어나야만 뭐가 뭔지 분간할 수 있으니까요."

그가 다시 고개를 끄덕였다. 사실은 티킷 부인의 입담에 새로운 기회를 제공할까 봐 말하기가 두려웠던 것이다.

"그래서," 티킷 부인이 말했다. "눈을 깜박이다가, 태티코럼의 실제 형상과 모습이 출입문에서 집안을 들여다보는 것을 발견하고도 깜짝 놀라기는커녕 그냥 두 눈을 다시 감았습니다. 그 아이의 실제 형상과 모습이 저나 선생님의 모습만큼 집의 일부가 되기에 딱 적절한 시기에 도착했기 때문에 그때는 그 아이가 집을 나갔다는 생각이 아예 들지 않았으니까요. 그러나 선생님, 눈을 다시 깜박이다가 그 모습이 없어진 것을 발견하자 공포가 밀려와 벌떡 일어났습니다."

"곧장 뛰어나갔나요?" 클레넘이 물었다.

"그랬습니다," 티킷 부인이 말했다. "움직일 수 있는 한 최대한으로 빨리요. 그런데 클레넘 씨, 제 말을 믿는다면 빛나는 창공 전체에 그 여자아이의 손가락 하나 없었습니다."

아서는 진기한 별자리로 이루어진 창공에 그 여자아이의 손가락

하나 없었다는 사실을 무시하고서 티킷 부인에게 질문했다. 출입문 밖으로 나가 보았어요?

"이리저리 샅샅이 찾아보았지만," 티킷 부인이 말했다. "흔적 하나 찾을 수 없었습니다!"

다시 티킷 부인에게 물었다. 두 차례 눈을 깜박이는 사이에 얼마의 시간이 흘렀을 거 같아요? 티킷 부인은 자세하고 상세하게 답변했지만 5초와 10분 사이에서 확신을 못했다. 얼마의 시간이 흘렀는지 몹시 어쩔 줄 몰라 했을 뿐 아니라, 잠을 자다 깜짝 놀라서 깬 것이 분명했기 때문에, 클레넘은 태티코럼이 나타났었다는 그녀의 얘기를 꿈을 꾼 것으로 부쩍 간주하고 싶어졌다. 그러나 티킷 부인의 수수께끼 같은 얘기를 믿지 못하겠다는 얘기를 해결책이랍시고 입 밖에 올려서 그녀의 감정을 상하게 하지 않고, 혼자 그런 생각을 하면서 시골별장을 떠났다. 그리고 그 생각을 바꿀 어떤 상황이 곧이어 일어나지 않았다면 그 후로 아마 같은 생각을 늘 했을 것이다.

해질녘에 클레넘은 스트랜드 로를 따라 걷고 있었다. 앞쪽으로 가로등에 불을 붙이는 사람이 지나갔고, 그의 손길을 받고 안개 자욱한 대기 때문에 잘 보이지 않던 가로등이 하나씩 잇따라 튀어나왔는데 마치 가로등 숫자만큼의 해바라기들이 갑자기 만발하여 타오르는 것 같았다. 그때 강가의 부두에서 힘들게 올라오는 탄차들의 행렬이 인도를 차단했기 때문에 걸음을 멈췄다. 그는 빠른 걸음으로 걸으면서 어떤 생각의 흐름을 좇고 있었는데, 두 가지 활동이 갑자기 방해를 받자 그런 상황에 처한 사람들이 으레 그러하듯이 주위를 새롭게 둘러보았다.

주위를 둘러보자마자 전방에 – 중간에 몇 사람이 끼어있었지만 그래도 여전히 가까워서 팔을 뻗으면 닿을 정도였다 – 태티코럼과 이상한 외모의 낯선 남자가 보였다. 그 남자는 코가 오뚝했고, 콧수염의 검은색은 두 눈에 담긴 표정이 가짜인 것처럼 가짜로 보였으며, 무거운 망토를 걸친 채 타관 사람 같은 태도로 활보하고 있었다. 그의 옷차림과 전체적인 외모는 여행 중인 사람의 옷차림과 외모였으며, 여자아이와는 아주 최근에 만난 것 같았다. 그는 (여자아이보다 훨씬 키가 컸기 때문에) 고개를 숙여서 여자아이가 하는 말을 모조리 귀담아들었고, 미행당할지 모른다는 의심에 익숙한 사람처럼 의심의 눈초리로 뒤를 돌아보았다. 그가 클레넘의 얼굴이든 다른 누구에게든 특별히 눈길을 주지 않고 자기 뒤에 있는 사람들 전체에게 눈살을 찌푸렸을 때 클레넘은 그의 얼굴을 보았다.

그가 여자아이의 말을 듣느라 여전히 숙이고 있던 고개를 다시 돌리기가 무섭게 막혔던 거리가 풀렸고 막혀 있던 사람들의 물결이 다시 흘렀다. 그는 여전히 고개를 숙인 채 여자아이의 말을 경청하면서 그녀 옆에서 걸었고, 클레넘은 예기치 않았던 그 놀이를 끝까지 하여 그들이 가는 곳을 확인하기로 하고 그들을 따라갔다.

클레넘은 그러한 결심을 하자마자(결심하는 데 오래 걸리지도 않았지만) 인도가 막혀서 걸음을 멈췄던 것처럼 느닷없이 다시 멈추게 되었다. 그들이 애덜파이 지구로 갑자기 들어가더니 – 여자아이가 앞서 가는 게 분명했다 – 강 위로 돌출해 있는 테라스로 가는 것처럼 곧장 갔던 것이다.

커다란 대로에서 왁자지껄하게 떠들던 소리가 그곳에서 갑자기 끊어지는 경우는 지금까지도 늘 있는 일이다. 수많은 소음이 아주 약하게 줄어들었기 때문에 마치 두 귀에 솜을 집어넣거나 머리를 두껍게 둘러싸서 그러한 변화가 생긴 것 같았다. 그때는 그 대조가 훨씬 더 컸으니, 강에는 작은 증기선 한 척 없었고, 미끄러운 목제계 단과 둑길 외에는 짐을 내릴 수 있는 부두가 없었기 때문이다. 또한 맞은편 강둑에 철도가 있지도 않았고, 근처에 매달린 다리나 어시장 이 있지도 않았으며, 아주 가까이에 있는 석조다리[3]에도 교통량이 없었고, 뱃사공들의 나룻배와 석탄을 실은 거룻배 외에는 강물 위로 오가는 것이 전혀 없었기 때문이다. 석탄을 실은 검은 거룻배들이 다시는 움직이지 않을 작정인 것처럼 진흙 속에 단단히 정박한 채 길고 넓게 검은빛으로 겹겹이 늘어서서 어두워진 후의 강기슭을 장 례식처럼 조용하게 만들었고, 아무리 작은 물결이라도 물결이란 물 결은 모두 다 멀리 강의 한가운데로 향하게 했다. 해가 진 다음에는 언제나, 특히 집에 뭐든 먹을 것이 있는 사람들 대부분은 식사하러 집에 가고, 먹을 것이 없는 사람들 대부분은 구걸하거나 훔치기 위 해 살금살금 다니기 전인 그 시간에, 그곳은 인적이 끊긴 장소였고 사람들에게 버림 받은 현장이었다.

---

[3] 워털루브리지를 지칭. 이 다리를 이용하려면 2펜스의 통행세를 내야 했기 때문 에 다니는 사람이 없었다.

클레넘이 모퉁이에 멈춰 서서 여자아이와 낯선 남자가 길 아래로 내려가는 모습을 바라보았던 때가 그 무렵이었다. 남자의 발소리가 돌이 깔린 거리에서 너무 시끄럽게 울려 퍼졌기 때문에 자신의 발소리를 보태고 싶지 않았던 것이다. 그러나 그들이 모퉁이를 지나 테라스로 연결되는 어두운 모서리의 어둠 속으로 들어가자, 그는 우연히 자기 길을 가던 사람인 체하면서 최대한 무관심하게 그들을 쫓아갔다.

클레넘이 어두운 모퉁이를 돌아섰을 때 그들은 자기들 쪽으로 오고 있는 어떤 인물을 향해 테라스를 따라서 걷고 있었다. 클레넘이 가스등과 안개, 그리고 상당한 거리라는 조건 속에서 그 인물을 단독으로 보았더라면 첫눈에 알아보지는 못했을 것이다. 그러나 그를 자극하는 여자아이가 있었기 때문에 웨이드 양이라는 것을 바로 알아보았다.

모퉁이에서 누군가와 만날 약속을 하고 기다리는 것처럼 길 위쪽을 뒤돌아보는 체하며 발걸음을 멈추고 세 사람을 조심스레 주시했다. 셋이 함께 모이자 남자가 모자를 벗고 웨이드 양에게 인사를 했다. 여자아이가 그 남자를 소개하는 것처럼, 또는 그가 늦게 왔거나 빨리 왔거나 기타 등등 했던 것에 대해 설명하는 것처럼 몇 마디 말을 하는 모습이 보였다. 그리고 나서 여자아이는 한두 발자국 뒤로 물러나 혼자 있었다. 그후 웨이드 양과 그 남자는 이리저리 왔다 갔다하기 시작했다. 남자는 대단히 예의 바르고 듣기 좋은 말을 잘하는 모습이었고, 웨이드 양은 상당히 오만한 모습이었다.

모퉁이까지 왔다가 방향을 바꾸었을 때 그녀는 다음과 같이 말하던 참이었다. "이봐요, 그것 때문에 압박을 받게 된다고 하더라도, 그건 내 일이니까, 당신은 당신 일이나 하고 질문하지 마요."

"맹세컨대, 부인!" 그가 또다시 인사하며 대꾸했다. "부인의 강한 성격을 대단히 존경하고 미모에 감탄했기 때문입니다."

"나는 누구한테서도 전자든 후자든 바라지 않아요." 그녀가 말했다. "당신한테서도 물론 바라지 않고요. 하던 보고나 계속해요."

"내가 용서받은 건가요?" 그가 약간은 겸연쩍고 정중한 태도로 물었다.

"당신은 보수를 받았어요." 그녀가 말했다. "그것이 당신이 원하는 전부잖아요."

여자아이가 뒤에 처져 있는 것이, 그 일에 대한 이야기를 들어서는 안 되기 때문인지 아니면 이미 충분히 알고 있기 때문인지, 클레넘은 알 수 없었다. 그들이 방향을 바꾸자 그녀도 방향을 바꾸었다. 그리고 팔짱을 끼고 걸으면서 강물을 곁눈질했다. 클레넘이 모습을 드러내지 않고 그녀에 대해 파악할 수 있는 것은 그것이 다였다. 다행스럽게도 누군가를 실제로 기다리며 어슬렁거리는 사람이 한 명 있었는데, 그 사람이 난간 너머로 가끔 강물을 쳐다보기도 하고 어두운 모퉁이로 와서 가끔 길 위를 바라보기도 하여 아서를 눈에 덜 띄게 해주었다.

웨이드 양과 그 남자가 다시 돌아왔을 때 웨이드 양은 다음과 같이 말하던 참이었다. "내일까지 기다려요."

"대단히 죄송합니다!" 그가 대꾸했다. "그것참! 그러니까 오늘 밤이 편하지 않나요?"

"그렇지 않아요. 당신에게 주려면 내가 먼저 입수해야죠."

그녀는 그 회답에 종지부를 찍으려는 듯이 마찻길에서 걸음을 멈췄다. 물론 남자 역시 걸음을 멈추었고 여자아이도 걸음을 멈췄다.

"약간 불편하겠군요." 남자가 말했다. "약간 말입니다. 그러나, 제기랄! 그거야 이런 일에서 아무것도 아니죠. 오늘 밤에는 어쩌다가 무일푼이네요. 이 도시에 훌륭한 돈줄이 **있지만** 상당한 액수를 뽑을 수 있을 때까지는 그 집을 이용하고 싶지 않거든요."

"해리엇," 웨이드 양이 말했다. "이 사람에게 ─ 여기 있는 이 신사 말이야 ─ 내일 약간의 돈을 보내줘." 그 말을 하면서 신사라는 낱말을 분명치 않게 발음했는데, 그것이 어떠한 강조보다도 경멸하는 뜻을 전달하였다. 그러고 나서 그녀는 천천히 걸어갔다.

그 남자는 다시 고개를 숙였다. 여자아이가 남자와 함께 그녀 뒤를 따라가면서 그에게 이야기했고, 클레넘은 그들이 멀어져갈 때 대담하게 여자아이를 바라보았다. 여자아이가 그 남자를 꼼꼼히 살펴보면서 짙고 검은 두 눈을 남자에게 고정하고 있다는 사실과 테라스의 먼 끄트머리까지 나란히 갈 때 그와 약간의 거리를 유지하고 걸어간다는 사실을 알 수 있었다.

인도에서 요란하게 절거덕하고 바뀌는 소리가 무엇이 지나갈 때 나는 소린지 미처 분간하기도 전에 그 남자가 혼자서 돌아오고 있다는 것을 클레넘에게 알려주었다. 클레넘은 마찻길로 들어가서 난간 쪽으로 느긋하게 움직였고, 그 남자는 망토 끝을 어깨에 걸치고 프랑스 노래를 조금 부르면서 그리고 빠르게 몸을 흔들면서 지나갔다.

거리 전체에 자기 외에는 아무도 없었다. 어슬렁거리던 사람도 어슬렁거리며 시야에서 사라진 다음이었고, 웨이드 양과 태티코럼도 가버린 다음이었다. 클레넘은 그들이 어찌 되는지 살펴보기로, 그리고 훌륭한 친구인 미글스 씨에게 알려줄 소식을 알아보기로 이전 어느 때보다 굳게 작정하고, 조심스레 주위를 둘러보며 테라스의 먼 쪽 끄트머리에서 밖으로 나왔다. 그들이 처음에는 조금 전에 만났던 남자와 어쨌든 반대 방향으로 가리라는 클레넘의 판단은 정확한 것이었다. 중심도로가 아닌 근처 뒷골목에서 그들을 금방 찾았는데, 그 남자가 자신들이 가야 할 길에서 완전히 벗어날 시간을 넉넉히 잡고 있는 것이 분명했다. 그들은 팔짱을 끼고 길 한쪽을 느긋하게 걸어 내려갔다가 반대쪽으로 돌아왔다. 그리고 모퉁이에 당도하자 자신들의 걸음걸이를 목적이 있고 갈 길이 먼 사람의 걸음걸이로 바꾸더니 침착하게 멀어져갔다. 클레넘도 마찬가지로 침착하게 그들에게서 눈을 떼지 않았다.

그들은 스트랜드 로를 가로질러 (그리운 작은 도릿이 그날 밤에 찾아왔던 옛날 하숙집 창문 밑으로 해서) 코번트 가든을 지난 다음에 북동쪽으로 비스듬하게 방향을 바꿨고, 태티코럼이 그녀의 이름을 얻은 큰 건물을 지나서, 그레이스 인 로에 접어들 때까지 계속 걸었다. 클레넘은 가부장과 팽스는 말할 것도 없고 플로라 때문에도 그곳에 오자 정말 고향에 온 것 같아서 그들을 편하게 주목할 수 있었다. 그들이 어디로 가는지 궁금해지기 시작하는 순간, 놀랍게도 그들이 가부장이 사는 거리로 들어가는 것을 보았고 궁금증이 사라졌다. 그리고 그들이 가부장 집 문 앞에 멈춰 서자 더욱더 놀라게 되었다. 색깔이 선명한 놋쇠 고리를 낮게 두 번 두드리자 열린 문틈에서 나오는 어스레한 빛줄기가 길을 비췄고, 질문과 답변을 주고받느라 잠시 멈췄다가 문이 닫혔다. 그리고 그들은 집으로 들어갔다.

아서는 이상한 꿈을 꾸고 있는 게 아닌지 확인하기 위해 주변의 사물들을 살펴본 다음에, 집 앞에서 잠시 왔다갔다하다가 문을 두드렸다. 보통 때 문을 열던 하녀가 문을 열었고, 보통 때처럼 민첩하게 플로라의 거실이 있는 위층으로 곧바로 안내했다.

에프 씨의 숙모 말고 플로라와 같이 있는 사람은 아무도 없었다. 그 훌륭한 귀부인은 차와 토스트의 훈훈한 냄새가 나는 공기를 쐬며 작은 탁자를 팔꿈치께 두고 무릎 위에 깨끗하고 하얀 손수건을 펼쳐 놓은 채 난롯가 안락의자에 편안히 앉아있었다. 탁자 위에는 누군가가 먹어주길 기다리는 토스트 두 조각이 놓여 있었다. 사악한 의식을 수행하고 있는 악독한 중국마녀처럼 김이 나는 찻주전자에 고개를 숙인 채 김을 통하여 바라보며 김을 내뿜고 있던 에프 씨의 숙모가 커다란 찻잔을 내려놓으면서 소리쳤다. "제기랄 놈, 다신 오지 않겠다고 하고선!"

조금 전에 외친 소리로 미루어보면, 고 에프 씨의 완고한 친척은 시간을 시계가 아니라 예민한 감각으로 측정하는데 클레넘이 근자에 가버린 걸로 생각하는 것 같았다. 그러나 그가 무모하게 그녀를 찾아뵌 지 최소한 한 분기는 지나간 다음이었다.

"어머나 아서!" 플로라가 일어나서 그를 진심으로 환영하며 소리 쳤다. "도이스와 클레넘 정말 뜻밖이고 깜짝 놀랄 일이군요 기계류 나 주물공장에서 멀지 않은데도 그리고 다른 때는 아니더라도 한낮 에는 가끔 셰리주와 고기저장실에 있는 차가운 고기로 만든 보잘것 없는 샌드위치를 들더라도 분명히 나쁘지 않을 것이고 친하다고 해 서 더 고약한 맛을 볼 게 아닌데도 오지 않더니 말이에요 어디선가 는 그것을 살 테고 어디서 사든 주인은 이윤을 남겨야 하잖아요 그 렇지 않으면 사람들은 당연히 가게를 유지하지 못할 테니까요 올 만한 동기가 없었으면 여전히 보지 못했을 것이고 볼 기대도 할 수 없다는 것을 이제 알았어요, 에프 씨의 말대로 백문이 불여일견이라 고 해도 보지 않고도 믿을 수 있으니까요 그리고 당신으로서야 보 지 않으면 당신을 기억하지 못할 거라는 생각을 충분히 할 수 있을 테니까요 아서 당신이 도이스와 클레넘이 날 기억해 주기를 기대해 서는 아니에요 오래 전 일인데 내가 왜 기대하겠어요 그러나 다른 찻잔을 바로 가져오고 토스트를 새로 만들라고 시켜야겠네요 난롯 가에 앉으세요."

아서는 찾아온 목적을 너무나 설명하고 싶었지만 플로라의 이야 기가 지닌 책망 조의 뜻을 알아들었기 때문에, 그리고 자기를 봐서 진정으로 기쁘다고 진술하는 얘기를 들었기 때문에 자기도 모르게 설명하는 것을 잠시 미뤘다.

"자 당신이 아는 바를 전부 말해주세요," 플로라가 자기 의자를 그의 의자 가까이 당기면서 말했다. "착하고 소중하고 조용하고 작은 그 아이에 대해 그리고 그 아이 운명의 온갖 변화에 대해서요 이젠 틀림없이 마차가 있을 거고 사람들을 만날 테죠 말들이 수없이 많을 거라고 생각만 해도 아주 낭만적이에요, 물론 문장紋章 도 있겠죠 뒷다리로 서 있는 맹수들 그림은 그 문장이 마치 모방한 것과 같다는 사실을 나타내는 거예요 그들은 너무 좋아서 입을 크게 벌리는 일이 없을 테지요 맙소사, 결국 가장 중요한 사항인데 그 아인 건강한가요 건강하지 않으면 재산이 무슨 소용이겠어요 에프 씨 자신이 통증이 닥치면 하루에 6펜스를 벌어도 의식주를 충당할수 있으니 통풍이 없는 게 훨씬 낫다고 자주 말했거든요, 그가 그 비슷한 액수로 먹고살 수 있어서는 아니에요 절대 그렇게 살지 못할 사람이거든요 또는 그 귀여운 아이가 훨씬 허물없는 표정이었지만 지금 그렇다는 건 아니겠죠 대단히 가냘프고 작았을 뿐 아니라 아주 약해 보였거든요 이런!"

그때 토스트 한 조각을 껍질만 남기고 다 먹은 에프 씨의 숙모가 그 껍질을 엄숙하게 플로라에게 건네주었고, 플로라는 당연히 해야 할 일인 양 그녀를 대신해 그것을 먹었다. 그러고 나서 에프 씨의 숙모는 열 손가락을 천천히 차례대로 입술 속에 넣고 적시더니 정확히 같은 순서로 하얀 손수건에 문질렀다. 그리고 다른 토스트 조각을 집어 들고 먹기 시작했다. 그와 같이 판에 박힌 일상적 동작을 하면서 클레넘을 대단히 엄격한 표정으로 바라보았기 때문에 클레넘은 개인적인 기분과 달리 답례 삼아서라도 그녀를 바라보아야 할 것 같은 기분이 들었다.

"그녀는 가족 모두와 이탈리아로 갔어요, 플로라." 무서운 그 부인이 다시 토스트를 먹느라 정신이 없을 때 그가 말했다.

"정말 이탈리아에 있는 거예요?" 플로라가 물었다. "포도나무와 무화과나무가 어디서나 자라고 용암으로 만든 목걸이와 팔찌도 있고 믿기 어려울 정도로 아름다운 화산이 있는 시의 나라에 날이에요 하지만 손풍금 연주자들이 그슬리지 않으려고 그 지역을 떠나서 오더라도 너무 어리고 흰쥐를 데려온다는 이유로[4] 이상하게 여길 순 없어요 아주 인간적이잖아요, 그녀가 '죽는 순간의 검투사'라는 조각과 '벨베데레 흉상' 주위에 파란 하늘색만 있는 그 혜택 받은 나라에 정말 있는 건가요 에프 씨 자신은 살아서 활기가 있었을 때 조각상들이 진짜일 수 없다는 난점 때문에 믿지 않았지만 말이죠 서투르게 매만졌고 온통 주름투성이인 다량의 고가 침구 사이에 중간 가격의 침구가 없었거든요 하나도 없었어요, 극단적인 빈부 차이가 그 이유가 될 수도 있겠지만 확실히 가망성이 없었어요."

아서가 한 마디 말을 끼워 넣으려고 했지만 플로라가 다시 말을 재촉했다.

"'보존된 베네치아'[5]도 마찬가지예요," 그녀가 말했다. "당신은

---

[4] 19세기 중엽까지 런던 거리의 풍각쟁이들 대다수는 이탈리아에서 온 이민자들이었는데, 그들은 흰쥐를 훈련시켜서 묘기를 부리도록 했다.

그 극장에 갔었을 것 같군요 극이 잘 되었든가요 잘못 되었던가요 사람마다 평이 워낙 달라서요 그리고 마카로니⁶는 사람들이 그걸 정말 마술사 같이 먹을 거면 왜 좀 더 짧게 자르지 않죠, 아서 - 사랑하는 도이스와 클레넘 최소한 사랑하는, 이라 하면 안 되고 분명히 도이스도 아니죠 내가 별로 유쾌하진 않겠지만 그래도 용서하세요 - 내 생각에 당신은 만토바에 간 적이 있을 것 같은데 나로서는 이해할 수 없어요 그곳이 여성용 가운⁷을 만드는 것과 무슨 **상관이죠?**"

"내 생각에 둘 사이에는 아무 관련도 없어요, 플로라" - 아서가 말을 시작하려는데 그녀가 다시 따라잡았다.

"확실히 관련이 없죠 내가 그런 말을 했던 것은 아니지만 내 생각과 너무 같아서 그 생각을 주체할 수 없었고 그 생각을 안 할 수 없었기 때문에 계속 했던 거예요, 아 때가 있었어요 사랑하는 아서 확실히 사랑하는, 이라 하면 안 되고 아서도 아니고 그러나 당신은 날 이해하겠죠 하나의 빛나는 생각이 그 사람 이름이 뭐였더라 그와 기타 다른 사람들 생각의 지평에 금빛으로 반짝이던 때가 있었

---

⁵ 토머스 오트웨이(Thomas Otway, 1652~1685)가 1682년에 발표한 비극. 플로라는 벨베데레(Belvederes) 흉상을 얘기하다가 이 극의 여주인공인 벨비데라(Belvidera)가 생각나서 이 극을 언급한 듯.
⁶ 스파게티를 마카로니라고 칭한 듯.
⁷ 'Mantua'는 여성용 가운이라는 뜻을 가지고 있을 뿐 아니라 이탈리아의 만토바라는 도시의 영어식 표기법이기도 함.

어요 그러나 지금은 어두운 구름이 끼었고 모든 게 끝났어요."

전혀 다른 이야기를 하고자 하는 아서의 소망이 커져서 그때쯤에는 그의 얼굴에 아주 분명하게 나타났기 때문에 플로라가 상냥한 표정을 지으며 말을 멈추더니 그에게 물었다. 무슨 얘길 하고 싶은 거죠?

"플로라, 지금 이 집에 있는 누군가와 - 틀림없이 캐스비 씨와 같이 있을 거요 - 너무나 이야기를 나누고 싶소. 이 집에 들어오는 걸 목격했는데, 안타깝게 잘못 판단해서 내 친구의 집을 버리고 떠났던 사람이오."

"아빠는 이상한 사람들을 수없이 만나기 때문에," 플로라가 일어나면서 말했다. "아서 당신 말고 다른 사람을 위해서라면 내가 아래층으로 가보지 않을 거예요 그러나 당신을 위해서라면 잠수종을 타고 기꺼이 내려가 보지요 하물며 식당 정도야 갔다가 곧장 돌아올게요 내가 없는 사이에 에프 씨의 숙모를 봐준다면 그리고 동시에 봐주지 **않는다면** 말이에요."

그런 말을 한 후 작별의 눈짓을 하고서 서둘러 나갔고, 클레넘은 무서운 책임을 졌다는 두려운 불안감이 들었다.

에프 씨의 숙모가 토스트를 다 먹었을 때 그녀의 태도에서 나타난 최초의 변화는 요란한 소리를 내며 오랫동안 코를 킁킁댄 것이었다. 그런 시위를 자신에 대한 멸시로 해석할 수밖에 없다는 사실과 의심할 여지 없이 어두운 의미를 지니고 있다는 사실을 확인하고서, 클레넘은 온순하게 순종하면 그녀의 노여움이 가실지 모른다는 희망을 품고, 훌륭하지만 편견을 가진 부인이 그런 소리를 내는 걸 애처롭게 바라보았다.

"날 보지 마." 에프 씨의 숙모가 적개심으로 온몸을 떨면서 말했다. "이걸 먹어."

"이것"은 토스트 껍질이었다. 클레넘은 감사하는 표정으로 그 선물을 받았고, 약간 당황스럽다는 압박감을 느끼면서 손에 쥐었다. 에프 씨의 숙모가 목소리를 높여서 상당히 힘이 있는 소리로 "그의 위장은 거만해, 이 녀석 말이야! 너무 거만해서 이것을 먹지 않아!" 라고 외쳤기 때문에, 그리고 나서 의자에서 일어나 코의 거죽을 간질일 정도로 그녀의 덕망 있는 주먹을 그의 코에 아주 가깝게 대고 흔들었기 때문에, 그 압박감은 조금도 줄어들지 않았다. 플로라가 때마침 돌아와서 그가 그처럼 난처한 처지에 빠진 것을 발견하지 못했다면 한층 더한 결말이 이어졌을지 모른다. 플로라는 조금도 당황하거나 놀라지 않고, 노부인이 "오늘 밤에는 아주 활기차시다," 라고 만족하는 투로 축하의 말을 전한 후, 그녀의 손을 잡아서 의자에 다시 앉게 했다.

"그의 위장은 거만해, 이 녀석 말이야," 에프 씨의 친척은 의자에 다시 앉자마자 입을 열었다. "그에게 여물을 식사로 줘!"

"아! 그가 그걸 좋아하리라는 생각은 못 했어요, 숙모님." 플로라가 대답했다.

"그에게 여물을 식사로 주라니까." 에프 씨의 숙모가 플로라를 피해서 적을 노려보며 말했다. "위장이 거만한 놈에게는 그게 딱

에프 씨 숙모의 엄격함

맞아. 그가 부스러기까지 다 먹어치우도록 해. 제기랄 놈, 여물을
주라니까!"

그에게 그런 먹을거리를 주겠다는 모호한 핑계를 대면서 플로라
는 클레넘을 계단으로 데리고 나왔다. 에프 씨의 숙모는 그때도 이
루 말할 수 없을 정도로 신랄하게 그가 "그런 녀석"이고 "위장이
거만하다"는 말을 끊임없이 되풀이했고, 자신이 이미 아주 강력하
게 지시했던 대로 말먹이를 주라고 거듭거듭 강조했다.

"층계가 아주 불편하고 모서리 계단이 아주 많아서 그러는데 아
서," 플로라가 속삭였다. "내 케이프 속으로 팔을 두를래요?"

아주 우스꽝스러운 자세로 층계를 내려간다고 느끼면서도 클레

넘은 요구받은 자세로 내려갔고, 식당 문 앞에 이르러서야 살결이 흰 그 짐을 풀어주었다. 사실은 거기서도 그녀를 떼어내기가 다소 힘들었으니, 그녀가 "아서 아빠에게는 제발 얘기하지 마세요!"라고 속삭이며 그에게 계속 안겨 있었기 때문이다.

그녀는 아서를 따라 식당에 들어왔다. 가부장은 두꺼운 천으로 만든 신발을 난로 울에 걸쳐놓고 두 엄지손가락을 절대 멈추지 않을 것처럼 빙빙 돌리면서 혼자 앉아있었고, 열 살짜리 어린 가부장이 그만큼 차분하지는 못한 태도로 그의 위에 걸려 있는 액자에서 바라보고 있었다. 반들반들한 두 사람의 머리가 똑같이 빛났고 어색했고 융기해 있었다.

"클레넘 씨, 만나서 반갑소. 잘 지냈길, 잘 지냈길 바라오. 앉으시오, 앉아요."

"저는," 클레넘이 앉으면서 그리고 멍하니 실망한 표정으로 주위를 둘러보면서 말했다. "혼자 계시지 않을 거라고 생각했었습니다."

"아, 정말?" 가부장이 상냥하게 물었다. "아, 정말이오?"

"그렇게 말했잖아요 아빠." 플로라가 소리쳤다.

"아, 틀림없이 그랬지!" 가부장이 대답했다. "그래, 그랬어. 아, 물론이야!"

"제발, 선생님," 클레넘이 걱정스레 물었다. "웨이드 양이 갔습니까?"

"누구라고 - ? 아, 그녀를 웨이드라고 부르는군." 캐스비 씨가 대꾸했다. "아주 적절한 이름이야."

아서가 재빨리 말을 받았다. "그녀를 뭐라고 부르시는데요?"

"웨이드라고 불러." 캐스비 씨가 말했다. "아, 늘 웨이드라고 했지."

아서가 인자한 얼굴과 길고 부드러운 백발을 잠시 바라보는 동안 캐스비 씨는 두 엄지손가락을 빙빙 돌리면서 난롯불이 자기를 태워도 용서할 수 있기를 소망한다는 듯이 난롯불에 대고 인자하게 미소를 지었다. 몇 초 후에 아서가 입을 열었다.

"실례합니다, 캐스비 씨 ─"

"괜찮소, 괜찮아." 가부장이 말했다. "괜찮소."

"─ 웨이드 양이 데리고 다니는 사람이 하나 있습니다 ─ 제 친구가 키운 젊은 여성인데, 그 여성에게 웨이드 양이 미치는 영향력이 별로 유익하다고는 할 수 없습니다. 그녀의 보호자들이 그녀에게 아직 관심을 두고 있다는 사실을 그녀에게 전할 수 있으면 좋겠습니다."

"그런가, 정말인가?" 가부장이 말을 받았다.

"그러니 웨이드 양의 집 주소를 아무쪼록 제게 알려주시겠습니까?"

"저런, 저런, 저런!" 가부장이 말했다. "너무 불운하군! 그들이 여기 있을 때 그 뜻을 전하기만 했어도! 클레넘 씨, 그 젊은 여성을 보았소. 머리카락과 두 눈이 아주 검고, 혈색이 좋은 여성이더군. 내가 착각하는 게 아니라면 말이오, 착각하는 거 아니죠?"

아서가 그렇지 않다고 말했다. 그러고 나서 다시 부탁한다는 표정을 짓고 한 번 더 말했다. "집 주소를 아무쪼록 알려주시면."

"저런, 저런, 저런!" 가부장이 친절하게 유감의 뜻을 담아서 소리쳤다. "쯧, 쯧, 쯧! 애석한 일이군, 애석한 일이야! 나는 집 주소를 몰라. 웨이드 양은 주로 외국에서 산다네. 지난 몇 년간은 그랬어, 그리고 그녀는(같은 인간이고 숙녀에 대해 이런 표현을 써도 된다면) 지나칠 정도로 잘 변하고 믿을 수 없는 성격이오, 클레넘 씨. 아주 오랫동안 그녀를 다시 못 볼지도 몰라. 아예 다시는 못 볼지도 모르고. 애석한 일이군, 애석한 일이야!"

클레넘은 가부장에게 도움을 받을 수 있는 가능성이 초상화에게서 도움을 받을 가능성 정도밖에 되지 않는다는 사실을 알게 되었지만 그럼에도 말했다.

"캐스비 씨, 제가 말했던 친구들이 만족할 수 있도록, 그리고 당신이 의무라고 여길 수도 있는 비밀유지를 위해 어떤 책임이든 감당할테니 웨이드 양에 대한 정보를 좀 주세요. 그녀를 외국에서도 봤고 국내에서도 봤지만 아는 것이 없거든요. 그녀에 대해 어떤 설명이든 좀 해주세요."

"설명할 게 없어." 가부장이 커다란 머리를 최고로 인자하게 가로저으면서 대답했다. "전혀 없어. 저런, 저런, 저런! 그녀가 아주 잠시 머물렀고 당신이 늦게 오다니, 정말로 애석한 일이야! 비밀리에 대행해서, 대행해서 말이오, 그 여자에게 이따금 돈을 줬었소. 그러나 그걸 안다고 해서 무슨 만족이 되겠어?"

"정말 전혀 안 됩니다." 클레넘이 말했다.

"정말," 가부장이 난롯불에 대고 인자하게 미소를 지으면서 환한 얼굴로 동의했다. "전혀 안 되겠지. 클레넘 씨, 현명하게 답을 맞히는군. 정말, 전혀 안 될 거야."

가부장이 난롯가에 앉아서 엄지손가락을 매끄럽게 서로 빙빙 돌리는 태도가, 클레넘이 보기에는 그 얘기를 계속 한다고 하더라도 새로운 부분은 조금도 보여주지 않고 최소한의 전진도 허용하지 않으면서 그 얘기를 빙빙 돌릴 방식을 표상하는 것이어서, 자신의 노력이 헛수고였다고 확신하게 하는 데 단단히 한몫했다. 만사를 두상의 솟아오른 부분과 백발에 맡기고 어디서든 그럭저럭 지내는 데 썩 익숙한 캐스비 씨는 자신의 힘이 침묵을 지키는 데 있다는 사실을 알고 있었기 때문에 얼마든지 시간을 갖고 생각할 수 있었다. 그래서 캐스비는 엄지손가락을 빙빙 돌리고 또 돌리면서, 그리고 머리가 솟아오른 대부분의 사람들처럼 윤 나는 머리와 이마가 대체로 인자하게 보이도록 하면서 거기에 앉아있었다.

자기 앞에 그런 모습이 펼쳐지자 아서는 일어나서 가려고 했다. 그때 팽스 호라는 튼튼한 증기예인선이, 순양 차 얕은 바다에 나가지 않을 때 그 배를 한쪽으로 기울여놓은 안쪽의 부두에서 그들을 향해 헐떡이며 오는 소리가 들려왔다. 그 소리가 먼 곳에서 시위하듯이 들리는 것은, 그 배 생각을 하는 누구에게든 들리지도 않는 먼 곳에서부터 팽스 씨가 다가오고 있다는 인상을 주려는 것 같다고 아서는 생각했다.

팽스 씨와 아서가 악수를 했다. 전자는 그의 고용주가 서명해야

할 편지 한두 통을 가지고 왔다. 팽스 씨는 악수를 하면서 왼쪽 집게
손가락으로 눈썹을 비비고 코를 한 번 킁킁거렸을 뿐이지만, 예전보
다 그를 잘 이해하게 된 클레넘은 그의 저녁 일과가 거의 끝났고
그가 바깥에서 자신과 이야기를 나누고 싶어 한다는 사실을 눈치
챘다. 그래서 캐스비 씨에게, 그다음에는(좀 더 어려운 과정이었다)
플로라에게 작별을 고하고, 팽스 씨가 다니는 길 근처에서 느긋하게
산책을 했다.

잠시 기다리자 팽스 씨가 나타났다. 그는 코를 의미심장하게 또
다시 킁킁거리면서 다시 악수했고 모자를 벗고 머리카락을 치켜 올
렸다. 그러자 아서는 조금 전에 있었던 일들을 썩 잘 아는 사람으로
여기고 팽스가 자기에게 이야기하라는 신호를 준 거로 생각했다.
그래서 서론을 달지 않고 말했다.

"팽스, 그들이 정말 떠난 것 같군요?"

"그래요." 팽스가 대답했다. "정말 떠났어요."

"그 여자를 어디 가면 찾을 수 있는지 그가 알까요?"

"단언할 수 없어요."

팽스 씨도 모르나요? 예, 몰라요. 그녀에 대해 뭐든 아는 게 있나
요?

"내 생각에는," 그 훌륭한 인물이 대꾸했다. "내가 그녀에 대해
아는 것이나 그녀가 자신에 대해 아는 것이나 같은 정도일 거 같아
요. 누군가의 ─ 아무나의 ─ 보잘것없는 사람의 ─ 자식이겠죠. 그녀
를, 그녀의 부모가 될 만큼 적당히 나이 먹은 사람 중 아무나 여섯

명과 함께 여기 런던의 여관방에 투숙시켜보세요, 그녀의 부모가 어쩌면 그 속에 있을지도 모르니까요. 그들은 그녀가 바라보는 아무 집에나 살고 있을 수도 있고, 지나가는 아무 묘지에나 묻혀 있을 수도 있어요. 그녀는 아무 거리에서나 우연히 그들과 만날 수도 있고, 아무 때고 우연히 그들과 알게 될 수도 있어요. 부모라는 사실을 모르는 채로요. 자기 부모에 대해 아는 바가 없거든요. 친척에 대해서도 아는 바가 전혀 없어요. 옛날에도 없었고 앞으로도 없을 거예요."

"캐스비 씨가 어쩌면 그녀에게 알려줬을 수도 있잖아요?"

"어쩌면요." 팽스가 말했다. "그럴 수도 있지만 정확히는 모르겠어요. 돈이 꼭 필요하다고 할 때 조금씩 나눠줄 돈을(내가 이해하는 한 많은 돈은 아니에요) 그가 오래전부터 맡아서 가지고 있었거든요. 그녀는 자부심이 강해서 한참 동안 그 돈에 손을 안 댈 때도 있지만 너무 가난해서 그 돈을 받아야만 할 때도 있어요. 자기 삶을 못 견디고 괴로워하기 때문에 그녀보다 더 화 잘 내고 격정적이고 앞뒤 가리지 않고 복수심에 불타는 여자는 없을 거예요. 오늘 밤에는 돈 때문에 왔어요. 특별히 돈을 써야 할 필요가 있다고 하더군요."

"내가," 클레넘이 골똘히 생각하다가 말했다. "어떤 필요인지 우연히 알게 된 것 같아요 – 그 돈이 누구 주머니에 들어갈 건지 알게 되었다는 거죠."

"정말인가요?" 팽스가 물었다. "만일 그게 계약이라면 당사자에게 꼼꼼하게 하라고 충고하겠어요. 내가 그녀에게 나쁜 짓을 했다면 그녀가 어리고 아름답다고 해도 내 비밀을 그녀에게 털어놓진 않을 테니까요. 그럼요, 주인님이 주는 돈의 두 배를 준다 해도 그렇게 하지는 않을 거예요! 혹," 팽스가 유보 조항 삼아서 덧붙였다. "고질 병이 있어서 치료하고 싶은 게 아니라면 말이에요."

아서는 자신이 그녀에 대해 관찰했던 내용을 급히 되새겨 보고는 팽스 씨의 견해와 아주 근사하게 일치한다는 사실을 깨달았다.

"놀라운 것은," 팽스가 말을 계속했다. "그녀의 내력과 연결되어 있고 그녀가 이용할 수 있는 유일한 인물인 주인님을 그녀가 파멸 시키지 않았다는 거예요. 얘기가 나왔으니 말인데, 우리끼리 하는 얘기지만, 때때로 나도 그를 파멸시키고 싶은 생각이 들거든요."

아서가 깜짝 놀라서 말했다. "이것 참, 팽스, 그런 말 하지 마요!"

"내 말을 잘 알아들으셔야죠." 팽스가 까만 손톱을 모두 다 짧게 자른 손을 아서의 팔 쪽으로 내밀면서 말했다. "그의 목을 자르겠다 는 말이 아니에요. 그러나 너무 심하게 나가면 반드시 그의 머리카 락을 잘라버릴 거예요!"

팽스 씨는 이처럼 무시무시한 위협을 새로이 말해서 자기의 감정 을 드러낸 후에 근엄한 표정을 짓고 몇 차례 코를 킁킁거리더니 증 기를 뿜으며 멀어져갔다.

10 플린트윈치 부인의 꿈이 복잡해지다

아서 클레넘은 에돌림청이라는 형거刑車에 묶여서 산 채로 찢어 죽이라는 형을 선고받은 골치 아픈 죄수들과 어울려서 그 관청의 그늘진 대기실에서 많은 시간을 보내며 기다리는 동안, 웨이드 양과 태티코럼을 최근에 잠깐 봤던 일을 철저히 따져볼 시간을 사나흘 동안 연속해서 충분히 가질 수 있었다. 그는 그 문제를 좀 더 중시할 수도, 좀 더 경시할 수도 없다는 불만족스러운 상태로 그대로 놔두고 싶었다.

그 사이에 그는 어머니가 사는 음침하고 낡은 집에 한 번도 가지 않았다. 관례적으로 거기에 가는 저녁때가 돌아오자, 자신이 사는 집과 동업자를 거의 아홉 시쯤에 떠나서 어린 시절의 그 음산한 집이 있는 쪽으로 천천히 걸었다.

그 집은 그의 상상력에 영향을 미쳐서 언제나 노기등등하고 불가사의하고 비통한 집으로 여겨졌다. 그리고 그 근처 모두가 그 집의 어두운 그림자의 기색을 어느 정도 띠고 있다고 상상할 만큼 그는 감수성이 풍부했다. 음울한 밤에 걸어가노라니, 자신이 지나가는 어둑한 거리가 모두 다 가혹한 비밀을 보관하고 있는 창고처럼 생각되었다. 비밀장부와 비밀서류들을 상자와 금고에 넣어서 자물쇠를 채워두고 있는 황폐한 회계실들, 극소수의 사람만이 그 열쇠를 호주머니와 가슴에 비밀리에 간직하고 있는 비밀금고실과 비밀공간을 지닌 은행들, 환하게 밝아오는 어떤 날의 빛으로도 정체를 폭로할 수 있는 온갖 종류의 도적들, 위조자들, 배신자들은 물론이고 거대한 제분소에 흩어져서 열심히 맷돌을 갈고 있는 모든 사람이 간직하고 있는 비밀들, 이것들이 숨어서 대기에 우울함을 전하고 있다는 생각이 들었는지도 모른다. 그 근원에 다가갈수록 그림자는 점점 더 진해졌다. 그리고 인적이 드문 교회납골소가 지니고 있는 비밀들이 생각났는데, 그곳에서는 철제상자에 재물을 저장하거나 은닉해 두었던 사람들이 거꾸로 비슷하게 저장되거나 또는 아직 쉬지 못하고 해를 끼치고 있었다. 그다음에는 험상궂은 표정을 짓고 있는 두 개의 비밀스러운 황야 사이를 탁류가 되어 도도히 흐르는 비밀스러운 강물이 생각났는데, 황야는 몇 마일에 걸쳐 빽빽하고 울창하게 뻗어서 바람과 새들의 날개가 자유롭게 휩쓸고 가는 공중과 시골을 가리고 있었다.

집 가까이로 갈수록 그림자는 한층 더 어두워졌고 아버지가 한때 침울하게 사용했던 방이 기억 속에 되살아났다. 그 방과 관련해서 자기 외에 침대 곁에서 간호하는 사람이 아무도 없었을 때 아버지가 사라지면서 함께 사라졌던 애원하는 표정이 머리에서 떠나질 않았다. 그 집의 후텁지근한 공기는 비밀이었고, 집 전체의 어둠과 곰팡이와 먼지도 비밀이었다. 어머니가 그 집 한가운데에서 자신과 남편 인생의 모든 비밀을 완강한 얼굴과 불굴의 의지로 단단히 움켜쥔 채, 모든 인생 최후의 커다란 비밀과 엄숙하게 정면으로 맞서서 주인 노릇을 하고 있었다.

클레넘이 집이 있는 안마당이나 안뜰이 시작되는 좁고 가파른 골목에 들어섰을 때, 다른 사람이 그의 뒤에서 그 골목으로 걸어 들어왔고, 그것도 바싹 붙어서 들어오는 바람에 그는 벽 쪽으로 떠밀렸다. 이러한 생각들을 하느라고 대비가 전혀 되어있지 않았을 때 떠밀렸던 것이다. 그래서 상대방은 "미안합니다! 내 잘못이 아니오!"라고 거칠게 말한 후, 클레넘이 자기 주변의 현실을 깨닫는 순간이 오기도 전에 이미 지나갔다.

그 순간이 휙 지나갔을 때, 클레넘은 자기 앞에서 성큼성큼 걸어가는 남자가 지난 며칠 동안 마음속을 떠나지 않고 있던 사람이라는 사실을 깨달았다. 그 남자가 그에게 심어준 인상이 워낙 깊었기에 잘못 본 것이 아니었다. 그 남자, 자기가 여자아이를 쫓아가느라고 따라갔던 남자, 웨이드 양에게 이야기하는 것을 엿들었던 남자였다.

골목이 가파른 내리막인 데다 구불구불하기까지 했고 그 남자가 (술에 취한 것은 아니었지만 독한 술을 약간 마셔서 얼굴이 붉어져 있었다) 아주 빨리 내려갔기 때문에 클레넘이 그를 보는 순간 시야에서 사라졌다. 뒤를 쫓아야겠다는 명확한 의도가 있었던 것은 아니지만 클레넘은 좀 더 오랫동안 그 인물을 살펴보아야겠다는 충동을 느껴서 보이지 않게 그를 가려주던 골목의 굽은 지점을 발걸음을 빨리해서 지나갔다. 그러나 굽은 지점을 돌았는데도 남자는 더 이상 보이지 않았다.

어머니 집 출입구 가까이에 서서 골목을 내려다보았으나 인적 하나 없었다. 그 남자를 가릴 만큼 큰 그림자가 나와 있는 것도 아니었고, 가까이에 그가 돌아갔을 만한 모퉁이가 있는 것도 아니었다. 또한 문이 열리고 닫히는 소리가 들렸던 것도 아니었다. 그럼에도 클레넘은 그 남자가 열쇠가 있어서 많은 집 중 한 집의 문을 열고 안으로 들어간 것이 틀림없다고 결론지었다.

클레넘은 이처럼 기이한 가능성과 기묘하게 잠깐 보았던 것에 대해 곰곰이 생각하면서 안마당으로 들어갔다. 그리고 약한 불빛이 비치는 어머니 방의 창들을 그저 습관적으로 바라보다가, 방금 전에 놓쳤던 인물이 버려진 작은 땅뙈기를 둘러싼 쇠 울타리에 기대서서 그 창들을 올려다보며 혼자 낄낄거리는 모습을 보았다. 밤이 되면 늘 주변을 돌아다니는 수많은 도둑고양이 중 몇몇이 그 인물을 보고는 겁을 먹어서, 그가 발걸음을 멈추자 따라서 멈춘 것 같았다. 그러고는 벽이나 현관 꼭대기에서 또는 다른 안전한 휴식처에서 그의 눈을 쏙 빼닮은 눈으로 그를 바라보았다. 그는 그저 잠시 멈춰서서 스스로 그렇게 즐긴 다음 곧장 앞으로 움직였다. 움직이면서 망토 끝을 어깨에서 집어 내렸고, 울퉁불퉁하고 쑥 들어가 있는 계단을 올라가, 요란하게 문을 두드렸다.

확실하게 결심하지 못할 정도로 클레넘이 경악했던 것은 아니었기 때문에 그 역시 계단을 올라 문쪽으로 갔다. 상대방은 허풍선이 같은 태도로 그를 바라보면서 노래를 중얼거렸다.

> "누가 늦은 시간에 이 길을 지나가나요?
> 마졸렌의 동무여,

누가 늦은 시간에 이 길을 지나가나요?
언제나 쾌활하게!"

노래가 끝나자 그가 다시 문을 두드렸다.

"참을성이 없군." 아서가 말했다.

"그렇소, 선생. 개떡같이," 낯선 사람이 대답했다. "참을성 없는
것이 내 성격이란 말이오!"

애프리 부인이 문을 열기 전에 조심스럽게 쇠사슬을 거는 소리가
들려서 둘 다 그쪽을 보았다. 그녀가 너울너울 타는 촛불을 손에
들고 문을 아주 조금 연 채로 물었다. 누구죠, 밤늦은 시간에 요란하
게 두드려대다니? "어머, 아서 도련님!" 그를 먼저 알아보고 깜짝
놀라서 덧붙였다. "도련님이 두드린 건 아닐 텐데요, 틀림없이요?
오, 맙소사! 아니군요," 그녀가 다른 사람을 보더니 소리쳤다. "또
왔네요!"

"맞소! 또 왔소, 플린트윈치 부인." 낯선 사람이 소리쳤다. "문 여
시오, 그리고 내 친구 제러마이어를 껴안게 해주시오! 문 열어요,
빨리 플린트윈치를 껴안게 해달라니까!"

"집에 없어요." 애프리가 말했다.

"데려오시오!" 낯선 사람이 소리쳤다. "플린트윈치를 데려오란
말이오! 오랜 친구 블랑두아가 영국에 도착하자마자 찾아왔다고 하
시오. 그의 꼬마, 그의 얼간이, 그가 사랑하는 사람이 여기 왔다고
전하라니까! 문 열어요, 아름다운 플린트윈치 부인, 그리고 그 사이

에 내가 위층으로 가서 경의를 – 블랑두아의 존경을 – 마님에게 표할 수 있게 해주시오! 마님은 언제나 위층에 있죠? 다행이오. 문 열어요!"

아서가 한층 더 경악한 것이, 애프리 부인은 이 사람이 아서가 간섭할 남자가 아니라고 경고하듯이 아서를 향해 두 눈을 크게 뜬 채로 쇠사슬을 벗기더니 문을 열었다. 낯선 사람은 아서가 자신을 뒤따라오게 둔 채 격식을 차리지 않고 현관으로 걸어 들어갔다.

"그러면 심부름꾼을 빨리 보내시오! 그러면 될 거요! 플린트윈치를 데려오시오! 마님에게 내가 왔다고 알리시오!" 낯선 사람이 석조 바닥을 절거덕거리고 돌아다니면서 큰 소리로 말했다.

"애프리, 말해줘," 아서가 화가 나서 그를 머리끝에서 발끝까지 훑어보며 큰 소리로 그리고 단호하게 말했다. "이 남자는 누구야?"

"애프리, 말해줘," 이번에는 낯선 사람이 따라 했다. "이 남자는 누구야 – 하, 하, 하! – 누구야?"

클레넘 부인이 위층 자기 방에서 시기적절하게 큰 소리로 외쳤다. "애프리, 둘 다 올라오라고 해. 아서, 곧장 오너라!"

"아서라고요?" 블랑두아가 팔을 뻗으면 닿을 곳에서 모자를 벗고 벌리고 있던 뒤꿈치를 모으고 요란하게 인사를 하며 소리쳤다. "마님의 아드님이군요? 저는 마님 아드님께 아주 헌신하는 사람입죠!"

아서가 전과 마찬가지로 호의적이지 않은 태도로 그를 다시 바라보았다. 그러고 나서 아는 체도 않고 휙 돌아서서 위층으로 올라갔다. 방문자가 그를 따라 위층으로 갔고, 애프리 부인은 문 뒤에서 열쇠를 빼 들고 주인님을 부르러 교묘하게 빠져나갔다.

블랑두아 씨가 전에도 그 방에 모습을 보인 적이 있다는 사실을 아는 관찰자라면 클레넘 부인이 지금 그를 맞이하는 태도에서 어떤 차이점을 눈치 챘을 것이다. 그녀의 얼굴이 그런 사실을 드러낼 얼굴은 아니었으며, 감정을 억제하는 태도와 굳은 목소리 역시 그녀의 통제 아래 있었다. 그가 들어온 순간부터 그의 얼굴에서 눈을 떼지 않고 있다는 사실, 그리고 두 손을 팔걸이에 고정해놓고 의자에 꼿꼿하게 앉아 있다가 그가 시끄러운 소리를 내면 몸을 두세 번 아주 조금 앞으로 기울인다는 사실에서만 차이점을 느낄 수 있었는데, 이야기가 아무리 오래 걸리더라도 원하는 만큼 들어주겠다는 약속을 당장에 전하려는 것 같았다. 아서는 그런 사실에 어김없이 주의를 기울였다. 그러나 현재와 과거의 차이는 그가 관찰할 수 있는 범위를 벗어나는 것이었다.

"마님," 블랑두아가 말했다. "아드님인 이분께 저를 소개해서 면목을 세워주십시오. 제가 보니까 이분은 저에 대해 불만을 털어놓으려고 하는 것 같군요. 예의 바른 분은 아니에요."

"이봐," 아서가 신속하게 끼어들었다. "당신이 누구든, 그리고 어떻게 여기에 오게 되었든 내가 이 집의 주인이었다면 지체 없이 집 바깥으로 쫓아냈을 거야."

"하지만 주인은 네가 아니잖아." 그의 어머니는 그를 바라보지도 않고 말했다. "네 터무니없는 기분을 만족시키기에는 불행한 일이지만, 아서, 주인은 네가 아니야."

"어머니, 제가 주인이라고 주장하는 게 아니에요. 이 사람이 여기서 처신하는 방식에 반대한다고 해도, 그러니까 워낙 반대해서 권한만 있으면 잠시도 여기에 머물지 못하게 할 게 틀림없어도 어머니를 위해 반대하는 거예요."

"반대해야 한다면," 그녀가 대답했다. "나 스스로 반대할 수 있어. 그리고 물론 반대할 거고."

모자가 주고받는 언쟁의 대상이 된 사람은 벌써 앉아서 크게 소리 내 웃으며 손으로 다리를 두드렸다.

"네게는 권리가 없어," 클레넘 부인은 아무리 아들에게 직접 이야기를 해도 언제나 블랑두아에게 집중한 채로 말했다. "어떤 신사가 네 기준에 맞지 않는다거나, 행동을 네 자에 일치시키지 않는다는 이유로 그 신사에게(특히 외국에서 온 신사에게) 해가 될 얘기를 할 권리는 없다는 거야. 그 신사가 비슷한 이유로 널 반대할 수도 있는 거니까."

"그랬으면 좋겠어요." 아서가 대꾸했다.

"이 신사는," 클레넘 부인이 말을 이었다. "요전에 대단히 존경할 만하고 신뢰할 수 있는 거래처에서 보낸 추천장을 갖고 왔어. 지금 이 집에 찾아온 목적에 대해서는 조금도 아는 바가 없고, 전혀 모를 뿐 아니라 어떤 종류인지 희미하게라도 짐작이 안 가." 이런 말들을 아주 천천히 그리고 힘을 주어 강조하려니 습관적으로 찡그리는 기색이 좀 더 심해졌다. "그러나 찾아온 목적을 설명하기 시작하면, 플린트윈치가 돌아오면 설명 좀 해달라고 부탁할 텐데, 틀림없이 그건 우리의 일반적인 사업방식에 들어맞는 일이면서 그 목적을 진척시키는 게 우리가 해야 하는 일이자 즐거움이라는 사실이 밝혀질 거야. 다른 것일 순 없지."

"마님, 차차 알게 되실 겁니다!" 그 사업가가 말했다.

"차차 알게 되겠지." 그녀가 동의했다. "이 사람은 플린트윈치와 아는 사이야. 요전에 런던에 왔을 때 플린트윈치와 약간의 유흥이나 친목을 나눴다는 얘기를 들었던 기억이 나는구나. 내가 이 방 바깥에서 일어나는 일을 많이 안다고 할 순 없지. 방 바깥의 사소한 세상사가 딸랑이는 소리엔 별로 관심도 없고. 그러나 그 얘길 들었던 기억이 나."

"맞습니다, 마님. 사실입니다." 그가 소리 내어 웃더니 문간에서 불렀던 노래의 후렴구를 휘파람으로 불렀다.

"따라서, 아서," 그녀가 말했다. "이 신사는 여기에 아는 사람으로 온 거지 모르는 사람으로 온 게 아니야. 네가 철없는 기분으로 그의 감정을 해치다니 대단히 유감이구나. 유감이야. 그에게 유감으로 생각한다고 해야겠어. 네가 미안하다는 얘길 안 할 거라는 사실은 알고 있으니까. 따라서 나와 플린트윈치를 위해 미안하다고 해야겠다. 그의 용무는 우리 둘과 있는 거니까."

그때 아래층 문 자물쇠에서 열쇠 돌아가는 소리가 들렸고, 문이 열렸다가 닫히는 소리도 들렸다. 적당한 시간이 흐르자 플린트윈치 씨가 나타났다. 그가 들어서자 방문자는 큰 소리로 웃으면서 의자에서 일어나더니 그를 꼭 껴안았다.

블랑두아가 플린트윈치 씨에게 우정의 포옹을 하다

"어떻게 지내나, 내 소중한 친구!" 그가 말했다. "재미가 어때, 플린트윈치? 장밋빛이라고? 그럴수록 더 좋지, 그럴수록 더 좋아! 오, 그런데 멋져 보이는데! 정말, 봄꽃처럼 미추룸해 보여! 맞아, 착한 꼬마! 용감한 아이, 용감한 아이 같군!"

블랑두아는 플린트윈치 씨에게 이런 칭찬을 잔뜩 하면서 그의 양 어깨에 손을 하나씩 얹고 빙그르르 돌렸는데, 이런 상황을 맞아 이전 어느 때보다 더 딱딱하게 일그러진 플린트윈치가 힘이 거의 소진된 네모팽이가 비틀거리는 것처럼 비틀거릴 때까지 돌렸다.

"일전에 만났을 때 나는 우리가 좀 더 친밀하게 잘 알게 되리라는 예감이 들었소. 플린트윈치, 그런 예감이 들지 않소? 아직 안 드시오?"

"글쎄, 안 드는 걸." 플린트윈치 씨가 대꾸했다. "보통 때와 같아. 앉는 편이 낫지 않겠소? 포트와인을 좀 더 청하려는 거요?"

"아! 꼬마익살꾼! 꼬마욕심쟁이!" 방문자가 크게 외쳤다. "하, 하, 하, 하!" 그는 플린트윈치 씨를 마지막 농담거리 삼아 내던지고 다시 앉았다.

아서는 이 모든 것을 바라보면서 경악과 의심, 분노와 수치를 느꼈고 말문이 막혔다. 마지막에 그에게 가해진 운동력 때문에 빙그르르 돌아서 2, 3야드 뒤로 물러났던 플린트윈치 씨가 숨이 차 안색이 변한 것을 빼고는 그 둔감성이 전혀 바뀌지 않은 안색으로 갑자기 딱 멈춰 서더니 아서를 노려봤다. 겉으로는 평상시와 조금도 다를 바 없이 과묵하고 무표정했다. 눈에 띄는 유일한 차이는 보통 귀

아래에 있던 크러뱃의 매듭이 뒤통수 쪽으로 돌아가서 주머니 가발처럼 장식용으로 붙어있는 것 같았고, 그래서 상당히 기품 있는 모습이 되었다는 거였다.

클레넘 부인이 블랑두아에게서 시선을 돌리지 않는 것처럼(이렇게 시선을 돌리지 않고 꾸준하게 바라보면 개와 같은 하등 동물에게 효과가 있는 것처럼 그에게도 약간의 효과가 있었다) 제러마이어는 아서에게서 눈을 떼지 않았다. 둘이 각자 다른 구역을 맡기로 암묵적으로 동의한 것 같았다. 그래서 침묵이 이어지는 가운데 제러마이어는 기구를 가지고 아서의 생각을 쥐어짜려는 것처럼 자기의 턱을 문지르며 아서를 바라보고 있었다.

잠시 후 방문자가 그 침묵에 대해 짜증을 내는 것처럼 일어나더니, 오랜 세월 동안 성스럽게 타고 있던 난롯불 쪽으로 조바심을 내며 등을 돌렸다. 그러자 클레넘 부인이 한쪽 손을 비로소 움직였는데, 물러나라는 의미로 아주 살짝 움직이면서 말했다.

"아서, 우리가 용무를 볼 수 있게 가주었으면 한다."

"어머니, 내키진 않지만 그렇게 하죠."

"내키든 내키지 않든 신경 쓰지 말고," 그녀가 대답했다. "가기나 해. 반 시간을 여기에 지루하게 묻어버리는 게 의무라는 생각이 들거든 아무 때고 또 오고. 잘 가라."

늘 하던 대로 그녀는 아서가 자신의 손을 잡을 수 있게 소모사로 감싼 손가락을 내밀었고, 아서는 휠체어 곁에 서서 그녀의 얼굴에 입을 맞췄다. 그 순간 그는 어머니의 뺨이 보통 때보다 긴장하고 있으며 더 차갑다는 생각을 했다. 아서가 일어나면서 그녀의 눈길을 좇아 플린트윈치 씨의 훌륭한 친구인 블랑두아 씨 쪽을 바라보자, 그는 경멸 조의 큰소리가 나게, 엄지손가락을 포함하여 손가락들을 뚝 하고 한 차례씩 꺾었다.

"플린트윈치 씨, 자네의 – 자네가 사업상 아는 사람을 어머니 방에 두고 가네." 클레넘이 말했다. "아주 깜짝 놀란 채로, 그리고 대단히 마지못해서 말이네."

언급된 그 사람이 엄지손가락을 포함하여 손가락들을 다시 뚝 소리가 나게 꺾었다.

"잘 계세요, 어머니."

"잘 가라."

"착한 내 친구 플린트윈치, 옛날에 친구가 한 명 있었소" 블랑두아가 난롯불 앞에 두 다리를 벌리고 선 채로 말을 했는데, 멀어져가는 클레넘의 발걸음을 잡아서 문간에서 서성이게 하려는 요량으로 그 말을 하는 것이 분명했다. "옛날에 친구가 한 명 있었는데, 이 도시의 어두운 면과 이 도시의 풍습에 대해 너무 많은 얘기를 들어서, 밤이면 자기를 땅속에 파묻으려고 하는 두 인간에게 혼자 맞서서 자기 얘기를 털어놓으려고 하지 않았어 – 정말이야! 이처럼 훌륭한 집에서조차 털어놓으려고 하지 않았어 – 그들이 어쩌지 못할 정도로 힘이 센 게 아닌데 말이야. 흥! 얼마나 겁쟁인가, 플린트윈치! 응?"

"비겁한 놈이군."

"맞아! 비겁한 놈이지. 그러나 플린트윈치, 그들이 아무 힘없는 자신을 침묵시키려고 한다는 사실을 몰랐다면 털어놓았을 거야. 상황이 그랬기 때문에 그는 물 한 잔 마시지 않았어 - 이처럼 훌륭한 집에서조차 마시지 않았어, 플린트윈치 - 그중 한 명이 먼저 마시고 삼키는 것까지 보지 않는 한 말이야!"

클레넘은 말할 가치가 없다고 생각해서, 그리고 실은 목이 꽤 막혀서 말을 잘할 수도 없었기 때문에, 나오면서 방문자를 힐끗 쳐다보기만 했다. 방문자는 작별하려는 듯이 또다시 뚝 소리가 나게 손가락을 꺾었는데, 험악하고 비열한 미소를 짓느라고 코가 콧수염 위로 내려왔고 콧수염이 코 아래로 올라갔다.

"제발, 애프리," 애프리가 어두운 현관에서 그를 위해 문을 열어 주자 클레넘은 밤하늘이 보이는 데까지 더듬더듬 가면서 속삭였다. "이 집에서 무슨 일이 일어나고 있는 거야?"

앞치마를 머리 위까지 뒤집어쓴 채 어둠 속에 서서 작게 소리를 죽여 이야기하는 그녀의 모습 자체가 몹시 섬뜩한 것이었다.

"도련님, 아무것도 묻지 마세요. 저는 아주 오랫동안 끝없이 꿈을 꾸고 있어요. 가세요!"

그가 나오자 애프리가 바로 뒤에서 문을 닫았고, 그는 어머니 방의 창을 올려다보았다. 노란 블라인드 때문에 밝기가 약해진 희미한 빛이 애프리를 본떠서 대답했는데 이렇게 중얼거리는 것 같았다. "아무것도 묻지 마세요. 가세요!"

11 작은 도릿이 보낸 편지

클레넘 선생님께,

지난번 편지에서 아무도 제게 편지를 보내지 않는 것이 좋겠다고 했기 때문에, 그래서 짧은 편지를 다시 보내도 그 편지를 읽는 성가심 외에 다른 성가심을 안겨드리진 않을 것이기에(읽을 시간조차 낼 수 없을지 모르겠지만 그래도 언젠가는 시간이 나시겠죠) 시간을 내서 다시 편지를 씁니다. 이번에는 로마에서 보냅니다.

우리는 가원 부부보다 먼저 베네치아를 떠났습니다. 그러나 그들은 우리만큼 길에서 오래 지체하지 않았고 또한 같은 길로 이동한 것도 아니었기 때문에, 우리가 도착했을 때 그들이 이곳 비아 그레고리아나라는 지역의 어떤 숙소에 머물고 있다는 사실을 알게 되었습니다. 당신은 아마 그곳을 아실 테지요.

이번에는 그들에 대해 제가 알고 있는 바를 전부 말하려고 합니다. 당신이 가장 듣고 싶은 소식일 테니까요. 그들의 숙소가 아주 편안한 곳은 아닙니다. 그러나 그 집을 처음 봤을 땐, 당신이 생각하셨을 것보다는 그런 생각을 덜 했던 것 같습니다. 당신이야 여러 나라를 다녀서 나라마다 풍습이 다 다르다는 사실을 아실 테니까요. 물론 그 집은 제가 최근까지 익숙했던 어떤 집보다는 훨씬, 훨씬—수백만 배는—더 좋은 집입니다. 그래서 저는 그 집을 제 눈이 아니라 그녀의 눈으로 보는 것이라고 생각합니다. 늘 다정하고 행복한 집에서 그녀가 자랐다는 사실을 알아차리기란 어렵지 않은 일이니까요. 자신의 숙소에 대해 커다란 애정을 지닌 그녀가 제게 그런 얘기를 한 적은 없지만 말입니다.

글쎄요, 그 숙소는 약간 어둡고 평범한 계단을 한 층 올라가면 있는, 가구가 거의 없는 집입니다. 전체가 크고 칙칙한 방 하나로 되어 있는데 그 방에서 가원 씨는 그림을 그립니다. 밖을 내다볼 수 있는 창들은 차단되어있고, 사방 벽에는 전에 살았던 사람들이 분필과 목탄으로 온통 그림을 그려 놓았습니다 - 아, 제 생각에는 몇 년 동안 살았던 사람들 같습니다! 붉은색보다는 엷은 다갈색에 가까운 커튼으로 방을 나눠, 커튼 뒤쪽을 거실로 쓰고 있습니다. 그 집에서 처음 보았을 때 그녀는 혼자 있었습니다. 일감을 손에서 떨어뜨린 채 창 윗부분을 통해 밝게 빛나는 하늘을 올려다보고 있더군요. 제 얘기를 듣고 걱정하지는 마세요. 그러나 전체적으로 제가 바라는 만큼 바람이 썩 잘 통한다든가 환하다든가 밝지는 않았습니다. 그리고 그렇게 만족스럽거나 활기차지도 않았습니다.

가원 씨가 파파의 초상화를 그리고 있기 때문에(그리는 모습을 보지 못했어도 닮았기 때문에 초상화인 줄 알아챘을 거라고는 확신하지 못하겠어요), 베네치아를 떠난 이후 다행스러운 그 기회가 없었다면 불가능했을 정도로 그녀와 함께 지낼 기회가 자주 있습니다. 그녀는 아주 자주 혼자 지내거든요. 정말로 아주 자주 혼자 지내요.

그녀와의 두 번째 만남에 대해 말씀드릴까요? 우연히 저 혼자 갈 수 있던 어느 날 오후 네 신가 다섯 시에 갔었는데, 혼자 식사하고 있더군요. 그 식사는 숯불이 들어있는 화로 같은 것에 올려서 어딘가에서 가져왔던 것인데, 식사를 가져왔던 노인 이외에 다른 사람은 없었고, 다른 사람이 찾아올 가능성도 없다는 사실을 알 수 있었습니다. 노인이 그녀를 즐겁게 해주려고 (성 밖의 도둑들이 어떤 성인의 석상을 훔쳤다가 체포되었다는) 이야기를 길게 해주고 있었습니다ㅡ제가 나타나자 "그렇게 미인은 아니지만 내게도 딸이 있기 때문에,"라고 하더군요.

그녀에 대한 이야기를 좀 더 하기 전에 가원 씨에 대해 얘기해야겠습니다. 모든 사람이 그녀의 아름다움을 칭찬하기 때문에 그가 그녀의 아름다움에 대해 감탄하고 그녀를 자랑으로 여긴다는 것은 틀림없는 사실입니다. 또한 그녀를 좋아한다는 것도 틀림없고요. 그가 그녀를 좋아한다는 사실을 의심하진 않습니다ㅡ그러나 그의 방식으로 좋아하는 겁니다. 그의 태도를 아실 테니까, 당신이 보기에도 제가 보는 만큼 그가 부주의하고 불만을 품은 걸로 보였다면, 그녀에게 어울리는 태도를 보여준다면 좀 더 좋을 텐데, 라고 생각하는 게 잘못은 아니겠지요. 그렇게 보시지 않았다면 제가 전적으로 잘못 생각한 것이 확실하고요. 당신의 불쌍한 아이는 말로는 다 하지 못할 정도로 변함없이 당신의 경험과 친절을 신뢰하니까요. 그러나 두려워하지 마세요, 말로 하려고 하지는 않을 테니까요.

가원 씨는 (당신이 생각하는 대로 제가 생각하는 거라면) 변덕스럽고 만족을 모르는 습성 때문에 자기 일을 별로 열심히 하지 않습니다. 어떤 일도 착실하고 끈기 있게 하질 않아요. 일을 손에 잡았다가도 내던지고, 일을 할 때나 안 할 때나 그 일에 신경 쓰질 않습니다. 파파가 초상화를 위해 자세를 잡고 앉아있는 동안 그가 파파에게 말하는 것을 들었는데, 자기 자신에 대한 믿음이 없기 때문에 다른 누구도 믿지 못하는 게 아닐까, 하는 생각이 들었습니다. 그런 건가요? 당신이 그런 결론에 도달하시면 뭐라고 하실지 궁금하네요! 당신의 표정이 어떨지는 알고 있습니다, 그리고 당신이 아이언 브리지에서 제게 말씀하셨던 목소리도 들리는 것 같고요.

가원 씨는 이곳에서 상류사회 사람들이라 불리는 부류와 자주 어울립니다―어울리면서도 그 교제를 즐기거나 좋아하는 것처럼 보이지는 않지만 말입니다―그리고 그녀가 종종 동행했는데 최근에는 별로 함께하지 않더군요. 제가 볼 때 그들은 그녀에 대해 모순되게 얘기하는 버릇이 있는 것 같았습니다. 즉 가원 씨와 결혼해서 그녀가 꽤 크게 이기적인 성공을 거둔 것처럼 말하면서도, 바로 그 사람들이 그들 자신이나 딸들을 위해 그를 받아들일 생각은 꿈에도 하지 않더란 말이지요. 그 밖에 가원 씨는 스케치할 것을 구상하려고 시골에 가기도 하고, 사람들이 찾아오는 곳에서는 어디서나 아는 사람들이 많고 아주 잘 알려져 있습니다. 그 모든 교제 외에도 그에게는 집 안에서나 바깥에서나 자주 어울리는 친구가 하나 있습니다. 비록 그 친구를 아주 차갑게 대하고 그에 대한 태도가 아주 변덕스럽지만 말입니다. 그녀가 그 친구를 좋아하지 않는다는 것은 틀림없습니다(제게 그렇게 얘기했으니까요). 제게도 그는 아주 혐오스러운 사람이어서 그가 지금 이곳에 없다는 것이 아주 안심이 되는 일입니다. 그녀에게는 얼마나 더 안심되는 일일까요!

그러나 당신이 아셨으면 하고 제가 각별히 바라는 것은, 그리고 이야기를 듣고 당신이 이유 없이 약간 언짢아할지 모른다는 걱정을 하면서도 이야기를 다 해야겠다고 결심했던 까닭은 이렇습니다. 그녀는 아주 순수하고 헌신적일 뿐 아니라 자기의 모든 사랑과 의무가 영원히 그의 것이라는 사실을 철석같이 믿고 있으므로, 그녀가 죽을 때까지 그를 사랑하고 존경하고 찬양하고 그의 모든 허물을 숨길 거라고 믿으셔도 좋습니다. 저는 그녀가 자기 남편의 허물을 자기 자신에게도 숨기고 있고 앞으로도 언제나 숨길 것이라 생각합니다. 그녀는 그에게 결코 되돌릴 수 없는 마음을 주었던 거니까요. 그가 그녀를 아무리 괴롭히더라도 그녀의 애정이 다 없어지게 하지는 못할 겁니다. 당신은 모르는 게 없으니 제 말이 사실이라는 것을 저보다 훨씬, 훨씬 잘 아시겠지요. 그렇지만 그녀가 보여준 본성이 어떤 것이었는지를, 그리고 그녀를 아주 좋게 생각한다 해도 그르치는 일은 아니라는 걸 말씀드리고 싶었습니다.

이번 편지에서 그녀를 아직 이름으로 칭한 적은 없지만 이제는 친한 친구이기 때문에 둘이 조용히 함께 있을 때에는 그녀의 이름을 부르고 그녀도 제 이름을 부릅니다 – 제 얘기는, 세례명이 아니라 당신이 절 부르던 이름으로 부른다는 겁니다. 그녀가 절 에이미라고 부르기 시작했을 때 제 내력을 짧게 이야기해주고 당신이 언제나 작은 도릿이라고 불렀다는 얘기를 해줬거든요. 그 이름이 다른 무엇보다 소중하다는 얘기도 해주었고요. 그래서 그녀도 절 작은 도릿이라고 부릅니다.

어쩌면 그녀의 아버지나 어머니에게서 아직 소식을 듣지 못해서 그녀가 사내아이를 하나 낳았다는 사실을 모르실지 모르겠습니다. 불과 이틀 전에, 그러니까 그분들이 오시고 일주일이 지났을 때 아이가 태어났습니다. 아이가 태어나자 그분들은 무척 행복해했습니다. 그러나 당신에게 모든 이야기를 하기로 했으므로, 그분들이 가원 씨를 거북해하는 것 같다는 것과, 그분들이 느끼기에 그가 자신들을 조롱하는 태도가 그녀에 대한 자신들의 사랑을 모욕하는 것처럼 여겨질 때가 있다는 사실은 말해야겠습니다. 제가 그 집에 갔다가 미글스 씨가 안색이 변하더니 일어나서 나가버리는 걸 본 것이 불과 어제였으니까요. 그분은 그렇게라도 해서 자기를 막지 않으면 그런 말을 해버릴지 모른다고 염려하는 것 같았습니다. 그러나 두 분 다 아주 사려 깊고 상냥하고 사리를 아는 분들이기 때문에 가원 씨가 그분들에게 불쾌한 일을 겪게 하지는 않으리라고 믿습니다. 가원 씨도 그분들에 대해 좀 더 생각하지 않을 수 없을 테니까요.

좀 전에 마침표를 찍고서 이제까지 쓴 것을 다시 읽어 보았습니다. 처음 읽을 때는 너무 많은 것을 해석하고 설명하려는 것 같아서 편지를 보내지 말까 하는 마음이 반쯤 들었습니다. 그러나 다시 조금 생각해보니, 당신을 위해 주의 깊게 살펴보았을 뿐이고, 당신이 관심이 있으리라는 생각에 용기를 얻어 주목했을 뿐이라는 사실을 당신도 곧 이해하실 거라는 희망을 좀 더 품게 되었습니다. 이 얘기가 사실이라는 점은, 정말 확신하셔도 좋습니다.

그런 얘기는 이제 그만하겠습니다. 그리고 드릴 말씀도 별로 남지 않았습니다.

우리는 모두 썩 잘 지내고, 패니는 매일매일 발전하고 있습니다. 언니가 제게 얼마나 친절한지, 그리고 저 때문에 얼마나 공을 들이는지 당신은 잘 모르실 겁니다. 언니는 애인이 있는데, 처음에는 스위스에서부터 내내, 그다음에는 베네치아에서부터 내내 그녀를 따라왔고, 얼마 전에는 어디든 따라갈 거라고 제게 털어놓더군요. 그런 얘기를 하는 바람에 저는 아주 당황했지만 그는 얘기하고 싶어 했습니다. 저는 뭐라고 해야 할지 몰랐지만 그러지 않는 편이 나을 것 같다고 마지막에 얘기했습니다. 패니는(그러나 제가 이런 얘기를 그에게 하지는 않습니다) 너무 활발하고 영리해서 그와 어울리지 않으니까요. 그래도 그는 따라다니겠다고 하더군요. 물론 저는 애인이 없습니다.

이 긴 편지를 여기까지 읽으셨다면, 작은 도릿이 설마 자신의 여행에 대해 아무 얘기도 없이 편지를 끝맺지는 않겠지, 그래, 이제 얘기할 때가 되었어, 라고 어쩌면 생각하실지 모르겠습니다. 정말 그럴 때가 되었다고 생각하지만 무슨 말씀을 드려야 할지 모르겠습니다. 베네치아를 떠난 이후 제노바와 피렌체를 포함해서 멋진 도시를 수없이 많이 다녔고, 멋진 관광지를 수없이 많이 구경했기 때문에 그곳에 모인 인파를 생각만 해도 현기증이 날 지경입니다. 그러나 관광지에 대해서는 당신이 저보다 훨씬 많이 아시는데, 제가 뭐하려고 설명을 늘어놓아서 당신을 피곤하게 하겠습니까?

클레넘 선생님, 여행 다닐 때 제가 자주 느끼던 어려움이 무엇이었는지 말할 용기가 생겨서 이젠 겁쟁이로 지내지 않겠습니다. 제가 자주 했던 생각 중 하나는 다음과 같습니다 ─ 이 도시들이 오래되었지만, 도시의 연륜 자체는 이런 도시들이 존재한다는 사실조차 두세 곳 이상은 몰랐던 시절, 그리고 낡은 담장 바깥에 있는 것에 대해서는 아무것도 몰랐던 시절에도 이 도시들이 내내 이곳에 자리하고 있었다는 사실 만큼 신기하지는 않아, 라는 생각입니다. 이런 생각에는 우울하게 하는 뭔가가 들어있지만, 왜 그런지는 모르겠습니다. 햇살이 밝게 비치는 날 유명한 피사의 사탑을 보러 갔었습니다. 탑과 탑 근처의 다른 건물들은 아주 오래되어 보였고, 땅과 하늘은 아주 청춘인 것처럼 보였으며, 지면에 비치는 탑의 그림자는 매우 부드러우면서도 세속에서 물러나 있는 것처럼 보이더군요! 처음에는 정말 아름답구나, 또는 정말 묘하구나, 라는 생각을 할 수가 없었습니다. 오히려 "오, 담장의 그림자가 우리 방에 드리워졌을 때, 그리고 지친 발걸음이 마당을 왔다갔다했을 때, 몇 배나 더 - 오, 이곳은 오늘보다 몇 배나 더 조용하고 아름다웠을까!"라는 생각을 했습니다. 그리고 그런 생각이 절 완전히 압도했습니다. 가슴이 몹시 벅차올라서 눈물을 참으려고 할 수 있는 것은 전부 다 했지만 갑자기 눈물이 나더군요. 똑같은 느낌이 자꾸 듭니다 - 자꾸요.

저희의 운명이 바뀐 이후 스스로 생각해도 제가 이전보다 꿈을 많이 꾸는 것 같긴 하지만 실제로 아주 어린 제 모습을 꿈에서 늘 본다는 사실을 아세요? 나이도 별로 많지 않잖아, 라고 하실지 모르겠군요. 맞습니다, 그러나 제가 말씀드리려는 건 그런 게 아닙니다. 어린아이인 제가 바느질하는 법을 배우는 꿈을 자주 꾼단 말입니다. 그 시절로 돌아간 모습을, 마당에서 잘 알지 못하는 얼굴들을 바라보고 있는 꿈을 자꾸 꾼다니까요, 그것도 완전히 잊어버렸다고 생각했던 얼굴들을 말이에요. 그러나 보통은 지금처럼 외국에 - 스위스나 프랑스나 이탈리아에 - 우리가 여행했던 어딘가에 - 있는 꿈이더군요, 게다가 언제나 그 작은 아이로요. 입었던 옷 중에서 처음 기억하는 옷에 헝겊을 댄 채로 제너럴 부인이 있는 아래층에 내려가는 꿈을 꾼 적도 있습니다. 베네치아에서 대규모로 손님을 맞았던 식사 자리에, 불쌍한 어머니를 위해 여덟 살 때 처음 입었던 상복 - 올이 다 드러나서 더 이상 수선할 수 없게 된 지 한참이 지난 후까지도 입었던 상복 말입니다 - 을 입은 채로 앉아있는 꿈을 자꾸 꾼다니까요. 손님들이 그 옷이 아버지의 재산과 얼마나 양립할 수 없다고 여길지, 그리고 아버지와 패니와 에드워드가 비밀로 간직하고자 하는 사실을 내가 노골적으로 폭로하는 바람에 그들이 얼마나 불쾌하고 망신스러울지, 등을 생각하니 너무나 고통스러웠습니다. 그러나 그런 생각을 하면서도 작은 아이 티를 벗지는 못했습니다. 저녁 밥값을 따져보고, 그 비용을 도대체 어떻게 치를 것인지를 생각하느라 아주 괴로워하면서 식탁에서 가슴앓이하는 꿈을 바로 그 순간에도 꾸니까요. 그러나 저는 저희 운명이 변하는 꿈은 꾼 적이 없습니다. 당신이 그 잊을 수 없는 날 아침에 제게 와서 그 소식을 알려 주는 꿈은 꾼 적이 없다는 거죠. 당신에 대한 꿈도 꾼 적이 없습니다.

클레넘 선생님, 밤에 당신 생각을 다시 할 수 없을 정도로 당신ー그리고 다른 사람들ー에 대해 낮에 너무 많이 생각하는 건지도 모르겠습니다. 이제서야 고백하지만 저는 향수병에 시달리고 있거든요ー아무도 보는 사람이 없을 때에는 가끔 애타게 고향을 그리워할 정도로 아주 열렬히 그리고 진심으로 고향으로 돌아가고 싶습니다. 더 이상 고향을 외면하고 있을 수는 없을 거 같아요. 곧 다시 멀어질 거라는 사실을 알면서도 다만 몇 마일이라도 고향 쪽으로 가면 마음이 조금은 가벼워지거든요. 제가 가난하게 살던 곳, 당신이 친절하게 대해주었던 곳을 아주 깊이 사랑합니다. 아, 아주 깊이 사랑합니다, 정말, 아주 깊이요!

당신의 불쌍한 아이가 영국을 언제 다시 보게 될지 아무도 모릅니다. 가족 모두(절 제외하곤) 이곳에서의 생활을 좋아해서 돌아갈 계획이 없거든요. 아버지가 늦봄에 부동산과 관련된 일로 런던을 방문할 계획이라고 하셨지만, 절 데리고 가리라는 희망은 품고 있지 않습니다.

저는 제너럴 부인의 가르침을 받고 좀 더 잘 지내려고 노력하고 있습니다. 그리고 예전처럼 그렇게 멍청하지는 않다고 생각합니다. 저번에 말씀드렸던 어려운 외국어들을 대부분 쉽게 말하고 이해하기 시작했거든요. 지난번에 편지 쓸 때는 당신이 두 언어를 모두 알고 있다는 사실을 깜빡했습니다. 그러나 나중에 그 사실을 기억해냈고, 그 기억이 제가 계속 공부하는 데 도움이 되었습니다. 클레넘 선생님, 하느님의 축복을 빕니다. 절 잊지 마세요.

당신께 영원히 감사드리고 애정이 넘치는,
작은 도릿 올림.

추신: 미니 가원은 당신이 최고라고 기억할 만한 분이라는 걸 특히 잊지 마세요. 아주 관대하게, 그리고 높이 생각할 만한 분이니까요. 지난번에는 팽스 씨를 깜빡했습니다. 혹시 그를 만나면 작은 도릿이 안부를 전하더라고 전해주세요. 작은 도릿에게 아주 친절했거든요.

***

12 중요하고 애국적인 회담이 개최되다

머들이라는 유명한 이름은 영국에서 날이 갈수록 더 유명해졌다. 대단히 명망 있는 그 머들이 산 사람이든 죽은 사람이든 아무에게

나 또는 이 세상 어느 것에게나 뭐든 착한 일을 한 적이 있는지는 아무도 몰랐다. 아담의 자식들이 밟는 미로 같은 수많은 길 중에서, 의무나 오락, 고통이나 즐거움, 노동이나 휴식, 사실이나 상상의 어떤 길에서나, 누구를 위해서든 아무리 희미하더라도 작은 양초 빛이라도 되어준 적이 있는 역할이나 발언을, 그 어떤 종류든 그가 한적이 있는지는 아무도 몰랐다. 숭배의 그 대상을 만든 진흙이, 인간의 형상이 굴러떨어져서 산산조각 나는 것을 막아주었던 아주 평범한 진흙과 마찬가지로, 그 안에 든 기름 먹은 심지가 연기만 내는 그런 진흙과 다른 종류라고 생각할 최소한의 이유라도 있는 사람은 아무도 없었다. 모든 사람이 그가 엄청난 부자가 되었다는 것을 알았다(또는 안다고 생각했다). 그리고 단지 그 이유만으로, 가장 미개한 야만인이 그의 무지몽매한 영혼이 숭배하는, 어떤 나무토막이나 파충류 속에 들어있는 신의 기분에 맞추기 위해 땅굴에서 기어 나오는 모습보다도 더욱 굴욕적이고 변명할 수 없게 머들 앞에 엎드렸다.

그뿐만 아니라 이런 예배를 주관하는 제사장들은 그들의 상스러움에 항의하는 징표로 그 사람을 앞에 내세웠다. 대중은 전적으로 믿고 예배를 드렸지만-그러나 믿어야 하는 이유를 언제나 명확히 알고 있었다-제단에 있는 집례자들은 대중이 그 사람을 끊임없이 볼 수 있게 했다. 제사장들이 그의 잔치에 참석했고 그가 제사장들의 잔치에 참석했다. 그와 관련하여 유령처럼 늘 따라다니는 질문이 있었는데, 제사장들에게 던지는 질문은 다음과 같은 것이었다. "당신들이 믿고 예배하기 좋아하는 표지가 이런 것인가요? 이 사람의 이런 머리, 이런 눈빛, 이런 말투, 이런 어조와 태도인가요? 당신들은 에돌림청의 지렛대이고 사람들의 지배자예요. 당신 같은 사람들 여섯 명이 싸움을 시작하면 대지는 다른 지배자들을 낳지 못할 것 같군요. 당신들의 자격이란 사람들에 대한 고급 지식을 갖고서 그에 따라 이 사람을 받아들이고 비위를 맞추고 마구 칭찬하는 건가요? 아니면 그 사람이 당신들 사이에 나타날 때, 내가 어김없이 보여줄 표지들을 당신들이 올바르게 판단할 능력이 있다면, 그 탁월한 정직성이 당신들의 자격인가요?" 이런 두 가지의 다소 난처한 질문이 머들 씨와 관련하여 늘 시내에 돌아다녔지만, 그런 질문은 억눌러야 한다는 암묵적인 동의가 있었다.

머들 부인이 외국에 나가서 부재하는 동안에도 머들 씨는 줄을 이룬 방문객들이 집안을 돌아다닐 수 있도록 저택을 여전히 개방하고 있었다. 그중 몇몇이 그 저택을 상냥하게 차지했고, 지위가 높고 활기찬 서너 명의 귀부인들은 자기네들끼리 이렇게 말하곤 했다. "다음 목요일에는 머들 님 댁에서 식사를 합시다. 누구와 함께 할까요?" 그러면 머들 님이 지시를 받들었고, 식탁에서 일행 사이에 멍하니 앉아 있다가 나중에 응접실을 이 방 저 방 멍청하게 돌아다녔는데, 방해가 됐을 뿐 대접하는 데 아무 상관도 없는 것처럼 보여서 두드러졌을 뿐이다.

이 위대한 사람의 삶에 깃들어있는 복수의 유령이라고 할 수 있는 집사장은 그 엄격함이 전혀 줄어들지 않았다. 그는 가슴이 있을 때와 마찬가지로 가슴이 없을 때도 저녁식사를 지켜보았는데, 머들 씨에게는 그의 눈빛이 바실리스크[1]와 마찬가지였다. 그는 엄격한 사람이었다. 약간의 요리나 포도주 한 병이라도 줄이려 하지 않았고, 자기 기준에 미달하면 식사를 내놓지 못하게 했다. 자신의 품위를 위해 식탁을 차렸던 것이다. 차려진 음식을 손님이 함께 들기 원하면 반대하진 않았지만 그 음식은 그의 지위를 유지하기 위해 차려지는 것이었다. 사이드보드[2] 옆에 서서 다음과 같이 선언하는 것 같았다. "지금 제 앞에 있는 탁자를, 바로 이 탁자를 시켜보는 일을 제가 떠맡았습니다." 집사장이 식탁을 주재하던 가슴을 그리워했다면 그것은 어쩔 수 없는 사정 때문에 일시적으로 빼앗긴 자기 지위의 일부로서 그리워하는 것이었으니, 보관하라고 은행에 보내둔 식탁의 장식물이나 고급 포도주 냉각기를 그리워하는 것과 꼭 같았다.

머들 씨는 바너클 가에게 만찬에 초대하는 초대장들을 보냈다. 데시머스 경이 참석할 예정이라고 했고, 타이트 바너클 씨가 참석할 예정이라고 했으며, 쾌활하고 젊은 바너클이 참석할 예정이라고 했다. 의회가 폐회한 동안 우두머리에 대한 찬가를 부르며 시골을 돌아다녔던 의회 바너클들의 합창단이 공연할 거라고 했다. 그 만찬은

---

[1] 전설상의 도마뱀 비슷한 괴물로 쳐다보거나 입김을 부는 것만으로도 사람을 죽일 수 있었다고 한다. 머들이 집사장에게 느끼는 두려움이 그 정도로 컸다는 의미임.

[2] 사이드보드(sideboard): 주방에서 상에 나갈 음식을 얹어두는 작은 탁자.

큰 행사가 될 걸로 이해되었으니, 머들 씨가 바너클 가의 사람들을 후원할 예정이었던 것이다. 미묘하면서도 자잘한 약간의 협의가 그와 훌륭한 데시머스 사이에 진행되었으며 – 매력적인 태도를 지닌 젊은 바너클이 교섭자의 역할을 했다 – 머들 씨는 대단한 정직성과 엄청난 재물이라는 저울추를 바너클의 저울에 올려놓기로 결심했다. 악의적인 사람들이 독직을 의심했던 것은, 인류의 불구대천지원수의 충성을 한 자리 줘서 확보할 수 있다면 바너클 가의 사람들이 그에게 그 자리를 줄 거라는 사실이 명백했기 때문이었다 – 나라의 이익을 위해, 나라의 이익을 위해, 라고 하면서 말이다.

머들 부인이 그녀의 이 훌륭한 배우자에게, 즉 휘팅턴[3] 시절 이래의 모든 영국 상인을 하나로 합치고 3피트 두께로 온통 금박을 입히면 그보다 나을지 모른다고 생각하는 것조차 이단異端이 되어버린 그녀의 배우자에게, 로마에서 몇 통의 편지를 잇달아 보내 에드먼드 스파클러에게 한 자리 마련해주기에 이제야말로 다시없는 적기라고 끈덕지게 역설했다. 머들 부인은 에드먼드의 상황이 절박하다는 점과 그가 곧바로 한 자리 가질 수 있으면 막대한 이득을 볼 수 있다는 점을 남편에게 설명했다. 이런 중대한 문제를 다루는 머들 부인의 동사 어법에는 단 한 가지 법, 즉 명령법만 있었다. 그리고 그 명령법에는 단 한 가지 시제, 즉 현재형밖에 없었다. 머들 부인의

---

[3] 리처드 휘팅턴 경(Sir Richard Whittington, 1358~1423): 상인이자 정치가. 네 차례나 런던 시장을 지냈음.

동사는 머들 씨가 활용형을 쓰기엔 너무 절박하게 전달되었기 때문에 느릿느릿 흘러가던 그의 피와 기다란 소맷부리가 아주 흥분했다.

그런 흥분상태에서 머들 씨는 집사장의 굉장한 견해라는 눈금까지 올려다보지 않고 집사장의 신발 주위를 애매하게 바라보다가 특별 만찬을 열어야겠다는 뜻을 표명했다. 아주 대규모 만찬이 아니라 아주 특별한 만찬이라고 했다. 집사장은 가장 값비싼 만찬을 개최하는 데 반대하지 않는다는 뜻을 대답 삼아 알려주었다. 그리고 만찬을 열 날이 이제 다가왔다.

머들 씨는 등에 난롯불을 쬐며 응접실에 서서 중요한 손님들이 도착하기를 기다리고 있었다. 완전히 혼자 있을 때가 아니라면 그가 당돌하게 등에 난롯불을 쬐는 일은 거의 또는 전혀 없었다. 집사장 앞에서라면 그런 행동은 할 수 없었을 것이다. 그의 억압적인 하인이 바로 그 순간 그 방에 나타났다면, 그는 경찰관처럼 자기의 두 손목을 잡고 난로 앞에 까는 깔개 위를 천천히 왔다갔다하거나, 호화로운 가구 사이를 살금살금 다녔을 것이다. 난롯불이 일어날 때 은신처에서 교활하게 갑자기 나타났다가, 불이 사그라질 때 교활하게 갑자기 사라지는 듯한 그림자들이 그가 안심하고 있다는 충분한 증거였다. 그가 그림자들을 불편하게 흘금거린다는 것이 뭔가를 의미한다고 할 수 있다면 그것들은 충분한 증거가 되고도 남는 것이었다.

머들 씨의 오른손에는 석간신문이 가득 들어있었고 석간신문에는 머들 씨가 가득 차 있었다. 그의 놀라운 사업, 놀라운 부, 놀라운 은행이 그날 밤 석간신문을 살찌우는 음식물이었다. 그가 중요한 기획자이고 설립자이며 경영자인 그 놀라운 은행은 머들이 행한 수많은 기적 중에서 가장 최근의 것이었다. 머들 씨는 게다가 그처럼 굉장한 성취를 달성한 와중에도 아주 겸손해서, 작은 배들이 만찬장으로 입항하는 동안, 난로 깔개 위에 다리를 벌리고 있는 상업의 거인이라기보다는 압류된 집을 소유하고 있는 사람에 훨씬 가깝게 보였다.

항구로 들어오고 있는 배들을 보라! 매력적인 젊은 바너클이 제일 먼저 도착했지만 변호사가 계단에서 그를 앞질렀다. 평상시와 마찬가지로 외알 안경 한 쌍과 의기소침이라는 약간의 임시변통으로 무장한 변호사는 매력적인 젊은 바너클을 보고 아주 기뻐했다. 그리고 이런 의견을 밝혔다. 특별한 논의를 하기 위해, 우리 변호사들이 하는 말로 **뱅코에서** 개정開廷할 건가요?[4]

"글쎄요," 이름이 퍼디낸드인 활기 넘치는 그 젊은 바너클이 말했다. "어째서 그렇죠?"

"아니," 변호사가 생긋 웃었다. "**당신이** 모른다면 **내가** 어찌 알겠어요? **당신이야말로** 신전 가장 안쪽의 성소에 있잖아요. **나야** 바깥 들판에서 감탄하며 바라보는 군중 중 하나이고요."

변호사는 그가 상대해야 하는 고객에 따라 다루기 쉬울 수도 있

---

[4] 순회재판이 아니라 정식재판을 한다는 의미인 듯.

었고 어려울 수도 있었다. 퍼디낸드 바너클에게 그는 아주 다루기 쉬운 존재였다. 변호사도 또한 늘 겸손했으며 자신을 깎아내렸다 – 자기 나름으로 말이다. 변호사는 아주 다양한 특징을 지닌 사람이었지만 하나의 주된 실이 그가 짜는 모든 무늬의 직물을 관통했다. 관계를 맺는 사람이 그에게는 모두 다 배심원으로 보였기 때문에, 할 수만 있다면 그 배심원을 이해시켜야 했던 것이다.

"우리 유명한 주인 겸 친구가," 변호사가 발했다. "우리 빛나는 상업계의 스타가 – 정계로 들어가려 한다면서요?"

"들어가려 하다니요? 얼마 전에 하원의원이 되었잖아요." 매력적인 젊은 바너클이 대답했다.

"그래요." 변호사가 특별 배심원을 위해 가벼운 희극풍의 웃음을 지으며 말했는데, 그 웃음은 일반 배심원에 속하는 재미있는 상인을 위한 저속한 희극풍의 웃음과는 전혀 다른 것이었다. "얼마 전에 의원이 됐죠. 그러나 지금까지는 우리 스타가 망설이고 주저하는 스타였잖아요? 흥?"

일반적인 증인이었다면 흥? 하는 소리를 듣고 긍정적으로 대답해야겠다는 유혹을 느꼈을 것이다. 그러나 퍼디낸드 바너클은 변호사와 같이 위층으로 천천히 올라가면서 다 알고 있다는 듯이 그를 바라보았고 아무 대답도 하지 않았다.

"정말 그래요, 정말 그래." 변호사는 고개를 끄덕이며 말했는데, 그런 식으로 꺾일 수는 없었기 때문이었다. "그래서 내가 특별한 논의를 하기 위해 **뱅코에서** 개정할 거냐고 물었던 거예요 – 맥히스

대장[5]의 말마따나 '판사들이 모이게 되면 무시무시한 광경을 보게되나니!'라는 말이 적중하는 고귀하고 중대한 경우가 이런 경우니까요. 그 대장은 우리 변호사들에게 엄격했지만, 우리 변호사들은, 그러니까, 그의 대사를 인용할 정도로 충분히 관대합니다. 그럼에도 대장의 고백을 증거로 내놓을 수 있을 것 같군요." 변호사가 고개를 약간 익살스럽게 돌리며 말했는데, 법에 대한 이야기를 할 때는 언제나 세상에서 가장 우아하게 기운을 내는 체했던 것이다. "일반적으로 법은 최소한 공정하려고 노력한다는 대장의 고백 말입니다. 대장의 말을 정확히 인용한다면, 대장이 했던 말은ㅡ그리고 설령 정확한 인용은 아니라고 해도," 그가 상대의 눈치를 살피며 외알안경 한 쌍을 가벼운 희극풍으로 만졌다. "배운 내 친구가 바로잡아주겠죠."

> "법률은 나뿐 아니라 타인의 악을 억제하고자,
> 모든 신분의 사람들을 위해 제정된 것이다.
> 따라서 동행하지 않는 게 나을 것이다,
> 교수대에 말이다!"

이런 말들을 주고받으며 그들은 머들 씨가 난롯불을 쬐고 있는 응접실로 갔다. 변호사가 이런 얘기를 하며 들어오자 머들 씨가 대

---

[5] 존 게이(John Gay, 1685~1732)의 희가극 『거지의 오페라』(1728)에 등장하는 주인공.

단히 놀랐기 때문에 변호사는 게이의 희극을 인용했던 거라고 설명했다. "웨스트민스터 홀에서 의지할 수 있는 권위자는 분명 아니죠." 그가 말했다. "그렇지만 세상에 대해 머들 씨처럼 대단히 실용적인 지식을 가진 사람에게도 딘적맞은 인물은 아닐 거예요."

머들 씨는 뭔가 얘기를 하고 싶어 하는 것처럼 보였다가도 그다음에는 그렇게 생각하지 않는 체했다. 그 사이에 주교가 도착했다는 소식이 전해졌다.

주교는 온순하게, 그러나 모든 사람이 만족스럽게 지내는지 확인하기 위해 7리그의 예복용 신[6]을 신고 세상을 돌아다니고 싶다는 듯이 박력 있고 빠른 걸음걸이로 들어왔다. 이 행사에 의미심장한 뭔가가 있다는 생각을 전혀 못 했다는 것이 주교의 태도에서 가장 눈에 띄는 점이었다. 그는 신선하고 싱싱했으며 쾌활하고 상냥하고 온화했으나 아주 놀라울 정도로 순진했던 것이다!

변호사가 슬며시 움직이더니 주교 사모님의 건강에 대해 최고로 공손하게 물어보았다. 집사람은 조금 불운하게도 견진성사를 받다가 감기에 걸렸지만 그것 말고는 건강합니다. 아드님도 건강하시겠죠. 아들은 사람들의 영혼을 치료하기 위해 젊은 부인과 어린아이를 데리고 남쪽 지방에 갔어요.

바너클 합창단의 대표자들이 다음에 도착했고, 머들 씨의 주치의

---

[6] 옛날이야기에 나오는 신발. 이 신을 신으면 한 걸음에 7리그, 즉 21마일을 걸을 수 있다고 함.

가 그다음에 도착했다. 누구와 이야기를 나누든 또는 무엇에 대해 대화를 하든 문으로 들어오는 사람을 모두 다 살펴보기 위해 한쪽 눈과 외알 안경 한 쌍을 조금씩 남겨두고 있던 변호사가, 다른 사람들 눈에 띄지 않게 모종의 교묘한 방법으로 그들에게 다가가 그들 모두와 어울렸고, 개개 배심원이 제일 좋아하는 지점을 건드렸다. 몇몇 합창단원들과는 전날 밤 의사당 복도에 나갔다가 거꾸로 투표했던 잠꾸러기 의원에 대해 웃음을 터뜨렸고, 다른 합창단원들과는 혁신적인 시대정신이 공무와 공금에 대해 이상한 관심을 기울이는 것을 막을 수조차 없다는 사실에 대해 개탄을 했다. 의사와는 대중의 건강에 대해 할 말이 있었을 뿐 아니라 명백히 박식하고 세련된 태도를 지닌 어떤 전문가의 건강에 대해 그의 의견을 물어볼 약간의 정보도 있었다 - 그러나 최고로 발달된 자격은 다른 의술(의기소침이라는 임시변통)의 교수가 갖고 있는 거라고 생각했다 - 그 전문가를 그저께 증인석에서 우연히 심문했는데, 반대심문을 통해 그가 새로운 치료법을 지지한다고 주장하는 진술을 유도해냈노라고 했다. 자기가 보기에는 - 뭐라고요? - 글쎄요, 제 생각은 그래요. 변호사는 의사가 그렇게 말하고 싶어 한다고 생각했고 또 그렇게 말하기를 희망했다. 의사들의 의견이 갈라지는 지점을 감히 결정하려고 하지 않고, 그것을 소위 법적 통찰력의 문제가 아니라 상식의 문제로 보는 나에게는 새로운 이 방식이 마치 사기처럼 보이네요 - 제가 아주 위대한 권위자 앞에서 사기라고 해도 될까요? 아! 그런 격려를 받고 기운을 얻는다면 과감하게 사기라고 할 수도 있겠네요. 이제 마음이 편해지는군요.

　존슨 박사[7]의 유명한 지인과 마찬가지로 한 가지 생각만을, 그것도 틀린 생각만을 하는 타이트 바너클 씨가 그때쯤 도착했다. 서로 말을 주고받지 않으면서, 난로 불빛 덕에 노랗게 보이는 긴 의자 위에 각기 다른 자세로 그러면서도 심사숙고하는 태도로 앉아있는 저명한 그 신사와 머들 씨는, 맞은편에 걸려있는 카위프의 그림에 나오는 두 마리의 암소와 전반적으로 아주 닮아 있었다.

　그런데 그때 데시머스 경이 도착했다. 그때까지는 사신이 수행하는 일상적인 직무를 손님이 들어올 때 손님을 바라보는(그것도 호의적이라기보다는 도전적인 태도로 바라보는) 것에 한정했던 집사장이 일부러 위층으로 함께 올라와서 그의 도착을 알렸다. 최근에 바너클 일족이 마지막에서 두 번째로 낚은 생선이자 그 포획을 기념하려고 이번 행사에 초대한 젊은 하원의원은, 데시머스 경이야말로 그가 감당해낼 수 없는 귀족이었기 때문에, 각하가 들어올 때 수줍어하며 두 눈을 감았다.

　데시머스 경은 그럼에도 그 의원을 만나서 기쁘다고 했다. 또한 머들 씨를 만나서 기쁘다고 했고, 주교를 만나서 기쁘다고 했으며, 변호사를 만나서 기쁘다고 했고, 의사를 만나서 기쁘다고 했다. 타이트 바너클을 만나서 기쁘다고 했고, 합창단을 만나서 기쁘다고

---

[7]　새뮤얼 존슨(Samuel Johnson, 1709~1784): 18세기의 대표적 문인.

했으며, 개인 비서인 퍼디낸드를 만나서 기쁘다고 했다. 데시머스 경은 세상에서 제일 위대한 사람 중의 하나였지만 환심을 사려고 비위를 맞추는 태도 때문에 두드러지지는 않았는데, 퍼디낸드가 그에게 여기서 만날 모든 사람에게 아는 체를 하고, 만나서 기쁘다고 말하라는 데까지 지도했던 것이다. 데시머스 경은 활기와 겸손을 그처럼 분주하게 보여준 다음에 자신을 카위프풍의 그림으로 가다듬었고 무리에서 세 번째 암소가 되었다.

다른 배심원들을 모두 확보했으니 이제는 배심원 대표를 잡아야겠다고 느낀 변호사가 외알 안경 한 쌍을 손에 들고 곧바로 슬며시 다가왔다. 그러고 나서 공적으로 비축해둔 주제와는 말끔히 동떨어진 주제인 날씨 문제를 배심원 대표가 심리할 사항으로 제시했다. 변호사가 올해는 월프루트가 잘 안 될 거라는 얘기를 들었다고(누가 그리고 왜 그런 이야기를 했는지는 영원히 비밀로 남겠지만 모든 사람이 줄곧 들었던 얘기라고) 했다. 데시머스 경은 자기 복숭아가 잘못되었다는 이야기는 전혀 들은 바 없지만, 사람들 얘기가 맞는다면 사과를 수확하지 못할 거 같다고 했다. 사과를 수확하지 못한다고요? 변호사는 경악과 걱정에 잠겼다. 지상에 피핀종 사과가 전혀 없어도 그에게는 사실 상관없는 문제였을 것이다. 그러나 사과 문제에 대해 그는 분명히 고통스럽다는 관심을 보였다. 그런데 데시머스 각하, 무엇 때문 - 우리 골치 아픈 변호사들이 정보 수집하기를 좋아하는 것은 그 정보가 장차 얼마나 유용할지 알 수 없으니까요 - 데시머스 각하, 그 이유가 무엇 때문입니까? 데시머스 경은 그 질문에 대해 어떤 견해든 내놓을 수가 없었다. 다른 사람이었다면 이런 경우 말문을 멈추었겠지만, 변호사는 늘 그렇듯이 그에게 다시 달라붙어서 질문했다. "그런데 배는요?"

한참 지난 후 변호사가 법무상이 되었을 때 그 질문이 압권이었다는 이야기가 돌았다. 데시머스 경은 예전에 이튼 학교의 사감 집 뒤편 정원에서 자라던 배나무에 대한 추억이 있었는데, 그의 일생의 유일한 농담이 반복적으로 그 배나무에 개화했던 것이다. 그것은 이튼 학교의 배와 배가 맞은 두 의원[8]의 차이에 대한 간결하고도 간편한 농담이었다. 그러나 데시머스 경이 생각하기에는 그 배나무에 대한 완벽하고 상세한 지식이 없다면 그 농담의 세련된 맛을 느끼기는 불가능할 것 같았다. 그래서 그 이야기는 처음에는 그런 나무를 모르는데요, 라고 시작했다가, 겨울에 그 나무를 봤어요, 가 되었고, 계절의 변화를 거쳐서, 배나무에 싹이 트고 꽃이 피고 열매를 맺고 열매가 익는 것을 지켜보았지요, 로 진행되었다. 요컨대, 열매를 슬쩍할 수 있도록 배나무가 침실 창밖으로 나가기 전에 그 나무를 아주 부지런하고 세심하게 키웠기 때문에, 뒤늦게 이야기를 듣게 된 사람들은 데시머스 경의 학창시절 이전에 그 배나무들이 심어지고 접붙여진 것에 대해 수없이 감사했답니다, 라는 식으로 진행되었다. 데시머스 경이 "당신이 배를 이야기하니 배나무가 한

---

[8] 배를 의미하는 'pear'와 (반대당에 속해 있지만 기권하기로 배가 맞은) 두 의원을 의미하는 'pair'는 동음이의어이다.

그루 기억나는군,"이라고 엄숙하게 이야기를 시작했던 순간부터 "그래서 우리가 이튼 학교의 배에서부터 배가 맞은 두 의원에 이르도록 인생의 다양한 변화를 거치는 거요,"라는 풍성한 결론을 내리기까지, 넋이 나간 채 배의 변화를 추적하는 데시머스 경의 흥분이 사과에 대한 변호사의 관심을 능가했기 때문에 그는 데시머스 경과 함께 아래층으로 내려가야 했고, 내려가서도 그 일화를 끝까지 다 듣기 위해 식탁에서 데시머스 경 옆에 앉아있어야만 했다. 그때쯤 변호사는 자기가 배심원 대표를 확보했으며 맛있게 저녁을 먹을 수 있겠다고 느꼈다.

변호사는 식욕이 없었지만 식욕을 자극할 만한 저녁이었다. 아주 귀한 요리가 호화롭게 요리되어서 호화롭게 제공되었다. 최고급의 과일들과 최고로 맛좋은 포도주들, 금과 은 또는 자기와 유리로 만든 경이로운 세공품들, 미각과 후각과 시각 모두를 만족시키는 아주 맛이 좋은 수많은 음식이 저녁식탁을 이루었던 것이다. 오, 머들은 아주 훌륭한 사람이구나, 아주 위대한 사람이야, 대단한 주인이야, 아주 축복받고 부러울 정도로 재능이 많은 사람이구나 – 한 마디로 말해, 아주 부자구나!

머들 씨는 평소에 먹는 18펜스짜리 보잘것없는 식사를 평소와 같이 소화시키지 못하면서 먹었는데, 이제까지의 어느 훌륭한 사람 못지않게 혼자서는 할 말이 없는 사람이었다. 데시머스 경은 숭고한 인물 중 하나였고, 숭고한 인물들은 자신들의 위대함을 생각하는 데 언제든 충분히 몰두할 수 있었기 때문에, 다행히도 그의 이야기

상대가 될 필요는 없었다. 그래서 수줍어하는 젊은 하원의원은 한 번에 충분히 오랫동안 두 눈을 뜨고 자신의 식탁을 볼 수 있었다. 그러나 데시머스 경이 입을 열 때마다 그는 다시 눈을 감았다.

상냥한 젊은 바너클과 변호사가 일행 중 말이 많은 사람이었다. 주교도 그의 순진성이 방해하지만 않았다면 대단히 상냥했을 것이다. 그러나 그는 곧바로 뒤에 처졌다. 무슨 일이든 일어날 것 같다는 작은 암시라도 주어지면 금세 어찌할 바를 몰랐기 때문이다. 그에게는 세상사가 너무 버거운 일이어서 도통 이해할 수 없었던 것이다.

변호사가 자신들이 친구 스파클러 씨의 호감을 사고, 그의 바르고 분명한 현명함 – 과시적이거나 자랑삼아 드러내는 게 아니라 완벽하게 바르고 실용적인 현명함 – 의 도움을 곧 받을 수 있을 거라는 얘기를 들어서 기분이 좋다고 우연히 말했을 때 그런 사실을 관찰할 수 있었다.

퍼디낸드 바너클이 웃으면서 말했다. 아무렴 그렇고말고요, 나도 그렇게 생각해요. 결정된 대로 따라야죠, 언제나 만족스럽게 결정하잖아요.

변호사가 말했다. 머들 씨, 우리의 훌륭한 친구 스파클러 씨가 오늘 함께 하지 못해서 유감이네요.

"그 아이는 내 처와 함께 멀리 가 있습니다." 그는 식탁용 스푼을 소맷자락에 대보며 오랫동안 멍하니 있다가 천천히 정신을 추스르고 대답했다. "그 아이가 반드시 현장에 있을 필요는 없으니까요."

"머들이라는 마법의 이름이면," 변호사가 임시변통으로 의기소

침해 하며 말했다. "모두에게 충분하겠지요."

"글쎄요 – 그래요 – 내 생각도 그래요." 머들 씨가 스푼을 내려놓고 각각의 손을 다른 손의 소맷부리에 넣어서 어설프게 숨긴 다음에 동의했다. "그 문제에서 나와 이해관계를 같이하는 사람들은 이의를 제기하지 않을 거라고 생각합니다."

"귀감이 되는 분들이군요!" 변호사가 말했다.

"그들을 괜찮다고 생각하니 기쁘네요." 머들 씨가 말했다.

"그런데 다른 두 곳의 사람들 말인데요." 변호사가 날카로운 눈빛을 환하게 반짝이며 위대한 옆 사람이 있는 쪽을 살짝 바라보고서 말을 이었다. "우리 변호사들이 조각보를 이어 만든 우리 마음에 대해 언제나 호기심을 느끼고, 언제나 알고 싶어 하고, 언제나 끄트러기를 집어 드는 까닭은, 그것들이 언제 어디서 어느 구석에 딱 들어맞을지 알 수 없기 때문이에요 – 그런데 다른 두 곳의 사람들 말인데요? 그들이 거대하고 누적적으로 영향을 미치는 그런 계획과 그런 명성에 훌륭하게 따를까요? 주변 땅들을 풍요롭게 하며 불가사의하게 흘러내려 가는 개울이 당당하게 급강하하는 곳에서, 작은 시내들의 진로를 완벽하게 예측하고 명확하게 단정 지을 수 있을 정도로 그것들이 조용하고 용이하게, 말하자면 자연법칙의 영향력에 의해 아름답게 흡수될 수 있을까요?"

변호사의 유창한 이야기 때문에 약간 불안해진 머들 씨가 가장 가까이에 있는 소금 그릇 주변을 얼마간 흘끔거리다가 주저하면서 말했다.

"그들은 상류사회에 대한 의무를 충분히 잘 알고 있으니까, 그들에게 선출하라고 누구를 보내든 선출할 겁니다."

"알고 나니 기운이 나는군요." 변호사가 말했다. "알고 나니 기운이 나요."

문제의 세 곳은 이 섬에 있는 세 개의 작고 썩은 구멍이었으니, 무지하고 술에 취했고 폭식을 하고 더럽고 외따로 있는 세 개의 작은 선거구를 포함하는 것이었으며, 그 구멍에 줄을 감아서 머들 씨의 호주머니로 끌어올린 것이었다.[9] 퍼디낸드 바너클이 편하게 웃으면서 모두 멋진 사람들이라고 쾌활하게 말했다. 속으로 평화로운 길을 배회하던 주교는 방심하고 있다가 완전히 말려들었다.

"이보게들," 데시머스 경이 식탁에 모인 사람들을 훑어보며 물어보았다. "오랫동안 채무자 감옥에 갇혀 있던 어떤 신사가 부유한 집안 출신으로 드러났고 많은 액수의 돈을 상속받았다고, 내가 방금 들었는데 도대체 무슨 이야긴가? 그 사실을 다양하게 언급하는 이야기들을 우연히 들었네. 퍼디낸드, 그 이야기에 대해 좀 아는 게 있나?"

"제가 아는 것은 그저," 퍼디낸드가 말했다. "제가 영광스럽게 연관되어있는 부서에 그가," 재기 넘치는 그 젊은 바너클은 이렇게 말하는 것이 모두 형식이라는 것을 알고 있지만, 우린 그것을 계속

---

[9] 1832년의 1차 선거법개정을 통해 철폐된 부패선거구와 독점선거구에 대한 언급임.

해야 해요, 그 놀이를 지켜야지요, 라고 하는 것처럼 그 표현을 장난투로 툭 던졌다. "끝없는 골칫거리를 안겨주었고 우리를 무수한 곤경에 빠뜨렸다는 것뿐입니다."

"곤경이라고?" 데시머스 경은 수줍어하는 의원의 두 눈을 아주 꼭 감게 만든 그 단어를 주저하면서도 당당하고 곰곰이 숙고하다가 되풀이했다. "곤경이라고?"

"정말 아주 당혹스러운 일이군요." 타이트 바너클 씨가 근엄하게 분노하는 태도로 말했다.

"뭐야?" 데시머스 경이 물었다. "그가 보고자 하는 용무의 특징이 뭐야? 퍼디낸드, 그 – 어 – 곤경의 본질이 뭔가?"

"아, 그건 이야기로서는 좋은 화제죠," 그 신사가 대답했다. "그런 류로서는 필요한 만큼 좋은 이야기에요. 도릿 씨라는 그 사람은(그 사람의 이름이 도릿이거든요) 요정이 은행에서 나와 그에게 재산을 가져다주기 한참 전에, 계약을 전혀 이행하지 않았기 때문에 그가 서명했던 약정에 따라 우리에게 빚을 졌습니다. 그는 규모가 큰 어떤 회사 – 군인이나 뱃사람, 아니면 누군가가 필요로 하는 독주 또는 단추 또는 포도주 또는 검정구두약 또는 귀리가루 또는 모직물 또는 돼지고기 또는 맞단추 또는 인두 또는 당밀 또는 신발 또는 기타 등등을 취급하는 회사 – 의 공동 출자자였는데, 그 회사가 파산을 했고, 우리가 채권자에 속했던 거고, 구금연장영장이 국왕 쪽에 정확하게 제출되었던 것이고, 또 기타 등등 그랬습니다. 요정이 나타나서 그가 부채를 청산하고자 했을 때, 저런, 우리가 조사하기와 맞조사하기, 서명하기와 맞서명하기의 아주 모범적인 상태에 들어가게 되어서, 돈을 어떻게 받을지 또는 돈을 받고 영수증을 어떻게 끊어줄지 확정한 것이 6개월 전이었습니다. 공공업무의 대성공이었던 거죠." 잘생긴 젊은 바너클이 마음껏 웃으며 말했다. "어르신은 평생 그만한 양의 서류양식을 본 적이 없으실 겁니다. '글쎄요,' 하루는 그 사람의 대리인이 제게 말하더군요. '내가 이 관청에 이천 또는 삼천 파운드를 내놓는 게 아니라 그만큼 받아가려고 해도 이보다 더 고생할 수는 없겠군요.' '이봐요, 당신 말이 맞아요,' 제가 말했죠. '그래야 우리가 여기서 뭔가 하는 일이 있다는 사실을 장차 알게 될 테니까요.'" 상냥하고 젊은 바너클은 다시 한 번 마음껏 웃으면서 말을 맺었다. 그는 정말로 아주 태평하고 유쾌한 친구였으며 태도가 상당히 매력적이었다.

그 일에 대한 타이트 바너클 씨의 견해는 덜 비현실적이었다. 그는 도릿 씨가 빚을 갚고자 그 부서를 애먹인 것을 나쁘게 받아들였고, 그것도 한참이 지난 후에 갚고자 한 것은 격식을 너무 차리지 않은 거라고 생각했다. 그러나 타이트 바너클 씨는 속마음을 털어놓지 않는 사람이었고,[10] 그래서 중요한 사람이었다. 속마음을 털어놓지 않는 사람은 모두 다 중요한 사람인 법이다. 속마음을 털어놓지 않는 사람은 모두 다 신뢰를 얻는 법이다. 속마음을 털어놓는 조심

---

[10] '속마음을 털어놓지 않는 사람'(a buttoned-up man)을 글자 그대로 해석하면 '단추를 채우고 있는 사람'이 된다.

스럽고 행사된 적이 없는 힘이 사람을 매혹하든 안 하든, 그리고 속마음을 털어놓지 않으면 지혜가 깊고 풍부해진다고 생각하고, 털어놓으면 증발한다고 생각하든 안 하든, 중요하게 여겨지는 사람은 속마음을 털어놓지 않는 사람이라는 것이 확실하다. 타이트 바너클 씨의 외투가 하얀색 크러뱃이 있는 데까지 늘 채워져 있지 않았다면 그는 현재 가치에서 절반에도 못 미치는 사람으로 여겨졌을 것이다.

"묻겠는데," 데시머스 경이 입을 열었다. "대릿 씨 – 또는 도릿 씨 – 에게 가족이 있나?"

아무도 답하는 사람이 없자 집주인이 말했다. "딸이 둘 있습니다, 각하."

"아! 그와 안면이 있소?" 데시머스 경이 물었다.

"집사람이 압니다. 아들도 알고요. 사실은," 머들 씨가 말했다. "더 정확히 말해서 젊은 숙녀 중 한 명이 에드먼드 스파클러를 감동시킨 것 같습니다. 그는 감수성이 예민하거든요, 그리고 – 내가 – 생각하기에 – 그를 차지한 여자는 – " 그 순간 머들 씨가 말을 멈추고, 다른 사람들이 자기를 주시하거나 자기 말을 경청하고 있다는 사실을 의식할 때면 늘 그랬던 것처럼 식탁보를 바라보았다.

변호사는 머들 가족과 도릿 씨 가족이 벌써 접촉했다는 사실을 알고는 특별히 좋아했다. 그 사실이 유유상종을 가능케 하는 물리적 법칙을 유추하게 할 만한 본보기 같다고, 맞은편에 앉은 주교에게 낮은 소리로 속삭였다. 그는 재물과 재물이 서로 끌어당기는 그 힘

12 중요하고 애국적인 회담이 개최되다 | 253

을 매우 재미있고 기이한 것으로 - 설명할 수는 없지만 천연자석이나 중력과 같은 것에 속한다고 여겼다. 그 화제가 처음 얘기될 때 다시 이승으로 천천히 돌아왔던 주교가 변호사의 이야기에 동의했다. 그는 상류사회에 선이나 악을 행할 수 있는 힘을 예기치 않게 떠안은 괴로운 처지에 있는 사람이 좀 더 합법적이고 좀 더 거대하게 성장해가는 우세한 힘 - 그 힘의 영향력은(우리가 지금 초대받아 와 있는 우리 집주인 친구의 경우처럼) 상류사회의 최선의 이익과 늘 조화롭게 행사되었는데 - 과 합치는 것이 상류사회에는 징말로 굉장히 중요하다고 말했다. 그래야 하나는 큰 불꽃, 다른 하나는 더 작은 불꽃으로, 각각이 타는 듯 붉고 변덕스러운 섬광으로 빛나면서 서로 겨루고 경쟁하는 두 개의 불꽃이 아니라, 서로 섞여서 부드러워진 하나의 불꽃에서 나오는 온화한 빛이 나라 전체에 한결같은 온기를 퍼뜨리게 할 수 있으니까요. 주교는 그 사례를 설명한 자신의 방식을 무척 맘에 들어 해서, 그 사례를 꽤 강조했다. 그동안 변호사는(배심원 한 명을 잃지 않으려고) 그의 제자가 되어서 그의 가르침을 먹고 사는 체했다.

저녁과 디저트를 먹는 데 세 시간이 소요되었다. 수줍어하는 의원은 데시머스 경의 그림자에 가려진 탓에, 음식과 음료를 먹고 마셔서 몸이 따뜻해지는 것보다 더 빨리 차가워져서 으스스하게 보냈다. 데시머스 경은 평평한 지역에 높이 솟아있는 탑처럼 자신의 그림자를 식탁보에 길게 투사해 그 불빛이 하원의원에게 닿지 않도록 했고, 그 의원의 골수를 서늘하게 했으며, 그에게 신분 차이를 느끼며 비통한 생각이 들게끔 했다. 그는 그 불행한 여행자에게 포도주를 들라고 하면서 자신의 비틀거리는 발걸음을 가장 어두운 그림자로 둘러쌌다. 그리고 "당신의 건강을 위해!"라고 건배사를 했을 때는 주위를 온통 불모와 폐허의 땅으로 만들었다.

데시머스 경이 마침내 커피 잔을 손에 들고 그림 사이를 돌아다니자, 그가 더 이상 돌아다니지 않아서 작은 새들이 위층으로 날아가게 할 가능성에 대해 모든 사람이 흥미로운 추측을 펼치기 시작했다. 그러나 작은 새들은 그가 자신의 고상한 날개를 재촉하여 위층으로 날아갈 때까지는 위층으로 날아갈 수 없었다. 약간 꾸물거리면서 날개를 펼쳐본 것이 몇 차례 허사가 된 다음에야 그는 응접실로 날아올라 갔다.

그때 한 가지 난점이 대두했는데, 두 사람이 서로 의논할 수 있게 저녁식탁에서 특별히 만나게 하면 언제나 대두하던 난점이었다. 모든 사람들이(조금도 눈치채지 못한 주교를 제외하고) 데시머스 경과 머들 씨가 5분간의 특별대화를 나누게 하려고 저녁을 먹고 마시는 것이라는 사실을 충분히 잘 알고 있었다. 드디어 아주 공을 들여 준비했던 기회가 도래했는데, 그 순간부터 단순히 인간적인 창의력만 가지고는 두 지도자를 같은 방에 들어가도록 할 수조차 없을 것 같았다. 머들 씨와 그의 귀족 손님이 투시도의 서로 반대편 끝에서 어슬렁거리기만 했던 것이다. 매력적인 퍼디낸드가 머들 씨 가까이에 있는 청동제 말을 구경하도록 데시머스 경을 모시고 가도 헛수고였다. 그러면 머들 씨가 피하고 먼 데로 옮겨갔다. 희귀한 드레스

덴 꽃병의 유래에 대해 얘기해주도록 퍼디낸드가 머들 씨를 데시머스 경에게 모시고 가도 헛수고였다. 그러면 데시머스 경은 아랫사람이 그렇게 하게 두면서도 자신은 피해서 먼 데로 옮겨갔다.

"이런 모습을 전에도 본 적이 있나요?" 퍼디댄드가 스무 차례 좌절한 다음에 변호사에게 물었다.

"자주 봤습니다." 변호사가 대답했다.

"내가 그중 한 명을 약속된 구석으로 밀어붙이고 당신이 다른 한 명을 밀어붙이지 않는다면," 퍼디낸드가 말했다. "이 일은 결국 성공하지 못할 거예요."

"좋습니다." 변호사가 말했다. "괜찮다면 내가 머들을 밀어붙이겠습니다. 그러나 각하는 못 하겠습니다."

퍼디낸드가 난처해하면서도 웃음을 터뜨렸다. "망할 인간들 같으니!" 그가 시계를 보면서 말했다. "난 빠지고 싶어요. 도대체 어째서 만나지 않는 거죠! 둘 다 자신들이 뭘 원하는지, 그리고 뭘 하려고 하는지 알면서 말이에요. 저들을 좀 봐요!"

그들은 서로 상대방에게 관심이 없다는 우스꽝스러운 허세를 부리면서 투시도의 반대편 끝에서 계속 떠돌았으니, 각자의 속마음이 등짝에 분필로 쓰여 있는데도 불구하고 그렇게 하는 것만큼 명백하게 웃기는 일은 있을 수 없었다. 방금까지 변호사 그리고 퍼디낸드와 함께 있었지만 순진한 탓에 주제에서 제외된 채 올리브 기름에 손을 씻던 주교가 데시머스 경에게 가까이 가서 그와 대화 속으로 미끄러져 들어가는 모습이 목격되었다.

"머들의 주치의가 그를 확실히 붙잡도록 해야 할 것 같아요." 퍼디낸드가 말했다. "그러고 나서 내가 저명한 친척을 잡아서 가능하다면 회담을 하도록 유인해야겠죠 – 어쩔 수 없다면 끌고 가야 하고요."

"당신이 내게," 변호사가 최고로 음흉하게 미소 지으며 말했다. "보잘것없는 도움이라도 청하니까 아주 기꺼이 돕겠습니다. 이 일을 혼자서 할 수 있을 것 같지는 않으니까요. 각하가 지금 대화에 몰두하고 있는 멀리 떨어진 저쪽 응접실에 당신이 각하를 가둬놓는다면, 나는 머들 님이 도망가지 못하게 하여 그 앞에 데려다 놓겠습니다."

"좋습니다!" 퍼디낸드가 말했다. "좋아요!" 변호사가 말했다.

변호사가 외알 안경 한 쌍을 끈으로 연결해 잡고서 경쾌하게 흔들었다. 그리고 배심원의 은하계에 쾌활하게 고개를 숙이고, 이제까지 본 중 가장 우연인 듯한 태도로 머들 씨 곁에 섰다. 그가 머들 씨에게 이 기회를 이용해서 현실적인 지식의 빛에 각별히 인도받고 싶다는 자그마한 요점을 말했을 때, 그는 보기에도 놀랍고 실속이 있는 모습이었다. (그때 그가 머들 씨의 팔을 잡고 천천히 그 자리를 벗어났다.) 우리가 모모 씨라고 칭할 어떤 은행원이 15,000파운드 정도 되는 상당한 액수의 돈을 제가 아무개라고 부르는 외뢰인 또는 고객에게 대출해 주었습니다. (그때쯤 데시머스 경에게 가까이 갔기 때문에 머들 씨를 꼭 붙잡았다.) 미망인이라고 해도 무방할 아무개에게 대출해준 돈을 상환할 것에 대한 담보물로서 모모 씨의

손에 눈 깜짝할 사이에 식은 죽 먹기라고 해도 무방할 자유보유부
동산의 권리증서가 쥐여졌습니다. 자, 요점은 이렇습니다. 눈 깜짝
할 사이에 식은 죽 먹기인 숲에서 벌목을 하고 가지치기를 할 수
있는 제한적 권리를 그때 성인이 되었고 아무 아무개라고 칭해도
무방할 아무개의 아들이 갖고 있었습니다 – 그러나 이건 진짜 너무
나 어렵군! 데시머스 경의 면전에서 마른 왕겨와 같은 법률을 썰면
서 집주인을 붙들고 있으려니 진짜 너무나 어려워! 다음에 하자고
할까! 변호사는 정말로 후회했고 한 마디도 더하고 싶지 않았다.
주교가 여섯 마디라도 해서 날 도와줄까? (변호사는 그때 머들 씨를
데시머스 경 바로 옆에 나란하게 놓여 있는 소파에 앉혔다. 그때야
말로 그 소파로 가지 않으면 안 되는 다시없는 순간이었던 것이다.)

　그때 나머지 손님들은 – 어떤 일이 진행되고 있는지 전혀 모르는
주교는 늘 예외였지만 – 아주 흥분하여 흥미진진해하면서 옆방 응
접실의 난롯불 주위에 모여서 아주 다양한 하찮은 주제들에 관해
편안하게 이야기를 나누는 체했다. 그러나 그들의 생각과 눈은 격리
되어있는 두 사람 쪽으로 은밀하게 향해 있었다. 합창단이 과다하게
불안해했는데, 모종의 행운이 그들에게서 다른 데로 갈 거라는 끔찍
한 우려에 시달려서 그랬을지 모른다. 주교만이 꾸준하고 고르게
이야기를 했다. 그는 젊은 신부들이 몹시 자주 앓는 만성 후두염에
대해, 그리고 그 질병이 성직자들에게 널리 퍼지는 것을 줄일 방법
에 대해 저명한 의사와 이야기를 나눴다. 의사는 일반적인 의견으로
서 만성 후두염을 피하는 가장 좋은 방법은 낭독을 직업으로 삼기

전에 낭독하는 방법을 익히는 거라고 말했다. 주교가 모호하게 반문했다. 정말 그렇게 생각합니까? 의사가 단호하게 말했다. 예, 그렇게 생각합니다.

그 사이에 둥글게 모여 있는 사람들 바깥에서 승강이를 벌인 유일한 인물이 퍼디낸드였다. 그는 데시머스 경이 머들 씨에게, 또는 머들 씨가 데시머스 경에게 모종의 외과수술을 하는데, 조수로서 자신의 도움이 언제라도 필요할 수 있다는 듯이, 둥글게 모여 있는 일행과 그 두 사람의 중간을 계속 지키고 있었다. 정말로, 15분이 채 지나기도 전에 데시머스 경이 "퍼디낸드!" 하고 그를 불렀다. 그가 들어가 회담장에 자리를 잡고 5분이 또 지났다. 그때 합창단에서 헉하는 소리가 반쯤 억눌린 채 터져 나왔다. 데시머스 경이 떠나려고 일어났던 것이다. 그를 인기 있는 인물로 만든 퍼디낸드의 지도를 다시 받아서 모든 일행과 최고로 멋지게 악수했고, 변호사에게는 "자네가 배 얘기 때문에 지루하지 않았길 바라네만?"이라고 말하기까지 했다. 그 말에 대해 변호사가 "각하, 이튼 학교의 배를 말씀하시는 건가요, 아니면 배가 맞은 두 의원을 말씀하시는 건가요?"라고 대꾸를 해서, 자신이 그 농담을 완전히 익혔다는 사실을 솜씨 있게 과시했고, 목숨이 남아있는 한 그 농담을 절대 잊지 않을 거라는 사실을 교묘하게 암시했다.

중요한 근엄성을 단단히 채워서 모두 다 간직하고 있던 타이트 바너클 씨가 다음에 떠났고, 퍼디낸드가 오페라 극장에 가기 위해 그다음에 떠났다. 몇몇 남은 사람들은 머들 씨가 뭔가를 이야기해주기를 간절히 기대하면서 끈적끈적한 고리가 달려있는 상감세공 탁자에 황금색 리큐어잔을 올려놓고 약간 지체했다. 그러나 머들 씨는 한 마디도 하지 않았고 늘 그랬듯이 느릿느릿 그리고 흐리멍덩하게 응접실을 빠져나갔다.

하루나 이틀 후에, 세계적인 명성을 누리고 있는 저명하신 머들 님의 양자 에드먼드 스파클러 님이 에돌림청의 나리 중 한 명으로 임명되었다는 사실이 온 도시에 발표되었다. 그리고 경탄할 만한 그 임명은 품위 있고 우아한 데시머스 경께서 위대한 상업국가에 반드시 늘 있어야 하는 상업적 세력에게 베푸는 품위 있고 우아한 경의의 표시로 환영해야 마땅하다는 포고가 모든 진실한 신봉자들에게 선포되었다 - 그리고 기타 등등의 포고가 요란한 트럼펫 소리와 함께 울려 퍼졌다. 그리하여 정부가 보인 이 경의의 표시에 힘을 얻어서, 그 경이로운 은행과 다른 모든 경이로운 사업체들이 지속적으로 번창해나갔다. 그리고 많은 사람이 순전히 이 경이로운 황금의 인물이 사는 저택을 바라볼 목적으로 캐번디쉬 스퀘어 할리 가로 몰려와서 입을 딱 벌리고 바라보았다.

그리고 집사장이 자신을 낮춰서 현관문에서 바깥을 내다볼 때, 그 모습을 바라본 사람들은 그가 정말 부자로 보인다고 하면서 그 경이로운 은행에 그가 얼마나 많은 돈을 저축해두었을지 궁금해하느라 입을 딱 벌리고 있었다. 그러나 그들이 훌륭한 네메시스[11]를 좀 더 잘 알았더라면 궁금해하지 않았을 것이고, 그 액수를 최대한 정확하게 제시할 수 있었을 것이다.

13 전염병의 확산

정신적 전염병이 최소한 육체적 전염병만큼이나 막아내기 어렵다는 것, 그러한 질병은 역병만큼 유해하고 급속하게 확산된다는 것, 전염이 일단 진행되면 직업과 신분을 가리지 않고 가장 온전한 건강을 가진 사람이라도 지배하며 절대 퍼질 거 같지 않은 체질에서도 퍼진다는 것은 우리 인간들이 대기를 호흡한다는 것만큼이나 경험으로 확실히 증명된 사실이다. 그 연약함과 사악함 때문에 이와 같은 악성질병을 불러온 감염자를, 독이 퍼지기 전에 바로 붙잡아서 확실히 가두어둘 수 있다면 (그 자리에서 질식시켜 죽이진 않는다 하더라도) 말로 다할 수 없는 축복이 인간에게 주어지는 것이다.

거대한 화재가 멀리 떨어진 곳까지 그 불타는 소리로 대기를 가득 채우듯이 강대한 바너클 일족이 부채질해서 피운 성스러운 불꽃은 대기가 머들이라는 이름으로 점점 더 메아리치도록 만들었다. 머들이라는 이름이 모든 이의 입에 올랐고 모든 이의 귀에 전해졌다. 머들 님과 같은 인물은 현재에도 없고, 과거에도 없었으며, 앞으로도 다시는 없을 거라는 식이었다. 앞서도 말했지만 그가 무슨 일을 하는지 아는 사람은 한 사람도 없었다. 그러나 지금까지 이 세상에 나타났던 인물 중에서 가장 위대한 인물이라는 사실은 모든 사람이 알았다.

---

[11] 복수의 여신.

반 페니 동전 하나 주인 없이 존재하진 않는 블리딩 하트 야드에서도 주식거래소에서와 마찬가지로 본보기가 되는 그 인물에게 강한 관심을 갖게 되었다. 플로니쉬 부인은 그 당시 말쑥한 야드 끄트머리 계단 꼭대기에, 작고 나이 든 아버지와 매기가 점원으로 일하는 아늑한 작은 가게를 내고 소규모 식품점 겸 잡화상을 하고 있었는데, 단골과 계산대 위로 돈을 주고받으면서 그 인물에 대한 얘기를 노상 늘어놓았다. 근처 작은 건설업체에 약간의 지분이 있는 플로니쉬 씨는 손에 흙손을 든 채 비계 위나 기와 위에서 다음과 같이 말했다. 사람들 말로는, 머들 씨야말로, 잘 들어요, 우리 모두가 고대하는 것과 관련해서 우리 모두를 제대로 대접해주고, 우리 모두를, 잘 들어요, 필요로 하는 만큼 안전하게 집까지 데려다줄 **바로 그분**이라고 하더군요. 플로니쉬 부부의 유일한 하숙인인 밥티스트 씨가 검소하고 수수한 생활을 한 결과로 머들 씨의 사업체 중 한 곳에 투자할 수 있는 돈을 저축했다는 소문이 귀엣말로 돌았다. 블리딩 하트의 여자들은 소량의 차를 마시고 엄청난 양의 수다를 떨러 와서는 플로니쉬 부인에게 다음과 같이 이야기했다. 부인, 침모로 일하는 조카 메리 앤이 머들 씨 부인의 옷이 짐마차 세 대를 가득 채울 정도라고 하네요. 부인, 그녀는 장소에 상관없이 이제까지 살았던 여성 중에서 최고로 매력적인 여성이고 그 가슴은 대리석처럼 냉혹하다고 하는군요. 부인, 우리가 들은 바로는 정부에 들어가게 된 아들은 전남편과의 사이에서 낳은 아들이래요. 그리고 들은 대로 전부 믿는다면 전남편은 장군이었고 군대를 다시 진군시켜서 승리를 거두었다고 하더군요. 머들 씨가 정부 전체를 취할 가치가 있다면 이득이 없어도 취했을 테지만, 취했다면 손해를 견딜 수 없었을 거라고 했다는 소문이 있다더군요. 부인, 사람들이 거짓말하는 게 아니라면 그가 다니는 길이 금으로 포장되어 있기 때문에 손해를 본다고 해서 몰락했을 거 같지는 않다고 하네요. 그러나 그럴 가치가 있게 만드는 매력적인 뭔가가 준비되지 않은 것은 정말 유감스러운 일이라고 하는군요. 빵과 식용고기 값이 정점에 올랐다는 사실을 아는 것도 그 사람, 그 사람뿐이고, 그 값을 정점에서 떨어뜨릴 수 있고 떨어뜨리고자 하는 것도 그 사람, 그 사람뿐이니까요.

블리딩 하트 야드의 열병은 워낙 널리 퍼져 있고 강력한 것이어서 팽스 씨가 집세를 걷는 날에도 환자들은 가만히 있지 않았다. 그럴 때마다 그 질병은 전염된 사람들이 마법의 그 이름을 말하면서 불가해한 변명과 위안거리를 찾게 하는 단 하나의 형태를 취했다.

"그러니까 이제!" 팽스 씨가 집세를 체납한 하숙인에게 말했다. "나머지 집세를 내란 말이야! 어서!"

"팽스 씨, 돈이 없어요." 체납자가 대답했다. "제게 6펜스 은화 한 닢도 없다는 것은 사실입니다, 선생님."

"그래도 소용없어." 팽스 씨가 대꾸했다. "**소용 있을 거라고** 생각하는 건 아니겠지, 그렇지?"

체납자는 "그렇습니다,"라고 기운 없이 대답해서 그런 기대를 하지 않는다는 걸 인정했다.

"주인님이 이걸 참지는 않을 거야." 팽스 씨가 말을 이었다. "이 따위 변명을 들으라고 날 이곳으로 보낸 게 아니거든. 집세를 내란 말이야! 어서!"

체납자가 대답했다. "아, 팽스 씨. 제가 모든 사람의 입에 오르내리는 그 부자라면 — 제 이름이 머들이라면 말입니다 — 일찌감치, 그것도 기꺼이 다 갚았을 겁니다."

집세 문제에 대한 대화는 집 앞이나 마당 입구에서 그리고 상당한 이해관계가 있는 블리딩 하트의 몇몇 사람들이 있는 곳에서 보통 이루어졌다. 사람들은 그런 식의 말을 들으면 마치 그것이 설득력이 있다는 듯이 언제나 낮은 소리로 중얼거렸고, 체납자는 전에 아무리 얼빠진 표정으로 쩔쩔매었더라도 그 말을 하고는 언제나 약간 기운을 냈다.

"제가 머들 씨라면, 선생님, 그렇다면 선생님이 제게 불평을 늘어놓을 이유가 없을 거에요. 정말 없을 거예요!" 체납자는 고개를 가로저으며 말을 이었다. "그렇다면, 팽스 씨, 제가 신속하게 갚았을 테니까 제게 요구할 필요도 없었을 거예요."

그런 대답을 그곳에서 다시 듣는다는 것은 그보다 더 공정하게 대답할 순 없다는 사실을 의미하는 것이었고 현금을 내는 것과 비슷한 것이었다.

팽스 씨는 그 사실을 노트에 기록하고 이렇게 말할 수밖에 없었다. "글쎄! 자네는 중개인을 불러들일 거고 쫓겨날 거야. 그게 자네에게 닥칠 일이야. 머들 씨에 대해 내게 얘기해도 소용없어. 내가 머들 씨가 아닌 것처럼 자네도 머들 씨가 아니니까."

"그렇습니다, 선생님." 체납자가 대답했다. "다만 선생님이 **그분이었으면** 좋겠습니다."

그와 같은 대답이 재빨리 이끌어내는 것은 "이봐, 자네가 **그분이기를** 바랄 뿐이네,"라는 아주 기분 좋은 응답이었다.

"선생님이 머들 씨였다면 저희에게 좀 더 관대했을 것이고," 체납자가 용기를 내서 말을 계속했다. "그러면 모든 당사자들에게 좀 더 나았을 거예요. 저희를 위해서도 선생님을 위해서도 좀 더 나았을 거예요. 그러면 누구도 괴롭힐 필요가 없을 테니까요. 저희를 괴롭힐 필요도, 선생님 자신을 괴롭힐 필요도 없을 거잖아요. 선생님이 머들 씨였다면 좀 더 편안하게 마음먹었을 거고 다른 사람들도 좀 더 편안하게 두었을 테지요, 그랬을 거예요."

특정 개인과 관계없는 이런 칭찬을 듣고서 참을 수 없이 당황한 팽스 씨는 이런 비난을 듣고서 용기를 내지 못했다. 그저 손톱을 물어뜯다가 다음 체납자에게 숨을 헐떡이며 갔다. 그러고 나면 민감하게 반응하는 블리딩 하트의 사람들이 그가 방금 포기한 체납자 주위로 몰려들었고, 머들 씨의 현금 액수에 대해 정말로 터무니없는 소문이 큰 위로가 될 정도로 그들 사이에 퍼져나갔다.

집세를 걷는 날이면 하루에도 수없이 겪는 그런 실패를 겪고서 팽스 씨는 그날의 수금을 마치고 노트를 겨드랑이에 낀 채 플로니쉬 부인의 가게가 있는 모퉁이로 갔다. 그때 팽스 씨의 목적은 직업적인 것이 아니라 사교적인 것이었다. 힘든 하루를 보냈기에 약간 즐거워지기를 원했던 것이다. 이 당시 그는 비슷한 경우마다 플로니쉬 가족을 자주 들여다봤고 도릿 양을 회상할 때면 자기도 한몫 거들어서 그들과 스스럼없이 지내고 있었다.

플로니쉬 부인의 가게 겸 거실은 그녀가 보는 앞에서 꾸몄던 것인데, 가게 쪽 벽으로 그녀가 더할 나위 없이 좋아하는 작은 허구를 선보이고 있었다. 화가가 문짝과 창을 진짜로(균형이 전혀 맞지 않는 크기와 양립할 수 있게끔 효과적으로) 들여놓았기 때문에, 그 거실의 시적 고양은 벽이 초가집의 외부를 표현하도록 그려 놓는 것으로 이루어졌다. 별로 크지 않은 해바라기와 접시꽃이 이 시골풍의 집에서 아주 무성하게 잘 자라는 걸로 그려졌고, 굴뚝에서 나오는 다량의 짙은 연기는 집안의 화기애애함을 나타냄과 동시에 어쩌면 최근 굴뚝을 소제한 적이 없다는 사실을 나타내는 것이었을지 모른다. 충실한 개 한 마리가 문지방에 앉아 있다가 정다운 손님의 다리로 달려가는 모습이 그려져 있었고, 비둘기 떼가 감싸고 있는 원형의 비둘기장이 정원 울타리 뒤로 솟아 있었다. 문에는 (닫혀 있을 때는) '행복한 시골집, T. 플로니쉬와 M. 플로니쉬'[12] 라는 글자를 새긴 황동 문패 같은 것이 보였는데, 그것은 부부라는 동반자 관계를 나타내는 것이었다. 어떤 시나 어떤 예술도 이 가짜 시골집에서 둘이 결혼하여 함께 살고 있다는 사실보다 플로니쉬 부인의

---

[12] 토머스 플로니쉬와 메리 플로니쉬. 플로니쉬 부인의 이름이 1권 12장에서는 샐리로 제시되었으므로 샐리가 메리로 바뀐 것은 디킨스의 실수임.

상상력을 더 매료시키는 것은 없었다. 플로니쉬가 일을 마치고 벽에 기댄 채 담배를 피우는 습관이 있어서, 그의 모자가 비둘기장과 모든 비둘기를 지우고, 그의 등이 집을 삼켜버리고, 호주머니에 넣은 두 손이 꽃이 만발한 정원을 뿌리째 뽑아버리고 그 부근을 황폐하게 파괴해도 괜찮았다. 플로니쉬 부인에게 그것은 여전히 아주 아름다운 시골집이었고, 아주 경이로운 속임수였다. 플로니쉬 씨의 눈이 초가집의 박공에 있는 침실의 높이보다 몇 인치 높이 있어도 상관없었다. 가게 문을 닫은 후에 가게에 나와서 친정아버지가 그 집 안에서 노래하는 소리를 들으면, 그것이 플로니쉬 부인에게는 완벽한 목가요, 황금시대의 부활이었던 것이다. 그리고 정말로 그 유명한 시대가 되살아났더라도, 혹은 도대체 존재하기나 했었는지 모르겠지만, 그 시대가 이 가난한 여인보다 마음속 깊이 더 충심으로 찬양하는 딸들을 많이 낳았을지는 의문이다.

가게 문에 달아놓은 방울이 딸랑딸랑 울리자 플로니쉬 부인은 어떤 손님이 찾아왔는지 확인하려고 '행복한 시골집'에서 나왔다. "팽스 씨, 당신일 거라고 짐작했어요." 그녀가 말했다. "오늘 밤은 정기적으로 오는 날이잖아요? 아빠도 방울 소리를 듣고 손님을 맞으시려고 나오셨네요, 팔팔한 젊은 점원처럼 말이에요. 건강해 보이시지 않나요? 아빠는 한담하는 걸 아주 좋아하기 때문에 손님이 찾아오는 것보다도 당신이 찾아오는 걸 더 좋아하세요. 그리고 도릿 양에 대한 이야기면 더욱더 좋아하시고요. 아빠가 지금 같은 목소리로 노래 부르는 걸 들어본 적이 없을 거예요." 플로니쉬 부인이 목소리를 떨면서 말했는데, 아주 자랑스러워했고 만족해했다. "아빠가 어젯밤에 스트레폰의 노래를 들려주자 플로니쉬가 일어나서 식탁 너머로 이렇게 말할 정도였거든요. '존 에드워드 낸디,' 남편이 아빠에게 말했어요. '장인이 오늘 밤에 부르는 노래만 한 노래를 들어본 적이 없어요.' 팽스 씨, 즐겁지 않나요? 정말로요?"

팽스 씨는 그 노인에게 최대한 친절하게 코를 킁킁거리며 긍정하는 답을 한 다음에 문득 생각난 듯이 물었다. 명랑한 그 알트로 친구는 돌아왔나요? 플로니쉬 부인이 안 왔다고 대답했다. 일 때문에 웨스트엔드에 가면서 차 마시는 시간까지는 오겠다고 했는데 아직 안 왔어요. 그때쯤 팽스 씨는 '행복한 시골집'으로 들어오라는 간청을 받았고, 집안에 들어가서는 학교에서 막 귀가한 맏아들 플로니쉬 도련님을 만났다. 그날 배운 내용에 대해 어린 학생을 가볍게 시험하다가, 많은 교재와 엠(M)이라는 글자를 공부하는 상급반 학생일수록 "머들, 백만 파운드"라는 작문과제를 내준다는 사실을 알게 되었다.

"플로니쉬 부인, **당신은** 어떻게 지내요?" 팽스가 물었다. "사람들이 백만 파운드를 언급하기 시작한 이후로 말이에요."

"선생님, 정말로 아주 한결같아요." 플로니쉬 부인이 대답했다. "아빠, 취미가 워낙 훌륭하시니까 차 마시기 전에 가게에 가서 창을 좀 치워주실래요?"

존 에드워드 낸디는 딸의 청을 듣자 아주 기뻐하며 서둘러 나갔다. 노인 앞에서 금전문제를 말하는 것에 대해, 그런 이야기가 그의 정신을 눈뜨게 하고 구빈원으로 달아나게 할까 봐 언제나 극도의 공포심을 느끼고 있던 플로니쉬 부인은 그제야 팽스 씨와 자유로이 속내를 털어놓을 수 있게 되었다.

"장사가 정말로 아주 한결같다는 것은 전적으로 사실이에요." 플로니쉬 부인이 목소리를 낮춰서 말했다. "그리고 단골이 많다는 것도요. 앞길을 유일하게 가로막는 것은 외상이에요."

블리딩 하트 야드의 거주자들과 상거래를 하는 사람들 대부분이 다소 심각하게 느끼는 그 결점이 플로니쉬 부인이 장사하는 데에는 커다란 장애물이었다. 도릿 씨 덕에 그녀가 장사하게 되었을 때 블리딩 하트의 사람들은 인간성에 명예가 될 정도로 상당히 감격했고 그녀의 장사를 성원하겠다고 결심했다. 오랫동안 같은 공동체를 이뤘던 일원으로서 그녀가 자신들에게 선심을 요구할 권리가 있다는 사실을 인지하자, 그들은 어떤 일이 닥치든 플로니쉬 부인과 거래를 하고 다른 가게를 애용하지는 않기로 아주 기분 좋게 맹세했다. 그와 같은 고상한 생각에 따라 그들은 식품과 버터 종류 중 그들이 잘 먹지 않던 약간의 고가품을 서로에게 다음과 같이 이야기하면서 일부러 구매하기까지 했다. 우리가 약간 무리하는 건 이웃과 친구를 위해서잖아? 그리고 이웃과 친구가 아니라면 누구를 위해 무리하겠어? 그런 격려를 받아서 장사는 아주 번창했고, 쌓아둔 물품들은 굉장히 신속하게 팔려나갔다. 요컨대, 블리딩 하트의 사람들이 물건값만 치렀다면 사업은 완벽한 성공이었을 것이다. 그러나 오로지 빚지는 데에만 국한하여 격려해주었기 때문에 실제로 실현된 이득이 장부에는 아직 보이지 않았다.

팽스 씨가 그와 같은 회계 상태를 살펴보다가 머리털을 곤두세워서 자신을 바로 호저처럼 만들었을 때, 낸디 영감이 기이한 태도로 시골집에 다시 들어오더니, 밥티스트 씨가 두려운 뭔가와 맞닥뜨린 것처럼 이상한 행동을 하니 와보라고 청했다. 모두 가게로 가서 창을 통해 보노라니, 밥티스트 씨가 얼굴이 창백하게 질린 채 흥분하여 다음과 같이 이상한 행동을 하는 것이었다. 우선, 그는 야드로 내려가는 계단 꼭대기에 숨은 뒤 머리를 가게 문 쪽에 바짝 댄 채 조심스레 내밀어서 길 아래 위를 엿보았다. 아주 불안하게 살핀 후에 숨었던 곳에서 나와서는 아예 떠나는 것처럼 길 아래로 활기차게 걸어가더니, 갑자기 돌아서서 같은 걸음걸이로 그리고 같은 시늉을 하면서 길 위쪽으로 왔다. 길 아래로 내려갔던 정도밖에 올라오지 않았을 무렵 그는 마찻길을 건너서 사라져버렸다. 그가 얼굴을 찡그리고 계단에서 가게로 갑자기 다시 들어온 것이, 야드의 반대편 끄트머리에 있는 도이스와 클레넘 회사 쪽까지 크게 그리고 눈에 띄지 않게 우회했다가 야드를 가로질러서 뛰어 들어온 것이라는 사실로 해석되었을 때에야 그 마지막 동작의 목적이 겨우 분명해졌다. 그때 그는 당연히 가쁜 숨을 몰아쉬었고, 급히 문을 닫는 바람에 그의 뒤에서 딸랑딸랑 흔들리며 울리는 가게의 작은 방울보다도 심장이 더 빨리 뛰는 것 같았다.

"어이, 이보게!" 팽스 씨가 말했다. "알트로, 이봐! 무슨 일이야?"

밥티스트 씨, 즉 카발레토 씨는 이제 영어를 거의 팽스 씨만큼 잘 알아들었고 또한 잘 할 수 있었다. 그럼에도 플로니쉬 부인은 그녀를 거의 이탈리아 사람으로 만들어준 자신의 재주에 대해 어쩔 수 있는 허영심을 갖고 통역으로 끼어들었다.

"그가 알고자 묻는군," 플로니쉬 부인이 말했다. "무슨 일이야?"

"행복한 작은 시골집으로 들어가요, 사모님." 밥티스트 씨가 남의 눈을 피해 오른손 집게손가락을 어깨 위로 허둥지둥 올려 뒤쪽을 향해 흔들면서 대답했다. "저기로요!"

플로니쉬 부인은 사모님이라는 칭호를 자랑으로 여겼는데, 그 호칭이 안주인이 아니라 이탈리아어 교사를 의미하는 걸로 여겼던 것이다. 그녀는 밥티스트 씨의 청을 즉시 받아들였고 그들 모두 시골집으로 들어갔다.

"그가 바래요, 당신이 겁먹지 않기를." 그때 플로니쉬 부인이 평소에 갖고 있던 풍부한 기지를 발휘하여 팽스 씨의 말을 새롭게 옮겼다. "무슨 일이야? 사모님이라니!"

"어떤 사람을 봤어요." 밥티스트가 대답했다. "그를 우연히 만났단 말이에요."

"그라니? 아, 그 녀석 말이야?" 플로니쉬 부인이 물었다.

"악당이에요. 진짜로 나쁜 악당이죠. 다시는 보고 싶지 않았거든요."

"그 사람이 악당인지 어떻게 알아?" 플로니쉬 부인이 물었다.

"사모님, 어떻게 아는지는 중요한 게 아니에요. 제가 아주 잘 아니까요."

"당신을 봤어?" 플로니쉬 부인이 물었다.

"아뇨. 그렇지 않았으면 해요. 그렇지 않았을 거예요."

"이 사람 말로는," 플로니쉬 부인이 아버지와 팽스에게 가볍게 생색내는 태도로 통역해주었다. "자기가 악당을 만났지만 그 악당은 자기를 보지 못했으면 좋겠다고 하네요 – 어째서," 플로니쉬 부인이 이탈리아어로 되돌아가서 물었다. "어째서 악당이 보지 못했으면 좋겠다는 거지?"

"사모님," 그녀가 아주 사려 깊게 보호해주던 작은 외국인이 대답했다. "제발 묻지 마세요. 다시 한 번 말씀드리지만 그건 중요한 게 아니에요. 그 사람이 두려워요. 그를 보고 싶지 않아요, 그에 대한 소식도 듣고 싶지 않고요 – 다시는요! 이제 그만해요, 아주 질리네요. 그만하자고요!"

그 주제가 그에게는 아주 불쾌한 것이었고 평상시 그가 갖고 있던 활기를 아예 달아나게 하는 것이었기 때문에, 좀 더 정확히는 아까부터 벽난로에서 차가 끓고 있었기 때문에, 플로니쉬 부인은 더 이상 그를 압박하지 않았다. 그러나 질문을 좀 더 하지 않았다고 해서 그녀가 놀라지 않았다거나 알고 싶지 않았다는 건 아니다. 팽스 씨도 마찬가지였는데, 작은 사내가 들어온 이래 그는 많은 짐을 싣고 가파른 경사면을 올라가는 기관차처럼 의미심장하게 그리고 거칠게 숨을 씨근거렸다. 엄청나게 큰 모자를 여전히 쓰고 있지만 이전보다 옷을 잘 차려입은 매기는 처음부터 입을 벌리고 두 눈을 크게 뜬 채 눈에 띄지 않는 뒤쪽에 앉아 있었다. 그러나 그 주제를 때 아니게 억누른다고 해서 벌린 입과 둥그렇게 뜬 눈이 닫히지는 않았다. 그 주제에 대해 더 이상의 말은 없었지만 모두 다 이러저러한 생각을 많이 하는 것 같았다. 플로니쉬의 두 아이도 결코 예외가 아니었으니, 그들은 진짜로 못된 악당이 자신들을 잡아먹을 목적으로 곧 나타날 가능성이 인정하기 싫지만 크다고 여겨서 저녁으로 버터 바른 빵을 먹으면서도 먹고 싶지 않다는 듯이 먹었다. 밥티스트 씨가 점차 조금씩 입을 열기 시작했다. 그러나 평소 앉던 자리가 아니라, 문 뒤쪽, 창 가까이에 앉아서 조금도 움직이지 않았다. 작은 방울이 울릴 때마다 깜짝 놀랐고, 작은 커튼의 한쪽 끝을 손에 들고 나머지로 얼굴을 가린 채 숨어서 밖을 내다보았다. 아무리 여러 번 되돌아가고 방향을 바꾸었어도 두려워하는 그 사람이 무시무시한 블러드하운드 개처럼 틀림없이 자기 뒤를 쫓아왔을 거라고 확신하는 게 분명했다.

두세 명의 손님과 플로니쉬 씨가 서로 다른 시간에 가게에 들어왔기 때문에 밥티스트 씨는 그런 동작만으로도 일행의 관심을 자신에게 충분히 붙잡아둘 수 있었다. 차를 다 마시고, 아이들이 잠자리에 들고, 플로니쉬 부인이 아버지에게 클로에의 노래를 들려달라고 공손하고 조심스럽게 청하려고 할 때, 방울이 다시 울리더니 클레넘 씨가 들어왔다.

클레넘은 에돌림청의 대기실에서 많은 시간을 빼앗겼기 때문에 장부와 편지를 늦게까지 들여다보아야 했다. 게다가 어머니 집에서 최근에 겪었던 일 때문에 낙담했고 불안했다. 그는 수척하고 외로워 보였으며, 스스로 그렇게 느끼기도 했다. 그럼에도 도릿 양에게서 편지가 다시 왔다는 소식을 전하려고 회계사무실을 출발하여 야드의 그쪽 끄트머리로 해서 집으로 돌아가는 중이었다.

그 소식이 시골집에 흥분을 일으켜서 사람들의 관심을 밥티스트 씨에게서 다른 데로 돌렸다. 매기가 재빨리 앞쪽으로 밀고나왔고, 눈물로 눈이 막히지 않았다면 작은 엄마에 대한 소식을 귀와 코와 입과 눈으로 고르게 빨아들였을 것이다. 클레넘이 로마에도 병원이, 그것도 아주 친절하게 운영되는 병원이 있다고 확인해주자 특히나 기뻐했다. 팽스 씨는 편지에서 특별히 안부를 전해 받은 덕에 새로 두드러졌다. 그들이 모두 기뻐했고 관심을 보였으니, 클레넘은 그의 수고에 제대로 보답 받은 셈이었다.

"하지만 선생님은 지치셨어요. 차 한 잔 만들어 드릴게요," 플로니쉬 부인이 말했다. "스스로를 낮춰서 시골집에서 그런 걸 드시겠다면요. 또한 저희를 이렇게 친절하게 기억해주시는 것도 정말 많이 감사드려요."

집주인으로서 개인적인 감사의 말을 덧붙여야겠다고 생각한 플로니쉬 씨가 격식과 진심의 결합이라는 최고의 이상을 언제나 표현할 수 있는 방식으로 감사의 말을 했다.

"존 에드워드 낸디," 플로니쉬 씨가 노인에게 말했다. "장인어른. 눈곱만큼의 거만도 섞이지 않은 겸손한 행동을 자주 볼 수 있는 것은 아니니까, 그런 행동을 보시면 그 사람에게 고맙다는 경의를 표하세요. 그렇게 하지 않고 살다가 그것들을 필요로 하면 꼴좋게 되는 거니까요."

그 말을 듣고 낸디 씨가 대답했다.

"토머스, 진심으로 자네와 같은 생각이야. 내 생각도 자네 생각과 같아. 그러니 더 이상 다른 말 말고 그 생각에 대해 주저하지도 말게. 그 생각에 찬성하는 것을, 토머스, 찬성하는 것을 보면 자네와 내가 앞으로 모든 면에서 틀림없이 같은 생각을 할 거야. 생각의 차이가 없으니까, 같은 생각 말고 다른 생각은 존재할 수 없는 거지. 전혀 없어, 토머스, 토머스, 없는 거야!"

아서가 자기로서는 보잘것없는 배려를 한 건데 높게 평가해주니 기쁘다는 뜻을 격식을 차리지 않고 표현했다. 그리고 차는, 아직 식사를 못했고 하루 종일 일을 한 다음이므로 곧장 집에 가서 배를 채우고 원기를 회복할 작정이라고, 그렇지 않았으면 친절한 제의를 기꺼이 받아들였을 거라고 설명했다. 팽스 씨가 출항하려고 다소 시끄럽게 증기를 내뿜자 마무리할 겸 그에게 물었다. 나와 같이 갈 텐가? 팽스 씨가 자기로서는 달리 더 나은 일을 바랄 수 없겠노라고 했다. 그래서 둘이 '행복한 시골집'에 작별을 고했다.

"팽스, 나와 같이 집에 가서," 그들이 거리에 들어서자 아서가 말했다. "자비를 베푸는 셈 치고 있는 대로 저녁이든 야식이든 함께 합시다. 오늘 밤은 피곤하고 기분이 안 좋네요."

"그보다 더한 걸 해달라고 부탁해보세요." 팽스가 말했다. "당신이 원하면 더한 것도 해줄 테니까."

이상한 이 인물과 클레넘 사이에는 팽스 씨가 마셜시 마당에서

럭 씨의 등을 타고 솟아올랐던 이후 암묵적인 이해와 합심이 줄곧 커져왔다. 도릿 씨 가족이 마셜시를 출발하던 그 잊을 수 없는 날, 마차가 멀어져갈 때 그들 둘은 마차 뒤를 함께 바라보았고 천천히 걸어서 마셜시를 함께 떠났다. 작은 도릿에게서 첫 번째 편지가 도착했을 때 그녀에 대한 소식을 팽스 씨 이상으로 관심을 가지고 듣는 사람은 아무도 없었다. 지금 클레넘의 가슴주머니에 들어있는 두 번째 편지는 그의 이름을 거론하며 특별히 그에게 안부를 전하고 있었다. 그가 예전에 클레넘에게 어떤 고백이나 항의를 한 적은 없었지만, 그리고 조금 전에 했던 이야기 자체는 그 이야기를 표현한 말에 관한 한 거의 아무것도 아니었지만, 클레넘은 팽스 씨가 그 나름의 이상한 방식으로 자기에게 애정을 지니고 있다는 생각을 오랫동안 키워왔다. 그런 모든 실들이 한데 얽혀서 그날 밤 팽스를 의지할 만한 그런 굵은 밧줄로 만들어주었다.

"나는 아예 혼자 있어요." 걸어가면서 아서가 설명했다. "동업자는 조금 떨어진 곳에 바쁜 일이 생겨서 자리를 비웠거든요. 당신은 하고 싶은 대로 하면 됩니다."

"고마워요. 조금 전에 작은 알트로를 특별히 눈여겨 보지 않았죠?" 팽스가 물었다.

"예. 왜요?"

"영리한 친구이고 그 친구가 맘에 들어서요." 팽스가 말했다. "그가 오늘 뭔가가 이상해요. 그를 혼란에 빠뜨린 원인이 무엇인지 어떤 것이든 짚이는 게 있나요?"

"당신 말을 들으니 놀랍군요! 전혀 없어요."

팽스 씨가 질문했던 이유를 설명해주었다. 아서로서는 천만뜻밖의 이유였고 도통 설명할 수가 없었다.

"모르는 사람이었으니까," 팽스가 말했다. "그에게 물어보았을 것도 같아서요?"

"뭘 물어본다는 거죠?" 클레넘이 되물었다.

"그의 마음에 걸리는 일에 대해서요."

"마음에 걸리는 뭔가가 있는지를 먼저 직접 확인해야 할 것 같군요." 클레넘이 말했다. "모든 면에서 아주 부지런하고 아주 감사해하고(아주 사소한 것에 대해서도요) 아주 믿을 만하다고 생각하고 있었는데, 의심하는 것처럼 보일 수도 있으니까요. 그건 아주 부당한 거죠."

"맞아요." 팽스가 말했다. "그러나 있잖아요! 클레넘 씨, 당신은 누구의 주인이 돼도 안 되겠어요. 정말 지나치게 자상하군요."

"그 문제에 대해서라면," 클레넘이 웃으면서 대답했다. "내가 카발레토에 대한 지분이 많지는 않아요. 그는 조각을 해서 생활을 해요. 그리고 공장 열쇠를 갖고 이틀에 한 번씩 밤마다 공장을 지키고 공장 전체를 관리하는 일종의 관리인으로 있어요. 그에게 맡길 수 있는 일감을 맡기긴 하지만 그의 창의력이 필요한 일이 별로 없거든요. 주인이라니, 천만에요! 주인이라기보다는 의논상대지요. 날 그의 상임변호사 겸 물주라고 생각하는 게 사실에 가까울 거예요. 물주 얘기하니까 생각나는데, 지금 수많은 사람들이 모험적 사업을 생각하고 있고 심지어 작은 카발레토조차 그걸 생각한다는 게 묘하지 않나요, 팽스?"

"모험적 사업이라뇨?" 팽스가 코를 킁킁거리며 되물었다. "어떤 사업을 말하는 거죠?"

"머들의 사업 말이에요."

"아! 투자 말이군요." 그가 말했다. "아, 그래요! 당신이 투자 얘기를 꺼낼 줄은 몰랐어요."

재빨리 대답하는 팽스의 말투가 말로 한 것 이상의 의미를 표현하는 게 아닌가, 하는 의심으로 그를 바라보게 했다. 그러나 그다음에 팽스가 발걸음을 빨리했고 그에 따라 기계장치가 헐떡이는 것도 빨라졌기에 아서가 그 문제를 계속 생각하지는 못했다. 곧 집에 도착했다.

수프와 비둘기파이로 이루어진 저녁식사가 난롯불 앞의 작고 둥근 식탁에 좋은 포도주로 풍미를 더한 채 차려져서 팽스 씨의 기계 부품에 자못 효과적으로 기름칠을 했다. 그래서 클레넘이 동방산 담뱃대를 꺼내 물고 팽스 씨에게 또 다른 동방산 담뱃대를 건넸을 때 그는 기분이 아주 좋았다.

그들은 잠시 아무 말 없이 담배를 피웠다. 팽스 씨는 바람, 조류, 잔잔한 바다, 그리고 다른 모든 항해조건이 유리한 상태에 있는 증기선 같았다. 그가 먼저 입을 열고 다음과 같이 말했다.

"그래요. 투자 말이에요."

클레넘이 전과 같은 표정을 하고 입을 열었다. "아!"

"그 얘기를 다시 하려고요." 팽스가 말했다.

"그래요. 그 얘기를 다시 하려고 한다는 건 알겠어요." 클레넘이 이유를 궁금해하며 대답했다.

"작은 알트로가 그 생각을 하고 있다는 게 묘하지 않나요? 안 그래요?" 팽스가 담배연기를 뿜으며 물었다. "당신이 그렇게 표현했잖아요?"

"그렇게 말했죠."

"그래요! 그러나 야드 전체가 투자하려고 한다는 생각을 해봐요. 집세 걷는 날마다 그들 모두가 날 만나면 여기저기 곳곳에서 그 얘길 한다고 생각해봐요. 집세를 내든 못 내든 말이에요. 머들, 머들, 머들. 언제나 머들이에요."

"투자에 열중하는 이런 유행이 어떻게 퍼지게 되었는지 너무 이상하군요." 아서가 말했다.

"이상하지 않나요?" 팽스가 되물었다. 그러고 나서 일 분 정도 담배를 피우다가 최근에 기름칠을 한 것에 어울리지 않을 정도로 건조하게 덧붙였다. "아시다시피 그 사람들은 그 문제를 이해하지도 못하는데 말이에요."

"조금도 못하죠." 클레넘이 동의했다.

"전혀요." 팽스가 소리쳤다. "숫자에 대해 아무것도 몰라요. 금전상의 문제에 대해서도 아는 바가 없고요. 계산은 해본 적도 없지요. 계산하지 않으니까요!"

"그들이 계산을 한다면 – " 클레넘이 말을 하려는데, 팽스 씨가 안색 하나 변하지 않고, 콧소린지, 기관지 소린지, 평상시 그가 아무리 노력해도 낼 수 없는 소리를 내는 바람에 말을 멈추었다.

"그들이 계산한다면요?" 팽스가 질문하는 어조로 되풀이했다.

"내 생각에는 당신이 – 그렇게 말한 거 같은데요." 아서가 자기 말을 가로막은 것에 대해 뭐라고 할지 망설이다가 말했다.

"천만에요." 팽스가 말했다. "아직은 그렇게 말하지 않았어요. 곧 할지는 모르죠. 그들이 계산한다면요?"

"그들이 계산한다면," 친구의 말을 어떻게 받아들여야 할지 몰라서 약간 당황한 채로 클레넘이 입을 열었다. "글쎄요, 그들이 투자할 정도로 어리석을 거 같진 않아요."

"왜 그렇죠, 클레넘 씨?" 팽스가 재빨리, 그리고 대화를 처음 시작할 때부터 방금 발사한 가혹한 비난을 장전하고 있었다는 인상을 이상하게 주면서 질문을 했다. "그들이 옳아요. 그들이 꼭 옳은 일을 하려는 건 아니지만 옳다니까요."

"머들 씨에게 투자하려고 하는 카발레토와 뜻을 같이하는 게 옳다는 건가요?"

"정확히 그래요." 팽스가 말했다. "이미 검토했어요. 이리저리 계산하고 따져보았는데, 안전하고 진짜더라고요." 그 얘기까지 다 해서 마음의 짐을 덜은 팽스 씨는 동방산 담뱃대 한 모금을 자신의 폐가 허용하는 한 길게 빨고 나서 클레넘을 현명하고 차분하게 지켜보았다. 그러면서도 담배를 들이마시고 내뿜는 것은 계속했다. 그럴 때마다 팽스 씨는 자신이 감염된 위험한 전염병을 퍼뜨리기 시작했다. 그것이 그 질병을 퍼뜨리는 방법이고 그 질병이 퍼지는 교묘한 통로인 것이다.

"팽스, 당신 말은," 클레넘이 강조를 하며 질문했다. "당신의 그 천 파운드를, 이를테면, 예를 들자면, 그런 유의 사업에 투자할 거라는 건가요?"

"물론입니다." 그가 말했다. "이미 투자한 걸요."

팽스 씨는 다시 한 번 길게 담배를 들이마시고 길게 내뿜었으며, 빈틈없는 눈초리로 다시 한 번 클레넘을 오랫동안 바라보았다.

"클레넘 씨, 정말로 이미 투자했다니까요." 팽스가 말했다. "그는 엄청난 재산 ─ 막대한 자본 ─ 정부에 대한 영향력을 가진 사람이에요. 그에게 투자하는 것이 현재 돌아다니는 안 중에서 최상의 안이에요. 안전하고 확실하니까요."

"글쎄요!" 클레넘이 처음에는 그를, 그다음에는 난롯불을 진지하게 바라보다가 대답했다. "당신 말을 들으니 놀랍군요!"

"체!" 팽스가 대꾸했다. "그런 말 말아요. 당신도 그렇게 해야 하는 거예요. 나처럼 해보는 게 어때요?"

팽스 씨는 자기도 모르는 사이에 열병에 감염된 경우와 마찬가지로 널리 퍼진 그 질병을 누구에게서 옮겨 받았는지 알 수 없었다. 수많은 육체적 질병이 처음에는 사람들의 사악함 속에서 생겨나고 그다음에는 무지 속에서 확산되지만, 일정 기간이 지나면 그러한 전염병은 무지하지도 사악하지도 않은 사람들에게 수없이 전염되는 법이다. 팽스 씨 자신은 그 질병을 그런 부류에 속하는 사람에게서 옮겨 받았을 수도 있고 아닐 수도 있었으나, 클레넘에게는 그가 그런 부류에 속하는 사람으로 보였다. 그래서 그가 퍼뜨리는 질병은 더욱더 전염성이 강한 것이 되었다.

"팽스, 천 파운드를 정말로 투자한 거예요?" 클레넘은 벌써 그 단어로 넘어갔다.

"물론이지요!" 팽스가 담배연기를 내뿜으며 뚜렷하게 대답했다. "투자한 돈이 10,000파운드였기를 바랄 뿐이죠!"

그날 밤 클레넘의 외로운 마음을 무겁게 짓누르는 두 가지 문제가 있었으니, 하나는 오랫동안 유예되어 있는 동업자의 희망이었고, 다른 하나는 어머니 집에서 자신이 보고 들었던 내용이었다. 친구를 사귀게 되었고 그 친구를 믿을 수 있다는 안도감을 느끼다가도, 두 가지 걱정이 다시 들었고, 그 기세가 더욱 가속도가 붙어서 그를 다시 출발점으로 데리고 갔다.

그것은 최고로 간단한 과정이었다. 담배연기 너머로 난롯불을 말 없이 잠시 지켜보다가, 투자 얘기를 그만하고, 자신이 어떻게 그리고 어째서 위대한 국가적 부서에 몰두하게 되었는지를 팽스에게 얘기해주었다. 그 주제가 불러일으킨 감정을 숨김없이 표현하며, "도이스에게 그것은 가혹한 문제였고 지금도 가혹한 문제죠,"라는 얘기로 마무리했다.

"정말 가혹하군요." 팽스가 마지못해 동의했다. "그러나 클레넘 씨, 당신이 그를 대신해서 관리하는 거잖아요?"

"무슨 말이죠?"

"회사의 재정 부분을 관리하잖아요?"

"그래요. 할 수 있는 한 잘 관리하려고 합니다."

"좀 더 잘 관리하세요." 팽스가 말했다. "그의 노고와 실망에 대해 보상하세요. 그에게 시대의 기회를 제공하세요. 끈기 있게 몰두하는 장인인 그런 사람은 그쪽으로는 절대 이익을 얻지 못해요. 그가 당신에게 의지하고 있는 거예요."

"팽스, 나는 최선을 다하고 있어요." 클레넘이 불안하게 대답했다. "경험도 없는 새로운 회사를 제대로 평가하고 검토하는 것에 대해, 내가 그 일을 하기에 적합한지 모르겠지만요. 나이가 들어가니까요."

"늙어간다고요?" 팽스가 큰 소리로 말했다. "하, 하!"

팽스 씨가 그런 생각에 깜짝 놀라고, 그런 생각을 완전히 부정하면서 이상한 웃음을 짓고, 연속해서 코를 쿵쿵거리고 담배연기를 내뿜는 데에는 확실히 진정한 뭔가가 들어있었기 때문에, 그가 전적으로 진지하게 말하고 있다는 사실을 의심할 수는 없었다.

"늙어간다고요?" 팽스가 큰 소리로 말했다. "옳소, 옳소, 옳소! 나이가 들었다고요? 맞아요, 맞아요!"

팽스 씨가 그처럼 소리치는 것에 못지않게 계속 코를 쿵쿵거리면서 표현한 대로, 그런 생각은 단 한 순간도 하지 않겠다는 단호한 거부가 아서로 하여금 그런 생각을 떨쳐버리게 했다. 사실, 아서는 팽스 씨의 다급히 내뱉는 호흡과 급히 들이마시는 담배연기 사이의 난폭한 충돌 때문에 그에게 무슨 일이 생기는 게 아닌지 두려웠다.

두 번째 문제를 그래서 단념하니까 세 번째 문제가 던져졌다.

"팽스, 젊었든, 늙었든, 중년이든," 이야기가 형편에 맞게 잠시 중단되었을 때 클레넘이 말했다. "나는 아주 불안하고 모호한 상태에, 겉으로는 내 것처럼 보이는 것이 과연 내 것일까, 라고 의심하게까지 되는 상태에 처해 있어요. 어떻게 된 일인지 말해줄까요? 당신을 믿어도 되죠?"

"믿어도 돼요," 팽스가 말했다. "내가 믿을 만하다고 생각한다면요."

"그렇게 생각해요."

"그럼 믿으세요!" 팽스 씨의 간결하고 분명한 대꾸는 그가 석탄처럼 까만 손을 갑자기 내밀어서 자기 말을 확인해주었기 때문에 아주 의미심장했고 설득력이 있었다. 아서가 그 손을 잡고 열심히 흔들었다.

그러고 나서 자신이 지니고 있는 걱정과 목격했던 회견의 대략적인 골자를 팽스 씨에게 털어놓았다. 오래전부터 갖고 있던 걱정의 본질을 상대방이 이해할 수 있는 한에서 가능한 일관되게 완화시켰고, 어머니의 이름을 말하지 않고 자기 친척이라고 모호하게 이야기했다. 팽스 씨는 몹시 열중하면서 듣느라 동방산 담뱃대의 매력에 구애받지 않고서 그것을 난로용 철물 사이의 쇠살대에 내려놓았고, 이야기를 듣는 내내 두 손으로는 고리나 갈고리처럼 구부러진 머리카락을 머리 위로 온통 바로 세웠다. 그래서 이야기가 막바지에 도달했을 때 그는 아버지의 유령과 이야기를 나누고 있는 서투른 비극배우 햄릿처럼 보였다.

"돌아가죠," 그가 깜짝 놀랄 정도로 클레넘의 무릎을 건드리면서 큰 소리로 말했다. "투자 얘기로 돌아가요! 저지르지도 않은 잘못을 시정하느라 자기를 가난하게 만드는 것에 관해서는 할 말이 없어요. 그게 당신이니까요. 사람은 평소의 자기 모습을 잃지 말아야 하니까요. 그러나 당신의 그 친척이 정체가 드러나서 망신 사지 않으려면 돈이 필요할지 모르니까, 이 얘기는 해야겠어요─할 수 있는 한 돈은 많이 벌어두세요!"

아서는 고개를 가로저으면서도 생각에 잠겨서 그를 바라보았다.

"할 수 있는 한 부자가 되세요." 팽스는 그의 모든 기력을 강하게 모아서 그 충고를 따르라고 요구했다. "정직하게 할 수 있는 한 부자가 되세요. 그게 당신의 임무예요. 당신을 위해서가 아니라 다른 사람들을 위해서요. 기회를 놓치지 마세요. 불쌍한 도이스 씨가 (그 사람이야말로 **늙어가고 있죠**) 당신에게 의지하고 있어요. 당신의 친척이 당신에게 의지하고 있고요. 당신에게 의지하고 있는 것이 무엇인지도 당신은 모르는 거예요."

"글쎄요, 글쎄요, 글쎄요!" 아서가 대답했다. "오늘 밤에는 그만 해요."

"한 마디만 더하고요, 클레넘 씨." 팽스가 응수했다. "그리고 나서 오늘 밤에는 그만합시다. 왜 모든 이익을 탐욕가들, 악당들, 그리고 사기꾼들이 차지하도록 내버려두는 거죠? 왜 차지할 수 있는 모든 이익을 내 주인을 포함한 그런 인간들이 차지하게 내버려두는 거냐고요? 당신은 지금까지 늘 그렇게 행동했어요. 당신이라고 말할 때 당신 같은 사람들 전부를 말하는 거예요. 당신네가 그렇다는 건 본인이 알겠죠. 글쎄요, 나는 내 평생 매일 그 꼴을 보았고, 다른 건 본 적이 없어요. 그걸 지켜보는 것이 내 일이었던 거죠. 그래서 내가 하는 얘기는," 팽스가 강조했다. "끼어들어서 차지하라는 겁니다!"

"그러나 끼어들었다가 손해를 보면 어떡해요?" 아서가 물었다.

"그럴 리 없어요." 팽스가 대답했다. "조사해봤다니까요. 여기저기에서 이름을 날릴 뿐 아니라-엄청난 재산-막대한 자본-높은 지위-지체 높은 친척들-정부에 대한 영향력이 있더라고요. 그럴 리 없어요!"

그 설명을 끝으로 팽스 씨는 점차 침묵했고, 머리카락을 최대한으로 달래서 아래로 늘어질 수 있는 만큼 늘어지도록 했다. 그리고 난로 앞 쇠살대에서 담뱃대를 다시 집어 들어 새로 채운 다음에 담배를 피웠다. 그들은 더 이상 얘기를 나누지 않았지만, 말없이 동일한 주제를 계속 생각했다는 면에서 서로에게 동료와 마찬가지였으며, 자정이 되어서야 헤어졌다. 악수를 나누고 작별을 한 후 팽스 씨는 완전히 몸을 돌려서 증기를 내뿜으며 문으로 나갔다. 아서는 그 행동을, 그날 밤 이야기를 나눴던 몇몇 문제에서 또는 어떤 식으로든 자기에게 영향을 미칠 수 있는 다른 문제에서도 도움이 필요한 경우가 생기면 팽스를 무조건 믿어도 좋다는 보증으로 받아들였다.

그는 그다음 날 종일토록 그리고 다른 일에 관심을 쏟고 있을 때에도 종종 팽스 씨가 천 파운드를 투자했다는 사실과 그가 "그것을 조사했다,"는 사실을 생각했다. 팽스 씨가 그 문제에 대해 대단히 낙관적이었다는 점과, 보통 때는 그가 낙관적인 성격이 아니라는 점을 생각했다. 위대한 국가적 부서를 생각했고, 도이스가 부유하게 지내는 걸 보면 자신이 얼마나 기쁠지를 생각했다. 자신의 기억 속에서 집이라는 이름으로 통하는 어둡고 위협적인 장소를 생각했고, 그 집을 이전보다 한층 더 어둡고 위협적인 장소로 만드는 어둠이 짙어지고 있다는 사실을 생각했다. 그리고 어디를 가든 머들이라는 저명한 이름을 보거나 듣거나 접하게 된다는 사실을 새로 깨달았다. 책상에서 몇 시간 사무를 볼 때조차 그 이름이 이러저러한 매개를 거쳐 자신에게 감지된다는 사실을 깨달았다. 그 이름이 곳곳에 존재한다는 사실, 자기 말고는 누구도 그 이름을 의심하는 것 같지 않다는 사실 역시 특이하다고 생각하기 시작했다. 그러나 그런 생각을 하게 되자 **자신도** 그 이름을 의심하지 않는다는 생각이 실제로 들기 시작했다. 그 이름과 우연히 떨어져 있었을 따름일지도 몰랐다.

그런 유의 질병이 만연했을 때 이런 증상을 보이면 일반적으로 감염되었다는 징후를 나타내는 것이다.

14 조언을 듣다

누런 티베르 강의 기슭[13]에 머무르고 있는 영국인들에게 총명한 동포인 스파클러 씨가 에돌림청의 나리 중 한 명으로 임명되었다는 소식이 전해졌을 때, 그들은 그 소식을 영국신문에 실리는 다른 뉴스거리 – 사건 사고 소식 – 에 못지않게 자신들과 아무 관련 없는 뉴스거리로 받아들였다. 몇몇 사람들은 웃으면서, 그 자리가 사실상 한직이므로 자기 이름을 쓸 수 있는 어떤 바보든 그 직책에는 충분하다고 완벽한 해명 삼아서 말했다. 그리고 또 일부 사람들, 즉 좀 더 근엄한 정치적 예언자들은 데시머스가 자신을 강화하기 위해 현명하게 행동했으며, 그가 헌법에 따라 선사할 수 있는 모든 자리의 유일한 목적은 그 자신을 강화시키는 것이라고 말했다. 그런 신조에 동의하지 않는 몇몇 성질 나쁜 영국인들이 있었지만 그들의 반대는 순전히 이론적인 것이었다. 현실적인 관점에서 보자면 그들은 그 문제를 어딘가에 있거나 또는 아무 데도 없는 미지의 다른 영국인들의 문제라고 무관심하게 팽개쳤다. 마찬가지로 국내의 많은 영국인은 눈에 띄지 않는 익명의 영국인들이 "그걸 받아들여야 하며," 그들이 조용히 동의한다면 그걸 받아 마땅한 거라고 24시간 쉬지 않고 주장했다. 그러나 그 게으른 영국인들이 어떤 계층으로 이루어져 있는지, 불행한 그 사람들이 어디에 숨어있고 어째서 숨어있는지, 그리고 그들이 자기들의 이익을 돌보지 않는 이유를 설명하느라 수많은 다른 영국인이 쩔쩔매는데도 그들이 자기들의 이익을 등한

---

[13] 로마가 티베르 강의 기슭에 위치해 있다.

시하는 일이 어떻게 계속 발생하는지, 이런 문제는 누런 티베르 강 기슭에서나 검은 템스 강 기슭에서나 사람들에게 분명히 해명되지 않았다.

머들 부인은 그 소식에 대해 축하를 받고는, 거미발을 물려 보석을 돋보이게 하는 것처럼 그 소식을 돋보이게 하는 무관심하고 우아한 태도로 그 소식을 퍼뜨렸다. 그래요, 그녀가 말했다, 에드먼드가 그 자리를 차지했어요. 남편이 에드먼드가 그 자리를 채우기를 바랐기 때문에 에드먼드가 채운 거예요. 그 자리가 에드먼드의 맘에 들기를 바라지만 사실은 잘 모르겠어요. 그 자리 때문에 시내에 많이 붙잡혀 있을 텐데 그는 시골을 더 좋아하거든요. 그래도 마음에 안 드는 자리는 아닐 거예요 – 높은 지위잖아요. 그 일이 남편에게 영광된 일이고, 에드먼드에게도, 그의 마음에 든다면 나쁜 일이 아니라는 사실은 부정할 수 없으니까요. 아들도 뭔가 할 일이 있어야 하니까 차라리 잘된 거예요. 그 일을 하고 뭔가를 받을 수 있으니까 차라리 잘된 거지요. 그 일이 에드먼드에게 군대보다 더 마음에 들지는 차차 밝혀지겠지만요.

가슴은 이처럼 어떤 일을 하찮게 취급하는 체하면서 사실은 그 와중에 그 일의 가치를 높이는 기술에 익숙해 있었다. 한편 데시머스가 내버렸던 헨리 가원은 '포르토 델 포폴로'와 알바노 시[14] 사이

---

[14] '포르토 델 포폴로' 즉, 인민의 성문은 로마의 북쪽 관문이고, 알바노 시는 로마 남동쪽으로 14마일 떨어져 있는, 바다가 보이는 휴양지임.

에 머무르고 있는 지인들을 모조리 일주하면서, 두 눈에 눈물이 거의(그러나 완전히는 아니고) 그렁그렁한 채로, 스파클러가 공공의 공유지에서 풀을 뜯어먹은 적이 있는 멍청이 중에서 최고로 상냥하고 순진하며 전체적으로 보아 최고로 매력적인 멍청이라고 단언하고 다녔다. 또한 한 가지 상황만이 유일하게 그(귀여운 멍청이)가 그 자리를 얻은 것보다 자신(가원)을 더 기쁘게 할 수 있는데, 그것은 자신이 그 자리를 차지하는 거라고 단언하고 다녔다. 그것이 스파클러에게 딱 맞는 자리라고 했다. 할 일이 없으니까, 매력적으로 할 거예요. 봉급을 상당히 받을 거니까, 멋지게 받을 거예요. 즐겁고 적절하고 썩 좋은 자리죠. 대단히 사랑하는 소중한 얼간이가 아주 훌륭한 마구간 같은 곳에서 살게 되어 기쁘기 때문에 그에게 자리를 준 사람이 나를 무시한 걸 용서할 수 있을 거 같아요. 가원 씨의 자비심은 거기서 멈추지 않았다. 그는 사교모임이 있을 때마다 스파클러 씨를 끄집어내어 일행 앞에서 두드러지게 하려고 애썼다. 그리고 그 사려 깊은 행동은 그 젊은이가 속으로 쓸쓸하고 비참한 자기 모습을 그려보는 걸로 언제나 끝났지만 친절한 의도 자체를 의심할 수는 없었다.

좀 더 확실히 말하면, 스파클러 씨가 사랑하는 대상이 그 의도를 때 마침 의심하지 않는다면 말이다. 패니 양은 이제 모든 사람이 그녀를 그의 애인으로 간주하는 난감한 처지, 즉 스파클러 씨를 아무리 변덕스럽게 다루어도 그와 완전히 끝장낸 것은 아니라는 난감한 처지에 빠지게 되었다. 그때부터 그녀는 스파클러 씨가 보통 이상으로 우스꽝스러운 존재라는 것 때문에 자신의 명성에 해가 된다고 여기기에 족할 정도로 그와 동일시되게 되었다. 그녀는 또한 빨리 이해하는 능력이 남달랐으므로, 그때부터 가원과 맞서 그를 구조하러 와서 그에게 아주 큰 도움이 되는 때가 종종 있었다. 그러나 그런 일을 하는 동안에도 그녀는 그가 수치스러웠고, 그를 떼버릴 건지 좀 더 뚜렷하게 격려할 건지 마음의 결정을 못 했으며, 자신이 매일매일 점점 더 확신 없는 상태에 빠져든다는 우려로 괴로워했고, 자신이 고민하고 있으면 머들 부인이 자기가 이겼다고 좋아할 거란 염려로 괴로워했다. 그처럼 혼란스런 생각을 하고 있던 패니 양이, 어느 날 밤 머들 부인 집에서 열린 연주회 겸 무도회에 참석했다가 흥분상태로 돌아와서는, 다정하게 위로하려던 누이동생을 화장대에서 밀쳐내고 그 자리에 앉아서 화를 내며 흐느끼려고 했고, 가슴을 들썩이며 모두 다 밉다고, 차라리 죽었으면 좋겠다고 외쳤다고 해서 놀랄 일은 아니다.

"언니, 무슨 일이야? 말해봐."

"무슨 일이냐고, 꼬마두더지야." 패니가 말했다. "네가 정말로 눈먼 사람이 아니라면 물어볼 필요도 없잖아. 눈이 멀쩡한 체하면서도 감히 무슨 일인지 물을 생각을 하다니!"

"언니, 스파클러 씨 때문이야?"

"스-파-클-러 씨-이 때문이냐고!" 패니는 그가 태양계에서 자신이 마음에 담아둘 수 있는 사람이 도저히 아니라는 것처럼 무한한 멸시를 담아서 되풀이했다. "아니야. 박쥐 양, 그렇지 않아."

그 직후 그녀는 동생에게 욕을 한 것을 후회하면서, 자신을 혐오하도록 만들었다는 사실을 안다고, 그러나 사람들이 모두 다 자기를 그렇게 몰아간다고 흐느끼면서 단언했다.

"언니가 오늘 밤에는 몸이 안 좋은 거 같아."

"쓸데없는 소리!" 젊은 숙녀가 다시 화를 내며 대꾸했다. "너만큼 좋아. 어쩌면 더 좋을지도 모르지만 자랑하지 않는 거야."

불쌍한 작은 도릿은 면박당하지 않고 언니를 진정시킬 적절한 말을 찾지 못하자 잠자코 있는 게 최선이라고 생각했다. 처음에 패니는 그것도 나쁘게 받아들여서, 짜증나게 하는 자매 중에서도 최고로 짜증나는 것은 머리가 나쁜 자매인 것 같다고 거울에다 대고 항변했다. 자기가 가끔 야비한 기질을 보일 때가 있다는 사실을 알게 되고, 혐오스러운 존재가 되었다는 사실을 알게 된다는 것이었다. 또한 혐오스러운 존재가 되었을 때는 어떤 것도 직접 지적받는 것만큼 도움이 되진 못하기 때문이라고 했다. 그러나 머리가 나쁜 자매에게 시달리게 되면, 직접 **지적받지 못하기** 때문에 불쾌한 존재가 되도록 전적으로 유도되고 부추김을 받는 결과가 된다고 했다. 그뿐만 아니라 (화가 나서 거울에다 대고 말했다) 자신은 용서받기를 원하지도 않는다고 했다. 자신이 동생의 용서를 받으려고 끊임없이 수치를 무릅써야 한다는 건 올바른 모범이 아니라고 했다. 그것이 예의 그 기술이었으니 ─ 본인이 원하든 원하지 않든 용서받는 자리에 언제나 있게 되는 것이었다. 마지막으로 격하게 흐느꼈고, 동생이 옆에 바짝 다가와서 위로하자 이렇게 말했다. "에이미, 너는 천사구나!"

"그러나 실은 말이야, 동생" 작은 도릿의 온화함 덕에 진정하게 된 패니가 말했다. "결국엔 상황이 지금처럼 계속될 수도 없고, 그렇게 되지도 않을 거야. 어느 쪽으로든 결말이 나야 하니까."

그 발언이 아주 단호했지만 모호했기 때문에 작은 도릿이 대답했다. "그 점에 대해 의논해보지 뭐."

"그러자, 동생." 패니가 두 눈의 눈물을 훔치며 동의했다. "그 문제에 대해 얘기해봐. 내 정신이 이제 다시 멀쩡하니까 조언해도 좋아. 조언해 **줄 거지**, 동생?"

에이미조차도 이 얘기를 듣고는 웃을 수밖에 없었다. 그래도 다음과 같이 말했다. "패니, 할 수 있는 한 조언할게."

"고마워, 에이미." 패니가 입을 맞추면서 대답했다. "너는 내가 의지할 수 있는 닻과 같아."

패니는 자신의 닻을 큰 애정으로 껴안은 다음에, 좋은 냄새가 나는 화장수 한 병을 화장대에서 꺼내고 하녀를 불러서 고운 손수건을 가져오라고 했다. 그러고 나서 하녀에게 그날 밤은 물러가도 좋다고 하고, 자신의 두 눈과 이마를 식히려고 손수건으로 가끔 두드리면서 조언을 들으려고 했다.

"동생," 패니가 입을 열었다. "우리 둘의 성격과 사물을 보는 관점이 아예 다르기 때문에 (동생, 다시 키스해줄래) 내가 하려는 얘기는 너를 놀라게 할 가능성이 아주 커. 내가 하려는 이야기는 우리가 재산이 있어도 사교계를 기준으로 말하자면 불리한 조건으로 고생

한다는 얘기니까 말이야. 에이미, 내가 무슨 이야기를 하는 건지 도통 모르겠지?"

"몇 마디 더 들으면 틀림없이 알게 될 거야." 에이미가 부드럽게 말했다.

"글쎄, 동생, 내 얘기는 우리가 결국은 사교계에서 신참자라는 거야."

"확신하는데, 언니," 작은 도릿이 열렬히 찬탄하면서 끼어들었다. "누구도 언니에게서 그런 사실을 알아낼 수는 없을 거야."

"글쎄, 동생, 아마 그렇지 않을걸." 패니가 말했다. "그래도 그렇게 말하다니, 정말 친절하고 상냥하구나." 그녀가 동생의 이마를 손수건으로 살짝 두드리고 후하고 살짝 바람을 불어주었다. "그러나 너는," 패니가 말을 다시 시작했다. "잘 알다시피 내가 제일 사랑하는 동생이야! 얘기를 계속하자면, 동생, 아빠는 정말로 신사답고 아는 것이 아주 많지만, 몇몇 사소한 점에서 그만한 재산이 있는 다른 신사들과 조금 달라. 부분적으로는 자신이 겪은 경험 때문일 거고, 불쌍한 아빠, 또 부분적으로는 다른 사람들과 얘기하면서도 그들이 그 사실을 생각하고 있을지 모른다는 걱정이 자꾸만 들기 때문이겠지. 삼촌은 남 앞에 전혀 내놓지 못할 정도야. 내가 마음을 쓰고 사랑하는 소중한 분이지만 사교계를 기준으로 말하자면 충격적이지. 에드워드는 무서울 정도로 사치하고 방탕한 생활을 하고 있어. 그 자체에 품위 없는 뭔가가 있다는 얘기는 아니지만 - 그와는 정반대지 - 제대로 잘하지 못한다는 거야. 그리고 이렇게 말해도 된다면 그에게 따라다니는 방탕하다는 평판으로는 본전도 찾지 못한다는 거야."

"불쌍한 에드워드!" 작은 도릿이 한숨을 쉬었는데 그 한숨 속에 가족의 모든 역사가 담겨 있었다.

"맞아. 그리고 너도 나도 불쌍하고." 패니가 약간 모나게 대꾸했다. "썩 맞는 말이야! 게다가 우리에게는 어머니가 안 계시고 제너럴 부인이라는 여자만 있으니까. 있잖니, 동생, 제너럴 부인은, 평범한 속담[15]을 뒤집어서 적용하면, 장갑을 끼고 쥐를 **잡으려고 하는** 고양이야. 내가 전적으로 확신하고 자신하는데, 그 여자가 우리 새엄마가 될 거야."

"도저히 그렇게 생각할 순 없어, 패니─" 패니가 그녀의 말을 막았다.

"자, 그 문제에 대해선 나와 말다툼하려고 들지 마, 에이미." 그녀가 말했다. "내가 너보다 잘 알고 있으니까." 자기가 또 모나게 얘기했다고 느껴서 그녀는 동생의 이마를 손수건으로 다시 두드리고 후하고 바람을 불어주었다. "다시 얘기를 계속하자면, 동생, 그때는 우리 가족이 그 상황을 헤쳐 나가도록 도울 것인지의 문제가 내게는 (에이미, 너도 잘 알다시피 나는 자존심이 있고 기백이 넘치잖아. 어쩌면 너무 넘칠지도 모르지) 진짜 문제가 되는 거야."

---

[15] "장갑 낀 고양이는 쥐를 잡지 못한다"라는 속담.

"어떻게 하려고?" 동생이 걱정스레 물었다.

"나는," 패니가 그 질문에는 대답하지 않고 말했다. "제너럴 부인을 새엄마로 인정하지 않을 거야. 그리고 또한 어떤 면에서도 머들 부인이 날 아랫사람 대하듯이 하게 두거나 괴롭힘을 당하거나 하진 않을 거야."

작은 도릿은 화장수 병을 쥐고 있는 언니 손에 자기 손을 얹더니 한층 더 걱정스러운 표정으로 바라보았다. 패니는 자신의 이마를 손수건으로 세게 두드려서 이마를 상당히 응징했다. 그러고 나서 발작적으로 말을 이었다.

"그가 어떻게 해서든 – 어떻게는 지금 중요하지 않아 – 아주 훌륭한 지위에 도달했다는 사실은 누구도 부정할 수 없어. 그것이 아주 훌륭한 연줄 덕이라는 사실도 부정할 수 없고. 그리고 똑똑한지 똑똑하지 않은지의 문제는, 똑똑한 남편이 내게 적절할지 상당히 의문스러워. 나는 복종할 수 없거든. 똑똑한 남편의 의견을 충분히 따를 수 없을 거 같아."

"오, 맙소사, 패니!" 언니가 무슨 말을 하는 건지 깨닫자 공포 비슷한 것이 엄습한 작은 도릿이 충고를 했다. "누군가를 사랑하게 되면 그런 생각은 모두 다 바뀔 거야. 누군가를 사랑하면 언니는 더 이상 평상시의 언니가 아니고, 그에 대한 사랑 때문에 평상시 모습을 완전히 잃고 망각하게 될 거거든. 누군가를 사랑하면, 패니 –"

패니가 두드리던 손을 멈추더니 그녀를 뚫어져라 바라보았다.

"오, 설마!" 패니가 소리쳤다. "정말이니? 저런, 사람마다 주제에 따라 아는 게 많다더니! 사람들 말로는 누구나 잘 아는 주제가 한 가지씩 있다고 하던데, 너의 주제를 내가 제대로 맞힌 거 같구나, 에이미. 자, 동생, 그저 농담한 거야." 동생의 이마를 손수건으로 살짝 두드렸다. "그렇지만 어리석은 표정 짓지 마. 그리고 참을 수 없이 타락한 사람들에게 경솔하게 감정을 드러내면서 섣부른 상상은 하지도 마. 그래! 자, 내 얘기를 마저 할게."

"언니, 언니가 부자가 돼서 스파클러 씨와 결혼하는 걸 보느니 우리가 부족한 생계를 위해 다시 일하는 게 훨씬 낫겠다는 얘기를 먼저 해야겠어."

"얘길 **해야겠다고?**" 패니가 대꾸했다. "글쎄, 무슨 얘기든 물론 할 수 있게 **해줘야지.** 너도 거리낌 없이 말할 수 있으니까. 그 문제를 같이 의논할 수 있을 거야. 그리고 스파클러 씨와의 결혼에 대해서는, 오늘 밤에 그렇게 할 의사는 꿈에도 없어, 내일 아침도 마찬가지고."

"하지만 언젠가는?"

"아무튼 지금은 아니야." 패니가 무관심하게 대답했다. 그러고 나서 무관심한 태도를 갑자기 바꿔서 대단히 불안해하면서 덧붙였다. "동생, 네가 똑똑한 남자들에 대해 얘기했잖아! 똑똑한 남자들에 대해 얘기하는 거야 아주 좋고 쉬운 일이지. 그런데 그런 남자들이 어디에 있니? **내 근처** 어디서도 그런 남자들을 보지 못하겠던데!"

"패니 언니, 조금 기다리면 –"

"조금이든 오래든," 패니가 말을 가로막았다. "나는 우리 처지를 견딜 수 없어. 처지가 맘에 안 들지만 그걸 바꿀 수 있는 것도 별로 없고 말이야. 우리와 다르게 자랐고 전혀 다른 상황에 처했던 다른 여자아이들은 내가 하는 말이나 행동에 대해 의아하게 여길지 모르지. 그러라고 해. 그 아이들의 삶과 신분은 그 아이들을 움직이는 거고, 내 삶과 신분은 날 움직이는 거니까.”

“패니, 언니, 언니가 스파클러 씨보다 훨씬 뛰어난 사람과 결혼할 수 있는 자질이 있다는 건 언니도 알잖아.”

“에이미, 동생,” 패니가 동생의 말을 흉내 내서 대꾸했다. “내가 아는 것은 그 건방진 여성에 대항해서 나를 좀 더 효과적으로 내세울 수 있는 좀 더 분명하고 뚜렷한 지위를 차지하고 싶다는 거야.”

“언니는 그러니까─물어봐서 미안해, 패니─그러니까 그 부인의 아들과 결혼하겠다는 거야?”

“글쎄, 어쩌면.” 패니가 의기양양하게 미소지으며 말했다. “목적지에 도달하는 데 그보다 덜 유망한 방법은 많을지 몰라. 그 건방진 여자가 지금쯤은 제 아들을 내게서 떼어놓고 날 쫓아내면 대단히 성공한 거라고 생각할지도 모르고. 그러나 그녀는 내가 자기 아들과 결혼하면 어떻게 보복할 건지 짐작도 못 할 거야. 하나에서 열까지 그녀에게 맞서고 그녀와 겨룰 거야. 그걸 평생의 일로 삼겠어.”

패니는 거기까지 말한 다음에 화장수 병을 내려놓고 방안을 왔다 갔다했다. 그러다가도 이야기를 할 때는 언제나 걸음을 멈추고 가만히 섰다.

“한 가지는 확실히 할 수 있을 거야. 그녀를 더 늙어 보이게 할 수 있어. 그리고 그렇게 하고 싶어!"

그러고 나서 다시 방안을 왔다갔다했다.

"그녀에게 늙었다는 얘기를 해주고 싶어. 그녀의 나이에 대해 잘 아는 체하고 싶어 – 모른다면 그녀의 아들을 통해서 알아내야겠지. 에이미, 그녀는 내가 애정을 담아서, 그리고 아주 예의바르고 다정하게, 나이를 고려하면 참 건강해 보이세요, 라고 하는 걸 듣게 될 거야. 나를 아주 젊어 보이게 해서 당장 더 늙어 보이게 할 수도 있을 거고. 내가 그녀만큼 매력적이진 않을지도 모르지. 그 문제에 대해 내가 공정한 판단을 내릴 수 있을 거 같지는 않으니까. 그러나 눈엣가시 같은 존재가 될 수 있을 정도로 매력적이라는 사실은 알고 있어. 그런 존재가 되고 싶어!"

"언니, 그러자고 스스로 불행한 삶을 선택할 거야?"

"에이미, 불행한 삶이 아니야, 내게 꼭 맞는 삶이지. 기질 때문인지, 상황 때문인지는 중요하지 않아. 나는 다른 어떤 삶보다 그런 삶에 더 맞게 되어있거든."

그런 말을 하는 데 쓸쓸한 어조가 조금 섞여 있었다. 그러나 잠시 득의양양하게 웃더니 방안을 다시 왔다갔다했고, 커다란 거울을 지나쳤다가 발걸음을 또다시 멈췄다.

"모습! 모습 말이야, 에이미! 글쎄. 그 여자의 모습이 훌륭하니까, 그녀가 마땅히 받아야 할 찬사는 인정하고 그걸 부정하지는 않겠어. 그러나 그녀의 모습이 도저히 가까이하기 어려울 정도로 다른 사람들보다 월등히 뛰어날까? 맹세컨대, 그렇진 않아. 결혼했으니까, 훨씬 젊은 여성에게 자유롭게 옷을 입도록 해보면 알 수 있을 거야. 이런, 그 점에 신경을 써야겠군!"

패니는 기분 좋고 으쓱하게 해주는 어떤 생각이 들자, 좀 더 즐거워하며 자기 자리에 가서 앉았다. 자기 손으로 동생의 두 손을 맞잡고, 네 손을 모두 머리 위로 올려서 손뼉을 치며 동생 얼굴을 바라보았고, 소리 내어 웃었다.

"에이미, 그녀가 완전히 잊어버린 무희가 – 나와 조금도 닮지 않아서 그녀가 절대로 기억하지 못할 무희가, 오, 맙소사! – 그녀가 죽을 때까지 춤을 출 건데, 그녀의 건방진 평온을 조금은 휘저어놓을 곡조에 맞춰서 자기 나름으로 춤을 출 거야. 그저 조금이면 돼, 에이미, 그저 조금이면 된다고!"

에이미의 표정에서 진지하면서도 애원하는 듯한 눈빛을 본 그녀가 올렸던 네 손을 아래로 내리더니 한 손만을 에이미의 입술에 갖다 댔다.

"자, 나와 말다툼할 거 없어, 동생." 그녀는 한층 더 단호하게 말했다. "그래 봤자 소용없으니까. 이런 문제는 내가 너보다 훨씬 잘 알아. 아직 마음을 완전히 정한 건 아니지만 그럴 가능성이 많아. 자, 그 문제에 대해 편안하게 이야기를 나눴으니 이제 자야 할 거 같구나. 최고로 착하고 소중한 동생, 잘 자라!" 그 말을 하며 패니는 닻을 올렸고 – 이미 많은 조언을 들었기 때문에 – 그 일에 관해 더는 조언을 듣지 않았다.

그때부터 에이미는 스파클러 씨의 마음을 사로잡은 여자가 그를 환대하는 것을, 그들이 주고받는 모든 이야기에 중요성을 부여할 이유를 새롭게 갖고서 지켜보았다. 패니가 그의 정신적 나약함을 도저히 참을 수 없는 것처럼 보일 때가 있었다. 그럴 때 그녀는 영원히 그를 쫓아낸 것과 마찬가지일 정도로 그의 나약함에 아주 분명하게 짜증을 냈다. 그녀가 그와 훨씬 더 원만하게 지낼 때도 있었다. 그때는 그가 그녀를 즐겁게 해주었을 때였고, 그녀의 우월감이 저울의 반대편과 균형을 이룬 것처럼 보였을 때였다. 스파클러 씨가 최고로 성실하고 순종하는 애인이 아니었다면, 시련의 현장에서 도망쳐서 자신과 고혹적인 여자 사이에 최소한 로마에서 런던 사이의 거리는 꼬박 두었을 정도로 그는 심하게 괴롭힘을 당했다. 그러나 그의 의지는 증기선에 예인되는 보트보다도 미약한 것이었다. 그래서 잔잔한 바다든 거친 바다든 똑같이 강요를 받고 마지못해서 잔인한 여주인을 따라다녔다.

그런 일이 일어나는 동안 머들 부인은 패니와는 거의 아무 말도 안 했지만 그녀에 대한 이야기는 많이 했다. 부인은 말하자면 외알 안경 너머로 그녀를 볼 수밖에 없었던 것이고, 잡다한 대화 중에 요구를 받고 그녀의 미모에 대한 칭찬을 억지로 짜낼 수밖에 없었던 것이다. 패니는 그러한 칭찬을 들어도(보통은 다 들었는데) 반항적인 성격 탓에 가슴이 공명정대하다는 사실을 인정하지 않았다. 그렇지만 가슴이 할 수 있는 최대의 복수는 모두가 들을 수 있게 다음과 같이 말하는 것이었다. "응석둥이로 자라서 버릇없는 미인이죠-그러나 저 얼굴에 저 외모인데, 누가 놀라겠어요?"

조언을 했던 그 날에서 한 달인가 여섯 주인가 흘렀을 때 작은 도릿은 스파클러 씨와 패니가 모종의 합의에 새로 도달했다는 생각을 하게 되었다. 스파클러 씨는 마치 모종의 협약을 지키려는 것처럼 이야기할 때마다 먼저 허락을 받기 위해 패니가 있는 쪽을 바라보았지만, 그녀는 워낙 신중해서 그가 있는 쪽을 절대 뒤돌아보지 않았다. 그러나 스파클러 씨가 이야기해도 좋을 때에는 침묵을 지켰고, 그렇지 않을 때에는 그녀 자신이 이야기를 했다. 또한 헨리 기원이 친절하게 스파클러 씨의 기운을 북돋워서 그의 입을 열려고 해도 입을 열 수 없었다는 것은 분명했다. 그뿐만 아니라 패니가 찌르려는 의도가 있는 것은 전혀 아니었지만 그때마다 가시가 들어있는 어떤 말을 때마침 곧바로 했기 때문에 가원은 벌집에 손을 넣은 것처럼 뒤로 물러났다.

그 자체가 대단한 일은 아니었지만 작은 도릿의 두려움이 사실임을 입증하는 데 크게 일조한 또 다른 일이 있었다. 그녀에 대한 스파클러 씨의 태도가 형부 될 사람의 태도로 바뀌었던 것이다. 그녀가 사람들이 모인 곳에서 - 그 사람들의 집에서든, 머들 부인의 숙소에서든, 또는 다른 곳에서든 - 바깥쪽에 서 있을 때 스파클러 씨가 남몰래 그녀의 허리를 감싸 안을 때가 가끔 있었다. 스파클러 씨는 그런 행동에 대해 최소한의 설명도 하지 않았다. 소유권을 어색하지만 만족스럽고 부드럽게 주장하는 태도로 미소 지을 뿐이었는데, 그가 어색하게 그런다는 것은 나쁜 징조를 나타내는 것이었다.

어떤 날 작은 도릿은 집에서 패니 생각을 우울하게 하고 있었다.

스위트룸으로 이루어진 응접실 한쪽 끝에 방이 하나 있는데, 퇴창이 아주 불규칙하게 거리 쪽으로 나와 있는 그 방에서는 코르소 가의 위아래로 아름답고 다양한 온갖 삶을 내려다볼 수 있었다. 영국식으로 따져서 오후 서너 시에 그 창에서 내다보는 경치가 아주 선명하고 특이했기 때문에, 작은 도릿은 베네치아의 발코니에서 시간을 보냈던 것과 아주 흡사하게 그곳에 앉아서 생각에 잠기곤 했다. 그날도 그렇게 앉아있는데, 누군가가 부드럽게 그녀의 어깨를 건드렸고, 패니가 "자, 에이미야,"라고 말하면서 옆자리에 앉았다. 그들이 앉은 자리는 창의 일부였다. 행렬 같은 것이 지나가면, 그들은 밝은 휘장을 창밖으로 내밀고 그 자리에 무릎을 꿇거나 앉아서 휘장의 밝은 색깔에 의지한 채 바깥을 내다보곤 했다. 그러나 그날은 지나가는 행렬이 없었고, 작은 도릿은 패니가 그 시간에 집에 있어서 약간 놀랐다. 보통은 말을 타고 외출했을 시간이었던 것이다.

"자, 에이미," 패니가 말했다. "무슨 생각을 하니, 귀염둥이야?"

"언니 생각을 하고 있었어, 패니."

"설마? 정말 우연의 일치구나! 같이 온 사람이 있어. 그 다른 사람도 생각하고 있었던 건 아니지, 에이미?"

에이미가 그 다른 사람 역시 **생각하고 있었던** 까닭은 그 사람이 스파클러 씨였기 때문이다. 그러나 그에게 손을 내밀면서도 그런 얘기를 하지는 않았다. 스파클러 씨가 그녀의 맞은편에 앉았다. 작은 도릿은 형부 될 사람의 손이 울타리처럼 뒤에서 다가오는 것을 느꼈고, 분명히 계속 뻗어 나가서 패니를 둘러쌀 것이라고 느꼈다.

"자, 동생," 패니가 한숨을 쉬며 말했다. "이게 무얼 뜻하는지 알 거 같은데?"

"동생분이 홀딱 빠질 정도로 아름답군요." 스파클러 씨가 말을 더듬었다 – "그리고 어리석은 생각을 안 하고요 – 결정했어요 – "

"에드먼드, 설명할 필요 없어요." 패니가 말했다.

"알았어요, 여보." 스파클러 씨가 말했다.

"간단히 말해, 동생," 패니가 말을 이었다. "우린 약혼한 셈이야. 기회가 닿는 대로 오늘 밤이든 내일이든 파파에게 말씀드려야지. 그러면 다 된 것이니까, 더는 말할 필요가 없어."

"패니," 스파클러 씨가 공손하게 말했다. "에이미에게 한 마디만 하고 싶어요."

"이런! 제발 그냥 말해요." 그 젊은 아가씨가 대꾸했다.

"확신하는데, 처제," 스파클러 씨가 말했다. "매우 재능 있고 아름다운 언니 다음으로 어리석은 생각을 안 하는 여자가 있다면 – "

"에드먼드, 그 점은 잘 알아요." 패니 양이 끼어들었다. "신경 쓰지 마요. 어리석은 생각을 안 한다는 얘기 말고 다른 얘기를 해봐요."

"알았어요." 스파클러 씨가 말했다. "에이미, 훌륭한 여성의 선택을 받는 행복에 버금갈 정도로 – 내게, 나 자신에게 그보다 더 큰 행복은 있을 수 없다는 걸 처제에게 장담할 수 있소, 그 훌륭한 여성은 조그만큼의 – "

"제발, 에드먼드, 제발요!" 패니가 예쁜 발로 바닥에 톡 하고 가벼운 소리를 내면서 가로막았다.

"여보, 당신 말이 맞아요." 스파클러 씨가 말했다. "내게 그런 습관이 있다는 걸 나도 알아요. 처제와 다정하게 친분을 쌓는 행복보다 - 최고로 훌륭한 여성과 결혼하는 행복 다음으로 말이에요 - 내게, 나 자신에게 달리 더 큰 행복은 있을 수 없다는 얘기를 하려고 했던 거예요. 나 자신은," 스파클러 씨가 대담하게 말했다. "충분히 준비할 시간이 없으면 다른 문제에서는 수준에 미달할지 몰라요. 그리고 상류사회에 여론조사를 해보면 전체적인 의견이 내가 미달한다는 것이리라는 사실을 잘 알아요. 그러나 처제에 대해서는 남부끄럽지 않아요!"

스파클러 씨가 그 증거로 에이미에게 키스했다.

"처제는 앞으로," 그가 말을 계속했는데, 앞에서 웅변조로 말했던 것과 비교해보면 아주 산만해졌다. "배불리 먹고 맘대로 드나들 있을 거예요. 내가 아주 높이 평가하는 사람을 내 대장이 늘 자랑으로 여기면서 대접하리라고 장담할 수 있고요. 그리고 어머니는," 스파클러 씨가 말했다. "놀랄 만큼 훌륭한 여성이고 - "

"에드먼드, 에드먼드!" 패니 양이 전처럼 큰 소리로 말했다.

"복종할게요, 내 영혼." 스파클러 씨가 변명 삼아 말했다. "내게 그런 습관이 있다는 걸 나도 아니까요. 사랑스러운 여자여, 수고를 아끼지 않고 바로잡아주니 정말 고맙소. 그러나 내 어머니가 놀랄 만큼 훌륭한 여성이라는 점은 사람들이 모두 인정하고 있어요. 어리석은 생각을 정말로 안 하거든요."

"그럴 수도 있고 아닐 수도 있겠죠." 패니가 대답했다. "그러나 더 이상 그런 얘기하지 마요."

"더 이상 하지 않으리다." 스파클러 씨가 말했다.

"그렇다면 당신은 더 이상 할 얘기가 없는 거죠, 에드먼드?" 패니가 물었다.

"사랑스러운 여자여, 전혀 없어요." 스파클러 씨가 대답했다. "말이 너무 많아서 미안하구려."

스파클러 씨는 일종의 영감에 의해 그 질문이 당신은 가는 편이 낫지 않겠어요? 와 같은 뜻을 함축한다는 사실을 감지했다. 그래서 형부 될 사람의 울타리를 거두고, 그만 가봐야 할 것 같다고 깔끔하고 공손하게 말했다. 에이미에게서 축하한다는 말을 들은 다음에 떠났는데, 에이미는 마음이 괴로웠지만 할 수 있는 한 멋지게 그 말을 했다.

그가 떠나자, 작은 도릿은 "오, 패니, 패니!"라고 하면서 밝은 창가에 앉아있는 언니에게 얼굴을 돌리고 그녀의 가슴께에 엎어지더니 흐느껴 울었다. 패니는 처음에는 웃었지만, 곧 동생의 얼굴에 자기 얼굴을 대고 역시 흐느꼈다 - 살짝 흐느꼈다. 그때가 패니가 그 문제에 대해 어떤 감정을 숨기고 있거나 참고 있거나 억누르고 있다는 사실을 보여준 마지막 순간이었다. 그 시간 이후 그녀가 택한 길이 그녀 앞에 펼쳐졌고, 패니는 거만하고 고집 세게 그 길을 걸어갔다.

15 이 두 사람이 결혼해서 안 될 정당한 이유나 장애는 없다[1]

도릿 씨는 장녀에게서 스파클러 씨의 청혼을 받고 부부가 되기로 약속했다는 이야기를 듣자, 그 소식을 아주 위엄 있게 그리고 아버지로서의 자부심을 잔뜩 과시하면서 받아들였다. 그의 위엄은 친분을 쌓을 유리한 기반을 넓힐 수 있겠다는 가능성 때문에 팽창했고, 아버지로서의 자부심은 그의 삶의 커다란 목적에 패니 양이 재빨리 공감을 표하자 발달되었다. 딸에게 그녀의 고상한 야망이 자기 마음속에서 듣기 좋게 울려 퍼진다고 하면서, 책임감과 도의심이 가득할 뿐 아니라 가문의 명성을 강화하는 데 헌신하는 자식이라고 축복했다.

패니 양의 허락을 받고 그 자리에 나타난 스파클러 씨에게 도릿 씨가 말했다. 자네가 딸 패니에게 청혼한 것이 딸아이의 자발적인 애정과 조화를 이루는 것이기 때문에, 그리고 또한 시대의 걸물인 머들 씨와 만족스러운 사돈관계를 시작하는 것이기 때문에 마음에 아주 쏙 든다는 사실을 숨기지 않겠네. 머들 부인 역시 기품과 고상함, 우아함과 미모가 풍부하고 뛰어난 부인이라고 매우 칭찬하듯이

---

[1] 국교회의 기도서에 나오는 구절.

말했다. (자네처럼 훌륭한 감각을 지닌 신사라면 내 얘기를 아주 섬세하게 이해할 것이라고 확신하기 때문에) 머들 씨와 서신을 좀 주고받아서, 다음과 같은 요청이 그 훌륭한 신사의 견해와 완전히 일치한다는 사실을 확인하기 전까지는 청혼을 받아들이기로 확실히 결정할 수 없다는 말을 덧붙여야겠다고 했다. 즉, 딸아이의 신분과 지참금과 유산 상속의 가능성 때문에라도 그 아이가 '상류사회의 눈'이라고 칭할 수 있는 자리를 유지할 수 있어야 한다는 – 돈벌레라는 인상을 주진 말아야지, 성낭한 요구라고 생각하니까 – 생각에 근거해서 자기(도릿 씨) 딸을 받아달라고 요청해야겠다고 했다. 지위가 약간 낮은 신사라는 자격과 아버지라는 자격이 똑같이 요구하는 그런 말을 하는 동안, 그는 청혼이 미정이긴 하지만 희망적이고 조건부로 수락되었다는 사실과 스파클러 씨가 자신과 가족에게 경의를 표한 것에 대해 고맙게 여긴다는 사실을 숨길만큼 그렇게 외교적이지는 못했다. 마지막으로 일하지 않고 지낼 수 있는 신사의 – 하아 – 자격에 대해, 그리고 어쩌면 너무 지나치게 편파적으로 칭찬하는 부모의 – 흠 – 자격에 대해 일반적인 이야기를 좀 더 늘어놓았다. 간단히 요약하자면, 지나간 시절에 스파클러 씨에게서 반 크라운짜리 동전 서너 개를 받았다면 보여주었을 반응과 아주 유사한 반응을 보여주면서 그의 청혼을 받아들였다.

스파클러 씨는 싫은 소리를 못하는 자신에게 잔뜩 쏟아진 말들을 듣고 망연자실했지만 짤막하고 적절하게 대답했다. 그 대답은 정확히 말해서 패니 양이 어리석은 생각을 안 한다는 사실을 오랫동안 알고 있었다는 이야기, 그 사실이 자기 대장의 마음에 쏙 들 거라는 점을 의심하지 않는다는 이야기였다. 거기까지 얘기했을 때 사랑하는 사람이 용수철 뚜껑이 달린 상자처럼 그의 입을 다물게 했고 그를 쫓아냈다.

도릿 씨는 그 직후에 가슴에게 경의를 표하러 갔고 상당히 친절한 대접을 받았다. 머들 부인은 에드먼드에게서 그 얘기를 들었다고 했다. 에드먼드가 결혼하고 싶어 한다는 생각을 해본 적이 없기 때문에 처음에는 깜짝 놀랐다고 했다. 상류사회도 에드먼드가 결혼하고 싶어 한다는 생각을 해본 적이 없다고 했다. 그렇지만 에드먼드가 도릿 양에게 완전히 사로잡혀 있다는 사실을 여성으로서(여성들은 이런 일을 본능적으로 알거든요, 도릿 씨!) 물론 알고 있었고, 도릿 씨가 이렇게 매력적인 딸을 외국에 데리고 와서 동포들의 머리를 혼란에 빠뜨린 데에 단단히 책임져야 한다는 얘기를 숨기지 않고 해야겠다고 했다.

"부인, 스파클러 군의 애정이 보이는 방향에 – 하아 – 부인이 찬성한다고," 도릿 씨가 물었다. "받아들여도 되겠습니까?"

"도릿 씨, 분명히 말씀드리지요," 그 부인이 대답했다. "개인적으로 기쁘게 생각합니다."

그 말을 듣고 도릿 씨는 대단히 만족스러웠다.

"개인적으로," 머들 부인이 반복했다. "기쁘게 생각합니다."

개인적으로, 라는 말을 그처럼 우발적으로 되풀이하자 도릿 씨는 다음과 같은 소망을 표현했다. 남편분 역시 반대하진 않으시겠죠?

"남편이 어떻게 답변할지 확실히 장담할 순 없어요." 머들 부인이 말했다. "신사들은, 특히 상류사회가 자본가라고 칭하는 신사들은 이런 문제에 대해 그들 나름의 생각이 있으니까요. 그러나 내 생각에—도릿 씨, 그저 내 생각을 말하는 거예요—내 생각에 남편은 대체로," 그때 그녀는 자신이 했던 얘기를 한 번 돌아본 다음에 느긋하게 덧붙였다. "아주 기뻐할 거예요."

상류사회가 자본가라고 칭하는 신사들 이야기가 나오자, 도릿 씨는 모종의 내적인 반대가 속에서 터져 나오는 것처럼 헛기침을 했다. 머들 부인은 그 사실을 눈치 챘고 그 신호를 받아서 이야기를 계속했다.

"그러나 도릿 씨, 내가 아주 높이 평가할 뿐 아니라 앞으로 한층더 유쾌한 관계를 맺고자 하는 분에게 가장 중요한 것을 그저 솔직하게 이야기하는 게 아니라면 사실 이런 말을 할 필요도 없겠지요. 남편이 이 일을 당신과 동일하게 생각할 가능성이 아주 크다고 할 수밖에 없지만, 실은 상거래에 종사하는 것이 남편의 우연한 행운일 수도 있고 불행일 수도 있는 상황이고, 상거래를 아무리 방대하게 하더라도 상거래 때문에 남편의 시야가 약간 좁아졌을 수도 있으니까요. 나는 사업에 관해 어떤 의견이든 갖기에는 그저 어린애 같을 뿐이지요," 머들 부인이 말했다. "그러나 도릿 씨, 사업은 그런 경향을 지니는 것 같더군요."

도릿 씨와 머들 씨 둘 다를 들어 올렸다 내렸다 해서 누구도 이점을 누리지 못하도록 교묘하게 시소 놀이를 하는 것은 도릿 씨의 헛기침에 일종의 진정제로 작용했다. 도릿 씨는 머들 씨의 사업이 다른 사람들의 보잘것없는 사업과는 다른 것임에도 불구하고 그 사업이 그것을 구상한 재능을 확장하고 확대시키는 것이 아니라 조금이라도 저급하게 하는 경향이 있다고 생각하는 것에 대해, 상대가 최고로 세련되고 품위 있는 분인 머들 부인이라고 해도(칭찬을 듣고 그녀가 머리 숙여 인사했다) 미안하지만 항의해야겠다고 최대한 공손하게 말했다. "당신은 아주 관대하시군요." 머들 부인이 최고로 선량하게 미소 지으면서 답례 삼아 말했다. "그렇게 되길 바라자고요. 그러나 고백하자면 사업에 대한 내 생각은 미신에 사로잡혀 있는 것과 마찬가지예요."

그때 도릿 씨가 사업은 사업에 소중한 시간과 마찬가지로 노예들의 몫이며, 사업과 관계를 맺는 것이 모든 사람의 마음을 아주 자유자재로 지배하는 머들 부인의 몫은 아니라는 취지로 또 다른 찬사를 덧붙였다. 머들 부인이 소리 내어 웃으면서 도릿 씨에게 가슴이 들뜨는 것 같다고 했다─자기에게 최선의 영향을 미친 것 중의 하나라는 것이었다.

"내가 이야기를 이렇게 많이 한 것은," 그때 그녀가 말했다. "그저 남편이 에드먼드에게 언제나 지대한 관심을 보였고 에드먼드의 성공을 도우려는 소망을 늘 강하게 표현했기 때문이에요. 에드먼드의 공적인 지위는 당신이 알겠지요. 그의 사적인 지위는 전적으로 남편이 결정하기 나름이고요. 나는 사업에 대해서는 바보같이 무능한 탓에 더는 아는 바가 없어요."

도릿 씨는 사업은 남자의 마음을 사로잡는 여성이나 고혹적인 여성이 알 만한 문제가 못 된다는 생각을 자기식으로 다시 표현했다. 그러고 나서 신사로서 그리고 부모로서 머들 씨에게 편지를 쓰겠다는 계획을 말했다. 머들 부인이 온 마음을 다해서 - 또는 정확히 똑같은 것인데, 온 기술을 다해서 - 동의를 하고, 다음 우편 편에 세상의 여덟 번째 불가사의에게 보내는 서론 격의 편지를 직접 발송했다.

도릿 씨는 서한을 보낼 때도 그것과 관련된 중대한 문제에 대해 대화를 하거나 이야기를 할 때처럼 장식체로 꾸며서 주제를 둘러쌌는데, 습자선생이 습자교본이나 산술장을 아름답게 꾸미는 것과 마찬가지였다. 초보 산술 규칙의 제목들이 백조나 독수리, 그리핀이나 서예의 다른 오락으로 빛나가고, 제목의 대문자는 정신과 몸통을 잃고 펜과 잉크의 무아경에 접어드는 식이었다. 그럼에도 편지의 목적은 충분히 명확히 제시해서 편지를 받은 머들 씨가 그 목적을 알고 점잖게 행동할 수 있게 해주었다. 머들 씨가 적절히 답장을 보내왔다. 도릿 씨가 머들 씨에게 다시 답장했고, 머들 씨가 도릿 씨에게 또다시 답장했다. 그래서 서신을 주고받은 권력자들이 만족스러운 이해에 이르렀다고 곧 발표되었다.

그때, 그 이전이 아니었다, 패니 양이 새로운 역할을 위해 완벽히 차려입고 현장에 갑자기 나타났다. 그때, 그 이전이 아니었다, 그녀는 본래의 모습으로 스파클러 씨의 마음을 완전히 빼앗았고, 둘을 위해 그리고 추가로 스무 명을 위해 반짝였다. 아름다운 그 배는 자신에게 수많은 불편을 안겨주었던 분명한 지위와 신분의 결핍을 더 이상 느끼지 않고 정해진 항로를 꾸준히 가기 시작했으며, 항해의 질을 드높이는 평형추를 싣고 움직이기 시작했다.

"사전준비가 만족스럽게 다 되었으니, 얘야," 도릿 씨가 말했다. "이제 제너럴 부인에게 - 하아 - 공식적으로 알려야 할 것 같구나 - "

"파파," 그 이름이 나오자 패니가 무뚝뚝하게 말을 가로막으며 대꾸했다. "제너럴 부인이 이 일과 무슨 관계인지 모르겠어요."

"얘야," 도릿 씨가 말했다. "그렇게 하는 것이 - 흠 - 좋은 가문에서 자랐고 세련된 부인에게 예의 바른 행동이야 - "

"오! 제너럴 부인이 좋은 가문에서 자란 것과 세련된 것에는 신물이 나요, 파파." 패니가 말했다. "제너럴 부인이라면 진절머리가 나요."

"진절머리가," 도릿 씨가 책망하듯이 깜짝 놀라며 따라 했다. "난다고 - 하아 - 제너럴 부인에게!"

"그 부인이라면 완전히 메스꺼워요, 파파." 패니가 말했다. "그녀가 제 결혼과 무슨 관계인지 정말 모르겠거든요. 자신의 결혼계획이나 계속 추진하라고 하세요 - 그런 게 있다면요."

"패니," 도릿 씨가 딸의 경솔함과 뚜렷이 대조될 정도로 엄숙하고 무게 있게 천천히 말을 받았다. "네가 - 하아 - 무슨 얘길 하는 건지 설명해주기 바란다."

"제 얘기는, 파파," 패니가 말했다. "제너럴 부인이 혹시 그녀 나름의 무슨 결혼계획을 세우고 있다면, 그걸로 그녀의 남는 시간을 채우기에 충분할 거라는 거예요. 그리고 만일 계획 같은 게 없다면 더욱 좋고요. 그래도 제가 그 부인에게 알리고 싶지는 않아요."

"패니, 네게 물어야겠구나." 도릿 씨가 말했다. "왜 그러고 싶지 않다는 거니?"

"파파, 제 약혼이라면 그녀 스스로 알 만큼 알테니까요." 패니가 대꾸했다. "충분히 신경 써서 지켜보고 있을 거거든요. 지켜보는 걸 봤던 거 같아요. 스스로 알아내게 내버려두세요. 스스로 알아내지 못하면 제가 결혼할 때는 알게 되겠죠. 제너럴 부인은 그때 알아도 충분할 거 같다고 말하더라도 아빠에게 제 애정이 부족해서 그런다고 생각하지 않았으면 좋겠어요, 파파."

"패니," 도릿 씨가 대답했다. "이처럼 – 흠 – 제너럴 부인에게 – 하아 – 이처럼 변덕스럽고 이해할 수 없는 증오를 보이다니, 놀랍고 불쾌하구나."

"파파, 부디 증오라는 말은 쓰지 마세요." 패니가 강조했다. "제너럴 부인이 제 증오를 받을 만한 가치가 있다고 생각하지는 않으니까요."

그 말을 듣자, 도릿 씨는 엄하게 책망하는 기색으로 뚫어져라 바라보며 의자에서 일어나더니 위엄 있게 딸 앞에 섰다. 딸은 팔에 차고 있는 팔찌를 만지작거리면서, 때로는 그를 보고 또 때로는 눈길을 돌린 채 말했다. "알았어요, 파파. 그 말이 맘에 안 드신다니 정말 죄송해요. 그러나 어쩔 수 없어요. 제가 아이도 아니고, 에이미도 아니잖아요. 저는 할 말은 해야 하거든요."

"패니," 도릿 씨가 위엄을 지키며 잠자코 있다가 헐떡이면서 말했다. "내가 우리끼리 심사숙고했던 - 하아 - 변화를, 모범적인 여성이고 이 집의 - 흠 - 신뢰받는 일원인 제너럴 부인에게 정식으로 알리는 동안, 네게 여기 가만있으라고 요구한다면, 내가 - 하아 - 그렇게 요구할 뿐 아니라 - 흠 - 그렇게 해야겠다고 고집한다면 - "

"아, 파파," 패니가 예리하고 의미심장하게 끼어들었다. "아빠가 그 정도로 그것을 중시한다면 저로서는 따르는 외에 다른 방도가 없지요. 그러나 현 상황에서 정말 어쩔 수 없기 때문에 그렇게 하는 걸로 해주세요." 그러고 나서 온순하게 앉았는데, 극단적인 상태가 서로 연결되자 저항이 되었다. 그녀의 아버지는 대답하는 것도 자존심 상한다는 듯이 또는 뭐라고 답해야 할지 모르겠다는 듯이 팅클러 씨를 자리로 호출했다.

"제너럴 부인."

니스 칠을 하는 금발의 부인과 관련해서 그처럼 짤막한 명령을 받드는 데 익숙하지 않았던 팅클러 씨가 머뭇거렸다. 그 머뭇거림에서 마셜시 전체와 그곳에서 받았던 모든 선물의 의미를 알아차리게 된 도릿 씨가 곧바로 그를 공격했다. "어떻게 감히? 뭐 하자는 건가?"

"죄송합니다, 선생님." 팅클러 씨가 변명을 늘어놓았다. "알고 싶어서요 - "

"자넨 어떤 것도 알고 싶어 해서는 안 돼." 도릿 씨가 얼굴을 심하게 붉히고 소리쳤다. "알고 싶다고 얘기하지 마. 하아. 자네는 알고 싶은 게 아니라 조롱하는 죄를 범하고 있어."

"선생님, 확언하는데 - " 팅클러 씨가 변명하기 시작했다.

"나한테 확언하지 말라니까!" 도릿 씨가 말했다. "하인의 말을 듣고 확신을 하지는 않아. 자넨 조롱하는 죄를 범하고 있어. 날 내버려 두게 - 흠 - 지배층 전체에게 날 내버려두라고 해. 뭘 기다리나?"

"그저 지시를 기다리고 있습니다."

"그게 아니지." 도릿 씨가 말했다. "지시 받은 게 있잖아. 하아 - 흠. 제너럴 부인에게 안부를 전하고, 정말 괜찮다면 잠시 오셨으면 한다고 전하게. 그게 자네가 이행해야 할 지시야."

팅클러 씨가 그 임무를 실행하면서 도릿 씨가 몹시 화가 난 것 같다고 말했는지 모른다. 어찌 됐든 아주 서두르는 제너럴 부인의 치마 소리가 바깥에서 들렸고, 이례적으로 - 뛰어 왔다고 해도 될 정도로 - 신속하게 왔다. 그럼에도 치마는 문간에서 흥분을 가라앉히고 평상시처럼 침착하게 방으로 미끄러지듯 들어왔다.

"제너럴 부인." 도릿 씨가 말했다. "앉으세요."

제너럴 부인이 감사의 곡선을 우아하게 그리면서 도릿 씨가 내민 의자에 내려와 앉았다.

"부인," 그 신사가 말을 이었다. "부인이 친절하게도 딸들을 - 흠 - 단련시켰기 때문에, 그리고 내가 확신하기에는 딸아이들에게 영향을 미칠 수 있는 그 어떤 것에도 - 하아 - 부인이 무관심할 수 없기 때문에 - "

"전적으로 불가능하죠." 제너럴 부인이 최대한 차분하게 말을 했다.

"- 그래서 당신에게 알리고 싶은 겁니다, 부인. 지금 여기 있는 내 딸이-"

제너럴 부인이 패니에게 살짝 고개를 숙였다. 패니는 제너럴 부인에게 아주 침울하게 고개를 숙였다가 다시 당당하게 똑바로 세웠다.

"- 내 딸 패니가 당신도 알고 있는 스파클러 군과- 하아- 결혼하기로 했습니다. 따라서 부인, 부인은 힘든 책임- 하아- 힘든 책임의 절반을 덜게 되었습니다." 도릿 씨가 패니를 화난 눈으로 쏘아보며 그 말을 되풀이했다. "그러나 부인이 현재 내 집에서 친절하게 누리고 있는 지위는 직접적이든 간접적이든- 흠- 조금도 줄어들지 않을 겁니다."

"선생님은," 제너럴 부인은 본이 될 정도로 침착하게 장갑 낀 두 손을 서로 포개며 대답했다. "언제나 친절하시지만 내가 도와드리는 것에 언제나 지나치게 고마워하세요."

(패니 양이 "맞아요,"라고 말하려는 것처럼 헛기침을 했다.)

"도릿 양이 상황이 허락하는 한에서 최고로 적절한 분별력을 틀림없이 발휘했을 테니 진심으로 축하할 수 있을 거 같군요. 그것이 정념의 속박에서 벗어나 있을 때," 제너럴 부인은 정념이란 그 낱말을 말하고는, 그 낱말을 입 밖에 낼 수 없다는 듯이 그리고 누구도 볼 수 없다는 듯이 두 눈을 감았다. "그리고 가까운 친척들의 허락을 받고서 하는 것일 때, 또한 가족이라는 조직의 자랑스러운 구조를 단단히 하는 것일 때 보통 상서로운 일이 됩니다. 도릿 양에게 최고의 축하를 보낼 수 있을 거 같군요."

그때 제너럴 부인은 말을 멈추고 안색을 다듬기 위해 속으로 다음과 같이 덧붙였다. "파파, 포테이토스, 폴트리, 프룬스, 프리즘."

"선생님은," 그녀가 큰 소리로 덧붙였다. "항상 아주 친절하세요. 선생님과 도릿 양이 이처럼 이른 시간에 이런 비밀을 직접 알려주는 배려를, 특별대우란 말을 덧붙여도 되겠네요, 베풀어 주신 것에 감사드려요. 감사하고 축하한다는 말을 선생님과 도릿 양에게 똑같이 전하겠습니다."

"저는," 패니 양이 말했다. "부인의 감사와 축하를 받으니 너무 기뻐요-이루 말할 수 없을 정도로요. 제너럴 부인, 부인이 반대하지 않는다는 사실을 알고 안도했기에 완전히 한시름 놓았거든요. 부인이 반대라도 했으면 무슨 짓을 했을지 모르니까요." 패니가 말했다.

제너럴 부인은 프룬스와 프리즘의 미소를 지으며 오른 장갑이 위에 오고 왼 장갑이 밑에 오도록 장갑 낀 손을 맞바꾸었다.

"제너럴 부인, 부인의 찬성을 잃지 않는 것이," 패니는 미소 짓는 흔적이 전혀 없는 미소로 그 미소에 답례하면서 말했다. "제 결혼생활에서 당연히 최고의 목적이 될 겁니다. 그걸 잃게 되면 당연히 완벽하게 비참해질 테니까요. 그러나 제가 부인의 사소한 잘못을 바로잡아도, 부인이야 워낙 사려 깊으시니까 싫어하지 않으리라고 믿어요, 그리고 파파도 싫어하지 않으셨으면 좋겠습니다. 아무리 훌륭한 사람도 자칫하면 실수하기 쉬운 법이기에, 제너럴 부인, 부인조차도 사소한 잘못을 저지르신 거겠죠. 제너럴 부인, 비밀을 이렇게 알려드리니까 배려와 특별대우를 받은 셈이라고 아주 인상적으로 언급하셨던 거야 최고로 칭찬하는 말씀이고 유쾌한 말씀이라는 것이 분명하지만, 제가 알려드리자고 한 것은 절대 아닙니다. 그 문제에 대해 부인의 의견을 물었다는 공적이 워낙 큰 것이어서 그 공적이 사실 제 것도 아닌데 제가 그걸 차지하면 안 되겠다는 생각이 드는군요. 그건 전적으로 파파의 공적입니다. 부인께서 격려하고 후원해주신 것에 깊이 감사드립니다만 그걸 원했던 사람은 파파입니다. 약혼에 대해 후하게 동의해서 제가 한시름 덜 수 있게 해주신 것에 대해, 제너럴 부인, 부인에게 감사해야겠지만, 부인이 제게 감사할 것은 정말 전혀 없습니다. 제가 집을 떠난 후에도 제 행동을 언제나 지지해 주시기를 소망합니다. 그리고 제 동생도 은혜를 베푸는 부인의 호의를 늘 받는 아이로 오랫동안 남아있으면 좋겠습니다, 제너럴 부인."

그와 같은 연설을 최대한 공손하게 전달하고서 패니는 그 방을 우아하고 쾌활하게 나왔다 - 그리고 들리지 않는 곳에 가자마자 얼굴이 상기된 채 위층으로 내달았다. 동생에게 와락 달려들었고, 그녀를 꼬마잠꾸러기라고 부르며 눈을 좀 더 똑바로 뜨라고 잡아 흔들었다. 그리고 아래층에서 주고받은 이야기를 해준 다음에 동생에게 물었다. 자, 파파에 대해 어떻게 생각하니?

머들 부인에 대해 그 젊은 아가씨는 대단히 자립적으로 그리고 침착하게 처신했지만 좀 더 분명하게 적대적인 행동은 아직 벌이지 않았다. 이따금 패니가 그 부인이 자기를 칭찬했다고 생각하거나 머들 부인이 특별히 젊고 건강하게 보일 때는 작은 충돌을 벌이기도 했다. 그러나 머들 부인은 최대한 우아하고 무관심한 태도로 쿠션에 깊숙이 파묻히거나 관심을 다른 데로 돌려서 치고받는 논전을 언제나 곧바로 끝냈다. 상류사회는(그 불가사의한 피조물이 로마의 일곱 언덕에도 걸터앉아 있었기 때문에) 패니 양이 약혼을 함으로써 상당히 나아졌다고 여겼다. 결혼할 딸들이 있는 부인들이 아주 분개할 정도로, 그녀가 자기네 딸들보다 훨씬 더 대하기 편하고 훨씬 더 편안하고 매력적이며 훨씬 덜 엄격해서 다수의 추종자와 숭배자를 즐겁게 해준다는 것이었다. 딸들이 도릿 양에 대한 불만 때문에 상류사회에 반역하고 모반의 깃발을 치켜든 것처럼 보인다는 것이었다. 자기가 불러일으킨 야단법석을 즐기면서 도릿 양은 개인 자격으로 품위 있고 도도하게 상류사회를 돌아다녔을 뿐만 아니라, 도도하게, 심지어는 여봐라는 듯이 스파클러 씨도 데리고 다녔다. 요컨대, 그들 모두에게 이렇게 말하는 것 같았다. "내가 좀 더 강한 포로가 아니라 이런 약한 포로를 묶은 채로 여러분들 사이로 승리의 행진을 벌이는 게 적당하다고 생각하더라도 그건 내 일입니다. 내가 그렇게 하기로 결정한 걸로 충분하지요!" 스파클러 씨는 아무것도 묻지 않았고 데려가는 대로 갔고 하라는 대로 했다. 그리고 자신의 약혼자가 유명해지는 것이 자기로서도 가장 쉽게 유명해지는 길이라고 생각했고, 그렇게 공개적으로 인정받는 것을 진실로 고맙게 여겼다.

그런 상황이 지속되는 가운데 겨울이 지나 봄이 가까이 오자, 스파클러 씨는 영국에 가서 영국의 수호신과 학문, 상업과 정신, 그리고 상식을 표현하고 지도하는 일에서 자기에게 맡겨진 임무를 수행해야 하게 되었다. 셰익스피어, 밀턴, 베이컨, 뉴턴, 와트의 나라, 과거와 현재의 수많은 관념철학자들, 자연철학자들, 자연과 기술을 무수히 많은 방식으로 정복한 사람들의 나라가 자기가 멸망하지 않도록 와서 돌보아달라고 스파클러 씨를 불렀던 것이다. 스파클러 씨는 조국의 영혼 깊숙한 곳에서 터져 나오는 고통스러운 외침을 거역할 수 없어서 돌아가야겠다고 선언했다.

스파클러 씨가 어리석은 생각을 전혀 안 하고 이승에서 최고로 훌륭한 여성인 그 여성과 언제, 어디서, 어떻게 결혼할 것이냐, 라는 문제가 당연히 긴급해졌다. 그 해답을, 모종의 사소한 수수께끼와 비밀을 거친 후에 패니 양이 동생에게 직접 알렸다.

"자, 동생," 하루는 그녀가 동생을 찾아와서 말했다. "애기 좀 할게. 지금 막 그 얘기가 나왔거든. 그 얘기가 **나오자마자** 나는 당연히 서둘러 왔고."

"언니의 결혼 말이야, 패니?"

"사랑하는 동생," 패니가 말했다. "내 얘기를 앞지르지 마. 서두르는 꼬마야, 내 비밀을 내 식으로 알려줄 테니까. 네 추측에 대해서는, 만일 문자 그대로 답한다면 아니라고 해야겠지. 사실 내 결혼은 에드먼드 결혼의 절반만큼도 논의되고 있지 않거든."

작은 도릿은 그 미세한 구별을 이해하지 못해서 약간 당황한 듯 보였는데, 그럴 만한 까닭이 있는 것일지도 모른다.

"난 지장 없어," 패니가 소리 질렀다. "그리고 서두를 것도 없고. 어떤 관청에서도 날 찾지 않고, 어떤 곳에서도 투표할 게 아니니까. 그러나 에드먼드는 달라. 그리고 혼자 떠난다는 생각에 깊이 낙담하고 있어. 그뿐만 아니라 혼자 있는 그를 신뢰할 수 있을지, 사실 나도 내키지 않아. 바보짓을 하는 게 가능하다면 – 보통 가능하잖아 – 틀림없이 바보짓을 할 테니까."

그녀는 장래의 남편을 안전하게 신뢰할 수 있는 정도를 그처럼 정직하게 요약하고 나서 쓰고 있던 보닛을 사무적으로 벗더니 그자리에서 보닛의 끈을 잡고 흔들었다.

"따라서 그것은 내 문제라기보다 에드먼드의 문제인 면이 훨씬 많아. 그러나 그 얘기를 계속할 필요야 없지. 그거야 언뜻 보기에도 자명하니까. 글쎄, 에이미! 그가 혼자 갈 건가, 혼자 안 갈 건가, 라는 핵심이 대두하고, 그에 따라 다음과 같은 또 다른 핵심이 대두하는 거야. 우리가 곧바로 이곳에서 결혼할 건가, 아니면 몇 달 있다가 고국에서 결혼할 건가?"

"패니, 언니를 곧 잃을 거 같아."

"선수 치기엔 네가 너무 어려!" 패니가 조금은 너그럽게 그러나 또 조금은 짜증 내면서 소리쳤다. "동생, 내 말을 끝까지 들어. 그 여자는," 물론 머들 부인을 말하는 거였다. "부활절이 지나도 여기 계속 있을 거야. 그래서 내가 이곳에서 결혼하고 에드먼드와 함께 런던에 가면, 그녀의 기선을 제압할 수 있으니까 그건 꽤 괜찮은 거지. 그뿐이 아니야, 에이미. 그 여자가 비켜서 있으니까, 에드먼드와 내가 살 집을 골라서 가구를 비치할 때까지 숙소를 그 집 - **그러니까** - 동생, 네가 예전에 무희와 같이 갔던 그 집 - 에 잡는 게 좋겠다고 머들 씨가 아빠에게 제안한 것에 별로 반대할 이유가 없을 거 같아. 아직 더 남았어, 에이미. 파파는 봄이 되면 런던에 갈 생각을 늘 하고 있었으니까 - 그러니까 에드먼드와 내가 이곳에서 결혼하면 우리는 피렌체로 갈 거고, 거기에서 파파가 우리와 합류해서 셋이 함께 고향으로 이동할 수 있을 거야. 내가 말했던 바로 그 저택에서 자기와 같이 있자고 머들 씨가 파파에게 간청했는데, 내 생각에는 파파가 같이 있을 거 같아. 그러나 본인의 행동이야 본인이 결정하는 거니까 그 점에 대해서는(아무래도 상관없어) 내가 명확하게 말할 수 없지."

파파의 행동은 파파가 결정한다는 애기와 스파클러 씨는 절대 그렇게 못 한다는 애기 사이의 차이가 그 사실을 진술하는 패니의 태도로 강하게 표현되었다. 패니의 동생은 그 사실을 눈치 채지 못했는데, 다가오는 이별에 대한 섭섭함과 영국을 방문할 계획에 자신이 포함된다는 희망, 즉 사라지지 않고 자꾸 떠오르는 희망 사이에서 분열되어있었기 때문이다.

"언니, 그렇게 하려는 거야?"

"하려는 거냐고!" 패니가 되풀이했다. "이런, 너는 사람을 정말로 짜증 나게 하는구나. 내 이야기가 그런 식으로 해석되지 않도록 내가 특히 조심했잖니. 내가 했던 이야기는 논의의 여지가 없는 문제가 저절로 나타났다는 거고, 나타난 문제가 그렇다는 거야."

작은 도릿의 사려 깊은 두 눈이 언니의 두 눈과 상냥하게 그리고 온화하게 마주쳤다.

"자, 동생," 패니가 상당히 조바심을 내며 보닛의 끈을 잡고 저울질하면서 말했다. "빤히 쳐다봐도 소용없어. 작은 올빼미도 빤히 쳐다볼 수 있으니까. 에이미, 네게 원하는 것은 조언이야. 어떻게 하라고 조언하겠니?"

"언니는," 작은 도릿이 잠시 주저하더니 설득 조로 물었다. "결혼식을 몇 달 연기하면 모든 걸 고려할 때 그게 최선일 수 있겠다고 생각하는 거야?"

"아니야, 꼬마거북아," 패니가 굉장히 거세게 쏘아붙였다. "그런 생각 하는 게 아니야."

그 순간 그녀는 보닛을 완전히 내던지고 서둘러 의자에 앉았다. 그러나 거의 곧바로 상냥한 태도를 띠고 의자에서 다시 벌떡 일어나더니 바닥에 꿇어앉아 동생과 의자와 기타 등등을 껴안았다.

"정말 그렇지 않으니까 내가 서두른다거나 불친절하다고 생각하진 마, 동생. 그러나 넌 조금 별스러워! 무엇보다 널 위로하고 싶은데 화를 내게 만들잖아. 혼자 있는 에드먼드를 믿을 수 없다고 얘기했잖아? 믿을 수 없다는 걸 모르겠니?"

"그래, 그래, 패니. 그렇게 얘기했어."

"그러니까 너도 알고 있잖아." 패니가 쏘아붙였다. "글쎄, 사랑하는 동생! 혼자 있는 그를 믿을 수 없다면, 대두하는 문제는 이런 걸 거야. 그와 함께 가야 하나?"

"언니, 그런 것 – 같아." 작은 도릿이 말했다.

"그러면 그 목적을 달성할 수 있을 거 같다고 했으니까, 에이미야, 대체로 그렇게 하라고 조언하는 걸로 이해해도 되겠니?"

"언니, 그런 것 – 같아." 작은 도릿이 다시 말했다.

"알았어!" 패니가 체념했다는 투로 소리 질렀다. "그렇다면 그렇게 하는 수밖에 없지! 의심스러운 부분을 보고 결론 내려야 겠다고 느끼자마자 너에게 온 거야, 동생. 이제 결론 내렸어. 그리고 그렇게 하겠어!"

이처럼 모범적인 태도로 동생의 조언과 상황의 힘에 따르기로 하고서, 패니는 자신이 하려는 바가 둘도 없는 동생이 원하기 때문에 하려는 것처럼, 그리고 자신이 그런 희생을 하는 것에 대해 양심의 만족을 느끼는 것처럼 아주 상냥해졌다. "어쨌든, 에이미야," 그녀가 동생에게 말했다. "너야말로 나이 어린 사람 중에서 최고이고 양식이 풍부하잖니. 너 없이 앞으로 도대체 어떻게 할지 모르겠구나!"

그 말을 하며 동생을 좀 더 꼭, 정말로 다정하게 껴안았다.

"에이미, 우리가 앞으로도 헤어지지 않기를 바라니까, 너 없이 지낼 생각을 해서는 절대 아니야. 그런데 동생, 내가 조언 하나 할게. 네가 여기에 제너럴 부인과 단둘이 남게 되면 – "

"내가 여기에 제너럴 부인과 단둘이 남게 된다고?" 작은 도릿이 조용히 물었다.

"그야, 물론이지, 동생, 파파가 돌아올 때까지는! 네가 에드워드를 같이 지내자고 부르지 않는 한 말이야. 오빠는 여기 로마에 있을 때도 찾아오지 않았는데, 나폴리나 시칠리아에 떨어져 있으면 더더군다나 분명히 찾아오지 않을 거야. 내가 하려던 얘기는— 너야말로 사람을 성가시게 하는 귀여운 꼬마훼살꾼이구나— 에이미, 네가 여기에 제너럴 부인과 단둘이 남게 되면, 그녀가 파파를 지켜보고 있었다느니, 파파가 그녀를 지켜보고 있었다느니, 하는 식의 양해를 그녀가 너와 교묘히 나누지 못하게 하라는 거야. 그녀는 할 수만 있다면 나누려고 할 거야. **나는** 장갑을 낀 채 그녀가 교활하게 더듬어 나아가는 방법을 알고 있거든. 어떤 일이 있어도 그녀를 절대 이해하면 안 돼. 그리고 파파가 돌아와서 제너럴 부인을 네 엄마로 삼을 생각을 하고 있다고 하면(내가 떠났으니까 그럴 가능성이 있어), 내 조언은 즉시 이렇게 말하라는 거야. '파파, 죄송하지만 아주 강력하게 반대해요. 패니가 이 문제에 대해 제게 주의하라고 했고 반대했어요, 저도 반대예요.' 에이미, 네 반대가 최소한의 효과라도 있을 거 같다거나, 네가 조금이라도 단호하게 반대할 거 같다는 말을 하려는 게 아니야. 그렇지만 원칙—자식으로서의 원칙—과 관계되니까, 제너럴 부인이 새엄마가 되는 데에 순순히 따르지 말고, 원칙을 강조해서 주위 사람들을 모두 다 가능한 한 불편하게 만들라고 부탁할게. 네가 원칙을 지키리라고 기대하는 것은 아니야—사실, 파파가 관련되어있어서, 네가 그러지 않으리라는 걸 알아—그러나 사명감을 갖도록 분발시키고자 하는 거야. 내가 줄 수 있는 도움이

나 그런 결합에 대해 내가 할 수 있는 반대에 관한 한, 널 궁지에 빠뜨리는 일은 없을 거야, 동생. 매력이 전혀 없지는 않은 기혼여성 이라는 내 지위에서 끌어낼 수 있는 영향력이란 영향력은 모두 다 — 내 지위로서 늘 맞설 것처럼, 영향력도 그 여자와 맞서기 위해 사용할 텐데 — 제너럴 부인의 머리와 가발에(가발을 썼을 거라고 확 신하는 까닭은 보기 흉할 뿐 아니라 정신 멀쩡한 사람이라면 그걸 사려고 돈을 쓸 거 같진 않기 때문이야) 행사할 거라는 점은, 네가 믿어도 좋아!”

작은 도릿은 조언을 들으면서 그 조언에 대해 감히 반대하고 나 서지도 않았지만 패니에게 조언대로 행동할 작정이라고 믿을 이유 도 주지 않았다. 패니는 이제, 말하자면 독신생활을 공식적으로 끝 내고 세속적인 일을 해결한 후에, 특유의 열정을 갖고 자기 신분에 서의 중대한 변화를 준비하기 시작했다.

그 준비는 가이드의 보호 속에 하녀를 파리로 보내 신부용 예복 을 구입하도록 하는 걸로 이루어졌다. 이 이야기에서 그 예복에 영 어식 명칭을 부여한다면 대단히 천한 일이겠지만 (이야기가 쓰여 있다고 내세우는 언어를 고수해야 한다는 저속한 원칙을 준수해서) 프랑스어 명칭을 부여하는 것도 거부해야겠다. 이들 대리인들이 구 입한 화려하고 아름다운 예복이, 중간에 세관이 아주 많고, 협수룩 한 제복을 입은 많은 무리의 탁발수사가 주둔하고 있는 지역을 몇 주에 걸쳐 지나갔는데, 그 수사들은 자신들과 같이 있는 병사 한 명 한 명이 고대의 벨리사리우스[2]인 것처럼 그 예복을 보고 ‘거지의 청원'[3]이라는 시를 끊임없이 되풀이했다. 병사들이 군대를 이룰 만큼 많아서 가이드가 그들의 곤궁을 덜어주고자 은화 1.5부셸을 지출하지 않았다면 그들은 예복을 자꾸만 이리저리 뒤집어봐서 로마에 도착하기도 전에 예복이 닳아서 해지게 만들었을 것이다. 그렇지만 가이드는 그 모든 위험지역을 통과하여 예복을 조금씩 조금씩 의기양양하게 가져왔고, 예복은 훌륭한 상태로 목적지에 도착했다.

목적지에서 그 예복은 엄선된 여성 구경꾼들에게 공개되었고, 그들의 점잖은 가슴에 달래기 어려운 반감을 불러일으켰다. 그와 동시에 예복에 달린 몇몇 보석을 공개적으로 과시할 날을 위한 준비가 활발하게 진행되었다. 아침식사 초대장이 로물루스의 도시[4]에 머무르고 있는 영국인 중 절반에게 보내졌고, 나머지 절반은 비판적인 자원병이 되어서 결혼식이 진행되는 곳 바깥의 여러 지점에서 전투태세를 갖추고 있기로 타협을 봤다. 최고로 고매하고 저명한 영국인인 에드가르도 도릿 님[5]께서 (자신을 개선시키고자 나폴리 귀족 밑에서 표면을 단련 받다가) 깊은 진창과 바퀴자국을 헤치고 급히 와

---

[2] 벨리사리우스 (Belisarius, 505~565): 반달족, 고트족과의 전투에서 승리를 거둔 비잔티움 제국의 명장. 반역죄로 체포된 다음에 눈이 뽑히고 길에서 구걸을 했다는 설이 있음.

[3] 토머스 모스(Thomas Moss)가 1769년에 발표한 시.

[4] 로마를 지칭.

[5] 팁을 지칭. 팁은 에드워드의 애칭이고, 에드워드의 이탈리아어식 발음은 에드가르도가 아니라 에도아르도이므로, 에드가르도는 에도아르도의 오식으로 보임.

서 자리를 빛내 주었다. 최상의 호텔과 호텔 주방에서 일하는 모든 하인이 잔치 준비를 시작했다. 도릿 씨의 지급명령서가 토를로니아 은행에 쇄도할 지경이었고, 영국 영사는 자신의 재직기간에 그런 결혼식을 본 적이 없다고 했다.

그날이 왔다. 주피터 신전의 암늑대가 섬나라의 야만인들이 오늘 날 그런 일들을 해내는 방법을 보고는 부러움으로 으르렁거렸을 법도 하다. 조각가들이 아무리 좋게 조각하려 해도 그 극악무도한 사악함을 제거할 수 없었던, 머리가 살인자 같은 사악한 군인황제들의 조각상이 그 신부와 함께 달아나려고 자신들의 대臺에서 내려왔을 법도 하다. 예전에는 검투사들이 몸을 씻었으나 이제는 막힌 지 오래된 분수가 그 결혼식을 축하하려고 다시 솟구쳤을 법도 하다. 베스타의 신전이 그 결혼을 확실히 지지하려고 그 폐허로부터 다시 솟았을 법도 하다. 그랬을 법도 하지만 그렇지 않았다. 지각 있는 존재들처럼 – 때로는 심지어 만물의 주인 같은 귀족과 귀부인들처럼 – 많은 일을 했을 법도 하지만 아무 일도 하지 않았다. 결혼식은 감탄할 만큼 화려하게 행해졌다. 검은 옷을 입은 수도승들, 하얀 옷을 입은 수도승들, 적갈색 옷을 입은 수도승들이 마차의 뒷모습을 보려고 가던 길을 멈추었고, 양털 옷을 입고 돌아다니는 시골뜨기들이 창문 아래에서 구걸을 하고 피리를 불었다. 영국인 자원병들은 한 줄로 늘어서서 움직였다. 하루가 지고 저녁기도 종이 울릴 때가 되어서 잔치가 서서히 끝나갔다. 천 개의 교회들이 그 결혼식과 관계없이 종을 울렸고, 성 베드로는 자신이 그 결혼식과 아무 관계도 없다고 부인했다.

　그러나 그 시간에 신부는 피렌체로 가는 길에서 첫날 여정을 거의 끝내가고 있었다. 결혼식에서 신부만 돋보였다는 것이 그 결혼식의 색다른 점이었다. 신랑에게 주목하는 사람은 아무도 없었다. 첫번째 신부들러리에게 주목하는 사람도 전혀 없었다. 많은 사람이 작은 도릿을 찾았다고 가정하더라도 신부가 화려했기 때문에 (들러리 역을 했던) 작은 도릿을 눈여겨보는 사람이 거의 없었던 것이다. 그렇게 해서 신부가 그녀의 훌륭한 마차에 올라탔고, 신랑은 부수적으로 동행했다. 마차는 평평하게 포장된 길을 몇 분 동안 순조롭게 굴러간 다음에, ‘절망의 수렁’을 지나, 파멸과 폐허의 길고 긴 길을 지나, 덜커덩거리며 가기 시작했다. 다른 결혼식 마차들도 같은 길을 갔다고 한다, 그 이전과 그 이후에도.

　작은 도릿이 그날 밤 약간 쓸쓸하고 기운이 조금 없다고 느꼈더라도, 옛날처럼 아버지 곁에 앉아서 바느질을 하거나 아버지가 야식을 들고 나서 쉬도록 도와줄 수 있었다면 우울증에 최고의 효과가 있었을 것이다. 그러나 제너럴 부인이 마부석을 차지하고 직접 몰고 다니는 화려한 마차를 타고 있는 지금, 그런 일은 생각할 수도 없었다. 그리고 야식이라! 도릿 씨가 야식을 원하면, 요리를 하는 이탈리아 사람과 과자를 만드는 스위스 사람이 대기하고 있다가 작업모를 교황의 주교관만큼 높이 쓰고는, 그가 야식을 들기 전에 동으로 만든 스튜 냄비가 있는 아래층 실험실에서 연금술사의 비밀을 수행했다.

도릿 씨는 그날 밤 훈계하듯이 가르치려 들었다. 그저 사랑하기만 했다면 작은 도릿에게 좀 더 도움이 되었을 것이다. 그러나 작은 도릿은 아버지를 있는 그대로 받아들였고 – 그러지 않은 적이 있었던가! – 최대한 소중하게 여겼다. 제너럴 부인이 마침내 자리를 떴다. 자러 가려고 자리를 뜰 때 그녀는 언제나 가장 싸늘하게 의식을 수행했으니, 인간의 상상력이 자기를 따라오는 것을 막으려면 그것을 차게 식혀서 돌같이 굳게 할 필요가 있다고 여기는 것 같았다. 그녀가 상류사회의 집단의식 비슷한 것에 해당하는 엄격한 준비과정을 마치고 물러난 후에, 작은 도릿은 아버지의 목덜미에 팔을 두르고 잘 자라고 인사했다.

"에이미, 애야," 도릿 씨가 그녀의 팔을 잡고 말했다. "내게 – 하아 – 대단한 감동과 기쁨을 준 하루가 끝나가는구나."

"조금 피곤하기도 하죠, 아빠?"

"아니," 도릿 씨가 말했다. "그렇지 않아. 기쁨만이 가득한 – 흠 – 일을 하느라고 생기는 피로라면 피로한 줄 모르겠어."

작은 도릿은 그가 그런 기분이라는 사실을 알고 기뻤기 때문에 진심에서 우러나오는 미소를 지었다.

"애야," 그가 말을 이었다. "이번 일은 – 하아 – 좋은 본보기로 가득하구나. 내가 제일 아끼고 사랑하는 아이야 – 흠 – 네게 좋은 본보기로 가득해."

작은 도릿은 그의 말을 듣고 가슴이 두근거려서, 자기가 무슨 말이든 하기를 기다린다는 듯이 그가 말을 멈추었지만 무슨 말을 해야 좋을지 몰랐다.

"에이미," 그가 말을 다시 시작했다. "네 언니인 패니가 – 하아 흠 – 결혼했는데, 그 결혼은 우리 – 하아 – 인척 관계의 토대를 넓혀 주고 – 흠 – 상류사회와의 관계를 공고하게 해줄 가능성이 많아. 얘야, 네게 – 하아 – 알맞은 결혼 상대가 나타날 때가 그다지 멀지 않은 것 같구나."

"아, 안 돼요! 아빠와 같이 있을 거예요. 같이 있게 해달라고 빌고 또 간청 드릴게요! 그저 같이 지내면서 아빠를 뒷바라지하고 싶어요!"

그녀는 갑자기 놀란 사람처럼 그런 얘기를 했다.

"아니야, 에이미, 에이미," 도릿 씨가 말했다. "설득력이 없고 어리석은 생각이야, 설득력이 없고 어리석어. 너에게는 지위가 부과한 – 하아 – 책임이 있어. 그 지위를 드높이고 그 지위에 – 흠 – 어울리는 사람이 되는 책임 말이야. 나를 돌보는 문제는, 내가 – 하아 – 스스로 돌볼 수 있어. 또는," 그가 잠시 후에 덧붙였다. "돌봄을 받을 필요가 있다면, 나는 – 흠 – 신의 – 하아 – 은총으로 **받을 수 있을 거야.** 나는 – 하아 흠 – 나는, 얘야, 너를 독점하겠다는, 그리고 – 하아 – 말하자면 너를 희생시키겠다는 생각을 할 수가 없구나."

오, 자기를 희생하겠다는 그런 고백을 시작하기에 참으로 이른 시점이로다! 이제야 고백하면서 칭찬받아야겠다는 태도를 보이다니! 이제야 고백하면서 믿을 수 있으면 믿으라고 하다니!

"아무 말 말거라, 에이미. 그럴 순 없다고 명확히 얘기하는 거니까. 내가 - 하아 - 그래서는 안 되지. 내 - 흠 - 양심이 허용하질 않아. 따라서, 애야, 오늘처럼 기쁘고 감동적인 결혼식이 내준 기회를 이용하여 - 하아 - 엄숙하게 말하고자 하는 것은, 네가 - 하아 - 알맞은 상대와 (알맞은 상대, 라고 다시 한 번 말할게) 결혼하는 모습을 지켜보는 것이 내 소망이고 목적이라는 거야."

"오, 안 돼요, 아빠! 제발요!"

"에이미," 도릿 씨가 말했다. "이 문제를 상류사회에 대해 탁월한 지식이 있으며 아주 고상하고 양식 있는 누구에게나 - 이를테면, 예를 들어서 - 하아 - 제너럴 부인에게 물어본다면, 내 생각이 - 흠 - 다정하고 적절하다는 데에 동의하리라 믿는다. 그러나 너의 충성스럽고 순종적인 마음씨를 - 흠 - 경험으로 알고 있으니까, 더는 말할 필요가 없겠지. 애야, 내가 현재 - 흠 - 추천할 남편감이 있다는 게 아니야. 염두에 두고 있는 사람이 있는 것도 아니고. 그저 우리가 - 하아 - 서로를 잘 이해하기를 바랄 뿐이지. 흠. 잘 자거라, 유일하게 남아있는 소중한 딸. 잘 자. 신의 가호를 빈다!"

그날 밤, 아빠가 이제 부자가 되었으니까, 그리고 나를 둘째 부인으로 대치해야겠다는 생각이 드니까, 나를 가볍게 포기할 수 있다는 거구나, 라는 생각이 들었더라도 작은 도릿은 그 생각을 쫓아냈을 것이다. 그녀는 홀로 그를 떠맡았던 가장 어려운 시기에 그랬던 것처럼 여전히 그에게 충실한 채 그 생각을 쫓아냈다. 그리고 불안해서 눈물범벅이 되었으면서도 그녀가 품은 제일 가혹한 생각은, 아빠가 이제 만사를 재산이라는 관점에서, 또한 우리가 계속 부자여야

하고 점점 더 부자가 되어야 한다고 늘 걱정하는 관점에서 바라보는구나, 라는 것이었다.

그들은 제너럴 부인이 마부석을 차지하고 직접 몰고 다니는 화려한 마차를 3주나 더 타고 다녔다. 그다음에 도릿 씨는 패니와 합류하려고 피렌체로 출발했다. 작은 도릿은 오로지 자기 자신의 사랑을 채우기 위해 아버지와 거기까지 동행했다가 그리운 영국을 생각하며 혼자 돌아왔어도 기쁘다고 했을 것이다. 그러나 가이드가 신부와 함께 떠났지만 그다음에는 시종이 대기하고 있었다. 누구든 돈으로 살 수 있는 한 그녀에게 차례가 오지는 않았다.

제너럴 부인은 로마 집에 그들만이 남게 되자 편하게 지냈다 – 말하자면, 할 수 있는 한 편하게 지냈다. 작은 도릿은 그들에게 남겨진 임대마차를 타고 자주 외출했고, 고대 로마의 폐허에 혼자 내려서 돌아다니곤 했다. 거대한 고대 원형극장, 고대 신전, 고대의 기념 아치들, 밟아서 다져진 고대의 길들, 고대 무덤들의 폐허가 그녀에게는 고대의 폐허일 뿐 아니라 옛날 마셜시의 잔해 – 그녀 자신의 옛날 삶의 잔해 – 예전에 그 삶을 채우고 있었던 얼굴들과 형상들의 잔해 – 그 삶의 사랑과 희망, 걱정과 기쁨의 잔해 같았다. 부서진 파편 위에 종종 앉아 있곤 하던 외로운 그 소녀 앞에 활동과 고난이라는 두 개의 몰락한 영역이 나타났고, 그녀는 그 쓸쓸한 장소에서 그리고 그 푸른 하늘 아래에서 둘 다를 함께 보았다.

그럴 때는 자연과 기술이 그녀에게서 색깔을 빼앗았던 것처럼 제너럴 부인이 모든 사물에서 온갖 색깔을 빼앗으며 다가왔다. 부인은 유스터스 씨의 책자에 손을 댈 수 있을 때에는 언제나 거기에 프룬 스와 프리즘이라고 써넣었고, 어디서나 유스터스 씨와 그 일행만 찾고 다른 것은 보려고 하지 않았다. 그리고 고대의 바짝 마른 작은 뼈들을 긁어모았다가 인간적인 교제 없이 그것들을 통째로 삼켰다—송장을 먹는다고 하는, 장갑 낀 귀신같이.

16 성공하다

막 결혼한 신혼부부는 런던의 캐번디쉬 스퀘어 할리 가에 도착하자마자 집사장의 영접을 받았다. 그 위대한 인물은 그들에게 관심이 있는 게 아니라 대체로 그들을 견뎌내는 편이었다. 사람들이 계속해서 장가가고 시집가야 하는 것은 그렇지 않으면 집사장이 필요치 않을 것이기 때문이었으니, 국가가 세금을 부과하기 위해 만들어지듯 가정은 집사장이 근무할 수 있게 하기 위해 꾸려지는 것이었다. 집사장은 부유한 사람들이 자신을 위해 유지되는 것이 자연의 순리라고 생각하는 게 틀림없었다.

그래서 그는 도착한 마차를 체면을 버리고 현관의 문간에서 바라보면서도 눈살 하나 찌푸리지 않았다. 그리고 하인 중 한 명에게 아주 당당하게 말했다. "토머스, 짐 내리는 걸 도와드리게." 심지어는 신부를 위층에 있는 머들 씨의 면전까지 수행하기도 했다. 그러나 그것은 여성에게 경의를 바치는 행동으로 여겨야지(그는 어떤 공작부인의 매력에 사로잡혀 있다는 소문이 나돌 정도로 여성을 숭배하는 인물이었다) 그 가족에게 헌신하는 행동으로 여겨서는 안 되는 것이었다.

머들 씨는 난로 앞 깔개 주위를 살금살금 걸으면서 스파클러 부인을 맞이하려고 기다리고 있었다. 그가 며느리를 맞이하려고 한 걸음 나설 때 손이 소맷자락 위로 쑥 들어가는 것 같았는데, 그러고도 남아있는 소맷부리를 그녀에게 잔뜩 안겼기 때문에, 전체적으로는 가이 폭스에 대한 대중의 관념형[6]이 그녀를 맞이하는 것 같았다. 그뿐만 아니라 그는 그녀의 입술에 자기 입술을 맞추고, 자기가 자기를 체포하는 경찰관인 것처럼 손목으로 자신을 결박한 채 긴 의자와 걸상과 탁자들 사이로 물러나면서 혼잣말을 했다. "자, 그게 아니야! 이런! 드디어 잡았군, 나와 함께 조용히 가지!"

스파클러 부인은 화려한 방 – 솜털과 비단과 사라사 무명과 고운 아마포로 꾸며진, 가장 안쪽에 있는 은신처 – 에 자리를 잡고서, 지금까지 자신의 성공이 만족스러운 것이고 한 걸음 한 걸음 전진한 것이라고 생각했다. 결혼식 전날, 그녀는 머들 부인의 면전에서 머들 부인의 하녀에게, 머들 부인이 전에 자기에게 주었던 선물보다 네 배 정도의 값어치가 나가는 시시하고 보잘것없는 기념품을(모두

---

[6] 가면을 쓰고 낡은 외투와 바지를 걸친 채 손을 소매 안에 숨기고 있는, 짚단으로 만든 인형. 가이 폭스(Guy Fawkes)는 가톨릭 탄압에 저항하여 1605년 '화약음모사건'을 일으킨 영국인이다

새것인 팔찌와 보닛과 드레스 두 벌을) 우아하고 무관심한 태도로 선사했다. 지금은 머들 부인이 쓰던 방에 자리를 잡았는데, 그녀가 그 방을 쓸 수 있도록 그 방은 약간 더 손질이 되어있었다. 그녀는 돈으로 살 수 있거나 창의력으로 궁리해낼 수 있는 온갖 사치스러운 장신구에 둘러싸인 채 느긋하게 그 방에 앉아서, 가슴 벅찰 정도로 기쁜 생각에 호응하여 고동치는 자기의 아름다운 가슴이 오랫동안 유명했던 가슴과 겨루어서 더 빛나고 그것을 권좌에서 물러나게 하는 모습을 속으로 상상했다. 행복하냐고? 틀림없이 행복해. 이제 죽어도 여한이 없어.

가이드는 도릿 씨가 사돈집에 머무는 데에 찬성하지 않고, 그로브너 스퀘어 브룩 가에 있는 호텔로 갈 것을 권했다. 머들 씨는 도릿 씨가 아침식사를 마친 후에 자신이 그를 모실 수 있도록 마차를 아침 일찍 준비하라고 지시했다.

마차는 눈부셨고 말들은 윤기가 났으며, 마구는 반짝반짝 빛났고 마차에 칠한 색상은 화려하면서도 내구력이 있는 것 같았다. 요컨대, 호화롭고도 신뢰할 수 있는 마차여서, 머들 같은 대부호에게 어울리는 마차였다. 마차가 길을 덜걱거리며 지나갈 때 일찍 일어난 사람들이 그 뒤를 바라보며 숨결에 외경심을 섞어서 속삭였다. "저기 가시는군!"

저기 가셨다, 브룩 가에 도착하여 멈출 때까지. 그러고 나서 호화로운 상자에서 보석이 나왔다, 그 자체가 번쩍이는 게 아니라 정반대인 보석이.

호텔 사무실이 소란스러워졌다. 머들이시다! 호텔주인은 사람이 거만했을 뿐만 아니라 순혈종의 말 두 필이 끄는 마차를 몰고 방금 시내까지 다녀왔지만 그를 위층으로 모시기 위해 나타났다. 직원들과 하인들이 그가 뒷길로 가는 것을 가로막았으며, 그를 보기 위해 출입구와 모퉁이에서 우연을 가장하고 어슬렁거렸다. 머들이시여! 오, 태양이시여, 달이시여, 별이시여, 위대한 인물이시여! 어떤 의미에서는 신약성서를 고쳐서 벌써 천국에 들어간 부자[7]여, 원하면 누구하고든 만찬을 나눌 수 있고, 엄청나게 돈을 번 사나이여! 사람들은 그가 계단을 내려올 때 그의 그림자가 자신들 위에 드리워지게 하려고, 그가 올라갈 때 벌써 계단 아래쪽에 자리를 잡았다. 그래서 병든 사람들도 이끌려 나와 사도가 지나가실 자리에 누웠다 — 상류사회에 진출하지 **못했고**, 돈도 벌지 **못한** 자들이.

도릿 씨는 화장복을 입고 신문을 보면서 아침식사 중이었다. 가이드가 흥분한 목소리로 "메어데일 니임!"이라고 큰 소리로 알렸다. 도릿 씨는 잔뜩 긴장해서 벌떡 일어섰고 심장이 뛰었다.

"머들 씨, 이거 — 하아 — 정말 영광입니다. 내가 이 — 하아 흠 — 아주 고마운 배려를 받고 느끼는 — 흠 — 느낌, 숭고한 이 느낌을 표현하게 해주십시오. 사돈께서 시간을 내어주길 바라는 사람들이 많다는 사실과 그 시간의 — 하아 — 엄청난 가치를 잘 알거든요." 도릿 씨

---

[7] 부자가 천국에 들어가기가 낙타가 바늘귀에 들어가는 것보다 어렵다는 성경구절(마태복음 19장 23~24절) 참조

는 그 엄청난 가치의 액수를 대략적으로도 만족스럽게 제시할 수 없었다. "사돈이 - 하아 - 이렇게 이른 시간에 아주 귀중한 시간을 내게 할애했다는 것은 나로서는 최고의 존경심으로 감사해야 할 - 하아 - 영광된 일이죠." 위대한 그 인물에게 말할 때 도릿 씨의 목소리는 분명히 떨렸다.

머들 씨는 불분명하고 더듬거리는 가라앉은 목소리로 아무 소용도 없는 말을 몇 마디 입 밖에 내더니 마지막으로 이렇게 말했다. "사돈, 만나서 반갑습니다."

"아주 친절하시군요." 도릿 씨가 말했다. "정말 친절하세요." 그때 방문자는 자리에 앉아서 지칠 대로 지친 채 커다란 손으로 이마를 쓰다듬고 있었다. "머들 씨, 건강하시죠?"

"건강합니다 - 예, 평상시대로 건강해요." 머들 씨가 말했다.

"사돈은 엄청나게 많은 일을 하고 있는 것이 틀림없어요."

"꽤 그런 편이죠. 그러나 - 오, 천만에요, **나는** 별 문제 없어요." 머들 씨가 방안을 둘러보며 말했다.

"소화불량을 약간 앓고 있다면서요?" 도릿 씨가 넌지시 물었다.

"그럴 가능성이 꽤 있죠. 그러나 나는 - 오, 나는 그런대로 건강합니다." 머들 씨가 말했다.

그의 두 입술이 만나는 지점에는 거기서 짧은 화약 도화선에 불을 붙였던 것처럼 검은 자국이 나 있었다. 그래서 천성적으로 기질이 급한 사람이었다면 그날 아침에 아주 흥분했을 사람처럼 보였다. 그뿐 아니라 손으로 기운 없이 이마를 쓰다듬었기 때문에 도릿 씨가 걱정하는 질문을 했던 것이다.

"그럴 거라는 생각을 하고 계시겠지만," 도릿 씨가 환심을 사려는 투로 말을 이었다. "내가 떠날 때 사부인은 – 하아 – 모든 구경꾼이 주시하는 부인이었고 – 흠 – 모든 숭배자가 우러러보는 부인이었으며, 로마 상류사회에서 최고로 매력 있고 아름다운 부인이었습니다. 내가 로마를 떠날 때 사부인은 놀라울 정도로 건강해 보였습니다."

"내 처가," 머들 씨가 말했다. "매우 매력적이라고 다들 생각하지요. 그건 틀림없어요. 그렇다는 것을 잘 알아요."

"누가 모를 수 있겠습니까?" 도릿 씨가 대답했다.

머들 씨는 입을 다문 채 혓바닥을 돌리고 – 뻣뻣해서 다루기가 좀 어려운 듯 보였다 – 입술을 적셨다가 손으로 이마를 다시 쓰다듬었다. 그리고 방안 전체를, 주로 의자 아래를 다시 둘러보았다.

"그러나," 그가 처음에는 도릿 씨의 얼굴을 정면으로 바라보다가 곧바로 도릿 씨의 양복조끼에 달려 있는 단추로 눈길을 떨어뜨리고 말했다. "매력에 관해 이야기하려면, 사돈의 따님에 관해 이야기해야겠지요. 며느리가 아주 미인이더군요. 얼굴이나 몸매나 상당히 예사롭지 않아요. 어젯밤에 젊은 부부가 도착했을 때 며느리의 아름다움에 정말로 놀랐습니다."

도릿 씨는 편지로 이미 말했지만 두 가문이 이렇게 합쳐진 것이 정말로 영광이고 다행이라는 이야기를 워낙 기뻐서 – 하아 – 이렇게 말로 또 할 수밖에 없노라고 말했다. 그러고 나서 손을 내밀었다. 머들 씨는 잠시 그 손을 보다가, 자기 손이 노란 쟁반이나 부침개를 뒤집는 주걱인 것처럼, 자기 손 위에 그 손을 잠깐 올려놓았다가 도릿 씨에게 돌려주었다.

"중요한 분을 중심으로 마차를 몰아야 할 것 같군요." 머들 씨가 말했다. "사돈을 위해 뭐든 할 일이 있을 때 도움을 드리겠습니다. 그리고 오늘 밤뿐만 아니라 사돈이 런던에 머무는 동안 달리 더 나은 약속이 없는 날이면 매일 함께 식사하는 최소한의 영광을 베풀어주십시오."

도릿 씨는 그런 배려를 받자 황홀해했다.

"오래 머물 건가요?"

"현재로서는 ─ 하아 ─ 두 주 이상 머물 계획이 없습니다." 도릿 씨가 말했다.

"아주 짧게 머무시네요, 아주 오랫동안 여행하셨는데 말입니다." 머들 씨가 대답했다.

"흠. 그렇습니다." 도릿 씨가 말했다. "그러나 사실은 ─ 하아 ─ 사돈어른, 외국 생활이 내 건강과 취향에 썩 잘 맞는다는 걸 알게 되었거든요. 그리고 ─ 흠 ─ 이번에 런던을 방문한 데는 딱 두 가지 목적이 있습니다. 첫째는, 지금 내가 이렇게 누리고 감사하게 여기는 ─ 하아 ─ 빛나는 행복과 ─ 하아 ─ 명예 때문이고, 둘째는, 처리하고 ─ 흠 ─ 투자할 일이 있어서입니다. 즉 ─ 하아, 흠 ─ 내가 가진 돈을 가장 좋은 곳에 투자하기 위해섭니다."

"그렇다면, 사돈," 머들 씨가 혓바닥을 다시 돌리고 나서 말했다. "내가 그 면에서 조금이라도 도움이 될 수 있다면 말씀해주시길 바랍니다.”

도릿 씨는 미묘한 그 화제에 다가가자 평상시보다 좀 더 말을 더
듬었다. 지위가 대단히 높은 유력자가 자기 얘길 어떻게 받아들일지
분명하게 확신이 안 섰던 것이다. 개인의 자산이나 재산을 이야기한
다는 것이 이렇게 큰 도매상에게는 아주 초라한 소매상의 일거리처
럼 여겨지지 않을까, 하는 불안이 들었다. 머들 씨가 상냥하게 도와
주겠다는 제안을 하자, 크게 마음이 놓인 도릿 씨는 즉시 그 제안을
움켜쥐었고 감사하다는 말을 한껏 했다.

“확언하는데,” 도릿 씨가 말했다. “사돈의 직접적인 조언과 도움
같은 그런 — 흠 — 커다란 이로움을 누리게 되리라고는 — 하아 — 감히
바라지도 않았습니다. 물론 어떤 경우에도 내가 — 하아, 흠 — 다른
교양 있는 사람들처럼 머들 씨의 줄을 따랐겠지만 말입니다.”

“우리는 친척이라고 말할 수 있을 정도잖아요.” 머들 씨가 카펫
무늬에 묘하게 관심을 보이면서 말했다. “그래서 내가 사돈께 도움
을 드리는 거로 생각하면 됩니다.”

“하아. 아주 좋아요, 정말이에요!” 도릿 씨가 크게 외쳤다. “하아.
아주 훌륭해요!”

“국외자에 불과하다고 할 수 있는 사람이 어떤 좋은 일에든 — 물
론 나 자신의 좋은 일을 말하는 겁니다 — 끼어든다는 것이 지금은
쉽지 않을 거예요.” 머들 씨가 말했다.

“물론이지요, 물론이에요!” 도릿 씨가 다른 좋은 일은 없다는 어
조로 소리쳤다.

"– 비싼 가격을 치르지 않으면 어렵지요. 아주 고가라고 부르는 가격 말입니다."

도릿 씨가 자신감에 차서 웃었다. 하아, 하아, 하아! 고가라고요. 좋습니다. 하아. 확실히 아주 의미심장하군요!

"그러나," 머들 씨가 말했다. "내게는 신경 쓰고 수고하는 것에 대해 경의의 표시 같은 걸로 약간의 선택권 – 보통 사람들은 호의라고 부르길 좋아하더군요 – 을 행사할 수 있는 권한이 있습니다."

"공적인 정신과 공적인 재능에 대한 경의의 표시이지요." 도릿 씨가 넌지시 말했다.

머들 씨는 그런 자질들을 무뚝뚝하게 마른침을 삼키는 동작으로 큰 알약같이 삼켜버렸다. 그러고 나서 덧붙였다. "그것에 대한 답례 같은 거겠죠. 글쎄요, 그 제한된 힘을(사람들은 시샘이 많고 그 힘은 제한된 것이니까) 사돈에게 유리한 쪽으로 어떻게 행사할 수 있을지 차차 알아봐야죠."

"정말 친절하군요." 도릿 씨가 대답했다. "**정말** 친절하세요."

"물론," 머들 씨가 말했다. "이런 거래를 하려면 아주 엄격한 진실성과 정직성이 있어야죠. 사람과 사람 사이에 그야말로 순수한 믿음이 있어야 한다고요. 비난받을 수 없고 비난할 여지도 없는 신뢰가 있어야 해요. 그렇지 않으면 사업을 계속할 수 없어요."

도릿 씨가 관대한 생각이라고 열렬히 환영했다.

"따라서," 머들 씨가 말했다. "사돈에게 선택권을 어느 정도까지만 드릴 수 있을 겁니다."

"알았습니다. 한정된 정도란 말이죠." 도릿 씨가 말했다.

"한정된 정도로, 그리고 완벽히 공명정대하게요. 그러나 내 조언에 대해서는," 머들 씨가 말했다. "그것은 별개입니다. 그것은, 변변치 못하지만—"

오오! 변변치 못하다니요! (도릿 씨는 머들 씨의 조언이 그 자신에 의해서라도 평가절하되는 모습은 아무리 조금이라도 참을 수 없다고 했다.)

"—나 자신과 사돈 사이에는 흠잡을 데 없이 명예로운 유대가 있으므로 내가 바란다면 조언하는 것을 막을 건 아무것도 없습니다. 그러니," 머들 씨가 이번에는 창문 옆을 지나가는 쓰레기 수레에 아주 강한 관심을 보이면서 말했다. "사돈이 마땅하다고 생각할 때는 언제든 맘대로 청하셔도 됩니다."

도릿 씨가 감사하다는 말을 다시 했다. 머들 씨는 자기 손으로 이마를 다시 쓰다듬었다. 고요한 침묵이 흘렀다. 머들 씨가 도릿 씨의 양복조끼에 있는 단추를 응시했다.

"시간이 좀 귀해서," 머들 씨가 그동안 기다렸던 다리가 막 돌아났다는 듯이 갑자기 일어서며 말했다. "나는 시티 쪽으로 가야 합니다. 어디로 모셔다드릴까요? 사돈이 중간에 내리시든 계속 타고 가시든 좋습니다. 마차를 맘대로 사용하세요."

도릿 씨는 은행에 볼일이 있다는 사실이 생각났다. 은행은 시티에 있었다. 머들 씨가 시티까지 데려다 줄 것이므로, 운이 좋구나. 그러나 외투를 걸치는 동안 머들 씨를 기다리게 할 수는 절대 없는 것 아닌가? 아니었다, 그는 기다릴 수 있다고 했고, 기다려야겠다고 고집을 부렸다. 그래서 도릿 씨는 옆방으로 물러나서 시종에게 몸을 맡겼다가 5분 만에 빛나는 모습으로 돌아왔다.

그러자 머들 씨가 말했다. "내 팔을 잡으시지요, 사돈!" 그래서 머들 씨의 팔에 기댄 채 도릿 씨가 계단을 내려왔다. 내려오면서 계단에 자리 잡은 숭배자들을 보았고, 머들 씨의 빛이 반사되어서 자신에게 빛이 난다고 느꼈다. 그러고는 마차에 탔고 시티로 갔다. 사람들이 그들을 바라보았고 백발의 노인들이 모자를 벗었다. 요컨대, 이 경이적인 사람 앞에서 모두 고개를 숙이고 굽실거렸으니, 그렇게 엎드리는 사람들은 다시는 못 볼 것이었다 – 못 볼 것이었다, 분명히 못 볼 것이었다! 모든 교파의 아첨꾼들이 생각해볼 만한 가치가 있을지 모른다 – 웨스트민스터 수도원과 세인트폴 성당 모두에서 일 년 중 아무 일요일에나 말이다. 승리의 공적 마차에 높이 앉아서 롬바르드족의 황금빛 거리[8]라는 그에게 어울리는 목적지로 웅장하게 전진해나가는 자신의 모습을 보는 것이 도릿 씨에게는 황홀한 꿈과 마찬가지였다.

롬바드 가에서 머들 씨는 자신이 내려서 걸어갈 테니까 보잘것없는 마차는 도릿 씨가 계속 사용하라고 고집을 부렸다. 그렇게 해서 도릿 씨가 은행에서 혼자 나오는데, 머들 씨가 없기 때문에 사람들

---

8 런던의 금융가 중의 한 곳인 롬바드 가.

이 **자기를** 바라볼 때, 그리고 그럴싸하게 천천히 마차를 모는데, 사람들이 "머들 씨의 사돈이 될 정도로 훌륭한 분이야!"라고 감탄하는 소리를 상상 속에서 자꾸만 들을 때, 그의 꿈은 황홀경 속에서 자꾸 커졌다.

그날 저녁식사 때, 그와 같은 일을 예견했던 것도 아니고 대비했던 것도 아니었지만, 대지의 흙이 아니라 현재로는 그때 당장은 알려지지 않은 어떤 종류의 탁월한 물질로 만들어진 훌륭한 손님들이 도릿 씨 딸의 결혼에 빛나는 축복을 베풀었다. 그리고 그날 도릿 씨의 딸은 그 자리에 없는 그 부인과의 경쟁을 진지하게 시작했다. 시작을 워낙 잘해서 도릿 씨로서는 스파클러 부인이 마음껏 사치를 하며 평생을 편하게 누워서 지냈고 마셜시같이 거친 영어 단어는 들은 적도 없다는 진술서가 필요했다면 그런 진술서를 받은 것과 마찬가지였다.

다음 날, 그리고 그다음 날, 그리고 매일매일, 더 많은 손님이 저녁때 와서 자리를 빛내주었고, 명함들이 도릿 씨에게 극장의 눈발처럼 쏟아졌다. 변호사, 주교, 재무성 관리, 합창단, 요컨대 모든 사람이 저명한 머들과 사돈을 맺은 친구이자 인척인 도릿 씨와 안면을 트고 친분을 쌓고 싶어 했다. 도릿 씨가 동쪽으로 가야 할 일이 생겨서(일이 놀랄 정도로 번창했기 때문에 가야 할 일이 자주 생겼다) 시티에 있는 머들 씨의 수많은 사무실 중 아무 사무실에나 나타나면, 도릿이라는 이름은 머들이라는 위대한 존재를 언제나 만날 수 있는 허가증과 마찬가지였다. 도릿 씨는 이 사돈 관계가 자신을 정말 앞으로 나아가게 한다는 느낌을 점점 더 가지게 되었고, 그의 꿈은 황홀경 속에서 시시각각 커졌다.

황금과 관련된 것이 아니면서도 도릿 씨의 마음을 무겁게 짓누르는 것이 딱 한 가지 있었으니, 그것은 집사장이었다. 그 불가사의한 인물은 도릿 씨가 생각하기에 수상쩍은 태도로 자기가 만찬을 공적으로 주시하는 동안 자신을 주시했다. 만찬장에 가느라고 현관을 지나 계단을 올라가면 그가 멍한 눈으로 자신을 뚫어져라 바라보았는데, 도릿 씨는 그 눈빛이 싫었다. 식탁에 앉아서 술을 마실 때도 차갑고 유령 같은 눈빛으로 자신을 바라보는 그의 모습을 술잔을 통해 여전히 볼 수 있었다. 집사장이 어떤 학생을 알고 있거나 학교에서 자신을 보았던 것이 분명하다는 – 어쩌면 자기에게 소개되었을지 모른다는 – 불안감이 들었다. 그래서 살펴볼 수 있는 한 꼼꼼하게 집사장을 살펴봤지만 다른 곳에서 본 적이 있었는지는 기억나지 않았다. 마침내 그는 그 사람에게는 존경심이 없다고, 위대한 인물에 대한 경외심이 없다고 생각하고 싶어졌다. 그렇지만, 그런다고 해서 걱정이 줄어들진 않았다. 자신이 생각하고 싶은 대로 어떻게 생각하든, 집사장은 접시와 식탁의 다른 장식을 보면서도 거만하게 자기를 주시했고, 자기를 보지 않고 놔주는 경우가 절대 없었기 때문이다. 그에게 감시하듯이 자꾸 바라보니까 불쾌하다는 얘기를 넌지시 한다거나, 왜 그러느냐고 묻는 것은 너무 대담해서 감히 해볼 수 없는 행동이었다. 자기를 고용한 주인과 그 손님들에 대한 그의 엄격성은 엄청난 것이어서 조금이라도 자유롭게 접근하는 것을 절대 허용하지 않았던 것이다.

17 행방불명되다

도릿 씨의 체류기간이 끝나기 이틀 전이었다. 집사장의 검사를 다시 받기 위해 옷을 차려입고 있을 때(제물들은 집사장을 위해 언제나 옷을 특별히 차려입었다) 호텔의 하인이 명함을 들고 나타났다. 도릿 씨가 명함을 받아서 읽었다.

"핀칭 부인."

하인은 존경심 때문에 말을 못 하고 기다리고 있었다.

"아니, 이봐," 도릿 씨가 심하게 분노하여 그에게 달려들었다. "이처럼 우스꽝스러운 이름을 내게 가져온 이유를 설명해봐. 전혀 모르는 이름이야. 핀칭이라니?" 도릿 씨가 물었는데 집사장에게 복수하고 싶은 것을 대신하여 그에게 복수한 건지 모른다. "하아! 핀칭이 무슨 뜻인가?"

그 하인, 하인 녀석이 "부인입니다,"라고 대답하며 도릿 씨의 엄격한 시선을 피해 뒷걸음질쳤기 때문에 다른 무엇보다도 꽁무니 뺀다는 것을 의미하는 것처럼 보였다.

"그런 부인은 몰라." 도릿 씨가 말했다. "이 명함을 가져가. 남자든 여자든 핀칭이란 사람은 모르니까."

"용서해주십시오, 선생님. 그 부인이 자기 이름을 모르실 거라고 했거든요. 그러나 전에 도릿 양을 알았다고 말해달라고 했습니다. 부인 말로는 막내 도릿 양이라고 했습니다."

도릿 씨가 눈살을 찌푸리더니 잠시 있다가 대답했다. "핀칭 부인에게," 순진한 하인이 전적으로 책임을 져야 한다는 듯이 그 이름을 강조했다. "올라와도 좋다고 하게."

잠시 망설이는 동안, 들어오라고 허락하지 않으면 그녀가 아래층에서 예전의 그 수치스러운 상태와 관련이 있는 어떤 전갈을 남기거나 어떤 얘기를 할지도 모른다는 걱정이 들었던 것이다. 그래서 양보했고, 그래서 그 하인, 하인 녀석의 안내를 받고 플로라가 나타났다.

"부인, 나는 이 이름이든 당신이든 알지 못하는데요." 도릿 씨가 명함을 손에 들고 서서, 혹 알더라도 그것이 일급의 기쁨은 아닐 거라는 사실을 나타내는 태도로 말했다. "이봐, 의자를 하나 가져오게."

책임이 무거운 그 하인이 깜짝 놀라서 지시받은 대로 하고는 발끝으로 걸어서 나갔다. 플로라는 수줍은 듯 떨리는 손으로 베일을 벗고 자신을 소개했다. 그와 동시에 특이하게 배합된 향수 냄새가 방안 전체에 퍼졌으니, 마치 브랜디가 실수로 라벤더 향수병에 조금 들어갔거나, 라벤더 향수가 실수로 브랜디 병에 조금 들어간 것 같았다.

"대단히 죄송하단 말씀을 드리고 싶습니다 그리고 글쎄요 아무리 죄송하다고 해도 여자가 그것도 혼자서 상당히 대담하게 보일 것이 분명하게 불쑥 들이닥친 것을 변명하기에는 턱없이 부족하겠지요 그러나 저는 아무리 힘들고 심지어는 명백히 부적절해 보이더라도 이렇게 찾아오는 것이 대체로 최선일 거로 생각했습니다 에프 씨의 숙모가 자진해서 저와 동행하려고 했고 강한 기백과 활기를 지닌 인물로서 산전수전을 겪으면서 배웠을 인생 경험을 지닌 분에게 강한 인상을 줄 거라고 해도 말입니다, 에프 씨 자신이 자주 말했던 대로 그 사람이 블랙히스⁹ 근처에서 부모에게는 상당한 액수인 80기니씩이나 내고 교육을 잘 받았지만 세다가 졸업하면서 식기는 그대로 두고 나왔지만 그 값어치가 문제가 아니라 쩨쩨하다는 걸 보여주는 거죠 그 사람이 그다지 살 필요도 없고 들어본 적도 없는 어떤 물건을 판매할 중요한 임무를 띠고 순회판매원으로 첫해에 배웠던 것이 대학 졸업자가 교장으로 있던 그 학교에서 6년을 통틀어 배운 것보다 더 많다는 겁니다 주류업에 진출하기 훨씬 전이지요, 비록 대학 졸업자가 기혼자보다 더 똑똑한 이유를 지금도 모르고 전에도 몰랐지만요 그러나 용서하세요 요점은 그게 아닙니다."

도릿 씨는 얼떨떨한 조각상이 되어서 카펫 위에서 꼼짝도 할 수 없었다.

"솔직히 말해서 제가 요구하는 건 없습니다." 플로라가 말했다. "그러나 귀여운 그 여자아이를 알고 지냈고 그것이 다른 상황이라

---

⁹ 템스 강 남쪽의 런던 교외.

면 무례한 행동일 수 있었겠지만 그럴 의도는 아니었습니다 그녀 같은 침모를 하루에 반 크라운을 주고 고용하는 것이 친절한 행위라기보다는 정반대라는 사실을 누가 알았겠어요 그리고 그 일이 그녀의 가치를 떨어뜨린 것이었냐면 전혀 그렇지 않았습니다 그 침모는 그만한 보수를 받을 만했으니까요 제가 단지 바라는 것은 그 침모가 좀 더 자주 보수를 받고 동물성 음식을 좀 더 많이 먹고 등과 발에 류머티즘을 덜 앓는 것이었습니다 가엾어라!"

"부인," 고 핀칭 씨의 미망인이 말을 멈추고 숨을 들이쉬는 동안 도릿 씨가 가까스로 숨을 돌리고 입을 열었다. "부인," 도릿 씨는 얼굴이 아주 상기된 채 말했다. "부인의 말이 – 하아 – 내 딸의 전력에서 – 흠 – 뭔가를 지칭하는 걸로 받아들인다면 – 하아 흠 – 일급^日^給[10]을 포함하여 말입니다, 부인, 그 – 하아 – 사실은, 그것이 – 하아 – **사실이라고** 가정하더라도, 나는 전혀 모르는 일이라는 얘기를 하고 싶군요. 흠. 그런 일을 내가 허락했을 리 없으니까요. 하아. 절대 없어요! 절대로요!"

"그 얘기를 계속할 필요는 없겠죠," 플로라가 대답했다. "그러나 그것이 편리하고 유일한 소개장이라고 생각하지 않았으면 절대 입밖에 내지도 않았을 겁니다 그러나 사실 여부는 조금도 의심하지 마세요 그리고 안심하셔도 됩니다 지금 제가 입고 있는 바로 이 옷

---

[10] 일당을 받는 일.

이 그 사실을 입증할 수 있으니까요 거뜬히 만들더군요 몸매가 더 나은 사람이 입었더라면 더 나았을 거라는 사실을 부정할 수는 없지만 말입니다 저는 지나치게 살쪘으니까요 그러나 몸무게를 어떻게 줄일 수 있을지 모르겠어요, 제발 용서하세요 또 헤매고 있군요."

도릿 씨가 냉랭하게 의자 있는 곳으로 뒷걸음질해서 의자에 앉자 플로라는 그의 마음을 누그러뜨리는 시선으로 그를 바라보았다. 그리고 양산을 만지작거렸다.

"귀여운 그 여자아이는," 플로라가 말했다. "축 처져서 창백하고 추워하며 제 집을 또는 최소한 아빠 집을 떠났어요 자유보유부동산은 아니었지만 명색만의 집세를 내고 오랫동안 임대한 집이었거든요 아서가 — 젊은 시절의 어리석은 습관 탓이에요 클레넘 씨라고 하는 게 현 상황에 훨씬 잘 어울리는데 말이죠 특히 낯선 사람에게 이야기할 때는 말이에요 게다가 그 낯선 사람이 높은 지위에 있는 신사일 때는 더욱 그렇죠 — 팽스라는 이름으로 불리는 사람이 알려준 좋은 소식을 전해서 제게 용기를 줬던 날 아침에 말이에요."

그 두 이름이 언급되자 도릿 씨는 얼굴을 찡그리고 빤히 노려보다가 다시 찡그렸다. 그러고는 오랫동안 망설였던 것처럼 손가락을 입술에 댄 채 머뭇거리다가 입을 열었다. "부탁이니 — 하아 — 용건을 말하시오, 부인."

"도릿 씨," 플로라가 말했다. "허락해주시니 아주 친절하시군요 그리고 제게는 당신이 친절한 것이 아주 당연하게 여겨져요 저보다 품위가 있긴 하지만 제가 보니 물론 살집이 불은 닭은꼴이긴 하나

닮은꼴은 닮은꼴이니까요, 제가 불쑥 들이닥친 목적은 누구와도 전혀 상의하지 않고 제 생각만으로 온 거예요 그리고 분명 확실하게 아셔와도 – 제발 용서하세요 도이스와 클레넘과도 무슨 얘길 하는 건지 모르겠군요 클레넘 씨와도 – 상의하지 않았습니다 금목걸이로 연결되어 있는 그 사람을 시름 하나 없는 천상의 시간인 자줏빛 시간에 이르게 하는 것이 제게는 군주의 몸값만 한 가치가 있거든요 그 몸값이 얼마가 될지 조금이라도 알아서는 아니에요 이 세상에서 제가 가진 전부와 그 이상을 모조리 다 나타내려고 그렇게 말한 거예요."

도릿 씨는 그녀가 조금 전에 한 말이 진심이라는 사실에 별로 관심을 두지 않고 되풀이하여 말했다. "용건을 말하시오, 부인."

"알 거 같지는 않다고 생각합니다," 플로라가 말했다. "그러나 알지도 모르죠 당신이 이탈리아에서 도착했고 곧 돌아갈 예정이라는 기사를 신문에서 기쁘게 읽었을 때 알 수도 있기 때문에 여쭤보기로 했습니다 당신이 그를 뜻밖에 만났을 수도 있고 그에 대한 소식을 들었을 수도 있으니까요 만일 그렇다면 모든 사람에게 얼마나 큰 축복이고 마음 놓이는 일이겠어요!"

"물어봐야겠소, 부인," 도릿 씨가 큰 혼란에 빠져서 물었다. "누구를 – 하아 – 누구를," 완전히 자포자기해서 목소리를 높이고 그 말을 되풀이했다. "지금 말하는 것이오?"

"이탈리아에서 왔다가 시티에서 사라져버린 외국인 말입니다 당신도 저와 마찬가지로 신문에서 읽었을 거예요." 플로라가 말했다.

"팽스라는 이름의 사적인 출처를 언급하지 않더라도요 그 기사를 통해 어떤 사람들은 끔찍하게 심술궂은 얘기를 수근댈 정도로 사악하다는 사실을 헤아릴 수 있었습니다 다른 사람들을 자기 기준으로 판단할 가능성이 많은 거죠 아서에게는- 이 버릇을 도대체 버릴 수가 없군요 도이스와 클레넘에게는- 얼마나 걱정되고 화가 치미는 일이겠어요."

결말을 조금이라도 이해할 수 있게끔 설명하려니 도릿 씨는 다행히도 그 문제에 대해 소식을 듣거나 읽었던 내용이 전무했다. 그래서 핀칭 부인은 옷에 줄무늬가 그려져 있어서 현실적으로 호주머니를 찾으려면 어려움이 많다는 변명을 잔뜩 늘어놓으면서 마침내 경찰의 전단傳單을 꺼내놓았다. 전단에 적힌 사항은 요전에 베네치아를 출발했던 블랑두아라는 이름의 외국인이 런던 시의 어떠어떠한 곳에서 어떠어떠한 날 밤에 설명할 수 없게 행방불명되었다는 내용, 그가 어떠어떠한 시각에 어떠어떠한 집에 들어갔던 걸로 알려져 있다는 내용, 그 집에 사는 사람들의 말로는 그가 자정이 되기 수십 분 전에 그 집을 떠났다는 내용, 그리고 그 이후로는 그를 목격할 수 없었다는 내용이었다. 도릿 씨는 그런 사항을, 시간과 장소에 대한 정확한 내용, 아주 불가사의하게 사라진 외국인의 인상을 상당히 자세하게 설명한 내용과 함께 되는 대로 읽었다.

"블랑두아에!" 도릿 씨가 말했다. "베네치아라니! 그리고 이와 같은 설명까지! 내가 아는 사람이군요. 내 집에도 왔었어요. 내가- 흠- 후원하는 좋은 집안 출신의(그러나 그저 그런 환경에 있는) 신사를 잘 알더군요."

"그렇다면 제가 한층 더 소박하고 간절하게 간청 드릴게요." 플로라가 발했다. "돌아가실 때 길을 가면서 내내 그리고 갈림길에서 위아래 두루 다 이 외국인을 찾아봐 주시고 모든 호텔과 등자나무와 포도원과 화산과 기타 등등에서 그를 수소문해 주세요 어딘가에 틀림없이 있을 테니까요 그가 나타나서 자기가 여기 있다고 하고 모든 당사자들의 의문을 어째서 풀어주지 않는 거죠?"

"제발, 부인," 도릿 씨가 전단을 다시 보면서 물었다. "클레넘 회사가 누구요? 하아. 블랑두아 씨가 들어가는 것을 목격했던 그 집에 사는 사람과 관련하여 그 이름이 여기 쓰여있군요. 클레넘 회사가 누구죠? 그 사람이 내가 전에 – 흠 – 조금 – 하아 – 잠시 약간 알던 사람이고, 당신이 말했던 그 사람인가요? 그가 – 하아 – 바로 그 사람인가요?"

"사실 전혀 다른 사람입니다." 플로라가 대답했다. "다리를 못 움직여서 그 대신에 휠체어를 타고 다니고 그의 어머니이긴 하지만 정말로 냉혹한 여성입니다."

"클레넘 회사 – 흠 – 어머니라!" 도릿 씨가 소리쳤다.

"그 외에 늙은 하인이 하나 있습니다." 플로라가 말했다.

그 말을 듣자 도릿 씨는 곧바로 얼이 빠진 것처럼 보였다. 플로라가 서둘러서 플린트윈치 씨의 크러뱃을 재빨리 자세히 묘사하고, 그와 클레넘 부인의 정체성을 가르는 희미한 경계선조차 무시한 채 각반을 차고 다니는 성질 못된 사람이 그라고 설명했지만, 도릿 씨가 제정신을 차리는 데 도움이 되지는 못했다. 남성과 여성, 다리를 못 움직이고, 휠체어를 타고 다니고, 성질 못된 사람이고, 냉혹하고, 각반을 차고 있다는 설명이 뒤섞여서, 도릿 씨는 완전히 멍해졌다. 그래서 보기에도 불쌍한 모습이 되어 있었다.

"그러나 당신을 한순간이라도 더 붙잡고 있지는 않겠습니다," 자신이 그런 상태를 만들어냈다고는 꿈에도 생각하지 못하는 플로라가 그런 상태에 영향을 받아서 말했다. "이탈리아로 돌아가실 때 그리고 이탈리아에서도 역시 이 블랑두아 씨를 두루 찾아볼 것이고 그를 찾거나 소식을 들으면 그가 모든 당사자들의 의문을 풀러 나타나게 해주겠다고 신사로서 약속해 주신다면 말입니다."

도릿 씨는 당황했지만 그때쯤에는 그걸 의무로 여기겠다는 말을 꽤 앞뒤가 맞게 할 수 있을 정도로 정신을 차린 후였다. 플로라는 목적을 달성해서 기쁘다며 작별을 고하려고 일어섰다.

"정말 감사합니다," 그녀가 말했다. "개인적으로 혹시 연락하실 일이 있을 때를 생각해서 명함에 제 주소를 적어 놓았습니다, 마음에 안 드실지 몰라서 귀여운 그 여자아이에게 안부를 전하진 않겠습니다 사실 그 같은 변화를 겪었으니 귀여운 그 여자아이가 남아 있지는 않은 거죠 그러니 왜 그러겠어요 그러나 저와 에프 씨의 숙모는 그녀가 건강하기를 늘 바랍니다 그리고 저희에게 어떤 은혜든 갚으라고 우기지도 않겠습니다 그 점은 확신해도 좋습니다 오히려 정반대인 게 그녀는 자기가 하겠다고 했던 것을 한 것이고 그것도 대다수 사람이 할 수 없는 것을 한 거니까요, 그녀가 한 것은 무엇이든 할 수 있는 한 최고로 잘했다는 말은 하지 않더라도 말입니다 저 자신이 대다수 사람 중의 한 명인 것은 에프 씨 죽음의 충격에서 회복하기 시작한 이후 아주 좋아하는 오르간을 배우고 싶다고 줄곧 말해왔지만 말하기 창피하게도 음표 하나 아직 배우지 못했기 때문이에요. 안녕히 계세요!"

그녀를 방문까지 바래다주었던 도릿 씨는 조금 지나서야 정신을 가누었고, 머들의 저녁식탁과 어울리지 않아서 버려두었던 기억이 그 만남 때문에 다시 돌아왔다는 사실을 깨달았다. 그날 하루 양해를 구하는 짤막한 편지를 써서 보낸 다음에, 자기 방으로 당장 저녁을 가져오라고 지시했다. 그가 그렇게 한 데는 또 다른 이유가 있었다. 런던에서 머물 시간이 거의 다 돼 갔기 때문에 약속했던 사항을 먼저 처리할 필요가 있었던 것이다. 돌아갈 계획은 벌써 다 짰지만, 블랑두아의 행방불명을 직접 알아보고, 헨리 가원 씨에게 자신이 직접 알아본 결과를 전해줄 수 있게 준비하는 것이 자신처럼 지위가 높은 사람이 마땅히 할 일이라고 생각했다. 그래서 그날 저녁 자유 시간을 이용하여 전단에 적힌 걸 보고 쉽게 찾을 수 있을 것 같은 클레넘 회사에 가보기로 했다. 그 집을 살펴보고, 거기서 한두 가지 직접 알아봐야겠다고 결심했다.

그는 호텔과 가이드가 허락하는 한 최대한 소박하게 저녁을 든 후에, 핀칭 부인 때문에 받은 충격에서 빨리 회복하기 위해 난롯가에서 잠시 눈을 붙였다. 그러고 나서 이륜마차를 타고 혼자 출발했다. 그가 타락한 그 시절에 어리석고 쓸쓸하게 서 있던 템플 바[11]의 그림자 아래를 지나갈 때 세인트폴 성당의 장중한 종소리가 아홉 시를 쳤다.

뒷골목과 강변의 길을 통해 목적지에 다가가니, 그 시각에 런던의 그쪽 지역은 그가 상상했던 것보다 한층 더 위험한 곳 같았다. 그곳을 마지막으로 본 게 오래전이었고 그곳에 대해 많이 알았던 것도 아니었지만 지금 보니까 이상하고 음침한 모습을 하고 있었다. 마부가 길을 여러 번 물어본 다음에 마차를 세우고 나서 자기 생각에는 이곳이 손님이 찾던 출입구 같다고 했을 때, 도릿 씨는 마차 문을 손에 쥔 채 그 집의 음울한 외관 때문에 상당히 두려워하고 망설였을 정도로 그곳의 모습은 그의 상상력에 강한 인상을 심어주었다.

그날 밤 그 집은 이전 어느 때보다도 정말로 음침해 보였고, 두 개의 전단이 입구의 벽 양쪽에 하나씩 붙어있었다. 등불이 밤 공기에 깜빡일 때마다 그림자가 전단 위를 스쳐 갔는데, 한 줄 한 줄 짚어가는 손가락의 그림자 같았다. 누군가가 그 집을 감시하고 있는 것이 분명했다. 도릿 씨가 가만있자, 어떤 남자가 길 건너편에서 길을 건너왔고, 다른 남자는 안쪽에 있는 약간 어두운 귀퉁이에서 나와 길을 건너갔다. 둘 다 지나가면서 그를 바라보았고, 둘 다 근처를 서성였다.

---

[11] 런던의 서쪽 끝에 세워져 있던 문으로, 반역자나 죄수의 목을 이곳에 효시했음.

담장이 둘러쳐진 곳에는 집이 한 채밖에 없어서 반신반의할 여지가 없었기 때문에 그 집의 계단을 올라가서 문을 두드렸다. 2층에 있는 두 개의 창에서 촛불이 희미하게 빛났고, 집이 비어있는 것처럼 문에서는 음울하고 공허한 소리가 났다. 그러나 촛불이 보이고 거의 곧바로 발소리도 들리는 걸 보면 빈집은 아니었다. 촛불과 발소리가 문에 다가왔고, 쇠사슬이 삐걱 소리를 냈으며, 앞치마를 얼굴과 머리 위까지 뒤집어쓴 여자가 문이 열린 틈 사이에 서 있었다.

"누구시죠?" 여자가 물었다.

도릿 씨는 그 모습을 보고 깜짝 놀란 채로, 자기는 이탈리아에서 왔고 행방불명된 걸로 알고 있는 사람에 대해 물어보고 싶다고 했다.

"여기요!" 여자가 갈라진 목소리를 높여서 소리 질렀다. "제러마이어!"

그러자 무뚝뚝한 노인이 한 명 나타났는데, 도릿 씨는 그가 차고 있는 각반을 보고 성질 못된 바로 그 사람이라고 생각했다. 그가 다가오자, 여자가 앞치마를 재빨리 걷어치우고 겁에 질린 창백한 얼굴을 드러내는 걸 보면, 그녀는 무뚝뚝한 그 노인을 두려워하는 것 같았다. "문 열어, 바보야." 그 노인이 말했다. "그리고 신사분을 들어오게 해."

도릿 씨는 어깨너머로 마부와 이륜마차를 힐긋 돌아보며 흐릿한 현관으로 들어갔다. "자, 선생님," 플린트윈치 씨가 말했다. "이 집에서는 적당하다고 생각하시는 대로 뭐든 물어보셔도 됩니다. 이 집에 비밀은 없으니까요."

미처 답하기 전에 여자의 목소리였지만 크고 단호한 목소리가 위층에서 소리쳤다. "누군가?"

"누구냐고요?" 제러마이어가 되물었다. "뭔가 물어보려고 왔답니다. 이탈리아에서 온 신사가요."

"이리로 올려 보내게!"

플린트윈치 씨는 그럴 필요 없다고 생각한다는 듯이 중얼거렸다. 그러나 고개를 돌려 도릿 씨를 보고 말했다. "클레넘 부인입니다. 부인은 원하는 대로 **반드시** 해야 합니다. 길을 안내하죠." 그리고 나서 까맣게 된 계단을 도릿 씨보다 앞서서 올라갔다. 도릿 씨는 도중에 당연히 뒤를 돌아보았고, 그 여자가 전처럼 섬뜩하게 다시 앞치마를 머리 위까지 뒤집어쓴 채 따라오는 것을 보았다.

클레넘 부인은 작은 탁자 위에 장부를 펼쳐 놓고 있었다. "오오!" 그녀가 방문자를 침착하게 훑어보다가 갑자기 말했다. "이탈리아에서 왔다고 했죠. 그래서요?"

그 순간 도릿 씨는 "하아 – 그래서라뇨?"라는 대답 말고 달리 대답할 말이 좀 더 뚜렷하게 떠오르지 않았다.

"행방불명된 그 사람이 어디에 있죠? 그가 어디에 있는지 우리에게 소식을 알려 주려고 온 건가요? 그러길 바랍니다만?"

"그와 정반대입니다, 나는 – 흠 – 소식을 들으러 왔습니다."

"우리 모두 불행하게도 여기서 들을 수 있는 소식은 없습니다. 플린트윈치, 신사분에게 그 전단을 보여드려. 몇 장을 줘서 가져가도록 해. 이분이 전단을 읽을 수 있도록 촛불을 들고 있게."

플린트윈치 씨는 지시받은 대로 했다. 도릿 씨는 집안 공기와 그 집에 사는 사람들의 태도 때문에 약간 불안해진 마음을 가라앉힐 기회가 생겨서 꽤 기뻤다. 그래서 전단을 처음 보는 것처럼 끝까지 다 읽었다. 자신이 전단을 읽는 동안 플린트윈치 씨와 클레넘 부인이 자기를 바라보고 있다는 느낌이 들었고, 눈길을 들어 올렸을 때에는 그 느낌이 상상이 아니었다는 사실을 깨달았다.

"자, 당신이 아는 정도나," 클레넘 부인이 말했다. "우리가 아는 정도나 비슷합니다. 블랑두아 씨가 친구인가요?"

"아닙니다 – 아 – 흠 – 아는 사람이에요." 도릿 씨가 대답했다.

"혹시 그에게서 어떤 의뢰를 받은 건 아니죠?"

"내가요? 하아. 절대 그렇지 않아요."

탐색하는 듯한 눈길이 도중에 플린트윈치 씨의 얼굴에 나타났다가 점차 바닥으로 향했다. 도릿 씨는 자신이 질문하는 사람이 아니라 질문 받는 사람이 되었다는 사실을 깨닫고서 당황했으며 예상하지 못했던 그런 상황을 뒤집으려고 애썼다.

"나는 – 하아 – 재산가로서 지금은 이탈리아에서 가족과 함께 하인들을 거느리고 – 흠 – 꽤 큰 집에서 살고 있습니다. 런던에 – 하아 – 내 부동산과 관련된 일로 잠시 왔다가, 이상한 행방불명 사건에 대한 이야기를 들었고 직접 상황을 알아보고 싶었습니다. 사실은 돌아가자마자 틀림없이 만나게 될 – 하아 흠 – 영국인 신사 한 명이 이탈리아에 있는데, 그가 블랑두아 씨와 친밀하게 매일 만나곤 했거든요. 헨리 가원 씨인데, 그 이름을 알지도 모르겠군요."

"들어본 적도 없어요."

클레넘 부인이 그렇게 말했고, 플린트윈치 씨가 그대로 따라했다.

"그에게 – 하아 – 이야기를 조리 있고 일관되게 해주고 싶어서 그러는데," 도릿 씨가 말했다. "내가 – 그러니까, 질문을 세 가지만 해도 될까요?"

"원하신다면 서른 가지라도 괜찮습니다."

"블랑두아 씨를 오래 전부터 알고 있었나요?"

"열두 달이 채 안 되었습니다. 여기 있는 플린트윈치 씨가 장부를 보고, 언제, 그리고 파리에 있는 누가, 그를 우리에게 소개했는지 말해줄 수 있을 겁니다. 그것이," 클레넘 부인이 덧붙였다. "당신에게 조금이라도 만족스러운 것이라면요. 우리는 별로 만족스럽지 않지만요."

"그를 자주 만났나요?"

"아뇨, 두 번 만났습니다. 전에 한 번, 그리고 – "

"그때 한 번요." 플린트윈치 씨가 넌지시 말했다.

"그리고 그때 한 번입니다."

"제발, 부인," 도릿 씨는 자기가 치안위원회에서 어떤 고위직에 있다는 공상이 커지자 거만한 태도를 되찾고 말했다. "제발, 부인, 내가 – 하아 – 관계를 유지하고 있는, 또는 보호하고 있는, 또는 이를테면 – 흠 – 알고 지내는 – 알고 지내는 – 신사가 좀 더 만족할 수 있는 답변을 듣기 위해 묻겠습니다, 블랑두아 씨가 이 인쇄물에 쓰인 그날 밤에 볼일이 있어서 여기 왔던 건가요?"

"그의 말로는 볼일이 있다고 했어요." 클레넘 부인이 대답했다.

"그– 하아– 죄송합니다만– 일이 어떤 종류였는지 알려줄 수 있
나요?"

"안 됩니다."

그 대답이 세워놓은 장벽을 넘어간다는 것은 명백히 불가능했다.

"같은 질문을 전에도 다른 사람이 했었지만," 클레넘 부인이 말했
다. "제 대답은 안 된다는 거였습니다. 우리가 하는 일이 아무리 사
소한 것이어도 우리 일을 장안에 온통 알릴 생각은 없으니까요. 안
된다고 해야겠습니다."

"내 얘기는, 예를 들자면, 그가 돈을 가져가지 않았나요?" 도릿
씨가 물었다.

"우리 돈을 가져가지는 않았습니다, 여기서 가져간 건 없어요."

"내 생각에," 도릿 씨는 클레넘 부인을 보다가 플린트윈치 씨를
보고, 플린트윈치 씨를 보다가 클레넘 부인을 보며 말했다. "부인은
이 수수께끼를 스스로 설명할 길이 없는 거 같습니다만?"

"왜 그렇게 생각하시죠?" 클레넘 부인이 되물었다.

도릿 씨는 냉담하면서도 쌀쌀맞은 질문을 받자 당황해서 자신이
그렇게 생각하는 이유를 조금도 댈 수 없었다.

"내가 설명해보면," 도릿 씨 쪽에서 어색한 침묵이 흐르자 그녀가
말을 이었다. "그는 틀림없이 어딘가를 돌아다니거나 어딘가에 숨
어있을 거 같습니다."

"부인은 - 하아 - 그가 어딘가에서 숨어 지내야 할 이유를 아십니까?"

"모릅니다."

그것은 전과 정확히 똑같은 대답이었고 또 다른 장벽을 세워놓는 것이었다.

"그 행방불명을 내가 스스로 설명할 수 있는지 물어본 것은 당신입니다." 클레넘 부인이 가차 없이 그에게 상기시켰다. "당신에게 그것을 설명해줄 수 있는지 물은 게 아니란 말입니다. 당신에게 그것을 설명해줄 수 있는 체하지 않겠습니다. 그렇게 하는 게 내 일이 아닌 것과 마찬가지로 그런 걸 요구하는 것도 당신 일은 아니라고 생각하니까요."

도릿 씨는 대답 삼아 사과하듯이 고개를 숙였다. 더 이상 물어볼 게 없다는 말을 하기에 앞서 한 걸음 뒤로 물러났는데, 그녀가 시선을 바닥에 고정하고 확고하게 기다리는 자세로 음울하게 꼼짝 않고 앉아있는 것을 관찰할 수밖에 없었다. 또한 똑같은 바로 그 표정이 휠체어에서 조금 떨어진 곳에 서서, 역시 시선을 바닥에 고정하고 오른손으로 턱을 부드럽게 쓰다듬고 있는 플린트윈치 씨에게 아주 정확히 반영되어 있다는 사실도 관찰할 수밖에 없었다.

그때 애프리 부인이(물론 앞치마를 두르고 있던 여자가) 들고 있던 촛대를 떨어뜨리고 소리쳤다. "저 봐! 오, 맙소사! 또 들리잖아요. 들어봐요, 제러마이어! 지금요!"

아무리 소리가 들렸다 하더라도 그 소리는 워낙 작은 것이었을

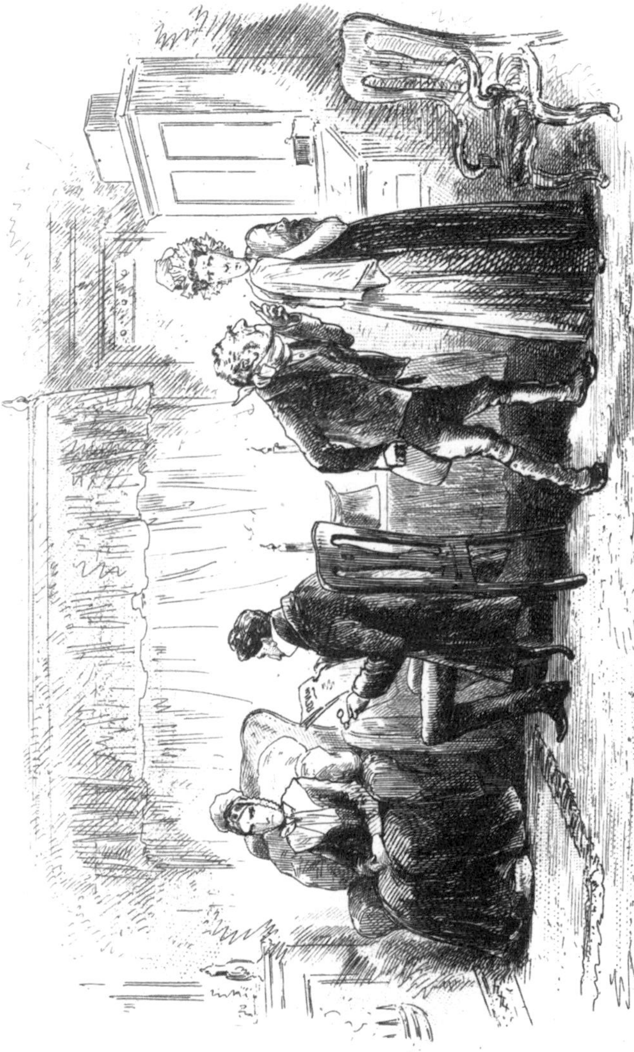

행방불명된 사람과 꿈꾼 내용에 대해 이야기하다

것이기에 그녀는 소리를 들으려고 고질적으로 귀를 기울이는 버릇이 있는 것이 분명했다. 그러나 도릿 씨는 마른 잎이 떨어지는 소리 같은 것을 들었다고 생각했다. 여자의 공포가 아주 잠시 동안 세 사람에게 영향을 미친 것 같았고 모두 귀를 기울였다.

플린트윈치 씨가 먼저 움직였다. "애프리, 여보," 그가 주먹을 쥐고 그녀에게 조금씩 다가가면서, 그리고 그녀를 잡아채 흔들고 싶은 안달이 나서 두 팔꿈치를 흔들면서 말했다. "또 그 장난질이야. 다음에는 꿈속에서 걸어 다닐 뿐만 아니라 병적이고 괴상한 짓거리를 한바탕 벌이겠군. 약을 좀 먹어야 해. 이 신사분을 밖으로 안내한 다음에 편안하게 해주는 약을 챙겨줄게, 여보, 아주 편안하게 해주는 약 말이야!"

애프리 부인은 편안할 거라고 전혀 믿는 것 같지 않았다. 그렇지만 제러마이어는 자기의 치료약에 대해 더는 말하지 않고 클레넘 부인의 탁자에서 또 다른 양초를 집어 들고 말했다. "자, 선생님, 내려가는 계단을 비춰드릴까요?"

도릿 씨는 감사하다고 말하고 내려갔다. 플린트윈치 씨는 그가 밖에 나가자 잠시도 지체하지 않고 문을 닫고 쇠사슬을 걸었다. 두 남자가 다시 도릿 씨를 지나쳤는데 한 명은 길을 건너갔고 다른 한 명은 건너왔다. 도릿 씨는 기다리고 있으라고 했던 마차를 타고 그 집을 떠났다.

그리 멀리 가지 않았을 때 마부가 마차를 세우더니, 두 남자가 함께 요구하는 바람에 도릿 씨의 이름과 번지수와 주소를 알려주었다고 말했다. 그리고 또한 자기가 도릿 씨를 태웠던 주소와 정류소에서 호출을 받았던 시간, 그리고 거기까지 왔던 길을 알려주었다고 말했다.[12] 그런 얘기를 들었다고 해서 도릿 씨가 난롯가에 다시 앉았을 때나 잠자리에 들었을 때나 그날 밤에 겪었던 일이 머릿속에서 떠난 것은 아니었다. 밤새도록 그 음침한 집이 그의 뇌리에서 떠나지 않았고, 두 사람이 단호하게 기다리고 있는 모습을 상상했으며, 앞치마를 얼굴 위까지 뒤집어쓴 여자가 소리가 들린다고 고함지르는 걸 들었다. 그리고 행방불명된 블랑두아의 몸뚱이가 어떨 때는 지하실에 묻혀 있다고 생각했다가, 또 어떨 때는 벽돌로 만든 벽에 들어있다고 생각했다.

18 공중누각

재산과 신분에 따른 걱정은 여러 가지이기 마련이다. 도릿 씨가 클레넘 회사에 자신의 이름을 알릴 필요가 없었다거나, 그런 이름을 가진 주제넘은 인물을 예전에 알았다는 사실을 말할 필요가 없었다는 점을 기억하고서 느낀 만족감은, 돌아가는 길에 마셜시에 들러서 옛날의 그 출입문을 구경할 것이냐 말 것이냐 하는 문제를 놓고 속

---

[12] 이 문장은 2003년 펭귄 판에 일부 누락이 있어서, 옥스퍼드 판(1979; 1999)과 또 다른 펭귄 판(1967)을 참조했음.

으로 논란을 벌이다가, 그 만족감이 여전히 신선한 상태였음에도 불구하고 갑자기 시들해졌다. 그는 마셜시에 들르지 않기로 작정했고, 마부가 런던브리지로 건넜다가 워털루브리지로 강을 다시 건너겠다고 하자 - 옛 숙소가 보일 수도 있는 곳으로 가는 방향이었다 - 마부를 아주 사납게 몰아붙여서 그를 깜짝 놀라게 했다. 그럼에도 그 문제는 여전히 그의 마음에 갈등을 일으켰다. 그리고 이상한 그 이유 때문이든, 아무 일도 아닌 이유 때문이든 막연한 불만을 느꼈다. 다음날 머들의 저녁식탁에서조차 그 문제 때문에 아주 기분이 언짢아서 자기 주위의 상류사회 인사들과 조금도 양립할 수 없는 태도로 이따금 그 문제를 자꾸만 숙고했다. 집사장이라는 저 저명인사가 엄격한 눈으로 내 생각의 흐름을 파헤칠 수 있다면 나를 어떻게 여길까, 라는 생각에 달아올랐다.

작별연회는 호화스러워서 그의 방문을 아주 멋지게 마무리해주었다. 패니는 젊음과 미모라는 매력에다가 결혼한 지 20년은 된 것처럼 자립이라는 확실한 가중치를 겸비하고 있었다. 그는 그녀가 남과 구별되는 길을 가게 그냥 둬도 되겠다고 평온한 마음으로 생각하면서, 그런 딸이 한 명 더 있었으면 좋겠다고 - 그러나 후원은 줄이지 않은 채로 또한 자신이 제일 좋아하는 아이가 지닌 내향적인 미덕을 유지한 채로 있었으면 좋겠다고 - 생각했다.

"얘야," 그가 헤어지면서 딸에게 말했다. "우리 가족이 네게 기대하는 것은 - 하아 - 가문의 품위를 내세우고 - 흠 - 가문의 중요성을 지키라는 거야. 네가 그 기대에 어긋나지 않을 줄로 믿는다."

"예, 파파," 패니가 말했다. "그 점은 믿으셔도 좋아요. 에이미에게 안부 전해주세요, 그리고 조만간에 편지 쓰겠다는 얘기도요."

"누구든 − 하아 − 다른 사람에게 전할 소식은 없니?" 도릿 씨가 넌지시 비치는 투로 물었다.

"파파," 패니는 제너럴 부인을 즉시 떠올리면서 말했다. "없어요, 고마워요. 아주 친절하시지만 사양하겠어요. 아빠가 기분 좋게 전달할 수 있는 다른 소식은 없어요, 고마워요, 파파."

그들은 바깥 응접실에서 헤어졌다. 거기서는 스파클러 씨만이 홀로 자기 부인을 받들어서 악수하기에 좋은 때를 예의 바르게 기다리고 있었다. 스파클러 씨를 마지막으로 보고 있는데, 머들 씨가 비핀 양[13]의 쌍둥이 남동생이었더라도 그러지 않았을 정도로 양팔을 소맷자락에 넣은 채 살며시 들어와서 도릿 씨를 아래층까지 수행하겠다고 고집을 부렸다. 아무리 괜찮다 해도 소용이 없었기 때문에, 도릿 씨는(계단에서 악수를 나누며 머들 씨에게 얘기한 대로) 이번 방문 중에 잊을 수 없는 여러 가지 배려와 수고를 베풀어서 자기를 정말로 당황하게 했던 훌륭한 인물의 수행을 현관까지 받았다. 그렇게 그들은 헤어졌으니, 도릿 씨는 계단 아래쪽에서 대기하고 있던

---

[13] 세라 비핀 (Sarah Biffin, 1784~1850): 선천적으로 팔이 없어서 붓을 입에 물고 그림을 그린 구족화가.

가이드가 자신이 위풍당당하게 출발하는 모습을 볼 수 있게 된 것이 조금도 유감스럽지 않았고, 오히려 의기양양해서 마차에 올랐다.

도릿 씨가 호텔에 내렸을 때까지도 앞서 말한 위풍당당함이 여전히 그에게 충만했다. 가이드와 여섯 명 정도 되는 호텔 하인들의 도움을 받아서 마차에서 내린 도릿 씨가 평화롭고 장엄하게 호텔 현관을 지나갈 때, 보라! 그를 벙어리로 만들고 꼼짝 못 하게 하는 광경이 모습을 드러냈다. 자기가 가진 옷 중에서 가장 좋은 옷을 차려입고, 실크햇을 겨드랑이에 끼고, 상아 자루가 달린 지팡이를 들고, 품위 있지만 당황한 태도를 보이는 존 치버리가 담배꾸러미를 손에 들고 있는 것이었다!

"자, 젊은이," 문지기가 말했다. "이분이 그 신사분이야. 이 젊은이가 선생님이 자기를 보시면 기뻐하실 거라면서 기다리겠다고 고집을 피워서요."

도릿 씨는 그 젊은이를 노려보면서 숨이 막혔지만 최고로 부드러운 음성으로 말을 했다. "아! 존! 존인 것 같은데, 그렇지 않나?"

"맞습니다, 선생님." 존이 대답했다.

"내가 – 하아 – 생각한 대로 존이군!" 도릿 씨가 말했다. "이 젊은이는 찾아와도 돼." 지나가면서 고개를 돌려 하인들을 보았다. "그렇고말고, 찾아와도 되지. 따라오도록 두게. 위층에서 그와 얘기할 테니."

존이 미소를 짓고 대단히 기뻐하면서 따라갔다. 도릿 씨의 방에 도착했다. 양초에 불이 붙여졌다. 하인들이 물러갔다.

"이봐," 틀림없이 단둘만 남자, 도릿 씨가 몸을 홱 돌려 그의 멱살을 잡고 말했다. "이게 무슨 짓이야?"

불행한 존의 얼굴에 나타난 경악과 공포가 — 이제 포옹을 나누리라고 오히려 기대하고 있었기 때문에 — 매우 의미심장해서 도릿 씨는 손을 빼고 그를 노려보기만 했다.

"어떻게 감히 이러는 거야?" 도릿 씨가 물었다. "어떻게 감히 여기까지 와? 어떻게 감히 날 욕보여?"

"제가 선생님을 욕보인다고요?" 존이 울부짖었다. "맙소사!"

"그래, 이놈아." 도릿 씨가 대꾸했다. "날 욕보이고 있어. 네가 여기까지 온 것은 무례하고 버릇없고 무모한 거야. 여기서 넌 필요 없으니까. 누가 널 이리로 보냈니? 도대체 — 하아 — 여기서 뭐 하자는 거야?"

"저는," 존이 고개를 돌려 도릿 씨 평생에 — 학교에서의 생활까지도 포함하여 — 그를 바라봤던 얼굴 중에서 가장 창백하고 충격받은 얼굴을 하고 말했다. "선생님이 꾸러미 하나쯤 받는 것은 거절하지 않으리라고 생각했습니다 — "

"꾸러미라니, 빌어먹을!" 도릿 씨가 억누를 수 없는 분노를 느끼며 소리쳤다. "나는 — 흠 — 담배를 안 피워."

"제발 용서하십시오. 예전에는 피우셨잖아요."

옛 친구의 환영

"그 얘길 다시 하기만 해," 도릿 씨가 아주 흥분해서 소리쳤다.
"그러면 부지깽이로 맞을 줄 알아!"

　존 치버리가 문으로 뒷걸음질 쳤다.

"이봐, 거기 서!" 도릿 씨가 소리쳤다. "거기 서! 앉아. 망할 자식, 앉으라니까!"

존 치버리는 문에서 제일 가까이 있는 의자에 풀썩 주저앉았고, 도릿 씨는 방안을 왔다갔다했다. 처음에는 빠르게, 그다음에는 좀 더 천천히 왔다갔다했고, 한 번은 창에까지 가서 이마를 유리에 대고 서 있기도 했다. 갑자기 몸을 돌리더니 물었다.

"이봐, 그 밖에 또 무슨 이유로 온 거야?"

"다른 이유는 없습니다. 이거 참! 그저 선생님이 건강하셨으면 좋겠다는 말을 하러 왔습니다. 그리고 또 여쭈어보려고 했던 것은, 에이미 양도 건강하죠?"

"이봐, 그게 자네랑 무슨 상관인데?" 도릿 씨가 쏘아붙였다.

"저와는 당연히 아무 상관 없습니다, 선생님. 분명히 말씀드리지만 우리 사이의 거리를 줄일 생각은 해본 적도 없습니다. 그것이 무례한 행동이라는 걸 아니까요. 그러나 선생님이 나쁘게 받아들이실 거라고는 생각도 못 했습니다. 맹세컨대, 선생님," 존이 감정이 북받쳐서 말했다. "제가 보잘것없지만, 분명히 말씀드리는데, 만일 그런 생각이 들었다면 저도 자존심이 있으니까 오지 않았을 겁니다."

도릿 씨는 부끄러웠다. 유리창으로 돌아가서 이마를 유리에 대고 한참동안 서 있었다. 도릿 씨가 돌아섰을 때는 손수건을 들고 있었다. 손수건으로 두 눈을 문지르고 있었고, 피곤하고 아파 보였다.

"존, 네게 경솔하게 행동해서 정말 미안하다. 그러나 - 하아 - 어떤 기억은 행복한 기억이 아니야, 그러니 - 흠 - 찾아오지 말았어야지."

"선생님, 이제 그 사실을 깨달았습니다." 존 치버리가 대답했다. "그러나 전에는 몰랐습니다. 그리고 해를 끼칠 의도는 분명히 아니었습니다."

"그럼, 그렇겠지." 도릿 씨가 말했다. "내가 - 흠 - 그건 확실히 알아. 하아. 손을 주겠니. 존, 손을 줘봐."

존이 손을 내밀었지만 도릿 씨는 손에 대한 관심이 사라진 다음이었다. 그 어떤 것도 창백하고 충격받은 그의 표정을 바꿀 수 없었다.

"자!" 도릿 씨가 그와 천천히 악수하며 말했다. "다시 앉아, 존."

"고맙습니다만 - 서 있고 싶습니다."

도릿 씨가 그 대신에 앉았다. 머리를 잠시 고통스레 감싸 쥐었다가 방문객 쪽으로 돌렸다. 그리고 나서 마음을 편히 먹으려고 애쓰면서 말했다.

"존, 아버지는 어떠시니? 그들 모두 - 하아 - 어때, 존?"

"감사합니다, 선생님. 그들은 모두 썩 잘 있습니다. 어쨌든 투덜거리지 않으니까요."

"흠. 너희는 - 하아 - 옛날 일을 그냥 하나보구나, 존?" 도릿 씨는 자신이 저주를 퍼부었던, 불쾌하게 만드는 꾸러미를 흘깃 보면서 물었다.

"부분적으로는 그렇습니다, 선생님. 제가," 존이 약간 머뭇거렸다. " – 아버지의 일도 하고 있거든요."

"아, 과연!" 도릿 씨가 말했다. "네가 – 하아 흠 – 관리하는 게 – 하아 – "

"감옥의 자물쇠 말인가요, 선생님? 예, 그렇습니다."

"일이 많지, 존?"

"그렇습니다. 요사이는 아주 바쁘거든요. 어떻게 된 일인지 모르겠지만 대체로 **아주 바쁩니다.**"

"일 년 중 이맘때 그렇다는 거니, 존?"

"대체로 일 년 내내 그렇습니다, 선생님. 저희는 늘 똑같은 것 같습니다. 안녕히 주무십시오."

"잠깐만, 존 – 하아 – 잠깐만 기다려. 흠. 담배를 두고 가게, 존, 내가 – 하아 – 부탁할게."

"그렇게 하겠습니다." 존이 떨리는 손으로 담배를 탁자 위에 올려놓았다.

"잠깐만, 존. 조금만 더 있다 가. 약간의 – 흠 – 선물을 신뢰할 수 있는 심부름꾼 편에 보내서 – 하아 흠 – 그들이 – **그들이** – 필요에 따라 나눠 갖도록 하면 – 하아 – 기쁠 것 같아. 존, 선물을 가져가기 싫니?"

"전혀 그렇지 않습니다, 선생님. 선물을 받으면 더 좋아질 사람이 틀림없이 많은걸요."

"고맙다, 존. 내가 - 하아 - 내가 수표를 써줄게, 존."

손이 떨려서 수표를 쓰는 데 시간이 오래 걸렸지만 떨리는 손으로 휘갈겨 써서 마침내 수표를 작성했다. 100파운드짜리 수표였다. 그가 수표를 접어서 존의 손에 쥐여주었고 그 손을 꼭 잡았다.

"자네가 - 하아 - 지난 일은 - 흠 - 그냥 넘어갔으면 하네, 존."

"선생님, 절대 그런 말씀 마세요. 절대 앙심을 품지 않았으니까요."

그러나 호텔에 있는 동안 존의 얼굴은 본래의 안색과 표정으로 돌아가지 못했고 본래의 태도를 되찾지도 못했다.

"존," 도릿 씨가 그의 손을 마지막으로 꼭 쥐었다가 놓으면서 말했다. "우리가 - 하아 - 오늘 나눴던 얘기는 비밀로 하고, 밖에 나가도 누구에게든 - 흠 - 이상한 생각이 들게 할 수 있는 얘기는 하지 않길 바라네 - 하아 - 내가 한때 - "

"오! 약속합니다." 존 치버리가 대답했다. "비천하고 보잘것없지만 저도 자존심이 있고 명예를 아는데 그렇게 하지는 않습니다, 선생님."

도릿 씨는 그다지 자존심이 있거나 명예를 알지 못해서, 존이 정말 곧장 나가는지 아니면 아무하고나 무슨 얘기든 나누려고 머뭇거리는지 확인하려고 문간에서 귀를 기울였다. 그러나 분명히 그는 문으로 곧장 나갔고 빠른 걸음으로 멀어져갔다. 도릿 씨는 한 시간

가량 혼자 있다가 종을 울려서 가이드를 찾았다. 가이드가 와보니, 그가 얼굴을 난로 쪽으로 향하고 등을 돌린 채 벽난로 앞의 깔개 위에 놓인 의자에 앉아있었다. "원한다면 저 담배꾸러미를 가져다가 이동하는 도중에 피우게." 도릿 씨는 되는 대로 손짓하면서 말했다. "하아 - 가져왔더군 - 흠 - 작은 선물을 - 하아 - 옛날 소작인의 아들이 말이야."

다음 날 아침 도릿 씨가 탄 마차가 도버 로를 달렸는데, 그 길에서 붉은 재킷을 입은 기수들은 모두가 여행자들을 무자비하게 약탈하려고 세워놓은 잔인한 집이라는 간판 같았다. 런던과 도버 사이에서 이루어지는 인간의 모든 일이 약탈이었기 때문에, 도릿 씨는 다트퍼드에서 급습을 당했고 그레이브센드에서 강탈을 당했으며 로체스터에서 도둑을 맞았고 싯팅본에서 바가지를 썼고 캔터베리에서 노략질을 당했다. 그러나 강도들의 손아귀에서 그를 구해내는 것이 가이드의 일이었으므로 가이드는 가는 역마다 돈을 주고 해결했다. 그래서 붉은 재킷을 입은 기수들은 눈을 반짝거리며 와자지껄하게 봄철의 풍경을 달려갔고, 구석으로 숨어든 도릿 씨를 놔두고 흰 가루를 뒤집어쓸 다음 희생자를 찾아 먼지투성이 길을 한결같이 오르내렸다.

그 다음 날 도릿 씨가 칼레에 모습을 나타냈다. 그는 이제 자신과 존 치버리 사이에 영국해협이 놓여 있으니 안전하다고 느꼈고, 외국의 공기가 영국의 공기보다 들이마시기에 더 수월하다고 생각했다.

점토질로 된 프랑스의 길을 따라 다시 파리로 출발했다. 이제 완전히 평정을 회복한 도릿 씨는 마차를 타고 가면서 아늑한 구석에 앉아 공중누각을 짓기 시작했는데[14], 아주 커다란 성채를 짓고 있는 것이 분명했다. 온종일 누대를 쌓아올렸다 허물었다 했고, 한쪽에 별관을 더했다가 반대쪽에 흉벽을 세웠다가 했다. 그리고 사방의 성벽을 살펴보고 방어시설을 강화했으며 성의 안쪽에 장식을 보태서 하나에서 열까지 모든 점에서 최상의 성채가 되도록 했다. 몰두하고 있는 그의 표정을 통해 그가 무엇을 하고 있는지가 워낙 뚜렷하게 드러났기 때문에, 하느님의 이름으로 자비를, 성모마리아의 이름으로 자비를, 모든 성인의 이름으로 자비를 구걸하고자, 역참驛站에서 마차 창문으로 작고 낡은 양철통을 들이미는 장애인이라도 소경이 아니라면 그들의 동포인 르 브룅[15]만큼이나 그가 어떤 일을 하고 있는지 알 수 있었다. 비록 르 브룅이었다면 그 영국인 여행자를 골상학에 대한 전문적 논문의 대상으로 삼았겠지만 말이다.

파리에 도착해서 사흘을 머무는 동안 도릿 씨는 가게의 진열창, 특히 보석상의 진열창을 들여다보면서 거리를 혼자 이리저리 돌아다녔다. 마침내 그는 가장 유명한 보석가게에 들어가서 귀부인에게 선사할 작은 선물을 사고 싶다고 했다.

---

[14] 공상에 잠겼다는 의미임.
[15] 르 브룅 (Le Brun, 1619~1690): 프랑스의 화가로 골상학에 대한 책을 썼음.

그 얘기를 매력적인 작은 여성에게 했다 ─ 쾌활하고 작은 여자가 완벽하고 고상하게 차려입고서 그의 시중을 들기 위해 푸른색 벨벳이 깔린 내실에서 나왔는데, 그 자체가 사탕과자처럼 보이는 앙증맞고 작고 빛나는 책상에 앉아서, 머랭과자보다 더 돈이 되는 물품을 기재하려고 줄이 그어져 있을 거 같지는 않은 앙증맞고 작은 회계장부에 숫자를 적어넣다가 나왔다.

그 작은 여성이 물었다. 그렇다면 예를 들어 선생님은 어떤 종류의 선물을 원하시는데요? 사랑 선물을 원하세요?

도릿 씨가 웃으면서 말했다. 글쎄! 어쩌면 그렇소. 내가 뭘 알겠소? 그 여성이 아주 매력적이니까 그럴 가능성이야 늘 있지. 선물을 좀 보여주겠소?

기꺼이 보여드리죠, 그 작은 여성이 말했다. 선물을 많이 보여주자, 그는 우쭐해졌고 황홀해했다. 그러나 뭐라고요! 우선, 선생님은 사랑 선물과 결혼 선물이 따로 있다는 사실을 아셔야 해요. 예를 들면, 이 매혹적인 귀고리와 이것과 아주 잘 어울리는 이 목걸이는 소위 사랑 선물이라는 거예요. 아주 품위 있고 더할 나위 없이 아름다운 미인에게 어울리는 이 브로치와 이 반지는 선생님이 동의하시면 소위 결혼 선물이라는 거고요.

도릿 씨가 미소를 지으면서 넌지시 물었다. 둘 다 사서, 처음에는 사랑 선물을 주고 결혼 선물로 마무리하면 혹시 좋은 방식이겠소?

그 작은 여성이 작은 두 손의 손가락 끝을 서로 비비면서 말했다. 아! 정말 관대하세요, 그렇게 하시면 특별히 정중한 행동이지요! 선물을 잔뜩 받으면 그 부인은 분명히 거부할 수 없다고 생각할 거예요.

도릿 씨는 자신이 없었다. 그러나 예를 들자면, 그 쾌활하고 작은 여자는 대단히 자신 있다고 했다. 그래서 도릿 씨는 선물을 종류별로 구입했고 상당한 돈을 지불했다. 그런 후 호텔로 돌아가면서 거만하게 행동했다. 이제 그의 성채를 노트르담 성당의 사각형 쌍탑보다도 훨씬 더 높은 곳에 이르도록 쌓아올린 것이 분명했다.

도릿 씨는 마르세유로 서둘러 가면서도 전력을 다하여 자신의 성채를 꾸준히 쌓아올렸고, 그 성채의 설계도는 자기만 볼 수 있게 보관했다. 아침부터 밤까지 바쁘게 쌓아올리고, 또 바쁘게 쌓아올렸다. 건축용 자재를 커다란 더미로 공중에 매달아 놓은 채 잠들었다가, 깨어나서 다시 일을 시작했고, 그것들을 제자리에 끼워 넣었다. 마차 뒷부분의 하인석에 앉아있는 가이드가 존의 최상품 담배를 피우면서 실처럼 가느다란 담배연기를 엷고 연하게 내뿜은 건 언제였을까 — 아마도 도릿 씨가 잃어버린 돈 몇 푼으로 **그가** 공중누각 한두 채를 지을 때였을 것이다.

그들이 여행길에 지나쳤던 어떤 요새화된 도시도 도릿 씨의 성채만큼 튼튼하지는 않았고, 어떤 성당의 꼭대기도 도릿 씨의 성채만큼 높지는 않았다. 손 강도 론 강도 그 비할 데 없는 성채만큼 신속하게 앞으로 나가지는 못했고, 지중해도 그 성채의 기초만큼 깊지는 않았다. 코르니쉬 고갯길에서 멀리 보이는 풍경도, 대단히 훌륭한 제노바의 언덕이나 만도 더 아름답지는 않았다. 도릿 씨와 그의 비길데 없는 성채는 치비타베키아의 더럽고 하얀 집들과 한층 더 더러운 중죄인들 틈에서 육지에 내렸고, 거기서 로마까지 그 길에 깔린썩은 쓰레기를 헤치고 가능한 한 서둘러 갔다.

***

한국연구재단 학술명저번역총서 서양편·719

작은 도릿 ❸

발 행 일	2014년 2월 10일 초판 인쇄
	2014년 2월 20일 초판 발행

원 제	*Little Dorrit*
지 은 이	찰스 디킨스(Charles Dickens)
옮 긴 이	장 남 수
책임편집	이 지 은
펴 낸 이	김 진 수
펴 낸 곳	**한국문화사**
등 록	1991년 11월 9일 제2-1276호
주 소	서울특별시 성동구 아차산로 3(성수동 1가) 502호
전 화	(02)464-7708 / 3409-4488
전 송	(02)499-0846
이 메 일	hkm7708@hanmail.net
홈페이지	www.hankookmunhwasa.co.kr

책값은 15,000원입니다.

ISBN 978-89-6817-089-8 04840
ISBN 978-89-6817-086-7 (전4권)

이 도서의 국립중앙도서관 출판시도서목록(CIP)은
서지정보유통지원시스템 홈페이지(http://seoji.nl.go.kr)와
국가자료공동목록시스템(http://www.nl.go.kr/kolisnet)에서
이용하실 수 있습니다.(CIP제어번호: CIP2014004505)

'한국연구재단 학술명저번역총서'는 우리 시대 기초학문의 부흥을 위해
한국연구재단과 한국문화사가 공동으로 펼치는 서양고전 번역간행사업
입니다.